龙骨焚箱

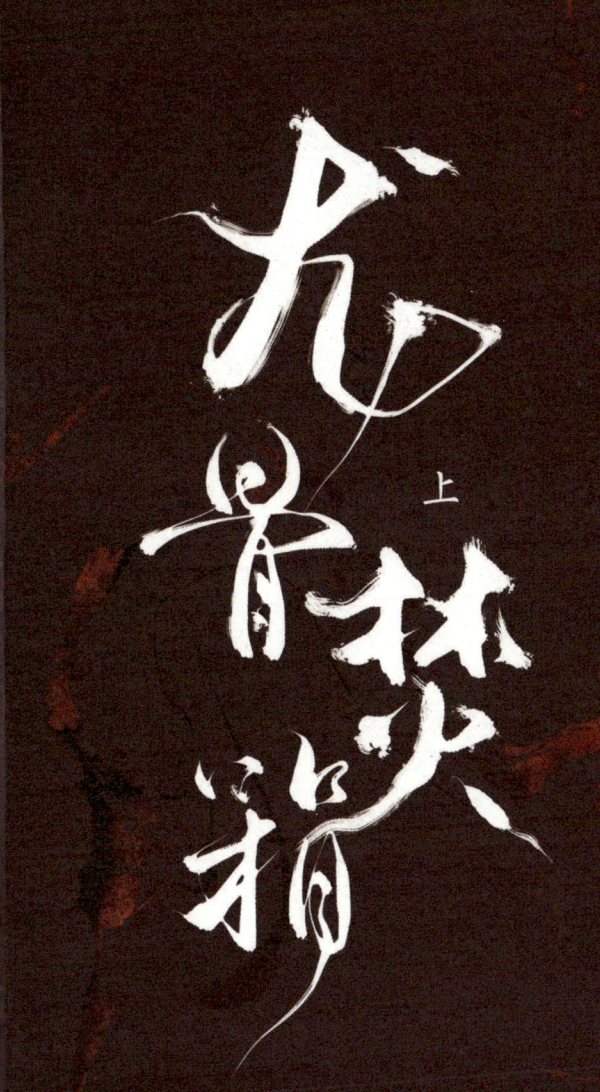

上

尾鱼

LONGGU
FENXIANG

著

四川文艺出版社

美人头，百花蕊，
瞳滴油，舌乱走，
无肝无肠空悬胆，
有死有生一世心……

龙骨焚箱

目录

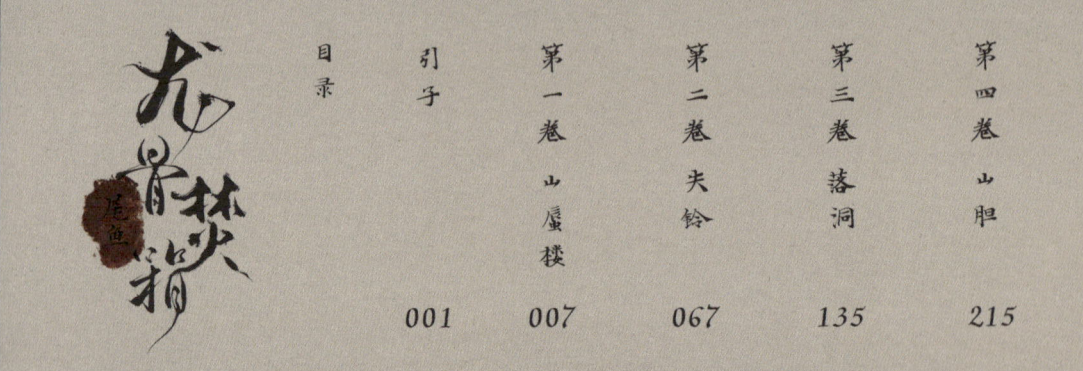

引子 001

第一卷 山蛋楼 007

第二卷 失铃 067

第三卷 落洞 135

第四卷 山胆 215

引子

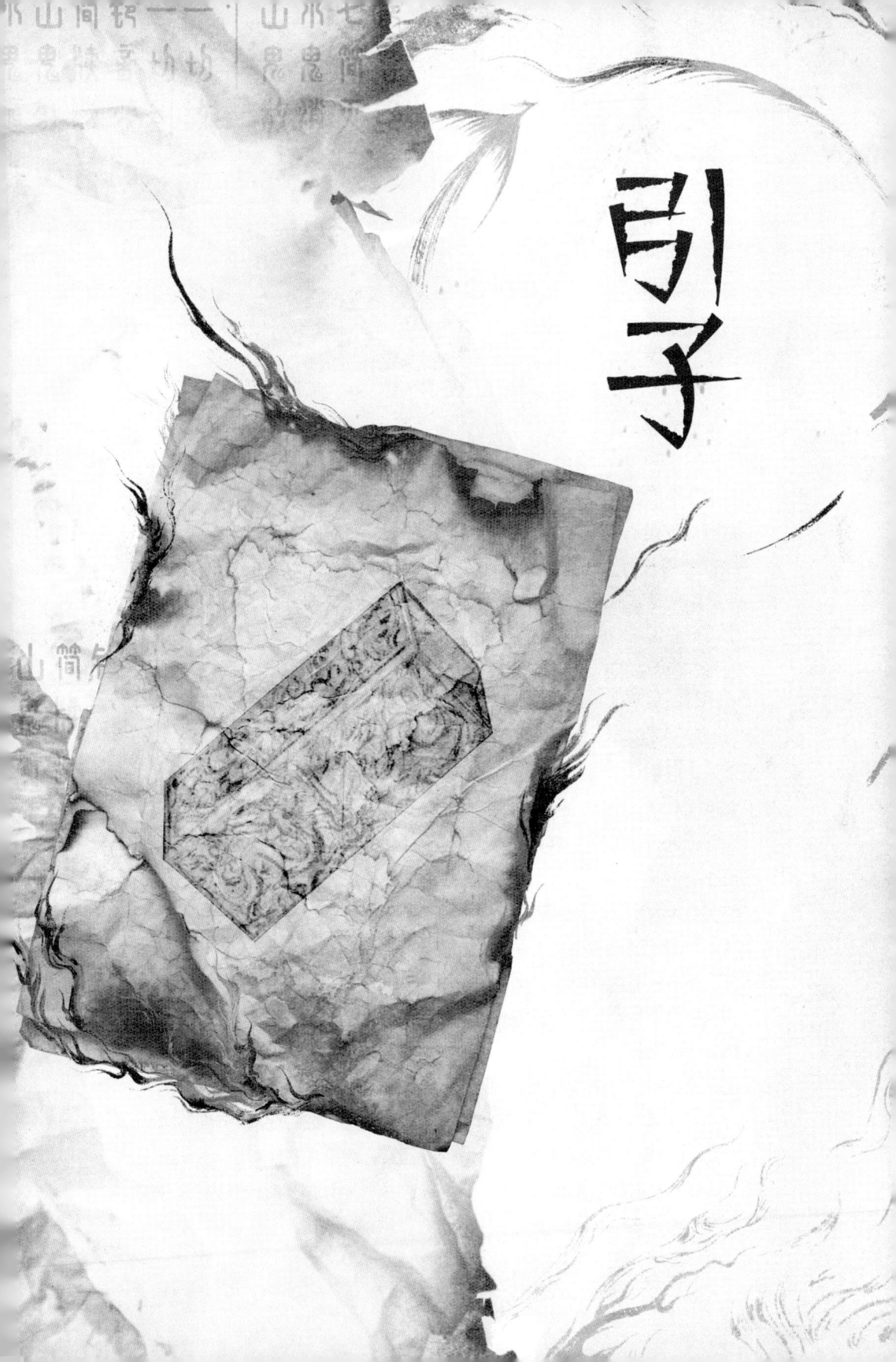

云南是个出古城的地方。

自打丽江走红、大理行俏之后，方圆左近，能抬出来开发成古城的去处，都一一妆成登场，因着各有特色，居然也逐个打出了名号，老话叫"站稳了山头"，新一点的说法是"抓住了旅游市场""稳定了客流"。

客流带旺了两个基础行当，一曰餐馆，二曰客栈。

毛哥客栈，就是某个古城里众多客栈中的佼佼者。

算起来，毛哥在古城开客栈，也有五六年了。

早先，他是在甘南开青旅的，后来嫌那儿冬天太冷、旺季不长，攒足了劲儿一年下来也拢不到几个钱，一气之下卷铺盖拔营来了古城。

也合该这古城旺他，客栈一起，那是风风火火，三年回本，然后呈上升曲线，一路长红……

红到今天，照旧热热闹闹，走势看好。

客栈分前后进，后进住人。前半部分改作酒吧，酒吧如果只供人喝酒，那就泯然众人，啊不，泯然众吧了，所以毛哥绞尽脑汁，要让酒吧别具特色——他隔三岔五地就要抛出个主题，比如讲鬼故事、玩杀人游戏什么的，并邀到店的客人一并参与，嬉闹一场，宾主尽欢。

这一晚的主题是——我的神奇朋友。

前半程大家都很踊跃，你方语罢我登场，但后半程有人偷换概念，"神奇"变成了"极品"，场子遂成吐槽大会。

有人爆料自己的朋友爱撕脚皮，但不全撕掉，非让那皮支棱在脚底，皮撕得多了，乍看上去，如同脚踩瓣瓣莲花……

这比喻，莲花听了想变倭瓜。

还有人发牢骚说朋友爱收集身上的汗灰，搓啊搓的搓成了灰条，珍而重之收在玻璃瓶里，单等积满了捏个袖珍版的自己……

毛哥起先还积极参与，后来就只剩了干瞪老眼听的份儿，边听边阵阵恶寒，心说自己真是老了，怎么现在年轻人的口味都这么重了。

好不容易挨到十一点散场，毛哥张罗着收拾台面，而边上那群贡献了无数反胃故事的人意犹未尽，三五成群，仍在交头接耳。

毛哥正拖齐桌沿，有个十七八岁的圆脸小姑娘凑上来，问他："老板，你讲的那个叫神棍的，真有这人吗？"

毛哥说："有啊。"

他这些年，交过不少奇奇怪怪的朋友，但始终觉得，说到最"神奇"，除神棍外不作第二人想：这人多匪夷所思啊，二十来岁时就宣称要去各处游历、遍寻玄异故事、做灵异世界第一人，居然说到做到、步履不停，但凡听到怪异的故事传说，就拿笔认认真真地记在本子上，二三十年下来，积满了几麻袋。

起初，神棍还真就不嫌重，拖着个麻袋跋山涉水，直到前几年，才在朋友的劝说下把这些笔头记录逐一电子存档。

小姑娘咋舌："那现在呢，他还到处去游历吗？"

毛哥说："没，歇着呢，说是要整理资料研究课题什么的。"

神棍早先居无定所，后来托了朋友的福，在云南一个叫"有雾镇"的地方得了幢旧式大宅作居处。不过不是一个人住，那宅子里除了他，还住了个怪里怪气的阴阳脸。

小姑娘有点遗憾："怎么不出去了呢？"

毛哥随口回了句："老了呗。"

兴趣哪有一成不变的，再说了，所谓"年年岁岁花相似，岁岁年年人不同"，都好几个"岁岁年年"了，人当然会跟早些时候大不一样。

小姑娘不以为然："那不对，他又不是这两年才老的，他十几年前不就已经老了吗？！"

十几岁的小姑娘，嫩得能掐出水来，看三十好几是垂垂老矣，四十好几是行将入土，五十开外，那都是另一个世界的人了——依她的逻辑，神棍确实是打十几年前就已经老了。

说者无意，听者有心。

清完场，已近夜半，毛哥倚着吧台，对着满屋空荡给自己斟了杯二锅头，呷了一口，就着冲鼻的辣劲儿，细细琢磨起这事来。

神棍确实有些日子没出门了。

是有点反常。

从前，神棍是嗅到点风就要去访源的主儿，但是不知道从什么时候起，也许是上次从函谷关转悠了一圈回来之后，他忽然开始挑剔了——跟他说哪儿哪儿又有怪事，他总是听不了几句就不耐烦地打断，叽叽歪歪说什么"这不是我感兴趣的事儿"，整得跟严阵以待、专等为他量身定制的大事似的。

就连去年，西北有人辗转向他求助，说是发觉玉门关外不太对劲，怕是另有一重天地，他都没挪窝，搁以往，他早就如获至宝、屁颠屁颠地赶过去了。

怎么了这是？神棍以前，不挑的啊。

话又说回来，这也无趣那也没劲，那到底什么才是他感兴趣的事儿呢？

有些事不能细想，跟喝酒似的，越想越上头。

毛哥忍不住给神棍拨了个电话。

没人接。

这倒不奇怪，神棍经常不接电话，你要是就这事发牢骚，他多半振振有词："怎么啦，我时间宝贵，要用在刀刃上，哪有那闲工夫天天守着手机。"

但于毛哥，这通电话没着落，如同重拳打了棉花、大力抓了空气，特不得劲儿，想了会儿，犹豫两秒，又拨了个号码出去。

那大宅里是有固定电话的，也一定有人接——因为那个阴阳脸，自打住进大宅之后，大门不出，二门不迈的，天地比旧时代闺房小姐的都窄。

果然，没过多久，那头有人提起电话，声音沙哑。

"喂？"

毛哥有点心慌，他没亲眼见过，但听神棍形容过，说阴阳脸是"像把两个完全不同的人脸各劈了半边，然后将就着粘在了一起""左边是个正常男人的脸，右边像是个泥胎塑就的僵硬形容，横眉怒目、飞扬跋扈，细看时，还带了极其尖刻的女气""小毛毛，你看了会做噩梦的"。

现今听筒里传来的，就是那个传说中的阴阳脸的声音。

声音倒是正常。

毛哥咽了口唾沫："石先生？"

"嗯。"

"神棍……在吗？"

"不在。"

不在……

"散步去了？"

有雾镇傍着山，山里大有玄虚，入夜时，神棍喜欢放银眼蝙蝠遛弯——就跟普通人饭后遛狗差不多——山路崎岖，一不留神就会遛过点。

"不是，出门。"

出门？

毛哥竟然没第一时间反应过来"出门"的意思，大概是因为神棍真的休息太久了。于是这个猝不及防的"出门"，陡然间就有了点重出江湖的激越意味。

回过味来之后，毛哥浑身的血跟着"嗞嗞"小沸腾了一下，声音也雀跃了："他怎么出门啦？"

阴阳脸的声音死板得如同一块石头："他想出去。"

这话可打发不了毛哥："几年没挪窝了，忽然说走就走，连个招呼都不打，总得有个原因吧，是不是受什么刺激了？他临走之前，发生过什么特殊的事吗？"

阴阳脸那头儿停顿了几秒，像在尽力回忆。

再开口时，他照旧语音平静："家里宽带到期了，他去县里营业厅续费。"

毛哥竖起耳朵听——

"缴费时，听到边上的人打电话，不知那人说了句什么，恰好被他听到了。"

很好，故事开场了。毛哥腾出一只手来，又给自己斟了杯酒，预备以酒佐话，边听边抿。

哪知阴阳脸就说到这儿。

毛哥最见不得人说话说一半，又不是收费阅读，卖什么关子啊？！

他追问："然后呢？"

阴阳脸说："没然后了。听到那句话之后，他就决定跟着那人，匆匆忙忙打电话给我交代了两句，连行李都没回来收拾。"

毛哥愣了好一会儿："也就是说，他是从县营业厅直接走的？"

"嗯。"

"他走得很匆忙，连东西都没回来收拾？"

阴阳脸没吭声，他觉得自己说得很清楚了，毛哥非要把他的陈述改成反问句式重复一遍，纯属多此一举。

"那……那个打电话的人，到底说了句什么话啊？"

阴阳脸说:"不知道。"

毛哥气结:"你就没问?"

阴阳脸回答:"我又不关心。"

他等了会儿,估摸着毛哥没什么事,也没什么话了,于是抬手挂了电话。

这座机是挂在墙上的,墙边有扇木头窗子,窗纸已经残破扯光了,还没来得及糊新的——透过一格格无遮无挡的半腐木头条格,可以看到后山又起雾了。白色的雾,慢慢吞吞、四面八方地聚拢来,像无数个老态龙钟的鬼,不紧不慢地赴一个集会。

他确实不关心,这世上,原也再没有什么值得他关心的了。

这一晚,等于是百般求索不遇,毛哥悻悻地进屋洗漱,不过躺到床上时,已然心平气和,说服自己"天要下雨娘要嫁人,随他去吧"。

毕竟神棍出门又不是头一遭了,去个三五月回来,又会有稀罕事儿听,反倒是自己,如今有家有口,有产有业,再不是曾经那个朋友有事可以万般甩诸身后、千里驰奔只为出一份力的老毛子了。

边上毛嫂睡得正熟,鼻息轻浅,有起有落,毛哥就在这张弛有度的喘息起落声里渐渐有了睡意,喟叹着家累啊家累,是累,也是甜蜜的负担。

然后做了个梦。

梦见神棍,驮着麻袋,在前方不远处的大雾间吭哧吭哧行走,毛哥奋起直追,眼瞅着距离并不很远,却总是撵不上,只得上气不接下气地唤他:"棍!棍!"

神棍终于回头,一头糟糟卷发,黑框眼镜,一边的眼镜腿断了,拿白线缠裹,裹了一圈又一圈。

毛哥问他:"你在县营业厅缴网费的时候,边上的人说了句什么话啊?"

神棍却不答,只定定看他,又叫他:"老毛子。"

毛哥心里一凛,收了戏谑之心,立时端正态度——神棍一般都叫他"小毛毛",鲜少用"老毛子"。这个称呼后头必缀着郑重其事的说辞。

果然。

神棍说:"其实,我是要找一个箱子。"

毛哥茫然:"什么箱子啊?"

神棍拿手比画给他看,说:"一个这么长、这么宽的,被人偷走的箱子。"

山鬼楼

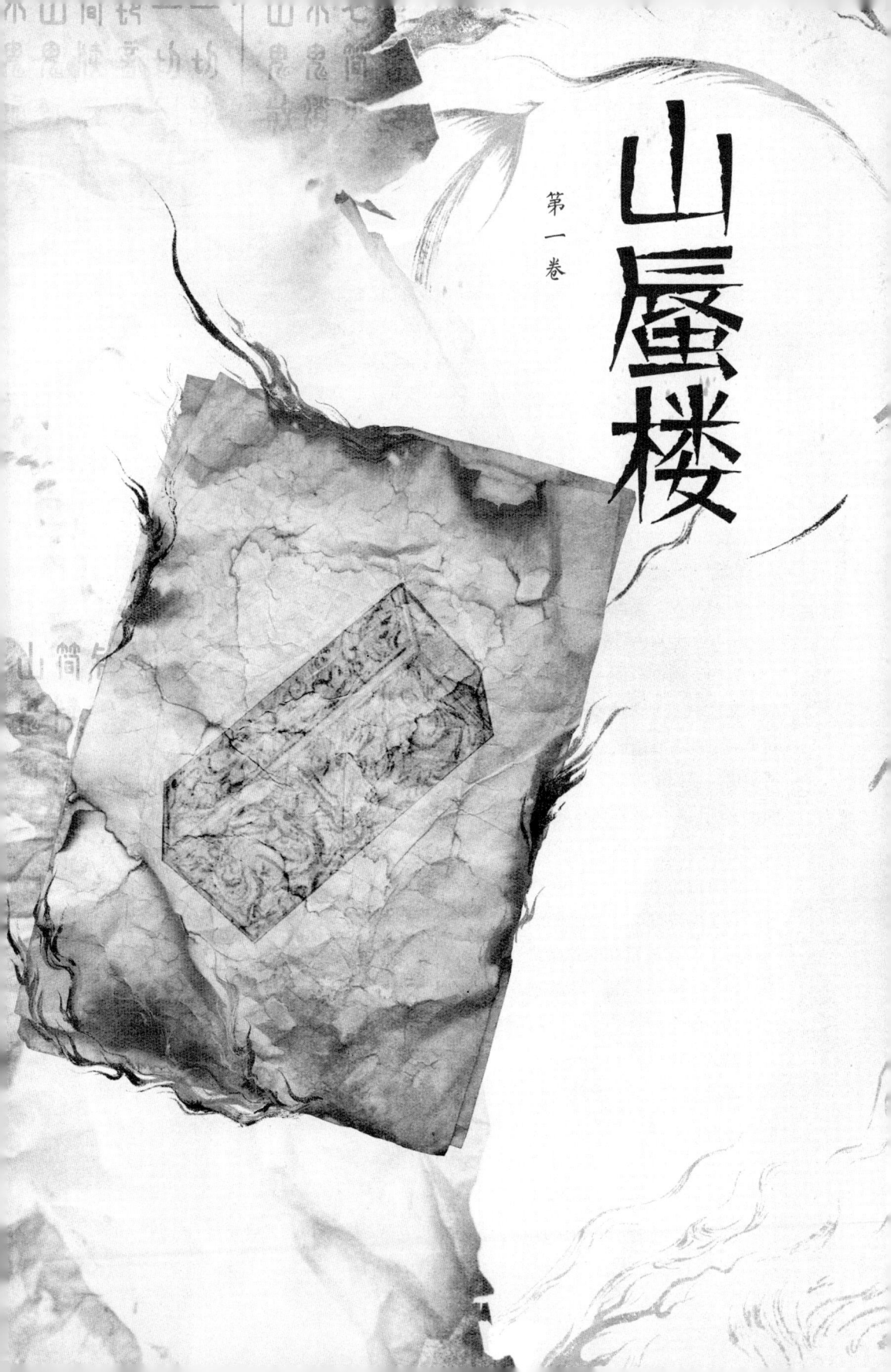

第一卷

【01】

湘西，武陵山。

时近半夜，大雨滂沱，滚雷擦着屋檐，一波推涌一波，云梦峰客栈一层临街的大门半开，大堂内灯光昏暗，中央摆了长桌，上头横一块大砧板，堆无数新鲜红椒。

客栈老板柳冠国一只手持一把锃亮菜刀，咚咚咚地剁个不停，口罩上业已溅了不少辣椒籽，大雨的湿气裹了辣椒的辛辣气，上腾下散的，熏得柳冠国双眼眯起，眼角的鱼尾纹条条道道，根根入鬓。

又一道闪电亮起，给门内外镀了层水亮银光，柳冠国下意识地抬眼，这亮稍纵即逝，他只来得及看到远处暗下来的憧憧山影。

武陵山位于武陵县，是个新开发的景区，靠山吃山，县里人一窝蜂地做两种生意，一是旅游包车，二是旅馆住宿。

云梦峰客栈所在的这条街，就在离景区外不远，挨着山脚，像一截傍山的带子，开门开窗都见山，连厨房、厕所都是山景房，所以家家户户造小楼开客栈，横向宅基地面积不能扩，就往纵向发展，高高低低，瘦瘦窄窄，挤簇成街，颇有看头。

供过于求的后果就是——每一家生意都冷清。

不过这一晚，云梦峰只住了三个客人，可不是因为淡季客源欠缺——一周前，柳冠国就已经停止在一系列网络订房平台上接单了，他请了帮工大擦大扫、撒药杀蟑、换灯泡升网速，只为一个目的。

迎接大佬。

念及此，柳冠国不自觉地抬头看了眼天花板，剁刀声随之降了好几个度，生怕这噪声扰了贵人。

其实来客住三楼,和大堂隔了整一层,又兼漫天行雷布雨,压根儿也听不到什么。

又剁了片刻,裤兜里的手机响了,有消息一条条进来。

正好趁便歇会儿,柳冠国搁了刀,揭开口罩,手上沾了椒汁,又辣又烫,他把一只手在裤边抹了抹,用两个指头伸进兜里,夹了手机出来。

刷屏的是名叫"武陵山户"的群,柳冠国不紧不慢,从头看起。

沈万古:"@柳冠国,大佬来了吗?"

邱栋:"应该来了,下午我就听人说了,一辆黑色大SUV,一直开到云梦峰门口。"

刘盛:"人漂亮吗?"

沈邦:"那必须啊。"

刘盛:"@沈邦,你见着了?"

沈邦:"我是没见着,但大佬是山鬼的门面,能丑吗?太丑的话,祖宗奶奶能答应吗?"

就是这句话,开启了祖宗奶奶们的图片刷屏模式,有水墨画、工笔画、油画,甚至精雕油泥捏的手办,料想都是临时百度搜来的。

柳冠国眯着眼睛一张张地看。

祖宗奶奶,亦即山鬼。

山鬼源出《楚辞·九歌》,三闾大夫屈原以浪漫的笔法,勾勒出一个诡异妖娆、媚骨天成的山中女精怪。据说她姿态曼妙,身披藤蔓,骑着赤色的豹子在幽深的山间出没,所到之处,百兽慑服。所以后世创作山鬼图,几乎是清一色的美女与野兽:美女必然纤纤楚楚,穿着风凉,总之不类良家妇女装扮,野兽则非豹即虎,极尽凶悍之能事,务求画面对比强烈,刺激眼球。

柳冠国酌情放料。

柳冠国:"孟千姿派头很大的,像明星一样,带助理,还有化妆师。"

群里本就讨论得热闹,他这一发言,越发炸了锅。

沈万古:"大佬真是很朴素了,现在那些明星出门,谁不带五六个助理,我听说有些人还带私教和营养师呢。"

沈邦:"就是,大佬又不是没钱,家里山矿不多,七十七,要不是国家提倡低调,大佬完全可以搞个私人飞机飞过来。"

邱栋:"@沈邦,没事别提矿。我听说网上聊天,有人监控的。"

刘盛:"没关系,又不是敏感词。"

柳冠国没发言，他这趟被指派做接待，颇为骄傲膨胀，说话都惜字如金，非常享受这种稍露口风即获追捧的感觉。

孟千姿一行是下午到的。

当时还没有变天，完全没有晚上会下暴雨的迹象，落日熔金，熔进云里、山头、屋顶、街面，恰到好处地烘托出迎接重要人物的应有气氛。

柳冠国攥着手机，在云梦峰门口翘首以待。在错认了几辆车、手心汗湿了好几回之后，终于看到一辆黑色的大 SUV 驶过来。

车子停下，最先下来的是孟千姿的助理孟劲松。

孟劲松三十来岁年纪，肤色偏黑，高瘦，眼尾略略下垂，整个人大多数时候看起来没精神，但只要一抬眸，目光那叫一个精干锐利、冷冽森然。

柳冠国激动地屏住呼吸：当助理的都这么有气场，那大佬出场时，天地都该为之失色吧。

柳冠国这一片刻恍神，群里的消息再次刷起了屏。

沈邦："明天是大佬请客？我们能上桌吗？"

沈万古："想太多，轮得上你吗？再说了，请客只是形式，本质是湘西的各路好朋友拜会大佬，巩固友谊。"

刘盛："好朋友们得出血了吧？"

沈邦："那必须啊，空手上门还蹭饭，好意思吗？"

刘盛："这礼难送了，毕竟大佬什么都不缺。可别送什么黄金玉石的，太俗！"

沈万古："俗不可耐！真敢送我们就十倍回赠，羞辱他！"

刘盛："我也想要这样的羞辱！"

邱栋："+1。"

沈邦："+10086……"

柳冠国不紧不慢，再次加料。

柳冠国："孟千姿带的是个男化妆师，挺帅，两人站在一起，特别登对。"

化妆师叫辛辞，二十六岁，一米八的个头，眼梢细长、鼻梁挺正，留的还是长发，不过还挺阳刚俊朗，有点像二十世纪九十年代走红的那个古惑仔，一身松垮的白色休闲服到了他身上，有模有样有气质。柳冠国当时一个迟疑，还以为是孟千姿的男伴。

果然一料激起千层浪。

沈万古："就不能找个同性吗？女化妆师很难请吗？"

沈邦："不会产生感情吧，这整天化妆、朝夕相对又涂又抹的……我情感上接

010

受不了大佬和凡人、比她穷的人以及出家人联姻。"

邱栋："我觉得应该不会，距离产生美，距离太近，彼此没神秘感。"

沈万古："希望大佬理智、克制、机智，不要被门不当户不对的美色所动。"

刘盛："看不下去了啊，化妆师怎么了？职业不分贵贱，化妆师配大佬也挺好啊，一个站在背后、默默支撑起了大佬颜值的男人。"

都说女人八卦，其实男人八卦起来也不遑多让，柳冠国正看得热闹，邱栋突然冒了句话。

就是这句话，让群里暂时冷了场。

邱栋："@柳冠国，柳哥，知道大佬为什么来湘西吗？咱这儿被边缘化，得有两三百年了吧？"

这话是真的。

山鬼，在柳冠国这儿，有广义和狭义两个概念。

广义的，这群里的人，都能称为山鬼，又叫"山户""穿山甲"，顾名思义，穿山走林，祖祖辈辈靠山讨生活，多少有些隐秘的本领，低调行事，安静发财，不向外人道也。

而狭义的，只指一小撮真正被山"选中"的人，天赋异禀，和山同脉同息，能够进入常人到不了的山腹幽深之处，采撷不为人知的山矿，这一小撮人，也分等论级，还限人数——一般以人体喻山体，从低到高依次是山肩两位、山耳两位、山眉两位、山髻一位……

山髻还不是最高的，古代髻上有冠，为王为尊者承之，所以山髻之上，还有个坐山鬼王座的，也自然是那一小撮人里最拔尖的。

但那位最早编纂山鬼等级的前人，显然忽略了一件事：山肩、山耳等，都是两个字，念起来利索上口，可位次最高的那位……

称她"坐山鬼王座的那个"，太长太拗口；简称"山鬼王座"，听起来又像椅子成了精，着实难煞了人——没人出来给标准答案，反给了大家自由发挥的机会，比如柳冠国他们，就习惯叫"大佬"。

最新一届的大佬，自然就是前头被叨来念去的孟千姿了。

山鬼究竟缘起哪个朝代，没有确切的说法，不过内部习惯奉屈原《楚辞·九歌》中的山鬼为祖宗奶奶，可能正是有了祖宗奶奶的慈爱照拂，历代山鬼阴盛阳衰，位次高的全是女人。

早些时候，信息闭塞、经济不发达，不知地大几何，只知山外有山，为了摸清山况，大佬们还会筚路蓝缕以启山林，后来民智开了、国界定了，一本《山谱》把华夏诸山列得明明白白——前人种树，后人乘凉，继任者难免懈怠，湘西这种偏远的深山老林自然淡出他们的视线，加上明朝时，旅行家徐霞客又搞歧视，排三六九等，宣扬什么"五岳归来不看山，黄山归来不看岳"，正合了大佬们的心思，好嘛，直接把常住地安在黄山脚下了，题名"山桂斋"，暗合"山鬼"二字。

邱栋说得还算克制，其实湘西这块被边缘化，哪止两三百年啊。

那么问题来了，孟千姿怎么会毫无征兆地突然间亲自过来了呢？

柳冠国答不出，索性把手机翻下，重新操刀：微信群聊就是这点好，从来处来，往去处去，来去都飘忽，无须交代。

才刚剁了几下，眼前一暗，大门口闪进一个人来。

那人穿连身带帽的大黑雨衣，脚蹬黑雨靴，从头到脚被雨浇得一身发亮。

大佬在房，柳冠国异常警惕，两眼一瞪，下意识提刀，那人却在门口忙着脱雨衣，攥起来又甩又抖。

认出来了，是自己的酒友王庆亮，在武陵山景区当保安的。

柳冠国觉得奇怪："不是早下班了吗？你大半夜跑这儿来干吗？"

不提还好，一提起来，王庆亮满肚子气，嗓子一亮，跟破锣似的："还不就是几个游客，真蠢！"

【02】

原来下午的时候变天，说是有大雨，景区在下班前两个小时就安排各处喇叭播报这事，反复强调要注意安全，建议游客提前结束游览。

大多数游客还是惜命的，一拨接一拨地往出口撤，王庆亮还以为不会出什么差错，哪知下班的时候，两个年轻女人找到保安室，哭丧着脸说自己的三个同事联系不上。

一问之下才知道，那三人逞能，进了"禁止通行"的一条未开发的岔路，估计是越走越远迷了道，深山里没信号，当然更不可能听到广播。

武陵山区太大，只开发了一小部分，岔道太多，景区没那个财力造墙围堵，只能在石头上油漆大红色的告示，类似"禁止通行"或者"危险，此路不通"，以期游客们珍爱生命、心存敬畏，哪知隔三岔五的，总会出几个欲与天公试比高的人。

但是又不能放着不管，万一真出什么事，新闻上一报，微博上一转，对景区来说，打击不可谓不大，王庆亮只好召集了几个人打着手电筒进山去找，过那个"禁止通行"的口时，觉得这份工作真不值：每个月领不到三千块的饷，居然还得冒生命危险。

好在还算幸运，在里头转悠了约莫两个小时，终于找到那三只"迷途的羔羊"。

王庆亮拿手摁住剁椒的桌沿，脸涨得跟辣椒一样红："你说，正常人，这种时候，就算不道谢，也不该讲风凉话吧。"

剁刀声太响不利于倾听，柳冠国已经斯文地改成了缓切，听到这儿，微微点头："那是。"

王庆亮鼻孔都快往外喷白气了："你知道那几个傻×说什么？"他捏着嗓子学，"我买了票的，我们是纳税人！你们景区都是拿我们纳税人的钱造起来的。别说下雨，就是下刀子，也该进来找，这是你们的职责！"

是挺气人的，要不说一样米养百样人呢。柳冠国附和了两句，还是觉得纳闷："那你怎么还不回家啊？跑我这儿来干吗？"

想发牢骚求安慰，赶摸自己婆娘去啊。

这话把王庆亮给问住了：光顾着生气了，自己原本是要过来问什么来着？

那表情，一看就知道是断片了，人一上了年纪就会这样，脑子时不时会卡壳。

柳冠国也不追问，继续斯文地切椒。

王庆亮终于想起来了，他凑近柳冠国："哎，上次你跟我讲的那个山蜃楼，又叫阴寮的，真的假的？"

啥？

柳冠国心里一惊，一刀切歪，要不是反应快，差点儿赔一截手指头进去。

他故作镇定，但还是不免结结巴巴："什……什么楼？我什么时候讲过？"

开什么玩笑！山鬼戒律第一条就是嘴巴得严，"家事"不能跟外人讲，再说了，他头顶隔一层就是大佬，就算犯事儿，也不能赶在这时候啊。

"就是咱俩搞了条老腊肉下酒那次，"王庆亮提醒他，"你喝高了，搂着我脖子说你是山鬼，还说刮风下雨的时候，就跟海市蜃楼似的，这山里会起山蜃楼……"

柳冠国后脊背上已经冒冷汗了：酒也太误事了，得戒酒，一辈子都不能沾。

王庆亮继续绘声绘色："山蜃楼起来的时候，冷飕飕的，又叫'阴寮'，活物都不耐（爱）在里头待，争着抢着往外跑……哎，真的假的啊？"

柳冠国回过神来，紧张地打断他："我还说什么了？除了楼？"

除了楼啊？那没别的了，王庆亮摇头。

很好，柳冠国定了定神，开始自己的表演："这你都信？"

"我也没信啊……"

"我那是喝大了,舌头乱鼓捣,胡诌的。咱俩都认识小二十年了,我哪儿看上去像山里的鬼了?是鬼也得是县里的啊,我城镇户口。"

王庆亮人憨,跟被人拿绳穿了鼻子的老牛似的,被柳冠国三两句一绕,就只知道跟着走了:"我就说嘛,你是喝高了,说话跟唱戏似的,一套套的,差点儿把我给唬了。"

很好,看来局势尽在掌握中,柳冠国继续追问:"上次喝酒都过去大半个月了,怎么从没听你提过这事?"

"我也喝多了,睡一觉起来就忘了呗。"

那怎么偏偏今天想起来了?柳冠国呼吸渐紧。

幸好王庆亮人实在,从不说半截话:"今晚上不是进山找人吗,越走越深,正走着道,我听到嗖嗖的,手电筒光往那儿一扫,好家伙,我就看到蛇啊、蛙啊,还有不知道什么虫,一溜烟儿地又跳又窜,也邪门了,尽往一个地方跑,跟逃命似的。我就奇了,这蛇不是吃蛙的吗,怎么肩并肩地跑起来了?再然后,脑壳里打了个亮,一下子想起你那晚的话了,你还说,这叫虫蛇跑……跑……跑什么来着……"

王庆亮越想越纳闷,反正回家时要路过云梦峰,于是顺道进来问一嘴,不过,既是胡诌说中的,那就没必要刨根究底了,王庆亮东拉西扯了几句之后,悻悻地穿上雨衣告辞。

柳冠国送他到门口:"那些山里跑的跳的,都比人机灵,电视上不是说了吗,地震的时候它们先知道,排着队跑——肯定是下大雨,哪里塌了,所以它们忙着乱窜……"

言之有理,王庆亮脸上发热,觉得自己是有点一惊一乍的,很对不住这么多年来受的唯物主义教育。

目送着王庆亮走远,柳冠国长舒一口气,拿手扶住门框,又抬眼看向远处的山影。

天黑,大雨,近处的景都有些模糊了,山影倒还隐约可辨,跟耷拉着挂在天边上似的。

什么山蜃楼,那是多古早的传说了,别说他没看过,他爹他爷都没看过。

柳冠国吸了吸鼻子,转身往桌边走,才走了两步,鬼使神差般地,又转了回来。

总觉得哪儿……不太对劲儿。

他从右首开始,依次点数大雨中的山头,点完一遍,怔了两秒,又从左首开始点,点着点着,一股凉气从心头蹿起。

这客栈开了有些年头了,他每天从大门进出,那高处的山头,一天少说也要看个二十遍,到底几座,心里门儿清,还很附庸风雅地给起了个别称,叫"十八连峰"。

但是现在,那些憧憧矗立着的黑色山头,居然有……十九个!

云梦峰客栈，三楼。

孟千姿住的是这一层视野最佳的山景房，面山的大露台一敞开，简直是天然的大银幕——不过现在入了夜，雨又急，大落地窗紧闭且不说，连厚厚的帘子也拉得不露缝隙。

室内仿"山桂斋"那头的风格布置，颇具古韵：一张螳螂腿的大黄花梨罗汉榻，上设矮几，下置圆腰脚踏，背后悬巨幅的水墨山鬼，靠墙的博古架上放了几本线装书以及装饰用的古董瓶罐，金丝楠木的夔龙纹卷书案头立一尊惟妙惟肖的假山，山顶燃一支倒流香，乳白色香雾往下流动，将一座几拳高的假山笼得云遮雾罩的。

孟劲松坐在明式四出头的官帽椅上，皱着眉头看手里的几张打印纸。

明天说是孟千姿做东，请各路好朋友吃饭，其实吃饭在其次，要紧的是搞好关系，和睦共处：湘西这个地方，自古出彪悍人物，屈指一数，派系就有蛊术、辰州符、赶尸匠、落花洞女、虎户等，山鬼一系，还真不敢独大。

所以宴请的规格、席次都很讲究，但柳冠国这人不擅长文书工作，提供过来的名单、座次图等虽说尽心尽力，却排布混乱，孟劲松看得本就费劲，偏又不能集中精神——罗汉榻那头，辛辞正在给孟千姿做指甲，两人喁喁低语，可外头雨大，反衬得屋内安静，一字一句，孟劲松都听得明白。

他往那头斜了一眼，正看到孟千姿浴后乱绾的髻松垮欲坠，丝缎的浴袍滑向一边，露出白皙肩上一截纤细的吊带来。

孟劲松赶紧移开目光。

于穿戴这一节，孟千姿在他们面前确实比较随意。孟劲松是传统直男，觉得男女有别，委婉地提醒过她几次，孟千姿回说："我自己的地头，怎么舒服怎么来，见你们还要穿正装？你不适应，你就调整自己，多调整几次就适应了。"

再后来，孟千姿被他说烦了，送了他眼罩和盲杖，说："你要么适应，要么以后戴眼罩、探杖子进来，这样你眼不见心不烦，我也不被唠叨，大家双赢。"

让她这么一通抢白，孟劲松就不好说什么了：孟千姿毕竟是坐山鬼第一把交椅的，二十六七岁的年纪，还谈不上成熟克制，脾气难免带刺，只有别人适应她，没她适应别人的理。再说了，在她之前，山鬼王座空悬三十二年，好不容易发掘出这棵稀罕的苗子，上下还不把她捧成了宝贝疙瘩蛋？

她十四岁的时候，就做出了携同班男友坐火车私奔去大理隐居的壮举，被众人在火车站堵截回来时，又骑住七楼的阳台，叫嚣干涉她的恋爱自由她就要跳楼。

后来还是众人把她的男友领到了现场，那小屁孩被这帮狠人修理恫吓过，泪流满面，嘶哑着嗓子自我剖白："我也不想的，我劝过千姿，我们还是学生，要以学业为重，考上好大学报效国家……我都是被她逼的……我其实是想先稳住她，再给你们打电话……"

据说孟千姿死志顿收，纵身下地抡起一张凳子就要砸过去，被众人七手八脚摁在了地上。

少年时代就如此剽悍，孟劲松还一度忧心，觉得她将来接任时必是个混世魔王。哪知有些树少时笔直，成年长歪，她这种小时候就歪得特别感人的，后来居然自我纠正了，想来想去，只能归功于祖宗奶奶的照拂。

低语声继续传来。

辛辞："你明天请客，形象往高冷上靠比较好吧。"

孟千姿："在自家高冷也就算了，湘西大户，不要你养不图你粮，哪个吃你这套。"

辛辞："礼貌当然是要有的，咱不能傲慢，但是态度得疏离，得表现得高深点，让人捉摸不透，毕竟你地位不同，所以妆容也得往这个调调上靠。"

孟劲松没好气地抬眼，恰看到辛辞摇着个带穗子的天青色小团扇，他不知道那是在给孟千姿扇干新护理的指甲，皱了皱眉头，心里默念了句：辛大太监。

辛辞不是山户，他是签了保密协议，专职给孟千姿做化妆师的。孟劲松面上不露，私底下有点看不上他，觉得他爱讨好孟千姿，跟老佛爷面前亦步亦趋的大太监似的，殊不知辛辞背地里也不大欣赏他，发牢骚说："都是拿钱给人打工的，姿态软点让千姿高兴怎么了？非那么硬邦邦、臭烘烘的，真不会做人。"

当然，大家表面上还都是一团和气。

门上传来敲叩声，先是试探性的，然后渐急。

孟劲松知道孟千姿休息的时候不喜欢被打扰，马上站起身，说："我出去看看。"

【03】

孟千姿蹙着眉头，目送孟劲松开门出去，门没关严，有隐约的语声传进来，好像是那个柳冠国。

辛辞也向门口瞥了一眼，小声说："下午你就随口提了句路边店里好多卖剁椒的，柳冠国就急吼吼地说自家酸剁辣椒手艺好，在楼下咚咚咚地剁一晚上了，前头端来的保靖黄金茶还没喝呢，现在不知道又来送什么——这上赶着讨好的吃相，也不知道含蓄点。"

孟千姿其实也是这么想的，但辛辞把话说得太直白刻薄，她又觉得该给人留点面子:"我第一次过来,人家不一定想着讨好,可能也就是热情朴素。"

辛辞耸了耸肩:"这年头,只有朴素的人设,哪还有朴素的人啊。"

过了会儿,孟劲松带上门进来,脸色有些凝重:"千姿,刚柳冠国说,对面山里,好像起阴寮了。"

阴寮?那是什么东西?辛辞一脸莫名。

孟千姿坐起身子,疑惑多过讶异:"柳冠国的眼,能看出山蜃楼?"

"他是看不出,说是有个朋友今晚进山,好像撞见了虫蛇跑阴,而且他对这一带的山头很熟,很肯定地说平时是十八个山头,现在多了一个。"

山头还能多一个?辛辞更糊涂了。

孟千姿"嗯"了一声,顿了顿,朝落地窗示意了一下:"开窗。"

孟劲松等的就是这话,他几大步跨到窗前,"唰"的一声把厚重的绒布帘子往两边拽开,又把上半扇大窗推开——视野里,恰有一道闪电自天顶拖下,尾梢裂成银亮而曲折的几道,瞬间探入黑漆漆的山野,煞是好看。

风大,尽管檐上有挡雨罩,被吹斜的雨线还是有部分打了进来,孟劲松侧身退开两步,孟千姿却迎上去,伸手接了点雨水在眼睛上抹了抹,然后凝神细看。

到底是看什么啊?辛辞也瞪大了眼睛朝外看,只觉满目风雨交加,想开口问,又怕打扰孟千姿"干正事",只得先憋着。

过了会儿,孟千姿抬手指向其中一座:"那儿,颜色不对,边缘也发糊。"

转头时,恰看到辛辞的脖子伸成了觅食老鹅,孟千姿没好气:"你又看不见。"

辛辞悻悻地跟着她回到榻边:"那你不早说,害得我眼珠子都快瞪出来了。哎,千姿,这什么楼啊?"

身后,孟劲松大力关窗,"砰"的一声闭响之后,室内倒像是比之前还安静:"千姿,按照规矩,你该去收蜃珠。"

孟千姿叹了口气,一脸惘然地看窗外:"这雨可真大啊。"

雨大雨小,你都得去的,孟劲松假装听不懂她的言外之意:"我问过柳冠国,山里的雨下不长,一般后半夜就停了——从这里进山,还得走一段路,千姿,雨一停,蜃珠就撑不了多久了,再磨蹭,可就收不到了。"

很好,楼还没搞懂,又来了个珠子,辛辞右手高抬,跟上课举手提问似的:"谁能给我解惑一下,什么叫山蜃楼?"

孟劲松看了他一眼:"你手机上又不是没山典,自己不会查吗?"又转向孟千姿:"那我过去拿山鬼箩筐?"

孟千姿应该是同意了，因为孟劲松很快开门出去了，不过辛辞顾不上看他俩了，他的指头在手机屏上点滑个不停，飞快地打开一个又一个文件夹。

这手机是入职考核期过后领的，上头确实自带了几个 App，但做 brief（任务简介）的人说跟他关系不大，他也就没细看，都收拢到不常用的文件夹里去了。

现在想想，山典，应该是跟词典差不多的意思。

找到了，图标还真的是一本词典，辛辞赶紧点开，主页就是搜索框，利落直白。

他输入"山蜃楼"三个字。

不得不说，这 App 做得挺精良，除了大段引经据典的文字解释，居然还有动画演示，不过辛辞没耐心细细研读，一目十行地直溜下去。

山蜃楼类似于海市蜃楼，都是虚景幻影，但更稀罕少见，因为山蜃楼的出现得具备四个基本条件：半夜、大雨、深山、灯光。

没错，还得有灯光，毕竟是半夜，再兼风雨交加，没灯光的话，你也看不真切。

山鬼中，位次高的几个只用肉眼就可以看出山蜃楼，但问题又来了——山蜃楼伴雨而生，雨停了就开始消失，快的仅几分钟，最长也撑不过半个小时。

所以世人知道海市蜃楼的多，知道山蜃楼的几乎没有，词条里列出山鬼上一次见到山蜃楼的时间，居然是在清朝嘉庆年间，当时的山眉祁百铃在云南西陲探山，远远看出了山蜃楼，急匆匆地带着人往山里赶，哪知半路雨就停了，无功而返。

那蜃珠又是什么玩意儿？辛辞急急退出这一条，正待再次输入，孟劲松拖了口大的硬壳行李箱进来，在榻前直接放倒，又吩咐辛辞："把千姿的伏兽金铃找出来。"

金铃？

辛辞有点激动，也顾不上搜蜃珠了，几步绕过罗汉榻，牵了口小行李箱过来，挨着孟劲松放平开箱。

箱子是特制的，一打开全是首饰盒一样的分层透明玻璃格，里头流光溢彩、璀璨生辉。

山鬼最不缺的就是昂贵矿石，而最稀罕、材质最佳的，必然要留给坐王座的那个，这一箱说是价值连城绝不过分，而这仅仅是孟千姿众多饰品里最常用的一箱——不过按规矩，代代相传，孟千姿有使用权，拿走几件送人也无伤大雅，但绝大部分生不带来，死不带去，百年之后，还是要传到新继任人手上的。

首饰太多，即便天天换样，没个一年半载也戴不完一轮，好在孟千姿乐意戴，用她的话说，气色不足、气场不够、颜值受损、皮肤暗沉，都能用首饰来凑。

辛辞打开中央的那一格，几乎是屏着呼吸，取出孟劲松说的伏兽金铃。

说是金铃，其实材质非金，倒有点像黄铜，颜色暗沉，挂的铃片上布满诡异痕纹，听说能否坐王座，就看能不能驾驭伏兽金铃——足缠金铃，再狂暴的山中凶兽都得低首慑服，不敢近身。

那场面，想想都觉得震撼，辛辞一直期待着能亲眼看到。可惜入职以来，孟千姿或是去庐山避暑，或是去黄山看佛光，从来没进过深山老林，这让他对今晚生出了点小期待。不过转念一想，武陵山既然都已经被开发成景区了，那豺狼虎豹什么的，似乎也指望不上。

正嘀咕着，余光瞥到孟劲松从大行李箱里拿了个玻璃罐放到地上。

这行李箱是孟千姿所有行李箱中最大的一个，又叫"山鬼箩筐"，从来没见开过，辛辞只知道装的是山鬼进山时要用的各种装备——古时候进山，都是背箩筐的，所以现在哪怕不时兴用箩筐，这名字还是沿用了下来。

辛辞凑近去看，心头蓦地一惊。

那玻璃罐里，居然装了只蜘蛛，节肢和躯干加起来，足有小孩手掌那么大，黄褐相间，身上还披着蛰毛，看着就有点恶心。不过奇怪的是，它其中一只步足上，拖了个带链子的小铁环，在里头爬动时，铁环和玻璃相叩，发出让人颇不舒服的轻响。

这又是干什么用的呢？

辛辞想问，又怕自己问个不停会招人反感，正犹豫着，孟劲松拈了根拇指粗细的节竿站起身来，信手几甩，甩出两三节长，倒像根伸缩鱼竿。

竿头尽处，恰对着刚从洗手间换好山鬼服出来的孟千姿。这套在山鬼服中属于简易便装，跟全黑的紧身瑜伽服很像，防水且不易反光，肩、肘、膝以及胸腹处加了耐磨的皮质拼接，腰肩连缀武装带，方便挂扣插取武器。

孟千姿手掌抵住竿头，就势回推，把长长的一节竿推回到不足一米，孟劲松收好节竿，征询她的意见："闲杂人等就不带了吧？我只让柳冠国送我们到山口……这种事，底下人用不着知道。"

辛辞赶紧声明："我不是闲杂人等啊，带我看看热闹。"

孟千姿"嗯"了一声，从他手里接过金铃，硬底雨靴是防水的，靴口和裤子有压胶的拉链衔接，她嫌费事，懒得再脱鞋，索性把金铃悬扣在腰带上。

孟劲松迟疑了一下："那……山桂斋那头呢，需不需要跟几位姑婆说一声？毕竟不是小事。"

那几位，是山鬼的真正核心权力层，也是一手把孟千姿栽培带大的长者前辈。

孟千姿头也不抬："说什么说？万一失败了呢，让她们空欢喜一场也就算了，还要嘀咕我不行。你俩听好了，这事成了，该怎么吹就怎么吹，要是没成……"

说到这儿,她顿了几秒,嫣然一笑:"今晚这事,就当没发生过。"

夜半、深山,再加上急一阵、缓一阵的雨,这经历,还真是生平头一遭。

辛辞抬手抹了把脸上的雨,斜眼看向身边的孟劲松:他和自己一样,都穿了兜头的大雨衣,不同的是腰间怪异地鼓起一块,那是带了枪。

铃压百兽,山鬼带枪,枪不指兽,从来都是为了防人——身边既有山鬼的大佬,又有这么硬核的武器,辛辞觉得安全感爆棚。

孟千姿在前头领路,走一段停一会儿,凭眼睛辨向,而她辨向的时候,手电筒光都得关灭,以免影响效果——前半程走的是景区通道,倒不怎么费劲,辛辞还忙里偷闲,在山典里查了什么叫"蜃珠"。

说到蜃珠,又得提一嘴海市蜃楼,现代人都知道,那其实是一种光学幻境、大气折射现象,但古人把它解释为"蛟蜃之气所为",认为海市蜃楼是蛟龙吞云吐雾之后形成的怪异景观。

山鬼沿用了古人的引申,认为山蜃楼是由蜃珠幻化出的,而蜃珠是"龙的涎水"。

有了蜃珠,山里才能形成山蜃楼,这珠子平时渗在地底下,夜半大雨时,极偶然的,会随着水汽蒸腾到半空,引发蜃景,但普通人看不到蜃珠,因为它就是一小包水,雨停了之后,会重新渗入地下,山蜃楼也就随之消失……

这不胡说八道吗?写小说的都不敢这么编,辛辞看不下去了。

后半程进了未开发地段,那真是一走一脚泥,一步一趔趄,有时还得手脚并用,辛辞叫苦不迭,却还得加快速度——雨似乎越下越小了,万一跟祁百铃那回一样,忙到头来一场空,那这夜半冒雨跋涉进山的艰辛,可就白费了。

也不知走了多久,孟千姿忽然停步,低声说了句:"到了。"

到了?这就到了?

辛辞咽了口唾沫,顷刻间头皮发麻,他打着手电筒粗略扫了一圈,第一时间涌上心头的,居然是失望:还以为阴寮是如何如何鬼气森森,这不就是普通的山和树吗?

孟劲松却有点紧张,他让辛辞帮他拿着节竿,自己在竿头处穿了根鱼线,然后打开玻璃罐,倒出那只蜘蛛,小心地把蜘蛛步足上的铁环绑扣在了鱼线末梢。

这还真跟一根装了鱼饵的钓鱼竿似的,辛辞脱口问了句:"怎么,蜃珠还吃蜘蛛?"

【04】

孟劲松没答话，只是把节竿递给孟千姿，同时嘱咐辛辞："现在开始，紧跟千姿。山蜃楼里，你看到的路可能是悬崖，不能乱走。"

还能这么玩？

辛辞又来劲了，接下来，虽然步步紧跟，但时不时地，总要小心翼翼地探只脚出去，点一点远处的地，看到底是实的还是空的。

走了约莫一刻钟，似乎是有情况，孟千姿站定身子，随手指向一边，孟劲松也不废话，马上拉着辛辞靠过去，然后关灭手电筒。

手电筒光一撤，满目漆黑，好在淋过雨的石面和叶片有水光，适应了会儿后，眼睛勉强能视物。

辛辞看到，孟千姿单膝跪地，侧着头似乎在观察着什么，节竿在手中掂量似的微晃，再然后，肩部一耸，手臂一个漂亮的甩扬，就听噌噌有声，节竿甩长，蜘蛛随着绷直的鱼线飞了出去。

辛辞屏住呼吸。

过了几秒，顺风传来孟千姿的声音："没钓到。"

这世上，绝大多数的事儿，都是一鼓作气，再而衰，三而竭。

孟千姿三次不中，辛辞观战的专注就去了大半，和所有爱在背后讲老板小话的员工一样，低声向身侧的孟劲松嘀咕："我们千姿，到底行不行啊？"

孟劲松说："要么你上？"

不过很显然，孟劲松也觉得短时间内完事不太可能，态度略有松懈，还抽空给辛辞解了惑。

说是这蜃珠无色无味，等同于隐形，但极偶尔的，珠面上会滑过很细的、上弦月样的一圈亮，山鬼叫它"镰刀亮"，不过普通人的眼睛基本看不见，连孟千姿这样的，都得细细观察确认方位。

它的材质也很特殊，跟灌汤小笼包差不多，包子皮还是水做的，人手根本捏不住，一抓就滑，一碰就跑。

这世上，唯一能抓住蜃珠的是吐丝的抱蛛，也就是玻璃罐里那只——所以人家不是饵，抛将出去，是为了把蜃珠给抱住的。

原来如此，辛辞忍不住又操心起抱蛛来："老孟，千姿这一甩两甩的，不会把蜘蛛给甩晕过去了吧？你说你们也不多搞两只蜘蛛轮换，就往死里折腾那一只……"

孟劲松觉得他聒噪："你闭嘴吧，别干扰千姿。"

声音都低成耳语了，哪儿干扰得到啊，辛辞悻悻，觉得孟劲松整个一马屁精——此时大雨已转成了淅淅沥沥的小雨，山里渐静，辛辞嫌雨衣不透气，解了两粒扣子，又抬手把雨帽拉了下来。

这一来空气清新、耳聪目明，别提多舒心适意了，辛辞扭了扭脖子，又揉了揉肩颈，目光无意间后落，心里突然揪了一下。

就在他身后不远处，有什么东西正蠕蠕爬来，黑漆漆的一团。那身量，足有一个人那么长。再一看，那轮廓，也跟个人似的。

辛辞脑子里一空，手下意识地一个推挪，居然把握着的手电筒给打开了。

灯光尽处，他看到一个穿白褂裙的女人，满脸血污、披头散发，两手抠着地里的泥，正往他脚边爬，这也就算了，更瘆人的是，那女人的脖子，是被砍开了半拉，整个脑袋以扭曲的角度诡异地耷拉着，创口处还在向外涌着黑褐色的血……

这场面，完全超出他心理承受范围了，虽说他是化妆师，但他是化美妆不是化鬼妆的——辛辞一声惨叫，往后急退，地上不太平整，也不知是绊到了还是腿软，一屁股坐跌下去。这一坐，腿顺势前伸，好死不死，居然直接送到了那女人嘴边，那女人抬起一只手，眼看就要抓住他的腿了……

辛辞觉得自己的魂都飞了，拿手撑住身体，拼命蹭着屁股往后挪，手电筒骨碌碌地滚出去，光柱贴着地急转。

孟千姿急步过来，还没来得及开口询问，辛辞一把抱住她的小腿，另一只手指着那一处人影，上下牙关咯咯乱战。

孟劲松压根儿什么都没瞧见，就是被辛辞叫得心头发瘆，不过看到他这反应，也知道身侧必有蹊跷。他打开自己的手电筒，向着辛辞指的方向照了过去，按说他性子比辛辞沉稳，心里也约莫有底，但骤见这场面，还是没能忍住，一句脏话脱口而出。

孟千姿"哦"了一声，说："这个啊。"

这轻描淡写的语气，多少纾解了辛辞绷紧的神经，他终于意识到自己的姿势太没男子气概了，赶紧松手："啊？"

那女人还保持着往前爬的姿势，但像卡了带，只在原地，并没有真的行进。

孟劲松蹲到那女人身边，手电筒直直打向她的头，又看辛辞："山蜃楼没见过，海市蜃楼总听说过吧，蜃景，假的。"

说着，伸手向着那个女人的头摁了下去，辛辞头皮发炸，还没来得及出声喝止，就见孟劲松的手穿过那女人的脑袋，宛如穿过一团空气，径直摁到了地上，抬手时，还特意展示给他看，摁了一手的泥。

辛辞结巴："假……假的？"

孟劲松将手上的泥巴在石头上抹掉："跟全息投影差不多，骗人眼睛的，你要是怕，就别打光，没光就看不见了。"

收餍珠是第一要务，这插曲很快翻过。

辛辞站到石头另一边，觉得自己这辈子都没这么丢人过，他试图给自己挽尊严："我也不是怕，就是猝不及防的……太突然了。"

孟劲松表示理解："没事，是挺吓人的。"

辛辞讪讪："但是你看人家千姿，还是个女的，那么镇定。"

孟劲松没吭声。

没可比性，孟千姿可是被特别调教过的。

山桂斋的那几位姑婆认为，坐山鬼王座的，是山鬼的门面、代言人，得有王者风范，务必泰山崩于前而色不变，遇事惊慌失措，丢的是山鬼上下几千张脸——所以下了狠手，专治她的"慌""怕"二字。

所以宠归宠，娇惯归娇惯，栽培还是要严苛的，手段也是极尽变态之能事：孟千姿半夜摸索床头开关时，摸到过另一个人的手；蹲洗手间扯厕纸时，扯到过滑腻腻的蛇；还从炒饭底下，拨出过活的老鼠……

起初她也花容失色又号又跳，很好，只要反应失措，惩罚一个接一个，诸如鱼腥草榨汁、小米椒拌花椒、生嚼猪肉——效果甚是卓著。今日的孟千姿，缺失"慌"和"怕"两种姿态。更确切地说，心里怕不怕不知道，但表情和肢体动作永远云淡风轻，再骇人的场景到了她面前，换来的也就是一声"哦"。

见孟劲松不说话，辛辞识趣地闭嘴，但脑子里静不下来，始终是那女人十指抠地往前爬的场面，忽然又想到了什么，一颗心狂跳："老孟，这是哪儿杀人了吧？"

他声音发颤："海市蜃楼，不就是把别处的景折射过来吗？这儿看到的是假的，但别处的是真的啊，是不是有人……正在杀人啊？"

他被自己的设想给吓到了，胳膊上鸡皮疙瘩一阵一阵。

孟劲松有点不耐烦："你山典的词条没细看吧？海市蜃楼是空间转换的概念，但山蜃楼是时间上的。换句话说，山蜃楼的景就是在这儿原地发生的，但事情可能是几十年前，也可能是几百年前的——刚那女人穿的白褂裙，褂裙上免襟盘扣子，一看就知道是解放前的，过去的事了。"

"在这……就在这儿？"

想到自己站的竟是案发地，辛辞小腿上一阵寒凉。

孟劲松觉得他好笑："哪儿没死过人啊，现在多少住宅楼前身都是乱坟场，湘西解放前被叫作土匪窝子，杀人的事多着呢。那女的，可能就是走亲戚或者赶集时遇到土匪了。"

再怎么说也是一条鲜活的生命，孟劲松态度这么凉凉的，辛辞心里有点不舒服。

化妆师得精笔勾画，性子大多细腻，辛辞再想了一会儿，惆怅竟多过了恐惧：蜃景特别鲜明，肉眼根本分不出真假，回想那女人的脸，清清秀秀的，不像山里的姑娘，应该是个知书识字的，也不知道为什么走这种道，结果遇到天杀的土匪，大好青春就此断送，相逢即是有缘，哪怕是这么隔空相逢——是不是该买点香烛纸钱烧一烧，顺带也给自己去去晦气……

他正胡思乱想着，不远处传来孟千姿的声音："中了！"

孟劲松一喜，蜃珠已得，有光无光无所谓了。他打亮手电筒，握着玻璃罐大步迎上去。灯光一起，辛辞反没了安全感，也赶紧跟了上去。

孟千姿已经解开鱼线，正拎着铁环把抱蛛放进玻璃罐里，抱蛛的其他几只步足大张，步足间明明什么都没有，但看那姿势，又确实像是在拼命抱着什么，可怜辛辞侧着脑袋，不知道换了多少个角度，才说服自己——似乎、隐约、确实是看到了一线转瞬滑过的镰刀亮。

其实钓蜃珠这事，技术难度也就中等，难的是刚好撞上这种机缘，再加上此时雨势更小，形同牛毛，再过个一时半刻，估计山蜃楼就要消了，孟千姿这时候"中了"，如同交卷铃响前两秒答题完毕，低空过关，颇有运气。

孟劲松那张常年板着的脸上，难得有了笑意："这怕是咱们山鬼近两百年间钓到的第一只蜃珠，回去我就联系山桂斋那边，《山鬼志》得记你一功。"

荣誉在手，此时就要谦虚了，孟千姿一派淡然："随便吧。"

《山鬼志》辛辞倒是知道的，是山鬼记录历代杰出角色的谱志。一般来说，山肩以上级别的人都会被记录在册，坐山鬼王座的更是会被大书特书，看来关于孟千姿的那一部分，少不了"收蜃珠"这一条了，"不管黑猫白猫，捉到老鼠就是好猫"，果然非常有道理，未来大家只会知道是孟千姿收到了蜃珠，谁会想得到她那三番五次的"没钓到"呢。

有时候，结果确实比过程重要。

有惊无险，胜利收官，三人原路返回。

辛辞怕孟千姿提起他刚才的糗态，一直说个不停，一会儿说该犒劳抱蛛，一会儿又展望几位姑婆会给孟千姿什么奖励，说到嗨处，摇头晃脑，手臂一扬，手电筒光恰斜照到一棵武陵松的高处。

这树长了有些年头了，有十来米高，树干上皴裂的树皮块块都有手掌大，树身有脸盆那么粗，但不算枝繁叶茂，很多光秃秃和半断的枝干，像横七竖八砸进树干里的桩子。

其中一根桩子上，吊着一个人，离地有一人多高，身子背对着他们，被风吹动，还在悠悠晃着。

辛辞一声"妈呀"，连退两步，小腿直打晃。

不过他很快反应过来，这又是蜃景，因为那吊着的男人头上盘着辫子，腰里绑布带，松扎着裤管，脚上套着草鞋——辫子头哎。看这装扮，比刚刚那女人所处的年代还要早吧。

湘西过去还真是个土匪窝子。这野山里，得坑了多少人命啊。

反应过来之后，辛辞的脸一路红到了脖根：这都第二次了，孟劲松这次连大气都没喘，自己却还这么大惊小怪的。

孟劲松说他："又猝不及防啊？要我说，想克服恐惧，得正面刚，你不如过去挨他站会儿，学我刚才那样，拍一下扯一下，以后就不会怕了。跟你说啊，机会难得，没准儿你这辈子就见这么一次山蜃楼……怕啊？"

辛辞起初有点犹豫，听到末了，有点心动，再被一激，胆气上来了。

他喉结滚了滚，咽下一口唾沫：年轻人嘛，就该百无禁忌。这种稀罕事有这遭没下趟的，两百年才轮一次，是该……体验一把。

【05】

辛辞咽了口唾沫，攥着手电筒过去，径直走到尸体脚底下。

抬头看头顶上悬着的两只草鞋鞋底，觉得确实逼真：全息投影现在倒也不稀奇，不少歌星的演唱会上会搞这个，但那种多少有点朦胧，跟真人还是有差别的……

他抬起手臂，向着那人的腿直抓过去，虽说会抓个空，但是看到自己的手从人的身体里直透过去，那感觉应该会特别难忘吧……

确实难忘。

接下来发生的事有点混乱，像是被人一拥而上痛揍，挨的拳头如密簌雨点，辛辞已经分不清顺序了，他只记得，这一抓抓了个实。

狗屁的全息投影！这居然是实实在在的！

因为抓了个实，所以才惊慌失措，继而控制不住力道——他听见破布撕裂的响声，听到骨头断裂的咔嚓声。他想尖叫，但惊骇太过，嗓子里没能发出声音，想往后退，腿上软绵绵的，刚一动就摔了。好巧不巧，这树恰长在斜坡边沿，他就那样握着半条扯下来的人腿，像个沉重的石辘轳，从坡上一路滚翻了下去。

这一下完全出乎意料，孟劲松头皮一紧，下意识地拔枪在手。孟千姿的反应也快，迅速与他后背相贴，右手一甩，手中的节竿甩出一米多长，在身前划了个防御的圆弧，同时屏住呼吸。

绵密的细雨下，漫山都是叶片刮擦的窸窣声，反而显得更加安静，悬着的尸体因着刚刚的大力抓拽，晃动得更厉害了，挂绳的枝干不堪重负，发出让人极不舒服的劈裂声，而坡下，隐隐传来辛辞的闷哼。

没有继发的状况，危机暂时解除，孟千姿示意孟劲松戒备，然后几步奔到坡边，手电筒往下急扫，很快就罩住了辛辞。

这是个长长的土坡，坡上没什么植被，大雨冲刷之后，本就泥水淋漓，底下还积了半人深的稀烂泥塘子。辛辞整个人扑跌进去，全身上下裹满泥浆，跟个泥人似的，正狼狈不堪地往岸沿上爬，边爬边吐着嘴里的湿泥。

孟千姿觉得好笑，但也知道不该笑，她向下头喊话："没事吧？"

辛辞真是要气疯了，这个晚上，诸事不顺，什么倒霉状况都奔着他来，但在孟千姿面前，又不能抱怨什么，只得强忍住怒气往上回话："没事。"

看起来确实没什么事，下头那么泥泞，孟千姿也不准备下去接应他："那自己上来吧，小心点。"

说完，退后两步，手电筒扬高，照向那具尸体。

这事儿不太对劲儿。

景区开发时，出于安全考虑，在核心区域和可能危险的区域，会设置很大的一段缓冲过渡地带，有些岔路口拿红漆涂着"危险，禁止通行"字样，并不意味着你迈过那道标语就马上危险了，既然能从景区一路走过来，这儿就不算深山老林。一般来说，应该也是被实地考察勘验过的——工作人员就没发现这么显眼的尸体吗？

退一步说，就算真没发现，从这尸体的穿着打扮来看，年代至少也在晚清或者民国，距今七八十年是有的，这么多年风霜雪渥，吊绳没朽烂？衣服还穿得这么囫囵，尸体没被鸟兽什么的糟蹋？

孟劲松也是这想法:"千姿,帮我打着点光,我上去看看。"

想近距离观察,粗暴点的做法是开枪打断挂绳让尸体落地,但那样既破坏尸体又破坏痕迹,这具尸体既然挂得这么古怪,树上、树下,乃至悬尸的那根枝干,都应该仔细查看。

孟劲松脱掉雨衣,把手电筒插进腰间,双手在树干上抹了抹,身子一蹿爬了上去。

既是穿林过岭的山鬼,那自然个个都是爬树的好手,但现在不是比谁更快,而是要往细微处找痕迹,反而得放慢速度。

孟劲松沉住气息,留心观察,很快就发现树身有几块地方的树皮脱落,看断口,不像自然剥落,倒像是有人往上爬时踏脚踩落的,还发现了几处刀子的插痕,痕口还很新鲜,不排除以匕首借力攀爬的可能性——这尸体真是新挂的?

孟千姿的手电筒光如同舞台上的追光灯,一直铆定他的身子,直到他在比悬绳高半个身位处停下,骑住最粗的一根树丫。

坡下,辛辞终于手脚并用地爬了上来,一瘸一拐地向着孟千姿过来。

孟千姿的注意力全在树上,也不去管他,只是问孟劲松:"怎么样?是不是不太对?"

三两句说不清楚,孟千姿的站位,手电筒光又打不到尸体的脸,孟劲松拔出自己的手电筒,拧亮了直照过去,定睛看时,心头一寒,额上的大筋都跳了两下。

真是狰狞的死人脸也就算了,反正上来之前就已经做好心理准备了,但万万没想到,这脸是假的!

绝对是假的,是一张硅胶仿真人皮,做成脸的凹凸起伏形状,所以昏暗时看过去,跟人脸无异,眉毛、嘴唇都是画上去的,画工很精细,嘴巴略歪向一边,血红的一圈往右挑着,像诡异的笑。

孟劲松之所以这么快判定这脸是假的,是因为这张脸的鬓角边,面皮和头发的接合处,支棱出几根湿漉漉的稻草来。

这稻草,难道是……

为了印证自己的猜想,孟劲松也顾不上许多了,伸手就过去抓,那假脸粘得并不牢靠,"刺啦"一声就下来了,露出里头塞得严实的一团稻草。

这是个假人。

孟劲松觉得好笑,先前的紧张尽数退去,这才发觉额上、后背都凉飕飕的,不知什么时候挂满了冷汗,他把手电筒往就近的树丫处随意一插,抬手抹了把额头。

树下,孟千姿似乎也看出事情有了转折:"怎么说?"

湘西这个地方，尤其是山区，至今还流传着一些诡异的民情风俗，这挂稻草假尸，也许就是其中一种，孟劲松低下头："假的，可能是为了辟邪或者送晦气，随便把仿制的尸体挂在路边的树上……"

事实上，说出"假的"那两个字之后，孟劲松就已经不知道自己在说什么了，后头的话完全不经大脑，像是喉舌记忆、机械涌出，而脑子里一节一节，仿佛有什么东西连环爆开。

因为低头的时候，目光自然而然被下方的两处亮给分了过去。

一处就是孟千姿，她打着手电筒，仰头向上，身后站着裹着雨衣，头、身挂满泥浆的辛辞。

另一处，非常巧，来自他光源斜向下、随意搁插的那个手电筒——光柱的尽头恰打在坡底的泥塘子边，照出一个软塌塌趴着的人的上半身。

趴着的人，自然是看不清面目的，但只看那衣着发型，孟劲松就知道：这个人是辛辞。

那么，现在站在孟千姿身后的那个人，是谁？

电光石火间，孟劲松反应过来，迅速改口，喝了句："狐媚子上腰了！"

话音刚落，孟千姿面色一冷，身子往右前方斜扑，与此同时回首扬腕，节竿甩出近两米长，带着飕飕风响，如同刚劲的软鞭，向着身后那人直抽过去。

解放前，国内许多老行当，尤其是干没本钱买卖的，都有属于自己的行话切口，又叫"唇典"，譬如"扯呼"指逃跑，"摘瓢"指割脑袋，"土条子"是蛇，而"海条子"指龙。

"狐媚子上腰"，就是属于山鬼的唇典：民间传说中，深山老林里常出狐媚子，也就是狐狸精，吃人害人，最是凶险。而"上腰"指的是"在你背后"，因为蹬腿爬腰自然要从背后上——有个吃人害人的凶险玩意儿在你背后，什么意思，不言而喻了。

孟千姿是坐王座的，于山鬼唇典滚瓜烂熟，自然是一听就懂：身后来人她是知道的，但一直以为是辛辞。既然不是，这三更半夜的，悄无声息欺近身侧，想来也不是要跟她打招呼，所以一出手就是狠招。

唇典还有个好处，如果大叫"小心背后"，在提醒了孟千姿的同时，也等于提醒那人已经暴露，给了他防备的时间，但你吼一句风马牛不相及的"狐媚子上腰"，那人莫名其妙，一个分神，对战之时，必然失掉先机。

果然，那人猝不及防，闪避得慢了点，被细韧竿头打到了颈侧，痛得一声闷哼,但他临场反应很快,脑子也灵光,知道一寸长一寸强,自己如果一直被节竿挡在外围,就只有防御和挨抽的份儿了,必须近身才能攻击,当下临地一个滚翻,避开节竿,向着孟千姿欺身过去。

节竿可以随心甩长,但没法随意缩短,对手一近身,这玩意儿就累赘了,孟千姿心随念转,马上丢掉节竿改换拳脚,只错身工夫,和那人已经过了两三招。

孟劲松急得太阳穴突突直跳,他持枪在手,本想占着居高临下的优势把那人给撂倒,但没想到下头这么快就已经近身搏斗了。他枪法一般,怕混战中开枪伤到孟千姿,迅速抱树滑下,准备上去助拳。孟千姿余光瞥到,厉声喝了句:"我能应付,去找辛辞!"

孟劲松犹豫了一下,还是听了她的,转向急冲下坡。

临场激斗,很忌讳一心二用,孟千姿只这几秒分心,那人拳风已袭向她面门,她侧身欲躲,哪知道这拳是虚招,中途突然变招,改为下抓,将她腰间悬挂的玻璃罐扯落。

孟千姿心里一跳:这人是为蜃珠来的!

这个时候怎么拆招似乎都不合适,孟千姿心念一转,整个人不退反进,身子迎着那人直贴过去,双臂前探,像要投怀送抱,径直搂向他脖颈。

那人从未见过这种打法,动作微微一滞,但也猜到被她搂住绝没什么好事,立马错步后撤,孟千姿的双手只能探到他的肩——这一来正中下怀,她当即改探为摁,借力纵身,同时一脚踩在他胯骨上,如同蹬梯子上房,身子蹿高,瞬间越过那人肩膀。

那人知道不妙,抬手想抓她下来,孟千姿早有防备,跟体操运动员耍鞍马似的,以他肩膀为支撑,半空中一个旋身翻转,两手死死抓住他的肩井大穴,同时右膝狠撞他背部命门附近:"下去!"

这一招巧劲和狠劲齐打,又按脉认穴,别说人了,怕是连熊都扛不过,那人一声痛哼,直往前栽倒,落地时还试图翻身起来。孟千姿哪给他这机会,几乎是他刚一翻身,还未来得及坐起,她已经砸将下来,单腿支在他身侧,另一边膝盖重抵住他胸口,几乎把他抵得一口气没上来,又伸手抓住他的头发,把他的头直摁进泥水里:"你是什么人?"

说话间,只觉得那人身子一松——似乎是落败认输,卸去力道不再抵抗——打斗中,手电筒早不知落哪儿去了,虽然瞧不清面目,但借着远近微光,还是能依稀看到,那人笑了一下。

这笑让孟千姿心生异样,觉得事情要糟。

果然，那人身侧的手突然抬起，手里抓了个黑漆漆的物什，直对着她的面门，孟千姿直觉是枪，下意识地偏头想躲。

就听"哧"的一声，大片乳白色的刺鼻喷雾刹那间罩住她半边脸，喷头处喷出的最劲烈的那道，恰恰喷中了她的左眼。

【06】

那感觉，简直没法形容，孟千姿痛呼一声，左眼瞬间就看不见了，紧接着涌出大量泪液，连带着右眼都糊了，从鼻腔往下直到呼吸道，如同熊熊烈火焚烧——那人趁势把她掀翻，探手往她腰间狠命一扯，拽下那个玻璃罐之后，没有半分迟疑，拔腿向着一侧的林子疾奔。

这一带林木密集，山势又难捉摸，真进了林子，估计再没得找了，孟千姿遭此奇耻大辱，又不知道眼睛是不是就此废了，那股子狠劲上来，简直要咬碎银牙，同归于尽的心都有了——她一只手捂住左眼，以便右眼还能勉强视物，另一只手迅速自湿泥间抓起节竿，一声怒喝，节竿如蛟龙探海，向着那人身侧直抽过去。

就听一声清脆的玻璃裂响，那人手中只抓了个玻璃盖，瓶身破裂的碎碴四下迸溅。

孟千姿趔趄着站起身，冷笑道："一颗破珠子，毁了也无所谓。想从我这儿抢，做梦！"

那人手上也被抽到，一片钝麻，又听到坡下暴喝，知道是下头的人听到孟千姿痛呼过来救援，再待下去势必吃亏，于是当机立断，几个纵奔，很快蹿入林中。

孟劲松刚跳上来，就见到孟千姿呛咳着摇摇欲坠，又见到黑影消失在林子里，知道追赶不上，心有不甘地胡乱放了一枪，脚下不停，直奔到孟千姿身边，焦急地问她："你怎么样？"

孟千姿两只眼睛都已经看不见了，喉间如同火燎，一片辛辣，简直连呼吸都困难了，半响才说了句："我左边这眼珠子，怕是保不住了。"

云梦峰客栈，三楼。

房间里的布置还跟临行前一样，燃尽的倒流香也换了支新的，但气氛，大不相同了。

孟千姿坐在罗汉榻上，只草草洗了脸，头发边还滴着水珠，左眼处红肿一片，不厚道地说，眼睛都找不着了，右眼稍好一点，但也是血丝密布。

辛辞半弯着腰,锁着眉头对着她的眼睛看了又看。一旁的孟劲松按捺不住,催问他:"怎么说?"

辛辞下结论:"防狼喷雾。"

孟劲松不相信:"不是毒雾什么的?"

身为特别助理,孟千姿的事于他,再小都不是小事,上头一追责,头一个就是他的锅,所以不敢托大:虽然现场找到的那罐,看起来像是狼喷,但出于谨慎,还是确认一下比较好。

辛辞一脸笃定:"我有两个哥们儿被喷过,都是我陪着进的医院,我都能治了。幸亏千姿偏了头,眼睛又闭得快,刚用盐水洗过,应该问题不大,不过得用眼药,还有就是用一种眼用凝胶,叫小牛血的,促进角膜上皮生长。让柳冠国赶紧去办呗。"

说得这么专业,看来是有经验的,孟劲松心定了些:"会不会影响千姿的视力?"

"不留下瘢痕的话,就不会……肯定不会,我有个哥们儿肿得比千姿还厉害呢,最后都没事。你要不放心,过几天做个裂隙灯检查。真没必要调医生过来,来了也是这程序,没个三五天好不了的。"

孟千姿冷哼一声:"两个哥们儿被喷,你都交的什么朋友。"

辛辞解释:"我以前那个圈子,不是帅哥靓女比较多嘛,高危人群,包里常揣狼喷、小电棍,出入酒吧,喝高了容易闹,难免误伤……哎哟。"

脑后的钝痛又来了,辛辞拧着眉头伸手去抚。

孟劲松心一定,脑子就清楚了:"估计没大问题,那人如果是个心黑手毒的,在坡下完全可以直接把辛辞开喉,仅仅打晕,可见行事会留余地,应该也不会用太毒辣的毒剂……"

辛辞激动了:"仅仅打晕?"

打晕还不严重吗?他都有心理创伤了:他二十六年的人生中,至多被打哭,打晕这么严重的事,还是破例第一遭。

孟劲松没理他:"……所以这喷雾应该只是防狼喷雾,要真的是什么棘手的,你脸上现在该开始烂了。"

孟千姿斜眼看孟劲松,她左眼不能睁也不能动,只剩下右眼表达情绪——也不知道是不是被左眼衬托的,越发显得那只活动自如的独眼特别灵气,也特别诡异。

"我这副样子,明天请客怎么弄?"

都半夜了,临时改期肯定不行,而且赴宴的个个有来头,可不是招之即来,挥之即去的主儿,孟劲松犹豫了一下:"要不你明天戴墨镜?"

孟千姿笑："我是露天请客吗？屋里吃饭，我还戴墨镜？"

那画面，脑补一下也太美了，还不知道别人要说她多装呢。再说了，墨镜只是架在鼻梁上的，人家只要换个角度，照样能看到她左眼的伤，到时候胡乱猜测，还不知道会造出什么难听的。

孟劲松不吭声了，他做事板正，但于这些抖机灵的事从来不擅长。

辛辞灵机一动："要么戴个眼罩？单眼遮盖的那种，我可以帮你做个皮子的，然后明天给你化个相配合的、冷酷的妆，冷色调，非常有气场。"

听到"有气场"三个字，孟劲松就知道这事有门儿：孟千姿这个人，还是很有王座包袱的。

她不喜欢出错，不喜欢别人怀疑她经验不足、能力不够，在意自己的举动是否得体、撑场面的时候是否有气场——当然这也没错，姑婆们从小就是这么培养她的，就像她的打斗功夫非常好，然而并不是为了防身，上头的理由是："你是位次最高的那个，到时候功夫末流，还打不过一些外来的猫猫狗狗，我们山鬼的脸往哪儿放？"

辛辞继续滔滔不绝："还要安排柳冠国对外放话，就说是今晚有山蜃楼，你进山去观察，非常耗眼睛，尤其是左眼，需要养几天，不宜见光，所以遮着，这样那些人就不会瞎八卦了。"

孟劲松不得不承认，辛辞是有点小聪明的。

果然，孟千姿的脸色缓和了很多，顿了顿，吩咐孟劲松："蜃珠给我。"

孟劲松赶紧把案上的玻璃罐递给她。

孟千姿擎了罐子在手上，对着灯光细细赏看：罐子里，那只抱蛛步足扒张，因为隔了一层玻璃，形状略有些变形，周身镀铜黄色的光。

孟千姿呢喃了声："这颗珠子，成色很一般啊。"

孟劲松不会看这东西："二流成色？"

孟千姿将罐子放到矮几上："三流加点吧。"

说着，嘴角扬起一抹嘲讽的笑。

那个人，抢蜃珠，但他不了解抱蛛。

抱蛛得了蜃珠之后，生死环抱，除非进食，否则不会撒开，哪怕一直不进食给饿死了，也是天然用来保管蜃珠的陈列架子。打碎了玻璃罐无所谓，只要抱蛛在，蜃珠就在，所以这种抱蛛又被称作"蜃珠台"——她当时拿节竿打碎了玻璃罐，又故意放狠话，让那人以为她是"宁可毁了蜃珠也不让人夺走"，果然把那人骗过了。

"今晚的事，准备怎么弄？"

说到正题了，孟劲松神经一紧，略一迟疑，还是按照事先想好的答："暂时没

032

法弄。"

他并不去看孟千姿的脸色，先说自己的看法："咱们山鬼，从来没有敌人。今晚的事，是个特别蹊跷的个例，没有锁定的方向，也没有范围。除非那人再出手，不然真没法查。"

孟千姿沉吟。

其实她也有这种想法。

山鬼这许多年来，没有对家，也没得罪过谁。她从小就经常溜出去闲逛，也没见被人绑架，所以从来没起过什么聘请保镖的念头，反正自己一身功夫，孟劲松又是经常伴随左右的。说到被攻击，今次还真是破例第一遭，而且深夜进山是事出偶然，根本也不在行程之内，对方蓄意伏击的可能性不大。

辛辞插话："今晚的事，会不会是个局啊？有人引咱们进山的？"

孟劲松摇头："我问过柳冠国了，他那个朋友是很偶然看见虫蛇跑阴的，多一个山头是柳冠国自己发现的，而决定收蜃珠是咱们商量的——走得慢点，蜃珠也就消了。真要是设局，这个局未免太散漫了。再说了，对付咱们，至少多埋伏点人吧。"

就来了一个，是不是太瞧不起人了？

孟千姿皱眉："那咱们就这么干等着？"

孟劲松说："我带柳冠国细细筛过那一带，唯一奇怪的就是那具假尸体，我先以为那是少数民族的风俗，后来又觉得不像，做得太精细了，还找到一个空的黑驮包，都已经带回来了，放在楼下。"

辛辞很不舒服地哼了一声：那具尸体从头到脚都是假的，是人的模型骨架塞裹上稻草、穿上衣服鞋袜、蒙上硅胶面皮制成的——知道原委之后，他曾经破口大骂，然而也幸亏是假的，不然扯断并抱着半条"人腿"滚下坡的经历，真会让他做上好几年的噩梦。

"我不能肯定那具尸体跟今晚的事有关，但是没别的线索，只能先从它入手。我问了柳冠国，他也不清楚这种吊尸是怎么回事，不过好在明天请客，祝尤科的人会来不少，到时候我仔细问问。"

他说到这儿，又看孟千姿："你呢，你跟他交手，有什么发现没有？"

孟千姿回想了一下，说得很慢："男的，年纪应该在二十到三十，功夫和我差不多……"

高手过招，其实很在乎开局和先机，回思过的那几招，孟千姿觉得，要不是占唇典的巧，先狠抽了他一竿子，后头胜负还真挺难说的。

再多就想不出来了，事情发生得太快，周遭又太黑。

孟千姿垂下眼帘，恰好看到手上指甲缝里泥水未清，之前做好的指甲也擦得一塌糊涂，不由得心生烦躁："那就到这儿吧，我也要洗洗睡了，不然明天精神不好。"

说着站起身，很明显的逐客姿态。

孟劲松"嗯"了一声，和辛辞一道转身离开，但才刚走了两步，身子突然僵了。

这动作变化挺明显，连辛辞也感觉到了，疑惑地转头看他。

重转回身时，孟劲松脸色发白，喉头滚了又滚，说话的语调都变了："千姿，你的金铃呢？"

孟千姿低头去看腰间。

那里，本该挂着伏兽金铃的地方，现如今空空如也。

过了有两三秒的工夫，孟千姿才抬头，她当然不会慌的，她没有这种姿态。

她说："可能是打斗的时候掉在那儿了，或者是被那人拽走了……"

忽然想到，孟劲松既然已经带着柳冠国"细细筛过"那一带了，那"掉在那儿"的可能性就不存在了，而且金铃的结扣很紧，没大的外力，也不可能脱落。

"应该是被那人拽走了吧。"

她说得不咸不淡，但孟劲松的头皮都出汗了，自觉头发里蒸蒸腾腾，就快烧起来了：鼍珠只是个锦上添花的玩意儿，收到了固然光彩，没收到，也不见得会怎样。但伏兽金铃，那可是传说中祖宗奶奶传下来的孤品，从古至今，只此一条……

他觉得自己的膝盖关节处发虚，就快撑不住上头那些骨肉躯干的重量了。

辛辞半张着嘴，他还不能透彻理解这事的严重性，但被孟劲松的情绪感染，身上起了一层鸡皮疙瘩。

顿了顿，孟劲松勉强保持镇定，还努力想挤出一个微笑："没事，我先跟山桂斋那头通个气……姑婆她们会想办法，花多少钱都得弄回来，得安排人，人多好办事……"

说到末了，孟劲松已语无伦次，只知道急急往外走。这篓子太大，他不敢收拾，也没法收拾，更不敢想象自己的这趟"重大失职"，将会面临怎么样的责罚。

孟千姿说了句："回来。"

孟劲松伸手搭住门把手，回头看她。

孟千姿没立刻说话，她伸手拿起榻上那把带穗子的小团扇，漫不经心地遮住左眼，用小指拨了拨下头的穗子，眼帘略垂，复又掀起："你先去给我造个假的。"

孟劲松没听懂，他觉得这话特别玄幻。

孟千姿反而笑了："怕什么？天大的事情，有我兜着呢。那玩意儿，谁会贴上来看它是真是假？再说了，别人拿着它也没用，就是条金不金、铜不铜的链子——

挂在我身上的，才是伏兽金铃，也只有我能用它。我说它是，没人会怀疑。"

辛辞结巴："那……那真的金铃，就这样丢了，不找了？"

孟千姿没好气："谁说不找了？明着没丢，暗地里想办法安排人手去找不就得了？万一过几天找着了，那不就什么事都没有了吗？何必闹得鸡飞狗跳的。"

她坐回榻上，居然就这事还能给自己脸上贴金："再说了，几位姑婆年纪都大了，出于孝顺，也不该拿这种事去烦老人家。"

【07】

孟劲松呆了半晌："但是你的金铃，我没细看过，那些纹样什么的，仿不出来。"

伏兽金铃，那是素来被收藏和供着的，偶尔请出来，他也只是惊鸿一瞥，只能看个大概。

孟千姿不耐烦："我也没细看过，有几个戴首饰的女人能说出自己首饰的细节花样来？大差不差，有个差不多的样子就行了。"

辛辞原本想请缨：也是巧了，他帮孟千姿保管首饰，又对金铃极好奇，常拿出来细细赏看，倒是比孟千姿这个正主儿还熟，那些痕纹，也能随手勾出个大概……

不过，看孟千姿这漠不关心的态度，算了，皇帝都不着急，他上赶着操心什么劲儿啊。

开门出来，孟劲松和辛辞几乎是不约而同，长出一口气，然后各自拿后背倚住了墙。

孟劲松是真有点腿软：这一晚上，跟坐过山车似的，几起几落，时冰时火，即便终于停稳，后怕的那股劲儿还是一波一波，没个止境。

辛辞则是凑热闹式的蒙了：出事了，他的情绪得调动起来，和众人同步。

他双眼发直了好几秒，才向孟劲松道："咱们千姿，胆子也太大了，一手遮天这是，欺上瞒下……不对，光欺上，还拽着我们一起欺瞒。"

孟劲松倒是有点回过味来了："其实千姿这么做也有道理，事情闹大了，没好处。"

初到湘西，她是人没露面威先夺人，底下那些山户，还不知道怀着怎样的激动心情等着看她呢，结果她先伤眼，后又丢了金铃，这跟当官的丢了大印有什么区别？换了是他，也下不来台。再说了，顺走金铃的人说不定会奇货可居、漫天要价，万一再拿金铃要挟山鬼，那就太被动了，明察确实不如暗访……

辛辞接了句："懂，事情能小范围解决，谁都不想闹大呗。可是，怎么找啊？"

孟劲松拿手摁了摁眉心，这一晚折腾的，确实累了："还得指望那具假尸，希望明天见到祝尤科的人，能有线索吧。"

又是祝尤科。

辛辞纳闷："明天来的人，都是祝尤科的？"

差不多吧，孟劲松点头："大部分是。"

辛辞皱眉："这姓祝的好大来头啊，是当地的老大吧？那他自己呢，不来吗？这样太不给咱们面子了吧？"

孟劲松又好气又好笑，他原本是绷着的，这一笑就有点岔气，没那个力气去解释，也懒得解释，索性直接回房，只撂下几个字："善用山典吧你。"

祝尤科都是山典里的？他还以为是个姓祝的中年油腻大叔，坐镇一方的大龙头呢。

辛辞急急打开 App。

出乎意料，这"祝尤"（也有写成"祝由"的），又被称作"天医"，最早见于医书《素问》。说是上古时代一种治病的法子，无须手术、汤药，只要请擅长的人施展符咒法术，就可以治愈——譬如有人从高处摔下折了四肢，眼见活不了，祝尤科的大夫找只猫狗来，一通咒法之后，人起来走路了，猫狗却四肢尽折死了。往白了说，是代替人受了这罪去死了。

宋代王安石把它形容为"徙之"，徙当然就是"迁徙"的意思，病哪儿去了呢？作法祛除，移走了。

到元朝和明朝的时候，更绝，直接把它列入太医院十三科，也就是说，祝尤科跟眼科、口齿科、妇科、针灸科一样，是中医的一个治病科目。

后来，到了明朝隆庆年间，确切地说是一五七一年，也不知是为了什么，"祝尤"和"按摩"二科，被移出了十三科，从此后，就只剩十一科了。

辛辞有点唏嘘：果然任何事物，都该有个体面的身份和官方认同。这祝尤科和按摩科，被开除出去之后，似乎都混得不是太好。按摩老让人联想起街边亮着粉色柔光的小店面。祝尤嘛，符咒法术，那整个一封建迷信啊。

他继续往下看。

这祝尤科擅用符、咒，既然曾被列入太医院十三科，自然要用来治病救人，据说法术强大，甚至可以起死回生。在湘西这一带被传得神乎其神，甚至诡谲可怕的辰州符、蛊术，乃至大名鼎鼎的赶尸，起初，都是被列入……祝尤科的。

解放前，湘西的大山深处，散落了许多大大小小的少数民族村寨，尤以苗寨和土家寨子居多，这些寨子大部分地处偏远，傍凶绝的山势而起，又因着文化差异，寨民和外界很少往来，关起门来自成一体，极其闭塞。

新中国成立后，国家加大了对重点村寨的基建投入，通电通水，还把公路尽量修得深入——人往高处走，这个"高处"，说白了就是让生活更美好的去处，所以大批山民搬离了原先的偏僻寨子，向着大寨，甚至向着城市进发。

于是深山里的寨子逐渐寥落，大多直接走空，成了弃寨。偶尔有几个没空的，留守的也大多是上了年纪的老人，腰腿不便懒说懒动，大白天都悄无声息。

叭夯寨就是其中之一。

准确地说，它已经不属于武陵县，挨着武陵山边缘，原是一片山谷里的密林，被寨民硬砍出一片平地来种庄稼、盖屋——因为距离山林太近，怕野兽袭击，房屋多是吊脚楼，杉木房架一起就是三层，底层大半留空，用于豢养家畜、家禽，上两层住人，屋顶铺盖密密的青瓦。

山里人喜欢补旧，不爱换新，房子有了问题就打补丁一样这儿钉一块那儿填一块，所以即便是寨子里头盖得最晚的房子，也是四五十年前盖的了。

最近的公路距离寨子十多公里，不通路的部分，只能靠脚或者骡子驮，这样一来，这寨子更加无可避免肉眼可见地荒废了：一入夜，只四五户亮灯，门前庄稼地里的野草长到人腰深，也无人过问。

时间是凌晨一点多，叭夯寨里最气派的那座吊脚楼依然亮着灯。

当然，说它气派，并不是指它多么崭新豪华，它同样破落，且跟寨子里其他的房子一样，有种年久失修的危楼感。这"气派"二字，不仅是因为它房架子最高大，还因为房顶上立了口私装的、用于接收电视信号的卫星锅，以及一片亮闪闪的家用太阳能电池板。

江烁住二楼，正在洗澡，刚把脑袋打满雪白的洗发水泡沫，那哗哗的水声就没了。

江烁没好气，伸长手臂，"咣咣"拍了两下高处的热水器。

水又来了，淅淅沥沥，然而支撑着把他满头的泡沫浇趴下时，又没了。

泡沫水流了一脸，不好睁眼，江烁拧着眉，又凭着感觉伸手去敲，不知道是不是力道没掌控好，就听"咣当"一声，似乎是螺丝松了，热水器要往下掉。

江烁吓了一跳，赶紧往后退开，然后一抹眼睛，抬头去看：还好，热水器只掉了一边，原本挂得平直，现在呈三十度角往下，犹在晃晃悠悠。

江烁无语，骂了句脏话。

他拽了条毛巾擦头发，擦着擦着，用鼻子嗅了嗅，觉得洗发液的味道还是太浓，实在难以敷衍，又去外头拿了两瓶矿泉水进来，低下头，捏着瓶身对着脑袋又挤又倒，终于把这次"沐浴"给凑合过去了。

江炼穿好了睡衣出来，听到楼下有"咚咚"的剁刀声，知道老嘎还没睡，于是径自过去，扶住颤巍巍的木栏杆往下看：下头空地上烧着火炕，铁架子上支了口铁锅，老嘎蹲在地上，正埋头"咚咚"剁砧板上的腊肉。

其实当地人更习惯把火塘设在屋里，暖和、挡风、挡雨，还方便冬天熏燎腊肉——老嘎屋里也有火塘，但只要天气合适，他更偏好在外头起灶，大概是热爱大自然吧。

江炼叫他："老嘎！"

老嘎抬头。

这是个六十来岁的老头，头发还是黑的，都是粗硬的短簇，但满脸黝黑沟壑，穿二十世纪七八十年代下乡干部爱穿的蓝布褂子，袖子挽到胳膊，领口纽扣扣得整整齐齐的，倒是不嫌勒。

江炼拿手示意了一下屋内："热水器有一边掉了。"

老嘎"哦"了一声："我明天给它多加根钉。"

"你干吗？"

"吃饭。"

"半夜吃饭？"

"什么时候饿什么时候吃饭。"

一日本不必拘于三餐，什么时候饿什么时候吃，江炼觉得老嘎说得挺有哲理，一时间竟找不到更绝妙的话来应和，于是走回屋里墙挂的镜子前。

这镜子和吊脚楼一样古老，是面长方形的半身镜，金色油漆的木框已经斑驳得差不多了，镜面右下还贴着边角脱胶翘起的浓绿艳红山水画，题词曰"好山好水好时代"。

好山好水好时代里，清晰地映出江炼的面容。

他年纪不算大，撑死了二十七八，头发因着毛巾的一通猛揉，毫无造型地四面支棱着；脸长得不赖，属于人群中辨识度和回头率双高的那种；眼角略微上扬，据说这种眼形的人，通常都会有点傲气；眼睛就更难形容了——都说眼睛是心灵的窗户，但透过这扇窗户，你除了能看到点万事都无所谓的松垮，其他的什么都看不到。

江炼突然倒吸一口凉气，连解两颗扣子，把半幅衣襟往一边抹开：脖颈一侧，被节竿抽过的地方，之前还没破，只是肿得老高，像趴了条肉红色的大虫子，然而现在破了，血流得条条道道，有淡有深，总之有点惨不忍睹。

江烁抽了纸巾擦拭，顺手抹了点药膏，试探性地往伤口边缘处擦了一下，又痛嘘着缩了回来，喃喃了句："太狠了。"

这简直是土匪啊，上来就打，呃……也不是，打之前还嚷了话的，没听真，似乎是什么"狐狸""腰子"，大概是黑话。

干爷说得没错，这湘西的深山老林里，果然出狠辣人物：那女的，招招快准狠，也不知道是什么来头，尤其最初反手那一抽，不夸张地说，那要是把刀，他当场就被摘瓢了，即便如此，那力道还是差点儿涌上脑袋，把他打出脑震荡来，以至于他打斗全程眼前发黑，脑子都是蒙的。

简单处理了伤口之后，江烁撂下药膏瓶子，坐到椅子里，拿起搁在桌上的一条链子细看。

材质说不清楚，像是合金，呈黄铜色，镣铐一样的细扁螺旋扣环一个扣住一个，每隔几个之间就悬下一个圆的金属片。在古代，这也是铃的一种——数了数，金属片一共有九个，这形制，看起来像脚链，只是不知道那女的为什么会挂在腰上。

当然了，入他的手也很莫名：他抓玻璃罐时，一道抓过来的，后来那女的一竿子抽中他的手，指节立马麻僵，半天没法舒伸，他就抓着玻璃盖和这条链子，一口气过了几个山头，想扔时，才发现手里还攥了条链子。

就着昏黄的灯光，他看出每个金属片上，都凹刻着根本看不懂的痕纹。

江烁从行李箱里找了枚德制SCH的便携式放大镜出来。这种镜片，一般都是鉴珠宝、手表、邮票的，用在这儿似乎有点屈才——他一边细看，一边拿了纸笔在手边，试图照葫芦画瓢，把那些痕纹给复制下来。

才刚画了两个，楼下传来絮絮的对答声，江烁眸间掠过一丝不易察觉的无奈，他把链子推到一边，用翻到背面的纸张遮住，做出一副桌面庞杂的乱象，又拿过那瓶药膏，手指探进去，不紧不慢地等。

很快，门外响起韦彪的声音："江烁！"

声音还未落，门已经"砰"的一声被撞开了。

江烁心里默念了句"没礼貌"，旋即笑容满面，指头挖了块药膏出来，侧着脖子往伤口边抹："彪哥。"

来人年纪在三十上下，身材高大，几近虎背熊腰，脸长得还算周正，但过硬的棱角总往外传达着"剽悍"二字，让人下意识地敬而远之，不想与之亲近。

"老嘎跟我说，烁小爷一身泥一身水地回来了。哟，挂彩了啊？"

江烁非常大方地向他展示自己的伤口，还举起手给他看肿得如同香肠的两根手指:"天黑,山里又下雨,没留心一头栽下坡,就是这结果了。"说话间,眼神向外飘了一下:况美盈也来了,可能是被嘈杂声闹起来的,还穿着睡袍,不过没往里走,只在门边站着,纤纤瘦瘦的,像是刮一阵风,她就要倒了。

韦彪皮笑肉不笑,两手撑住了桌沿,居高临下:"不过江炼,每次半夜下雨你就往山里跑,跑什么啊?里头是有钱等着你去捡吗?"说到末了,眼神渐冷,唇角不自觉地往一边微微吊起,像有一根看不见的线牵着似的。

【08】

江炼笑了笑:"如果真有钱,我去捡,也是人之常情吧?干爷不是说过吗,老天白送的钱你得收着,不然以后财神爷见了你会绕道走,再也不会送钱给你用了。"

鸡同鸭讲,分明是故意扯开话题,韦彪面色一沉,正想说什么,况美盈叫他:"韦彪,"她语气温柔,"人家不想说就算了,你别老是跟江炼过不去。"

声音不大,还透着几分娇怯和中气不足,韦彪却如奉佛旨纶音,回过头时,不加遮掩地小心关切:"美盈,你怎么下来了?是不是我吵你睡觉了?"

况美盈向屋内走了两步:"都这么晚了,还不回去睡觉?"

像故意要和她作对,楼下传来大爆油锅的声音,应该是在炒腊肉,香气直蹿上二楼——有什么晚的,老嘎还在炒菜吃饭呢。

韦彪素来对她言听计从,下意识地抬脚向外走,走了两步又停下:"你不走?"

"我跟江炼说会儿话。"

韦彪面色有点难看,又不好觍着脸也留下,只得甩门出去,不过江炼怀疑,他根本没走远。

况美盈走到桌边,先看到江炼脖子上的伤口,眉头蹙成了尖:"没事吧?"

"算不上事。"

"真是摔的?"

江炼眼皮微抬:"怎么着?还能有人打我?"

况美盈没吭声,再开口时,眼圈都红了:"其实我觉得这事没指望。江炼,要么就算了,我看我也……"

江炼噗地笑了出来。

他这一笑,况美盈泪珠子真下来了:"我说真的,你还笑!"

江炼伸出手,抽了张纸巾递给她:"把眼泪擦干净。就算你对我没信心,对干爷总得有信心吧?干爷一百零六岁了,走过多少路桥,他认为有门儿的事儿——怎么着,你觉得他是逗你玩?"

这一句直打靶心,胜过无数宽慰,况美盈一怔,脸色平复不少。

江炼赶她:"别胡思乱想,你身体不好,赶紧回去休息,还有……"

他眼神示意了一下门外:"没事别跟我独处,你又不是不知道他,心眼小,乱飞醋,从小到大,不知往我饭里吐过多少口水——你好意思吗?你喜欢哪个人,温温吞吞地不挑明,给我的人生增加了多少坎坷?"

况美盈忍不住笑了起来,旋即脸上飞红:"你别乱讲。"

她转身欲走,忽然想到了什么:"那……明天,我还是过来给你打下手?"

江炼点了点头。

被两人这么一搅,江炼也懒得再誊画那链子上的痕纹了,他拿着誊好的那两张上了阳台,背倚栏柱,跨坐到吱呀作响的木栏杆上,本想低头往下嘬一记口哨,忽然想起来,当地寨子里的住民很忌讳这个,他们认为夜半吹口哨会招来黑暗中的恶鬼。

于是他咳了几下。

老嘎正在盛菜,闻声抬头:"炼小爷,你别摔下来。"

江炼扬了扬手里的纸:"有两张图,看走笔的纹路像是符,你给看看?"

老嘎是个傩面师。

湘西有着独特的文化沉积,认为万物皆有神灵,人当然是不能和神灵对话的,只有戴上巫傩面具,才能和这些神秘的力量沟通——现今虽然不信这个了,但傩戏作为一种民俗文化遗产,依然有传承。

傩面师,就是用刀斧刨凿雕刻琢磨各种巫傩面具的,于一些符样、手诀等,也颇为熟悉。

老嘎头也不抬:"送下来。"

江炼伸手在栏柱上摸索了会儿,从高处的摁钉上解下绳子,一路缓放,檐顶上慢悠悠地吊下一个小竹篮里,里头有几颗用来压分量的小石子,江炼把两张纸放进去,拿小石子压好,又一路往下放到地上。

火塘里柴火还没灭,老嘎从篮子里把纸拿过来,就着锅底的光细看。

江炼低头看他,目光不觉就移向他的身后——那里有个约莫半米高的大长木架子,架子上搁着老嘎的棺材,大概是怕雨淋,拿破麻席子、塑料布以及麻袋盖了一层又一层。

刚来那天,江炼就注意到这口棺材了,还问起过。老嘎回答说,是山里人的习惯,到了一定年龄,会先给预备上,还说,反正人人都会有这么一天,都会有这么一口。

江烁每天就看着老嘎在这口棺材前头炒菜、做饭、剁猪食、拿钉凿雕刻面目狰狞的巫傩面具，看多了，觉得生死这回事，都稀松平常。

过了会儿，老嘎抬起头，冲他摇了摇："太高深了，不认得。"又问，"还要吗？"

江烁摇头，实物就在桌上，拿相机拍张高清的，比誊画的要精准多了。

于是老嘎把纸填到了铁锅底下，看着纸边渐渐卷曲、发黄，烧起的刹那，他似乎想到了什么，很快抽出来，用手将火头打灭。

再抬头时，还是那副了无生气的调调："明天有人请我吃饭，那儿有懂行的，帮你问问？"

柳冠国一大早就赶到了县里最大的茂源饭店，从门口的签到安排、大厅的服务人手到包间的布置、厨房的菜蔬，事无巨细，一一确认。

十点过，沈万古几个到岗，柳冠国按照孟劲松圈划好的区域分派任务：沈万古和沈邦坐接待处，邱栋站大厅，刘盛负责楼梯——楼梯通往大佬的包间，闲人非请不得擅入。

时间宽裕，正好八卦。沈万古拽着柳冠国不让走："昨晚真起阴寮了？你不说通知我去看。我爷到我爷的 N 次方，都没看过这种稀罕。"

刘盛也向柳冠国打听："听说大佬的眼睛，被山蜃楼的光给灼伤了？"

沈邦痛心疾首："那可不，山蜃楼那光你又不是不知道，嗖嗖的，欻欻的。"

刘盛半张了嘴，他是不知道啊，没听说过山蜃楼的光还带音效啊。

沈邦滔滔不绝："所以我常说，不要羡慕大佬过着奢华的生活，所谓欲戴王冠必承其重，越高待遇，越大危险，我们之所以能生活顺遂，那是因为大佬把黑暗挡在了我们看不见的地方，她看似风光，其实压力很大……"

沈万古觉得沈邦聒噪，拿手拽柳冠国："哎，柳哥，你再给透点料？"

柳冠国口风死紧："只有大佬看见了，孟助理说过一阵子会出通告。你想看，到时候看官方的。"

沈万古悻悻。

沈邦啧啧："柳哥，你这两天有点抖啊，拿腔作调的，还官方……做人能不能朴实点？你看我，惊天大料在手上，我膨胀了吗？嚣张了吗？忘形了吗？"

一席话，成功地将所有人的目光都吸引到了自己身上，沈邦扬扬得意，还屈起指头，装腔作势地弹了弹衣服前襟。

柳冠国半信半疑："你有料？"

042

沈邦嗫嚅："我妹子在南京上大学，你又不是不知道。"

所以，在南京上大学跟"惊天大料"之间，有关系吗？

柳冠国茫然。

刘盛忍不住皱眉："赶紧的，有料放料，叽叽歪歪半天，扯什么南京、北京，没放出一个正经屁。"

沈邦也不生气："我给你们提醒一下啊，南京距离哪儿近？安徽；安徽有什么？山桂斋；我们昨天一直被什么问题困扰？对了，那就是大佬为什么来湘西。"

几个人中，邱栋话最少，脑子却最快，立马理出了头绪：沈邦的妹子在南京读书，离着山桂斋不远，而山桂斋的门户是对所有山户敞开的，也就是说，她去那儿走动频繁，有很多机会能听到第一手消息……

邱栋脱口问了句："她听到什么了？"

沈邦向他竖了竖大拇指："大栋这脑子，杠杠的。我跟你们说啊，昨儿晚上，我就去问她了，她也不知道大佬为什么会来湘西，但她听到过一个事儿，没准儿两者之间有关联。当然了只是猜测，也不一定……"

刘盛想捶他："能不能说重点？"

沈邦瞥了他一眼："这不正要说吗？"

他左右看看，压低声音："说是上两个月，水鬼去了山桂斋。"

这话一出口，每个人脸上最先浮现出的，不是惊讶，反以困惑居多。

刘盛甚至没反应过来："水……水鬼？"

柳冠国也有点愣怔。

水鬼，倒是听说过，这世上有山有水，既然有山鬼，那有水鬼也不稀奇啊。

据说水鬼是沿大江大河居住的一群人，和山鬼一样，其中的少部分人天赋异禀，与水同脉同息，可以在水底呼吸——柳冠国曾经一度怀疑，《水浒传》里那个可以在水底伏七天七夜的浪里白条张顺，就是以化名出来混江湖的、水鬼的扛把子。

没错，化名，因为水鬼极其隐秘，山鬼也算低调了，但和水鬼一比，就成了骚包：单看今天这阵仗就知道了，那是大口吃肉，大碗喝酒广交朋友，不像水鬼，人家关起门来，只和自己玩。

所以，外界几乎没有水鬼的传闻，就连山鬼里，都有好多人根本不相信水鬼真的存在。

沈万古第一个反应过来，双眼放光："水鬼，听说他们个个都长得很难看，全身浮肿，肤色惨白惨白的。"

刘盛莫名："是吗？"

沈万古煞有介事地点头:"你想啊,天天在水里泡,能不肿?"

刘盛觉得这话颇有道理:"那他们靠什么生活啊?"

沈邦也不知道:"抓鱼吧,八成是搞水产的,挺穷。"说完这话,鼻翼夸张地翕动两下,似乎真有水腥穷酸气扑面而来。

柳冠国则持反对意见:"水里能淘金吧。听说早些年,金沙江边都是淘金客。"

沈万古嗤之以鼻:"金沙还没米粒大,能有多少钱?我就算他有个金矿,一比七十七,谁赢?"

几人互相对视,均油然而生无上之自豪感,就跟那七十七个山矿是掖在他们枕头底下似的。

只邱栋没参与这调侃。他眉头微拧,喃喃了句:"他们怎么来了啊?不是说,山水不相逢吗?"

按理说,山连着水,水接着山,"山水有相逢"是再自然不过了,但山鬼这头,但凡说起水鬼来,必然会提到一句"山水不相逢",原因不明。似乎两家都认为,老死不相往来最好,一旦往来,准没好事。

沈邦也说不清楚,含糊其词又大肆渲染:"这哪能知道,我妹子也就听到点边角料,说是水鬼家来了两个人,一个老太婆,还有个不男不女扎小辫的,两人都全身浮肿,脸色惨白,进山桂斋的时候,全身上下还在滴答往下滴水……"

太有画面感了,听起来跟池塘里的死人诈了尸出水似的,刘盛抚着胳膊上一粒粒夯起的鸡皮疙瘩:"然后呢?"

没然后了,沈邦说:"然后……你就要问大佬了。不过,据我推测吧,他们可能是来借钱的。"

因为穷嘛。

十一点过,客人陆续到达,男女老少,高矮胖瘦,穷富美丑,那真是跨度巨大,连饭店经理都跑来跟接待台的二沈咬耳朵:"你们家这些亲戚,还真是什么样的都有。"

沈万古还没来得及答话,手机屏上跳出一条群消息,刘盛发的,迫切之意直欲突破屏幕:"快快快,要看大佬的,后门!"

沈万古拔腿就跑,沈邦迟了一步,又不敢让接待台放空,只能眼睁睁地看他背影远去,抓心挠肝。

沈万古运气不赖,拐过墙角时,正赶上孟千姿一脚跨进门去,惊鸿一瞥。

许是察觉近侧有人,她还朝沈万古的方向偏了一下头。

沈万古只看见她一身都是黑，里头紧身，外头风衣，中筒马靴，一头长发散成波浪——他当然不知道那是辛辞早上拿卷发棒现卷的，说是为了增加气场。如果知道了，他一定会发表意见说秃头才是最有气场的，因为无招胜有招，无毛胜有毛——侧头时，许是黑色眼罩映衬，一张脸精致与悍戾并举。脖子上一条极细的绞丝贴颈项圈，上头栖一只硕大的老银蜘蛛。蜘蛛极逼真，肚腹是一块上好老南红，步足根根扒张，就跟趴在颈上吸她的血似的。

沈万古回到接待台，沈邦急不可耐："怎么样？看到了？"

沈万古握住沈邦的手，激动地往死里攥："跟我想的一样一样，没丢我的人！"

他自己样貌平平，三十刚过头发就秃得遮不住脑袋了，对孟千姿的要求还挺高，觉得她但凡有一处不到位，都是不可原谅的。沈邦与有荣焉，用力回握："我早说了，大佬要是不行，祖宗奶奶都不会答应的。"

两人正忘情，不远处传来一声咳嗽。

来客了，二沈瞬间正常，沈万古咳嗽着拿过边上的签到簿，沈邦清着嗓子捧起平板电脑。

抬头一看，还排了俩，打头的是个六十来岁的老头，穿干净笔挺的蓝布褂子，斜背洗得泛白的绿军包，正往前递请帖："叭夯寨，马二嘎。"

沈万古验了帖子，为表礼貌，站起身子双手奉还，满脸堆笑地往里请："直走，右转，进大厅就是，按号入座就行。"

说完，转向下一个。

这人四五十岁年纪，一头糟糟卷发，还架了副黑框眼镜，喜笑颜开地往前递请帖："辰字头的，李长年。"

【09】

前头的马二嘎正上台阶，听到"辰字头"三个字，不觉放慢脚步：在湘西，辰字头意指"辰州符一派的"，个中高手尤为擅长画符制符。他觉得，也许可以向这个人请教一下。

帖子没问题，沈万古同样把人往里请，又朝大路看看，确信一时半会儿不会再来客，这才一屁股坐下，正要继续白话孟千姿的事，沈邦说了句："你守着，我去找孟助理汇报情况。"

沈万古莫名："汇报什么情况？"

沈邦把开了屏的平板电脑朝他脸前一撑。

是张中年男人的大照片，照片下方接一块白色区域，是个人介绍。

沈万古默念："李长年，一九六九年生，三石寨条头坡人……"

他倒吸一口凉气。

看明白了，重要的不是个人介绍，而是那张照片，跟刚刚过去的那个，能是一个人吗？

沈邦冷笑："真当我们是做事随便、好糊弄的乡巴佬呢，搞张帖子来就能冒名顶替？我要让这行骗的孙子晓得晓得，今儿个是犯到哪个爷爷头上来了！"

本来昨晚定得好好的，但是一早起来，戴上眼罩，孟千姿还是觉得这形象太另类，真跟十好几个人同桌共饭……

所以临时调整，她单独坐包房，这包房位置很好，居高临下，向着大厅的那一面是玻璃墙，窗帘一拉，要多私密有多私密。有重要的好朋友，就一一会面、互话短长，这样对方不觉得被怠慢，她也自在，双赢。

如同预料的那样，刚一坐定，访客就来了，好在都是场面话，送上礼物寒暄几句也就结束了，所以虽然一个接着一个，倒是不累。

好不容易打发完毕，孟劲松下楼招呼客人，辛辞陪着孟千姿拆看半屋子的礼物。

大多是山货特产，并不入孟千姿的眼，还有些价值不菲的首饰，但她有不止一箱的硬货，也很难瞧得上。"辰字头"是辰州符一派的代称，善用朱砂画符，推领头的送了块长在一簇水晶上的天然辰砂晶体宝石，出手不可谓不阔绰，得十好几万，但孟千姿盯着看了半天，问辛辞："你觉得这颜色像不像猪肝？"

她最喜欢的，反而是虎户送的礼物。

解放前，湘西一带，山广林密，几乎每座山上都有老虎，窜下山来叼狗吃牛甚至伤人是常有的事，于是猎虎的虎户便应运而生，但他们并非只是普通的猎人，除一身技艺外，还要供奉梅山菩萨、佐符咒以猎虎，又被称作"梅山虎匠"，并且有明确分支，曰"三峒梅山"，依照捕猎方式的不同，弓弩射猎为上峒，赶山行猎为中峒，装山套猎为下峒。

而今这一带，已经分得没那么清楚了，总称"虎户"。虎户送来的礼物是一只风干的虎爪，足有人的脑袋那么大，五根勾弯的趾爪黑亮，干肉上皮毛俨然，虎户说，这虎爪晾了有三百年了，能够祛除邪祟，保进山平安。

只一只虎爪，居然虎威尚存，辛辞拿过来看，沉甸甸的颇有分量，但他觉得这玩意儿没什么用，存着还占地方："也就拿来做个痒痒挠吧。"

说完，还作势去挠背。

孟千姿瞥了他一眼："人家生前毕竟是虎，你这么拿它耍，就不怕……"

她话里有话，辛辞一阵发寒，赶紧把虎爪送回礼盒里，嘴上却不认输："什么祛除邪祟，抵不上咱们伏兽金铃一个小脚趾……"

糟了，哪壶不开提哪壶，滑了嘴了。

辛辞怕自己要挨削，借口要上厕所，赶紧溜了出来。

一出门，场面就松泛了，一大厅子人，推杯过盏吆五喝六，那叫一个热闹，辛辞嘘了口气，横穿大厅去洗手间。

经过一张圆桌时，看到一个卷头发、戴眼镜的大叔，手里捏着一张画了图样的纸，说得慷慨激昂："这符样，我确实不认识，所谓'仓颉造字一担粟，传于孔子九斗六，还有四升不外传，留给术士画符咒'，这四升字，又没个字典，想个个都认识，谈何容易！"

他边上坐了个穿蓝布褂子的老头，似乎是觉得此人言之有理，不住点头。

又绕过一张桌子，一侧低头喝酒的年轻女人恰好抬起头来。

辛辞不觉一怔。

要说辛辞，入职前混模特化妆圈，美女见了无数，现在又整天跟在孟千姿身边，这是个"不好看祖宗奶奶都不答应的主"，所以他对寻常脂粉早没什么感觉了，可这女人不同：倒不是说她长得如何出色，其实也就中人之姿，但一张脸清秀白净，长细眉，眼神极清亮，坐在那儿，自带柔和气场，安静纯真，让人一眼就看得到，还挪不开眼。

见辛辞看她，那女人落落大方，微微一笑。

辛辞面上一窘，赶紧移开目光，却正看到孟劲松脸色肃然，领着一个三十来岁的男人向通往包房的楼梯走去。

那男人缩肩塌腰，形貌猥琐，不平整的牙齿外翻，嘴唇根本遮不住，称得上奇丑……

辛辞心里一动，几步过去撑上孟劲松："他……"

孟劲松"嗯"了一声："他知道假尸的事。"

辛辞压低声音："他是……走脚的？"

即便刻意低声，那人还是听见了，咧嘴一乐，大蒜鼻头一耸一耸的："哟，兄弟，懂行啊。"

辛辞心里擂鼓一样，咚咚跳起来。

他懂个屁行啊，只是昨天晚上去翻山典查，知道行内人一律以"走脚"代之，还知道走脚的人相貌得丑,越丑越好,似乎唯有如此,才镇得住深山魍魉。

那人姓娄,单名一个洪字。

尽管他一路上大大咧咧,进屋见到孟千姿,还是免不了拘谨,束手束脚地在她面前坐下,眼神也不敢往她脸上飘,多数时候,都只栖在她脖颈那只蜘蛛或她手边把玩的那只虎爪上。

辛辞关上门,迫不及待地想听来龙去脉。

孟千姿居然还有闲情去寒暄:"娄家的……我记得我们山鬼段太婆那一辈跟娄家的人照过面啊。"

娄洪赶紧点头:"是,是,那时候还不是在湘西,我太师父在贵州那块走脚,撞见段小姐……"

当年,太婆段文希还只二十来岁,料想娄家人对小字辈提起时,都是以"段小姐"称之的。

"当年,我们这块,秀才都不多,段小姐已经是留洋回来的女先生了,厉害的。"

辛辞瞪大眼睛,冲孟劲松以口型无声询问:"留洋?"

孟劲松当没看见:辛辞是外来客,老当山鬼是因循守旧的隐秘家族,这回好叫他知道知道,山鬐段文希,可是一九二五年去英国留洋的女学生呢,远远走在了时代和女性教育的前端。

孟千姿话锋一转,进了正题:"既然是老交情,眼前这事,还要请你多帮忙了。"

娄洪诚惶诚恐,身子欠起,连屁股都离了凳面:"谈不上谈不上……孟助理问的这事,确实只我们这一派才知道。你们叫'山魇楼',我们叫'提灯画子',只有亮灯才能看见的鬼画画儿。"

辛辞心说,还是山鬼有文化一点,叫"山魇楼",一听就很科学,不过"提灯画子"嘛,透着一股子乡土朴实,旧社会山里人没见过什么世面,可不就以为那是提灯才能照见的、鬼画的画吗。

娄洪知无不言:"我爷跟我说过,提灯画子只有雨天才出,但很稀罕,十年都撞不上一次。有些聪明的,就想了点子,钓鬼画,钓鱼的那个钓。"

钓鬼画……

孟千姿若有所思:"钓鱼的钓……也就是说,那具假尸,是个鱼饵?"

娄洪一拍大腿:"要么说山鬼家的女……小姐就是聪明呢!没错,就跟钓鱼似的,提灯画子就是那条鱼,得下饵引逗它,把它给钓出来。"

辛辞听得咋舌:这还真是异曲同工,两家都跟"钓"字铆上了,只不过山鬼是用抱蛛钓蜃珠，娄洪说的，是用饵去钓出整个蜃景。

"那饵，不是随便下的吧？"

娄洪点头如鸡啄米："没错，饵取自画，得有人曾经见过画子里的景，才下得了饵。

"比方说，你在上一个雨天看过那幅画子，画子里有人吊在树上，有只狼趴在树下。那你下次下饵的时候，可以下一个吊着的人，也可以下一只趴着的狼。

"但不管下哪个饵，都得尽量跟画子里的那个一样，就拿吊人来说，吊的位置、穿的衣服，甚至挂的姿势、面貌长相……总之越像越好，这个叫抛……抛砖引玉。"

孟千姿"嗯"了一声，身子后倚，指尖一下下点着虎爪锃亮而又锋利的趾钩。

这事倒不难理解，山里出现虚幻的景，不同的人有不同的认知：山鬼叫它"山蜃楼"，并且知道蜃珠才是本源；娄洪这一派则觉得这是个画子，可以在天时地利的条件下，以部分引整体，再把当时的情境给"钓"出来。

怪不得那是具假尸。尸体的装扮是清末民初，因为真身早没了，所以得弄个高仿的：盘辫子头、扎裤管、套草鞋，连一张脸都得蒙上皮，画上口鼻。

孟劲松则有点发怔：昨晚到现在，他一直思谋着这是个阴谋、是个局，现在看来，好像完全错了路子——蜃景昨晚出现，根本不是偶然，而是有人在那儿"垂钓"，山鬼才是后到的那个。难怪那人会出手就抢蜃珠，蜃珠没了，再下百八千的饵，都钓不出画子来了。

孟千姿有点不明白："钓那东西，有什么用吗？"

蜃珠至少是实实在在的，蜃景可是虚无缥缈、过目即没——更何况昨晚见到的景象，不管是假尸，还是那个横死前不甘爬行的女人，至少也得是七八十年前的了。

娄洪也说不清："不知道啊，没什么用，可能是为了看稀奇？"

他顿了顿又补充："这法子，我只是听过，据说要靠运气，哪怕你真下了一模一样的饵，也不一定有结果，十次里成一次就不错了……再多，我就不知道了，孟小姐你晓得的，走脚这行，差不多已经没啦。"

这话是真的。

走脚最初出现，和湘西偏远、贫穷、路险、多深山老林有着密切关系：叶落归根，人死在了外头，总想运送回来，但一来山高路远，运费昂贵，二来哪怕真雇了车马，都走不了湘西的险路，所以能走脚的老司便应运而生，昼伏夜出，摇着招魂铃、撑着长条三角杏黄引路幡，把客死在他乡的人"领"回故乡。

解放后，做这个的都撂手不干了，连提都不敢提，更没人会去拜师了，传承中途掐断；再然后，日子好过了，路修起来了，各样交通工具五花八门，又大力推行火葬，走脚不再被需求，也就自然消亡。而湘西发展旅游，电视台为满足游客的好奇心，想拍点关于走脚的纪录片，都找不到懂行的人，只能拍上了年纪的老人讲点传闻故事。

像娄洪这样的，算"末代"了，他压根儿就没赶过尸，只是从老辈人那里，把该学的、该记住的，给继承过来了。

孟劲松职责所在，始终以找到金铃为第一目标，问得非常仔细："确定只有你们这一门知道钓鬼画的事，没别人了？那你们这一门，不是只传下你这一支吧？有没有可能还有旁系？"

娄洪非常肯定："走脚中知道这事的，只有我们这一门，因为走脚的派系虽多，但各有各的路道，武陵山这儿，往上数十几代，都是我们在走，走多了，难免撞见，所以知道。说真的，大半夜还敢入荒山，除了山鬼，也就是我们了。山鬼嘛，是有祖宗奶奶照应，拿山当老家。我们嘛，是没办法，本职工作，要端这碗饭。我们这一门，确实……也还有旁系，但是孟助理，你知道规矩的。"

孟劲松不语。

规矩他当然知道，祝尤科的家务事，不好跟山鬼讲，就如同山鬼对外一律称是靠山吃饭，但具体怎么个"吃"法，从来不向外人道——娄洪能把钓鬼画的事对他们透露一二，已经很给面子了。他现在要守规矩，合情合理，没过硬的理由，确实不好勉强人家开口。

孟千姿笑了笑，用胳膊抵住桌面，身子前倾："你注意看我。"

娄洪抬头看她，正莫名其妙，孟千姿一抬手，把左眼的眼罩给摘了。

【10】

她那眼睛，正是受伤后肿得最骇人的时候，皮罩子再透气，总归会捂，加上娄洪完全没心理防备，只觉得摘前摘后，反差实在太大，忍不住"哎呀"一声叫了出来。

孟千姿把眼罩往桌上一扔："我们打听这事，可不是问着玩的，昨晚上我为了山蜃楼进山，迎头撞上风，险些废了只眼珠子。按规矩，我们是不该问你家的事，但既然是好朋友，又见血伤人了，总该特事特办吧？"

孟千姿又抬头看孟劲松："去找柳冠国，给娄家的好朋友拿张酬谢卡来。"

孟劲松应了声，很快开门出去，回来时，把一张银行卡搁到娄洪面前，轻声说了句："密码六个8。"

娄洪一阵心跳，早听说山鬼出手阔绰，酬谢卡一律是银行卡，金额都是大几万——这也太给他面子了，亲自面谈、谢礼先到，而且伤的还是大佬，他要是还藏着掖着，就太不义气了。再说了，反正走脚这行，也湮没得差不多了。

娄洪清了清嗓子："那我也不客气，谢谢孟小姐了，但就怕讲不出什么有用的，让您白花钱了。

"走脚这行吧，确实分门分派，操作手法不同，单说在喜神脑门上贴符，有人用朱砂画，有人用雄鸡血画；领喜神的时候呢，有人扯幡，有人打铃，还有人敲锣。"

喜神就是"死人"，取谐音是为着忌讳。

"我们这一门，传了好几百年了，后来固定下来。三大系，姓娄的、姓贺的，还有姓黄的。不瞒你说，娄系没别人了，现在就我一独杆儿，我也不打算往下传——再说了，就算想传，也没人接啊。"

孟劲松身上微微冒汗：昨晚遇到的，肯定不是这个娄洪，千姿的金铃，估计要着落在姓贺的和姓黄的身上。

娄洪倒也不笨："我晓得孟小姐肯定怀疑上那两姓了，真不可能。黄氏那一系，完得还要早咧！一九四几年，黄同胜接了活儿走脚，在长沙附近撞上日本鬼子，被一梭子枪扫死了，惨咧！喜神没赶回来，陪着做了孤魂野鬼，兵荒马乱的，尸体都烂在外头没人收。那时候，他还没收山、没收徒，就此断了。这事，我入门的时候，我爷常念叨，所以我记得真真的。"

孟劲松问他："那姓贺的呢？"

娄洪赶苍蝇样甩手："那更不可能了，早出了湘西地界了。"

孟千姿不吃这敷衍："说说看。"

娄洪有点犹豫，再一想，银行卡都摆到跟前了，确实也得给点秘料才公平："那个……走脚的基本道道儿，孟小姐总该晓得吧？晓得的话，我就不用重复了。"

孟千姿微微颔首。

关于死人为什么能被赶，外界流传着很多解密说法，有说是背尸的，有说是利用磁铁的吸力让喜神走路的，还有说其实是用两根竹竿串起一串手臂前探的人、前后两个大活人抬着的，因为竹竿有弹性，所以走起路来一弹一震，加上走脚总是在晚上，外人都离得很远，乍一看，像是尸体在弹跳着走路——其实又弹又跳，只是香港僵尸片夸张的表现手法罢了，真正的走脚，很多时候，不细看是看不出来的。

真相究竟如何，是人家的不传之秘，外人只能臆测，无从知晓。古代中国的技艺传承，总难免规矩多，设备条框框，诸如"传男不传女""传内不穿外"，好不容易收了外姓徒弟，又要"留一手"，怕徒弟欺了师。源头水越流越细弱——无数传承，就如同无数根颤巍巍的风筝线，游丝一断浑无力，后人再找不着源头。

但太婆段文希，是留洋回来的女先生，又近距离接触过走脚，跟娄家的太师父有过交流，有一套自己的见解，多年后回忆起来，她认为走脚的老司是利用了尸体残存的关节弹性，或者说是生物电。

打个不恰当的比方，菜市上被剥皮斩头的田鸡，那腿子还时不时地能抽搐一下子——刚死不久的尸体，生物电没完全消失，老司们拿朱砂点在尸体的脑门、背脊、胸膛、手心脚心，还要塞住耳、鼻、口，再辅以特殊的符咒。这种做法，半为防腐，半为延长这种生物电的残留时间。这样，走脚的时候，稍稍加以指引牵动，喜神就可以跟着走了。

既然她懂，那话就容易说了，娄洪舒了口气："走脚是被归入治病救人的祝尤科的，以前咱们称自己，都叫祝尤科的大夫。祝尤科最玄乎的说法是能起死回生，领喜神，就是最低级别的'回生'。你想，本来喜神是不能动的，咱们能领它走路，还走那么大老远的路，少则坚持三五天，多则支撑半个月，这可不是'起死回生'嘛。"

孟千姿不动声色："那高级别的呢？"

娄洪定了定神："再高级别的，那就玄乎了。我没见过，连我爷他们都只是听听——据说是能支撑更久。除了走路，还能做更别的事……"

他迟疑了一下，不想做太多渲染，话锋一转："所以是严令禁止的，教徒弟的时候，也只是提到即止——谁知道贺姓的那一系，有一代出了个厉害人物，师父都不会，他自己靠琢磨研习触类旁通，居然成功了。其实我们走脚的，素来敬死，不会去动喜神的，死了就是死了，这一程了结了，诸事都该休。是那些家属不甘心，上天入地的，只要有法子想，管它行不行得通，都想试试，让亲人活转过来。后来，听说姓贺的禁不住一家大户软磨硬泡，行了阴阳配。"

孟千姿奇道："阴阳配又是什么？"

娄洪也说不清楚："就是最高级别的那种，不只能让人做事，还能让人有基础的神志意识，虽然跟正常人不能比，但这种法子很毒，施行起来，要害不少人命……"

孟劲松心念微动："类似拿活人的命去充给死人？"

大概是吧，这都是好几代之前的事了，连太师父都不明就里，每次说起来，又讳莫如深，所以娄洪也只是听了个边角："总之是，这还了得？所谓'人法地，地法天，天法道，道法自然'，死了就是死了，硬要活转，就是逆天行事，必犯众怒。走脚的，最忌讳心不正、行不端，所以当时贺姓一系，全部都被逐出了湘西。"

孟千姿轻蔑一笑："我就不懂了，逐出湘西算什么惩罚？这世上除了湘西，还有广西、江西、山西……"

说到这儿，孟千姿顿了一下，像是一时间想不起还有哪个"西"，辛辣自作聪明地提醒她:"还有陕西。"

孟千姿没搭理他:"不是给姓贺的更广的天地犯事儿吗?"

娄洪尴尬:"这都是……好几百年前的事儿了,那时候人不离故土,逐出去算很重的惩罚了。"

很好,娄姓不可能,黄姓又叫鬼子扫射死了,那金铃的事,多半跟贺姓脱不了干系。孟劲松追问:"他们去哪儿了?是贵州,还是湖北?"

贵州、湖北都跟湘西挨着,想来是离乡之后的第一落脚地。

娄洪笑了笑:"贵州、湖北乃至四川,都是从前的走脚范围,姓贺的自己没脸,哪敢住这么近啊?听说是去了青海西陲,不过孟助理,我知道你想什么,肯定不是他们。"

他说得很笃定:"我爷说,后来也派人打听过他们的消息,果然是狗改不了吃屎,确实是太贪,还在做那些没脸的事,但是老话说得好,'恶人自有恶人磨',亏心事做多了,迟早有报应。事发那会儿,还没解放呢,贺家的独庄子被辖青海的马氏军阀给灭了,一把火烧得精光。"

辛辞忍不住了:"这种灭门的事可难讲,电视里多了去了,总有一两个漏网的。"

娄洪倒不否认:"也许吧,但贺姓被逐出湘西的时候,拿喜神发过重誓的,世代不踏足湘西——孟小姐,你该知道,走脚的拿喜神发誓,那是绝对不敢违背的,所以你昨晚撞的风,怎么也不可能是贺家兴的。"

娄洪也算是知无不言,言无不尽了,然而本来就没什么头绪,听完他这一通絮叨,更没头绪了。

请走了娄洪,孟千姿居然笑了出来:"只有三家有可能,结果三家又都不可能,昨晚那个钓鬼画的,怕不真是个鬼呢。"

孟劲松笑不出来,只觉得心浮气躁,后背又濡了一层汗:本来指望着娄洪这条线把金铃给牵出来,现在又断了。想想还是不敢瞒:"千姿,还是跟几位姑婆讲一声吧,她们见识广,关系也多,也许能有办法……"

孟千姿瞥了他一眼:"怕什么,能拖一天是一天,保不准哪天转机就来了。"

她还真是乐观,孟劲松气极反笑:"能拖吗?这趟过来,姑婆反复叮嘱你带金铃——你剖山要用到的!"

剖山?

又是个新词儿,辛辞想发问,觉得眼前气氛不合适,又忍了,自己在一边点开山典。

"剖山"这词条倒是有，但是点进去，直接跳出几个字。

无权限查看。

看来是自己不该知道、不该问也不该向外播扬的，辛辞很识趣，默默把手机塞回兜里，只当没这回事。

孟千姿泰然自若："你就是沉不住气，距离事发二十四小时还没到呢。有点耐心。"

孟劲松让她一句话说得没了脾气，正要说什么，楼下突然一阵沸反盈天，夹杂着椅倒桌掀、杯盘翻砸的声响，怒斥追骂声里，有人没命地大叫："救命啊！绑架啦！杀人啦！"

这又搞的什么幺蛾子？

孟千姿走到门边去看。

果然是掀了桌了，盘子、碟子、酒菜撒了一地，那一桌的人纷纷站起避让：中央有个四五十岁的卷头发眼镜男正拼死挣扎踢踏，人不咋样，居然动用了三个壮劳力去压服——沈万古和沈邦分抬胳膊、腿，柳冠国抱着那人脑袋兼捂嘴，试图把那人往大厅外抬。

辛辞脖子伸得老长，他记起来了：这不就是刚刚捏了张纸摇头晃脑念叨什么"仓颉造字一担粟"的那个人吗？

孟劲松一瞥之下，气不打一处来："一点小事都办不好，废物！"

他硬着头皮给孟千姿解释："这人拿了张请帖，过来冒名顶替，大概以为反正是请客吃饭，不会仔细查——他不知道我们给每个客人都建了档，在接待处那儿就被咱们的人给识破了，怕打草惊蛇，没声张，先过来朝我报备了。"

孟千姿不置可否："然后，你就安排这样……抓人了？"

"这样"两个字，加重了语气：很显然，她不满意这样。

孟劲松尴尬："不是，我让他们找个借口，把那人带离大厅再查问。这肯定是没操作好，让那人又跑回来了。"

孟千姿"嗯"了一声，顿了顿说："这客请的。"

孟劲松听懂了，这客请的，跟闹剧似的，丢人丢大发了——他自觉安排失当，很没面子："我下去处理。"才刚往外走了两步，孟千姿叫住他："冒名顶替，只为过来蹭顿饭，不大可能吧？"

孟劲松点头："所以我说要留住这人，问个清楚。"

孟千姿心念微动："这两天状况不少，昨晚我才撞了风、丢了金铃，今天就有人冒名顶替赴我的宴，这前后脚的，会不会就是昨晚……会不会有联系？"

她本来想说"会不会就是昨晚那个人",再一想,昨晚那人明显是个青年男人,身手又好,跟眼前这个相差太多,于是改了口。

孟劲松心头一凛,觉得这话非常在理,搞不好柳暗花明又一村,线索兜兜转转,要落在这卷头发老鬼身上了。

他语气都迫切了:"我去办。"

孟千姿目送着他匆匆下楼,只觉万事遂心,一切尽在掌握:"我就说嘛,做事要有耐心,干什么火烧火燎的。"

做山鬼的,车到山前,还怕没路吗?

【11】

辛辞心痒痒的,很想看看这个闷骚的孟劲松会以怎样的雷霆手段去逼问不明来者,又觉得巴巴跑去了不太好,被赶回来就太没面子了——于是陪着孟千姿在包房吃饭,有一搭没一搭地闲聊。

饭至中途,孟劲松回来了。

辛辞惊讶:"这就问完了?"

孟劲松没吭声,只是看了他一眼。

懂了,接下来的话题敏感,不是很适合他,辛辞很知趣地把碗一推,默默出了门:他到孟千姿身边一年多了,很多场合都已经不用回避,自己都不拿自己当外人,但总有一些事,提醒着他和他们之间,是有壁的。

这感觉,酸溜溜的,不太舒服。

孟千姿也有点好奇:"这么快?那人是全吐了,还是死不开口?"

孟劲松说:"只问出一半。接下来的,得你去问,我是不敢了。"

孟千姿来了兴致:"不敢?他还能咬人啊?你不会下他的牙?"

孟劲松不忙回答,先把问出的向她交底:"那人说自己叫神棍……"

神棍,这叫什么名字?孟千姿皱眉:"没名字吗?"

"有,身份证上叫沈木昆,不就是神(沈)棍(木昆)吗,一听就是假的。"

"查不到亲属关系?"

"查不到。他自己说,小时候被人扔在云南省的小村村村口……"

什么小村村村口,孟千姿看孟劲松:"你舌头捋不直吗?"

孟劲松也有点哭笑不得:"那个村名,就叫'小村',合起来叫'小村村',它的村口,就是小村村村口。"

这绕口的，他舌头真有点捋不直了："说是靠讨饭、吃百家饭、打零工长大的。他现在五十挂零了，出生时是比较混乱的。"

那年月，生了孩子养不活，丢村口、河埠头、庙门，都是常事。

见孟千姿没要问的，孟劲松继续往下说："请帖是万烽火帮他搞的。"

孟千姿觉得这名字耳熟："万烽火？"

孟劲松不愧是特助，随时解惑："就是收钱帮人打探各路隐秘消息的那伙人，奉武侠小说里的百晓生为祖师爷，最大的档口在重庆解放碑。万烽火是前任管事的，现在半退休。"

想起来了，以山鬼之骚包，这样的人当然在结交之列，应该是川渝的山户负责关系维护。

"万烽火打听到你在这儿请客，帮神棍弄到了李长年的请帖。一来年纪相当，二来李长年住得偏，几年都不出一趟山，也不大跟人交往，认识他的人不多——姓万的大概以为就是吃个饭，人又多，容易蒙混。"

孟千姿笑起来："这个万烽火，我们是缺了他的过节费吗？"

"中秋、元旦、新年，三节都送礼上门，一次也没缺过。"

"拿了我们的，却塞人来乱我的场子。姓万的年纪也不小了，还这么不懂事，跟川渝那头说一声，教教他。"

孟劲松面色踌躇："千姿，我觉得吧，先不忙动，你去把话问清楚了再说。"

这是他第二次强调"得你去问"了，孟千姿脸色一沉，她不喜欢人家卖关子。

孟劲松苦笑，从手机上调了一张照片给她看。

这应该就是那个自称神棍的，四五十岁，长得挺喜感，糟糟卷发，眼镜可能是刚刚挣扎时碰坏了，一根镜腿不自然地扭着，一边的镜片还裂了，这不是重点，重点是，他正咧嘴笑着，两手抓住外套向两边撑开，露出里头的一件白色文化衫。

孟千姿看孟劲松："刚照的？"

被人就差五花大绑样抬出去，居然还笑得出来。

孟劲松知道她还没看到关键的："你放大，看他文化衫上的字。"

文化衫上是有洋洋洒洒一列字，孟千姿先还以为是衣服的特色设计。

她放大了细看。

居然是油墨签字笔手写的。

——姿姐儿，不要为难这人。

落款是一个字：七。

孟千姿一怔，脱口说了句："我七妈？"

山桂斋七位姑婆，年纪从四十到七十五不等，除了行首的高荆鸿被她叫作大娘娘，其他几位按年纪大小，分称二妈到七妈。

高荆鸿不爱被叫"大妈"可以理解，她七十五了，每日早起必化淡妆，每周做facial（面部护理），有发型师上门给她护理头发，二十世纪九十年代时已年逾五旬，还频繁赴港赴台，只为买最潮一季的美妆美衣——孟千姿扪心自问，觉得那一句"大妈"，也确实叫不出口。

而行末的那位七妈，名唤冼琼花，最喜欢叫她"姿姐儿"。

孟劲松叹气："这是七姑婆的手笔，千姿，你知道我为什么不敢问了吧？本来想给他松松骨头的，结果他衣服一掀……"

不当穿了件黄马褂，谁敢拂七姑婆的面子啊。

孟千姿喃喃道："我七妈，我记得她是去……"

于这些小节，孟劲松职责所在，样样都记得清楚："去了云南云岭一带伴山，年初就去了。"

"伴山"和"巡山"一样，是山鬼高层的传统，因山而生的人得时时亲山，不能不接地气脱离"群众"：巡山是走马观花，类似到此一游；伴山就是长住，少则三五月，多则一年。

七位姑婆中除大娘娘高荆鸿年纪大了，长住黄山别苑之外，其他几位依着自己的喜好，各有首选的伴山，比如三妈倪秋惠钟爱川渝一带，尤喜峨眉山和青城山；四妈景茹司独好秦岭，以华山为首选；而七妈冼琼花偏好云南一带的山系，如云岭山脉、无量山脉、哀牢山脉等。

辛辞有过促狭的比喻，说是几位姑婆各有各的山中"爱豆"，去伴山就是给"爱豆""打call"，因公去别家的山头转悠，叫"拜墙头"。

孟千姿整了整眼罩，长身站起："既然是我七妈打过招呼的人，那我得过去关照关照。"

再说辛辞，下了楼无所事事，各桌都吃得热闹，但跟他没关系，他又不是三两句话就能跟人称兄道弟的自来熟性子，只能悻悻地倚住大厅角落处的一根立柱，瞎点着山典解闷。

正百无聊赖，边上有人经过，已经走过他了，又停下来："辛……化妆师？"

辛辞抬头看，是个不认识的男人，二十七八岁，中等身材，样貌普通，但给人的感觉挺稳重踏实。

那人自我介绍："我叫邱栋，孟助理安排我站大厅。"

原来是自己人，辛辞很客气："叫我辛辞就行。"边说边纳闷：站大厅？刚好像一直没看见这人啊，而且，这人明明是才从外头进来的。

估计是被刚冒名顶替李长年那事闹的，他也有点疑神疑鬼了。

邱栋看出了他的疑惑，笑着扬了扬手里的一沓打印纸："刚去复印了，叭夯寨的老嘎，拿了个稀罕的符样来请人看，问了几个人都说看不懂。原件就两张，还燎了火。我帮他多印了点，难得一屋子能人，帮他多散散。"

原来如此，辛辞往边上让了让，以示"你忙，不打扰你办正事"，邱栋冲他点了点头，正要抬脚，又想起了什么："咱们大……孟小姐，懂符吗？要不……让孟小姐也帮看看？"

孟千姿哪儿懂这个啊，稍微复杂点的纹样，她都说是鬼画符。

辛辞正待摇头，蓦地反应过来：自己怎么能说千姿不懂呢，任何时候，他都该维护千姿那无所不能、无所不通的高大上神秘人设。再说了，邱栋这一脸期待的，显然也巴望着自家大佬会他人之所不会、能他人之所不能啊。

于是他煞有介事地点头，接过一张卷在手心，预备见到孟千姿时给她，或者等邱栋走了瞅个空子扔在哪儿——忽听到楼梯上脚步声响，与此同时，嘈杂的大厅瞬间安静。

是孟千姿下来了。

这大厅里，除了几个包房约见的，大部分人都没见过她，但知道她就在小房间，所以人一现身，那是自然而然，顿成全场焦点。

孟千姿大概也习惯了坦然承受各方注目，不做任何回视回应，带着孟劲松，很快消失在转角。

大厅里如蜂群始躁，又嗡嗡有声，辛辞一路目送她，真是与有荣焉——毕竟是自己的作品，老天知道，为了她的妆容、造型，他是多么尽心尽力，很好，遮了一只眼，都能不堕气场风范，他辛辞真是居功至伟，乐颠颠地收回目光时，又看到了那个年轻女人。

没法不注意她，别人都在交头接耳议论纷纷，只有她泰然自若，不紧不慢地低头用餐：她应该是苗女，梳发髻，耳际垂下长长的苗银镶老蓝宝石链坠，更衬得脖颈肌理白腻，细致动人。

奇怪，她并不完美，而自己是个要求完美的人：孟千姿衣服上哪怕有一处褶皱，他都要冲上去给抚平了，但看到这个女人，那些挑剔的心忽然就淡了，觉得她那些瑕疵处，比如嘴巴不够小巧、下颌处略嫌方，都无伤大雅，甚至还透着拙朴的美。

那女人似乎察觉有人在看她了，眉头微蹙，像是要抬头……

058

辛辞瞬间手忙脚乱，赶紧移开目光，生怕她觉得他是个偷窥猥琐男。不不不，他没在看她，他在忙正事，投入地忙正事……

辛辞后背都热了，急中生智，想起手上还有"道具"，赶紧把那张复印纸抖搂着展开，装作在聚精会神研读符样。

那女人在看他了，绝对在看他。

辛辞如芒在背，"读"得更加投入，眼前的符图蝌蚪样跳脱不停，拈着纸边的手都在微微打战。

他给自己催眠。

——我在忙，我一直在看符，我没看你，你也别看我，我在看符。对，我在看符。这个符，这个符真好看，这个符，怎么有那么点……眼熟呢？

屏退了闲杂人等，孟千姿在神棍面前落座。

这是个走廊尽头的小包间，离着大厅有点远——柳冠国包了整个酒楼，客人都聚在一处，更显得这儿安静，乃至寂静。

神棍圆睁了眼，滴溜溜地看她："你就是孟千姿？"

孟千姿还没来得及"嗯"一声，他又指着自己的眼睛示意："你这是……天生一只眼吗？"

这属于很不会讲话了，但凡换了个人，多半当场就要掀桌子，然而正因为孟千姿不是天生缺陷，所以她并不忌讳，再加上神棍说话时的神色表情，并不让人觉得冒犯——只让她觉得这人二百五，或者天生缺心眼。

逗弄这种小角色，那还不跟逗猫弄鸟似的，孟千姿笑了笑，一只胳膊撑在桌面上，以手支颐，压低声音，语气神秘："不是，我这只眼里，长了两个眼珠子。"

站在边上的孟劲松眼神无奈，胸腔里裹了团叹息。那心情，一如当初接到她送的眼罩和盲杖。

然而更让他觉得荒唐的是，神棍居然激动了。

是真激动，一张老脸都放出光来："重瞳子！你居然有一只眼是重瞳子！哎，你知不知道，上古五帝之一的虞舜就是重瞳子！还有传说中造字的仓颉，他是'龙颜四目'。有重瞳的人，都是圣人哎，你知不知道？"

是吗？

孟千姿的独眼里掠过一丝茫然。她当然不知道，她之所以没说眼罩底下是三个眼珠子，纯粹是觉得太挤了，装不下。

然而她是谁啊，角色转换极自如的，手指已竖在了唇边："嘘……小声点，别让别人听去了。"

神棍的身子兴奋得有点抖,声音随之低了八度,还真听话:"那……我能看看吗?"

孟劲松看了神棍一眼,他怀疑这人是不是有病:一个眼眶里挤两个眼珠子,一听就是胡说八道。再说了,普通人听到这话,第一反应难道不该是惊讶或质疑吗?怎么连震惊怀疑都省略了,直奔激动去了呢?

孟千姿坐直身子,食指勾起,指甲在桌面上磕了磕:"先说正事,你混进我请客的场子,想干什么?"

一句话把神棍拉回了正题。

他看了孟千姿一眼,期期艾艾:"我听说,你要去剖山取山胆,能带上我吗?"

听到"取山胆"三个字,孟劲松的脑袋"嗡"了一声:这么机密的事,山鬼上下只有七位姑婆、千姿和自己知道,连对辛辞都没透风,这个神棍是怎么知道的?冼琼花居然把这事告诉一个外人?

孟千姿面无表情,慢慢倚住椅背:"你怎么知道我要剖山取胆?"

这神棍,还真不会看人脸色,孟千姿这语调阴沉的,换了别人都该打哆嗦了,他居然还兴高采烈:"说起来,真的是很巧啊!"

【12】

据神棍说,那天是家里的宽带出了点问题,同住的那人又是个指望不上的,于是他自告奋勇,去县营业厅办理兼续费。

缴费的时候,有个打电话的女人从他身边经过,而他刚好听到了一句。

——"是吗?千姿要去取山胆?"

听到这儿,孟千姿心里就有点数了,为了确认,她打断神棍:"你住的地方,是不是离山比较近?"

神棍猛点头:"我住的镇子叫'有雾镇',被山包着,据说那山属于云岭山系,所谓'云岭之下'……"

有这话就够了,孟劲松俯下身子,在孟千姿耳边低声说了句:"七姑婆确实是在云岭和无量山一带伴山,行踪不太固定,山里信号不好,也很难联系上。"

明白了。

那几天,自己跟留在山桂斋的几位姑婆商量着要来湘西取山胆,而按照规矩,得七位姑婆共同首肯——冼琼花这种在外伴山的,是收到了大娘娘高荆鸿的电话,看来她接听这通电话的时候,恰好就在那个营业厅里。

孟千姿没法指责这位七妈警惕性不高。事实上,山鬼的行话唇典,外人是听不懂的,别说只是打电话,就算在大街上扬着喇叭大吼一声"取山胆",又有谁能了解是怎么回事?说不定以为是跟海胆一样好吃的玩意儿呢。

所以,确实是很巧,无巧不成书:冼琼花只是那么随口一说,偏偏边上站着的这个神棍,居然知道剖山取胆。

"你怎么会知道取山胆的?"

神棍的回答堪称石破天惊。

他说:"我不知道啊,我从没听说过这事。但是,冥冥之中吧,我就觉得'山胆'这两个字,跟我有着说不清的关系。"

孟千姿生平头一遭接不住别人的话头,她想骂人。

这就如同——

警察问杀人嫌犯:"你为什么凌晨两点钟会出现在受害者家门口?"

嫌犯答:"我不知道啊,就是冥冥之中,我想出去走走,刚好走到了那里。"

当警察傻的吗?

孟千姿忽然冒出个念头,七妈让她"不要为难这人",难道是因为这人有精神病?

现今这个社会对精神病患者,那确实是比较宽容的——以至于有些杀人案犯,千方百计想证明自己精神有问题,以逃脱应得的惩戒。

神棍丝毫没留意到孟千姿脸上的微妙变化,犹在侃侃而谈:"所以,我立刻决定,盯着她。"

孟千姿唇角掀起讥诮的笑。

盯梢冼琼花,想什么呢!七妈虽然行末,位次可是山耳,妥妥的高手!就神棍这种招式都要不全的,还想玩跟踪呢!

果不其然,据他说,盯了没一条街,就被冼琼花发觉了,还吃了点皮肉苦头,不过,他很快就向冼琼花证明了自己"是个一心一意搞科研的"。

孟千姿不得不再次打断他:"你是搞科研的?什么专业?什么学历?"

科学家确实可能会有一些异于常人的怪癖,但这个神棍,通身流露着招摇撞骗的江湖老千气息……

神棍说:"是啊,我从小就有志于研究这世上所有的诡异灵异事件。成年之后,我就付诸行动,跋山涉水、走南闯北、进村穿巷……到今天,走走停停的,快三十年啦。"

他介绍自己绝非以讹传讹、猎奇夸大的好事者,他本着科学研究、实事求是的精神，广泛采访当事人，一字一句做好笔记，亲身考察事件发生地，提出自己的见解理论。在这一过程中，他还西为中用，参考牛顿、爱因斯坦、霍金等大拿的研究发现，建立了一套自己的理论体系，学术水平直逼大学系主任，并且他还写了一本书，就是这本书，扭转了冼琼花对他的态度……

孟千姿第三次打断他："书名是什么？"

她语气缓和不少，想不到这人还是个文化人，和文化人沟通，她是应该文雅一点。

身后的孟劲松已经掏出手机，预备着去搜索简介和书评。

而神棍又一次让人跌破眼镜："你买不到，我自己印的。"

自己印的，谁不能自己印，要不是七妈有一行留言在先，孟千姿真会忍不住一脚过去把他踹翻。

她耐着性子按而不发，想把前后都捋清楚："然后我七妈就指引你来找我了？"

神棍摇头："冼家妹妹什么都没说，没鼓励我，也没阻止。她就只说，你硬要去呢，也随便你，但山胆这事不可以再对外人嚷嚷。还有就是，我们家姿姐儿是个厉害的，手上没轻重，我给你留句话，你真犯到她，她看我的面子，能对你礼貌点。"

孟千姿"嗯"了一声，似笑非笑中有几分得色：一是七妈果然守规矩，除了那句无心泄露的话，没对这人再说什么；二是七妈夸她是个"厉害的"，谁不爱被人夸呢，这种背后被夸比当面赞扬要实在多了。

她沉吟了一下："然后呢，你就找到万烽火，打听到我了？他收了多少钱？"

知道她叫孟千姿，再通过万烽火这条线，打听到她的行踪确实不难，她就是好奇自己的身价：万烽火一年三节受山鬼的礼，要是贪个万儿八千就把她给泄了……呵呵，把他连带他的祖师爷清出解放碑都不为过。

然而这神棍，还真是处处给人以惊吓："没呀，没收钱，小万万是我朋友，很支持我搞科研的，免费。"

万烽火这抠老头还能免费，孟劲松有点愤愤不平：川渝山户那么积极地维护"双边"关系，托万烽火打听点消息，也最多打个七折。

话说到这儿，孟千姿基本捋清了事情的前因后果，这神棍跟她的金铃，确实没关系，风马牛不相及。

但对他的动机，孟千姿还是有点不死心："就因为'冥冥中'觉得事情跟你有联系，你就这么不辞劳苦地跑来了？"

神棍正色："不止，怎么跟你说呢……"

他想了想，试图能尽量说得浅显："我感觉啊，'山胆'这两个字，像个开关，会开启我一直想不通的事情。比如，我为什么从小就对那些诡异的事那么着迷呢？我花了大半辈子，一直不停地记录、不停地找，我为什么会有这么强的动机和驱动力呢？我很多朋友问过我，还说我是吃饱了撑的，但我没钱吃饭的时候，我也在做这些事啊——完全不符合马斯洛的需求层次理论嘛。"

马斯洛？马斯洛是干什么的？孟千姿觉得自己似乎学过这理论，就是想不起来了。

这时候，助理的重要性就体现出来了，孟劲松马上在手机上搜找出了马斯洛理论塔图，递到孟千姿跟前。

这位外国心理学家把人类的需求由低到高分成五个级别，一级级高上去，分别是：生理需求、安全需求、社交需求、尊重需求和自我实现的需求。

一般认为，只有低级别的需求被满足，才有精力去追求更高一级，譬如林妹妹如果需要披星戴月下地插秧的话，一般就没那闲情去葬花了——吃饱饭这种，应该属于最低级别的"生理需求"，而他的"科研"，属于自我抱负的实现，那得是最高级别了，饥寒交迫地去寻求自我实现，确实不属于"吃饱了撑的"的范畴，毕竟肚皮还是瘪的。

"而且吧，自从听到那句话之后，我经常做一个梦。"

神棍绘声绘色："梦的场景不同，但都是我去过的地方，有时在东北的老雪岭，有时在西北的大沙漠，有时在函谷关，有时又在广西的八万大山……"

孟千姿只是听着，不置一词，唯独在听到"八万大山"这几个字时，和孟劲松交换了一个眼神。

八万大山地处广西，是山鬼的"不探山"。

不探山，山如其名，巡山不去，伴山也不去，当它不存在，直接绕过，在山谱里，属于打红叉的禁区，更直白点说，不是山鬼的势力范围。

整个国内，"不探山"并不多，屈指可数，所以神棍这随口一举例，居然举出了"不探山"，还真挺巧的。

"但是，不管在哪个地方，梦里，我都急得一头汗，又翻又找，又刨又挖的，在找东西。"

孟千姿眼皮略抬："找山胆？"

神棍摇头："不是，始终没找到，但奇怪的是，我心里就是清楚知道自己要找什么。更奇怪的是，不只是我，我有几个最亲近的朋友也梦见过我。梦里，我都跟他们说，我要找一个东西。"

越说越玄乎了，孟千姿没什么兴致跟他绕了，随口问了句："找什么啊？"

神棍的表情越发认真："一口箱子。"

他拿手比画给她看："一口这么长、这么宽的，被人偷走的箱子。"

"谁偷的啊？箱子什么形制啊？是木头的还是铁的？没让万烽火帮你找找？"

神棍茫然地看着她，看着看着，发起自己的呆来。

不知道啊，只知道要找箱子，只知道箱子是被人偷走的，至于箱子长什么样、被谁偷走的、背后又连缀着怎样的故事，一无所知——就像他住的那个有雾镇上，总会起浓而厚重的大雾。那些大雾敛去了镇子周围的群山，只露些峥嵘的块石，谁能只通过那些块石就完整还原出山的全貌呢？

他沉浸在自己的茫然里，完全没注意到孟千姿已经走了，也没看到她走的时候，甚至还打了个哈欠，像看了场无聊的电影、听了个没劲的故事。

留二沈在门口守着，孟千姿带着孟劲松原路返回。

这走廊真长，尽头处连着大厅——那儿的声浪像长长的触手，往这头拼命招摇，然而鞭长莫及。

孟千姿说了句："你看他像有病吗？"

孟劲松斟酌了一下，没立刻回答：他不像辛辞，可以在孟千姿面前信口开河——从本质上说，孟千姿是他的老板，她问的任何问题，都有考察、衡量他的意味。

他摇头："看上去疯疯癫癫，说的话也颠三倒四，但能让七姑婆留下那一行字、万烽火给他开绿灯，说明这人是有点斤两的。"

孟千姿对这回答挺满意："我也是这么想的。"

孟劲松对她的心思向来揣摩到位："但客气归客气，带他去取山胆太儿戏了，咱们自家的事，凭什么带他看戏？他爱做梦随他做，我们没那义务帮他解梦。"

孟千姿点头："让柳冠国好好招待他，安排人带他去张家界玩一圈吧，逛凤凰也行，要么索性去爬山——总之往远了带，别碍着我们做事。"

不说最后一句还好，"做事"两个字，又把孟劲松打成了愁眉不展的闷葫芦，脑子里绕的全是金铃：这可怎么办啊，全无线索，线索全无。虽说从丢金铃到现在，其实还没满二十四小时，但在他心里，三秋都过了，现在满身心沐浴的，都是凛冬的严寒。

孟千姿见不得他这副丧气样儿："怕什么，辰字头刚送了辰砂晶来，虎户给了虎爪，大不了我剖山的时候把这两样都背上，辰砂辟邪，虎爪镇兽，四舍五入，也就约等于金铃了。"

孟劲松差点儿气笑了，哪个数学老师教你的约等于？

正哭笑不得，辛辞从前头转角处跳了出来，满面红光，喜气洋洋："你们总算结束了，我都过来张望好几回了。"

说着，他抬起手，哗啦啦地抖着手里的一张复印纸，直送到孟千姿面前，那叫一个扬眉吐气："千姿，该给我加工资啦！"

第二卷

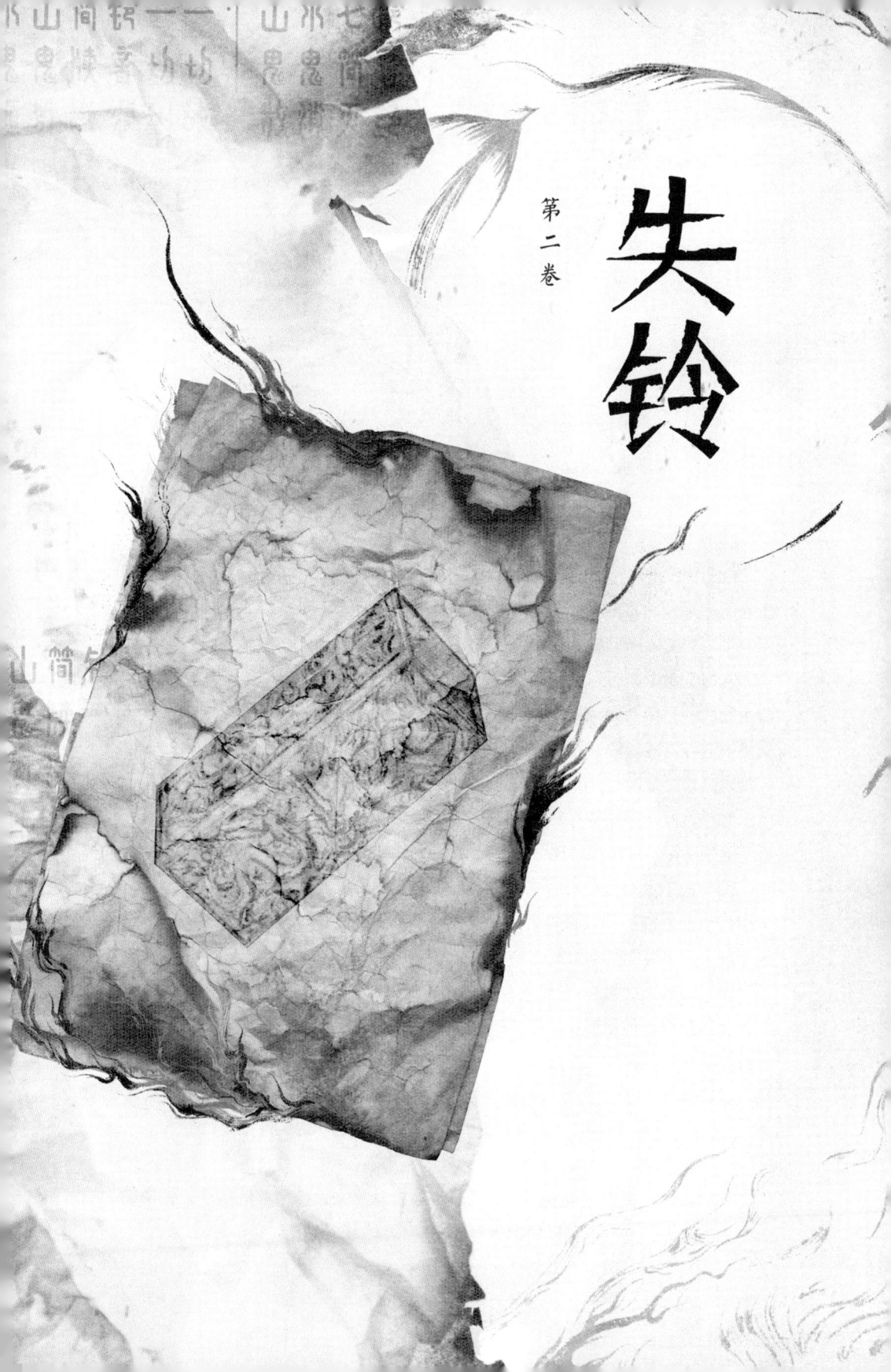

失铃

【01】

　　今儿倒没下雨，但前一晚那场雨余威尚在，走的又是偏僻小道，满脚泥泞不说，高处的树冠还时不时往下洒滴子。一个多小时走下来，跟淋了场雨也没什么差别。

　　带路的老嘎停下脚步，伸手把面前一丛茂密的树枝拨开了些。

　　从这个角度，可以看到下山坳里的叭夯寨——正是暮色四合时分，山里的水汽蒸蒸腾腾，打眼看过去，那一团一团的白色水汽有飘在树顶上的，有紧挨屋后的，安静中透着古怪，还有种静寂的诡异美感。

　　老嘎指了个向："喏，就那儿，二、三楼亮着灯呢，人应该都在。"

　　都在就好，孟千姿懒得过去看——反正多的是眼睛帮她看——她在一块湿潮的石头上坐下来，拽了两片树叶耐心地擦靴子上的泥渍，辛辣赶紧翻出纸巾上来帮忙。

　　孟劲松拧着眉头看吊脚楼的灯光，隔得有点远，看不清屋里的情形，即便用上了望远镜，也架不住人家关窗拉帘：亮灯不代表人在，万一人出去了呢，大张旗鼓地扑过去，很可能打草惊蛇。

　　柳冠国也是这想法："要么，让刘盛先过去探个道？"

　　这趟办事，他把嘴皮子利索的沈邦和沈万古留下以绊住神棍，点了刘盛和邱栋随行，这两人里，邱栋稳重，刘盛机变，更擅长做投石问路的打探活儿。

　　孟劲松回头看孟千姿等她示下，孟千姿的目光却落到一旁束手站着的老嘎身上："万一动起手来……你家的亲戚，我们这手能动到几成啊？"

　　那张符样，即便戳到眼跟前，孟千姿也没认出来，但辛辣既然言之凿凿的，那多半不会错，她马上让柳冠国把老嘎找来。

老嘎倒没隐瞒，如实道出了前因后果。

说是一个多月前，有两男一女进了叭夯寨，径自找到他，自称是他四阿公那头的亲戚。

老嘎的确是有四阿公的。这位阿公离开叭夯寨时，老嘎的爹都还没讨上婆娘——这叭夯寨，解放前也是个好几百口人的大寨，不过山里生活苦，又加上天灾兵乱，寨里的人一茬茬地出去讨生活，有进省城的，有南下的，还有留洋的，日子好的就落在外头了，日子不好兴许荒在外头了，总之基本没回来的，也基本没信捎回来。他哪能知道那位四阿公娶了谁、生了谁，又发展出多少门子的外姓亲戚呢。

自己一个孤寡老头子，人家千里迢迢过来行骗的可能性不大，而且三人都好模好样彬彬有礼，说起远年上代的事来头头是道——有好多事，老嘎自己都讲不上来。

所以，应该真的是关系很遥远的那种远房亲戚吧。

据他们说，老人家虽然葬在外头，但至死都惦记着故乡，他们这趟过来，就是想住一阵子，代老人家走一遍这儿的山山水水，拍点照，收集点过去的老物件，带回去以全逝者心愿。

好吧，听起来也很像那么回事，毕竟游子嘛，叶落都没能归根，有这心愿可以理解，再加上三人主动给饭钱、房钱，老嘎更觉得整件事合情合理——自己要还是疑神疑鬼，那可真是小鸡心眼、小肚鸡肠了。

三个人里，年纪最大的那个男的叫韦彪，三十挂零，高大粗壮，人还行，就是面相凶了点，任何时候看起来都像在和人置气。另一个叫江炼的跟他正相反，脸上总带着笑，和和气气的，人也谦和有礼。最小的是那个女的，叫况美盈，才二十三四，纤弱文静，人也文艺得很，没事就喜欢摆弄照相机拍照，或者支起画板画山画水，就是身体不大好，三天两头不舒服，白天也会睡觉静养，而每当她睡下的时候，韦彪就会下楼提醒老嘎"小声点"，害得老嘎剁腊肉的时候，小心翼翼拿刀口来回拉着磨，跟拉小锯似的。

同住了一段时间，老嘎发现两件蹊跷事儿。

一是这三个人里，他分不出谁是头儿。

按说应该是韦彪，他年纪最大，也最有架势，但他对况美盈百依百顺，言谈行事都透着一股子小心翼翼。这种小心，以老嘎的感觉，并非完全是男人讨好女人的那种小心。

那就是况美盈了？好像也不是，她在江炼面前，似乎又言听计从，偶尔犯些执拗，也只有江炼三两句话就能开解。

可韦彪不买江炼的账，经常冷嘲热讽地挤对他，江炼从来都是笑笑受了，并不见撑回去。

这三人真像一个降一个的闭合循环。

二是，这个江炼，逢大雨夜必外出。

这阵子也是到季节了，山里多雨，而且多下在晚上，尤其是上半夜，隔个三五天就来一次瓢泼。说句不好听的，拿棍子撵狗，狗都不愿出窝，更别提人了，这江炼是为了什么总在风急雨大的时候往外跑呢？要说山里埋了钱，那也趁晴天干爽去挖啊。

而且有两次，老嘎听到动静，偷偷从窗缝里往外张望，看到江炼背了大的黑驮包，那长宽，装个人都没问题。

好在老嘎这人天生没好奇心：随便了，只要这不知道真假的外门子亲戚按时给房钱、饭钱、不惹事、不连累自己，管他什么路数呢，他们顶多再住两个月也就走了，到时候桥归桥，路归路，还不是各过各的？总不能因为路桥偶相交，就去探桥有多长、路有多远吧，累不累啊。

只是没想到，这指望说破就破，山鬼为了那张符样找过来的时候，他就知道坏了，那三人摊上大事了。

这位山鬼家的孟小姐是假客气，手能动到几成，哪轮得到他给意见啊。

老嘎一脸木然："一边是远亲戚，一边是好朋友，我没那本事调解，偏帮哪个都不合适。你们忙你们的，我不看热闹，也不听声。什么时候能回屋，给个话就行。"

说完，自己往外走了十来丈远，寻了块石头背对着这头坐下。过了会儿，头脸处飘起白烟，竟是抽上土烟了。

孟千姿笑了笑："这老头倒是有意思。"又点了点头，"一个人探路，两个人包抄。"

这话虽然不是正对着自己说的，但也算是间接吩咐了，生平头一遭接收大佬的指令，刘盛一阵紧张，赶紧套上山里人常穿的蓝布裋，拿手抓乱头发，又挽起裤管，在裤腿上抹了点泥，这才背起背篓，咳嗽着沿下行的小路往寨子里走去。

柳冠国和邱栋两个，则迅速钻进了两边的密林，猴子般直蹿上树，又从高处很小心地一棵棵往外纵跃，且行且调整位置，力图和行进中的刘盛拉成一个大三角，把那幢吊脚楼围在中心——这样既可以警戒放哨，又能随时扩大或者缩小包围圈，一举两得。

辛辞只恨自己没身手，不能加入其中，他仰头看高处树叶窸窣抖动着一路远去，想着即将看到抓人的大场面，兴奋得声音都变了："千姿，真抓到了那个江炼，你是不是得剐他的皮啊？"

孟千姿拈了块石子在手上，小心拂去棱面上的泥沙，脚边积了一小汪水，清楚映出她戴着眼罩的模样,她瞥了两眼,居然觉得自己独眼的造型还挺好看的。

辛辞回头看她:"千姿?"

孟千姿拿靴尖拨乱那汪水:"多大点事儿,做人要宽容,别动不动又剐又杀的。"

孟劲松听得嘴角一抽:就她还宽容?要知道,孟千姿的社交账号叫"×2"(乘2)。小时候,孟劲松碰翻了她的冰淇淋都要赔两杯,不然,他的马桶盖上都会被她用红笔写满追讨的狠话——说起来,孟千姿真是很有放高利贷兼开讨债公司的天分。

这一头,刘盛已经进了下凹地,一边走还一边掐下花叶树枝,插在背篓缝里,一派山里人的闲情逸致。

近吊脚楼时,他扬开嗓子大叫起来:"嘎叔,老嘎叔,在家吗?是我啊!"

喊了没两声,三楼探出个人来,一直拿手往下压,似乎是让刘盛小声点,这头孟劲松压低望远镜,看得大差不差,说了句:"韦彪在。"

孟千姿"嗯"了一声,拿石子在地上画了条横线。

一个。

刘盛见韦彪做完了手势就转身不见了,知道他是下楼,于是立在原地等着,还作势挠了挠头,东张西望,一脸不解。

韦彪下得很快,步子却轻,一般吊脚楼的木头都有年头,一踩上去吱呀乱叫,但他这一路下来,刘盛几乎没听到大的木头响动,这让他心生警醒:这人看着粗笨,身手怕是不差,看来得取巧,不能硬拼。

不过他面上不露,只是伸头往韦彪身后看:"我嘎叔呢……"

声音大了点,韦彪急得竖起食指直嘘他:"小声,小声点。"

刘盛莫名其妙,韦彪有点尴尬:"我妹子生病了,在睡觉,怕吵着她。"

看来那个叫况美盈的也在,刘盛手心微汗:出发前,柳冠国盼咐过,这趟来是找重要的东西,先确定三人都在,然后以最省劲的方式一一放倒就行。人没跑,屋也在,找起东西来就方便了。

他很配合地压低声音:"我嘎叔呢?说好的让我来看鬼脸壳吸烟的。"

老嘎是傩面师,一手祖传的雕刻巫傩面具手艺,湘西人常把傩面叫"鬼脸壳",所谓的"鬼脸壳吸烟",就是把雕刻面具时凿下的木屑收拢到盆里点火,等烟飘出时,把面具凑上去来回熏炙。据说这样做,不但可以防腐,还可以让雕刻出的面容惟妙惟肖,更有生气,仿佛是活的一样。有些外乡人,调侃似的把这个称为"煮豆燃豆萁"——你把老子凿下来当废料,还要烧了老子给面壳吸烟,本是同根生,阶级落差、相煎何太急啊。

　　韦彪对什么鬼脸壳吸烟一无所知，也没那心思打听，只想尽快把他打发走："有人请客，他去县上吃饭了，没跟你说吗？"

　　刘盛"哦"了一声，眉头皱起，像是仔细回忆是否有这一出，又上下打量了韦彪一番："想起来了，你就是老嘎叔说的城里亲戚吧？"

　　韦彪不知道刘盛什么来头，但听他一口一个老嘎叔，连"城里亲戚"这事都知道，想必是老嘎的熟人，于是点了点头。

　　刘盛满脸堆笑，将山里人的热情展示到无以复加，又是嘘寒问暖又是问长问短，还适时卖蠢以冒充纯朴，末了再次左顾右盼："不是说三个亲戚吗，还有个小哥呢？逛林子去了？"

　　他关切非常："林子里可不清静啊，听说现在还有马彪子呢，老虎都怕那玩意儿。"

　　韦彪烦他烦得要命，又不好发作："没，也……睡觉呢。"

　　刘盛不觉瞥了眼二楼的灯光：老嘎说起过，江炼是住二楼——奇了怪了，天还没黑透呢，都睡了，还是开灯睡的。

　　怕是不能见日头的吸血鬼吧？

【02】

　　刘盛咧嘴一笑："没事，那我等着，嘎叔给鬼脸壳上烟，错过这回，下遭还不知道什么时候呢。"

　　说着，他自顾自地解下背篓，一屁股坐在屋檐下，抬起一只手擦了擦额头，典型走累了歇脚的架势，另一只手看似随意地搭进背篓，悄悄探向盖布之下。

　　韦彪没办法，老嘎平时是会又刨又凿地在那儿摆弄木头，整得满地木屑刨花子，但在他眼里，也就是个普通的乡下老木匠——什么鬼脸壳上烟，能稀罕到哪儿去。

　　不过这人既然不走，自己总不好赶他走。韦彪无奈，只得又叮嘱他："那你尽量别闹出大的响动来，我妹子睡眠浅，怕吵。"

　　刘盛不住点头，他天生一张娃娃脸，笑的时候，眼睛眯成两条翘尾鱼样，怪讨喜的。对着这么张脸，韦彪纵有不悦也不便表露，只好转身上楼。

　　才刚走了两步，忽听到嗡嗡的声音，又听到身后刘盛惊骇的低叫声："哥！别动，蜂子！蜂子叮你了！"

山里蜂子毒，韦彪早有耳闻，又没应对经验，下意识地觉得听当地人的准没错，当下真的站住不动了，却不想想：人跑了，蜂子固然盯着追，但人不动了，不更是靶子吗？难道蜂子就会绕开你不叮了？

他只觉得后颈上微微一刺，真被叮了，本能地想伸手去打，刘盛已经蹿跳起来，急急拦住他："哥，不能打，打了会烂手的，蜂子钩刺断进去，多少天都不消肿，你弯下点，你太高了……我帮你弄。"

韦彪直觉蜂子翅膀还在颈上扫拂，说来也怪，这么大块头，刀棍都未必会惧怕，还偏偏就硌硬这种小蚁子小虫的——当下头皮都发麻，依言弯了腰腿。

刘盛嘘着气，小心翼翼地伸出手去，捏住蜂子透明的对翅狠狠一紧。

韦彪只觉得有一脉冰冷细流，一下子注进了身体里，心里陡然一个激灵，瞬间绷紧身子，一只手捂住痛处，腾腾直退开两三步，抬头看刘盛。

刘盛抬高了手，拇指和食指之间，还真捏着只黑黄环间的蜂子，犹在喋喋不休："哥，你看，这蜂子可毒了，我们山里人都怕它！被它一叮，晕得走不动道。"

是吗？韦彪眼前发晕，看刘盛都有了重影，想往前迈步，脚走不了直线，一抬腿就往"∞"字形迈，跨了没两步，两条腿绞缠在一处，硬挺挺地向着一侧栽倒。

这吨位，要真砸下去可是大动静，刘盛一个箭步冲到跟前，赶在他身子触地之前，两手撑住他肩膀，慢慢把人放倒。

然后向着孟劲松的方向，比了个"OK"的手势。

孟劲松拿下望远镜，刘盛那张脸上的笑意似乎也传了给他。他转头看孟千姿："小伙子不错，一点力气没费就放倒了大的。"

是吗？孟千姿有点好奇。近前来看，那一头，刘盛已经在手脚麻利地绑缚韦彪了。

孟劲松解释："放了蜂子。"

放蜂子是山鬼行内的小机巧。那蜂子当然是假的，只不过做得几可乱真：蜂腹就是个小橡皮胶囊，下头同样连着"蜂针"，对翅就是机括——原理跟打麻醉针差不多，机括一紧，致人昏迷的药剂也就被压进去了。

所以，高下只在于你到底怎么"放"：高明点的，佐以口技，可以让对方从中招到昏倒，绝不起疑，甚至主动配合，亦即俗话说的"被卖了还帮你数钱"，整个过程施者如演戏，旁观的也看戏般酸爽，孟劲松虽然听不到刘盛说了些什么，但只凭眼看，也知道他做得相当利落。

孟千姿心算了一下时间，微微点头："那是不错。"

孟劲松说："有些不错的苗子,你最好挖掘一下,选去山桂斋深个造、培个训,也算是你的……手底人。姑婆在的时候,稍微提点他们几下,那就立刻大不同了。"

孟千姿很是不以为然："学那么好干吗?太平年代,学了也用不上,刀耍得再好,现在也出不了大刀王五,只能去演演电视剧——咱们山鬼,如今连探山都没必要,费那劲学这个……人生苦短,还不如享受生活呢。"

孟劲松哑然,有时候他真心佩服孟千姿那张嘴,能把不求上进说得这么清丽脱俗,就跟她多体恤属下似的。

想想说不过她,孟劲松只好闭了嘴,目送着刘盛的身影消失在门内——按照计划,也为了安全,刘盛只做探查,确认了人都在之后,就往回发消息,"放倒对方"这事,应该是大家伙儿齐上,不过也无所谓,他真能以一己之力为之,更显得山鬼个顶个的强。

孟劲松把手机拿起来,点开屏幕,随时准备好接收信息。

上楼之前,刘盛在两只鞋底下都绑上了虎垫,这招儿是跟老虎学的:老虎爪子下头肉垫极厚,走起路来悄无声息,山鬼既在山里跑江湖,拟兽学禽是免不了的。

他循着老楼梯,动作极轻地一步一步往上。

虽说是报信即可,但刘盛始终存着"索性我一个人放倒三个""露一手"的念头:在大佬面前露一手,当然是鲁班门前弄大斧,谁不想在领导面前好好表现呢,也不指望什么奖励,能让大佬觉得"武陵山户里还是有能人的",他心里就美滋滋的了。

渐近梯顶,能看到二楼的那扇木门了。这种老房子,门上门下都漏缝儿,压根儿不隔音,隐隐的,有絮絮人声传出。

刘盛只觉得颅顶有根弦瞬间绷起,直拉至后背心,当下止住不动,连大气都不喘了,竖起耳朵,全部注意力都在那扇门上,不多时,鼻梁上就渗出了细汗。

好像以男人的声音为主,听上去很怪,机械得很,只吐词,没有长句子,有时只隔几秒,有时隔两三分钟,说的都是颜色,譬如"蓝色""黑色"。

这应该是江炼,这个在。

刘盛舔了下嘴唇,身子又往那头倾侧了些:况美盈似乎也在,她虽然没说话,但是间或地,会有女人极细极低的那种咳嗽声传出,像是在清嗓子,还有凳子腿的轻磨声,那是人在凳子上坐久了,屁股不舒服,动来动去地挪换位置。

刘盛慢慢嘘出一口长气,好,确定了,两个都在……

就在这个时候,他右侧肩上被人拍了一下。

他下意识地回头。

孟劲松盯着二楼透出的灯光，再次低头看手机上的时间：有点不对劲，对比放蜂子时的利落，这一趟，刘盛进去太久了。

他的这种焦躁引起了孟千姿的注意，她越过孟劲松，上下打量着那幢吊脚楼，心头忽然升起异样："不等了，马上进。"

孟劲松还试图争取一下："可能楼里的情况不太好确认，刘盛还在找机会……"

话还没说完，吊脚楼处传来一声极其凄厉的女人骇叫，这声音实在太瘆人了，孟劲松只觉得头顶一凉，辛辞也激灵灵打了个冷战，连远处的老嘎都惊得站起，指间夹着的卷烟掉落地上。

孟千姿吼了句："走！"

她第一个冲了出去。

从某种意义上，她就是行动的信号，孟劲松随即跟上，两边高处待命的柳冠国和邱栋见状迅速下树，从林子里狂奔而出。辛辞犹豫了一会儿，也追了出去，不过这段路不短，再加上他的体力实在不敢恭维，很快被远远落在了后头。只有老嘎跑了两步又停下，想起自己那句"我不看热闹，也不听声"，觉得跟过去了是不合规矩，只得原地乱转，一颗心跳得几近嗓子眼：出事了出事了，吊脚楼那头，绝对是出事了。

几个人，各个方向，如向吊脚楼突涌的小股急流。女人的骇叫声仍未止歇，让人平添焦躁，寨子里还住着人的几户似乎也听到了动静，有三两人茫然地从门内探头——一时间还没辨清楚声音究竟起自哪个方向。

孟千姿第一个冲进门内，抓住扶梯上楼，可能是踏脚太重，刚踏上两级，梯板就被她踩破了，整个人一个趔趄，直往下掉，好在才两级，很快着地，两手及时扒住高处的楼梯，抬头时，恰看到有一级的木梯板挂着暗红色的数滴血珠，将凝未凝，将下未下。

孟千姿心头一沉，攥住扶手飞身而上，楼梯口已经有一大摊血，这血到处都是，拖成一条不成形的血路，直通向二楼敞开的一扇木门，门口又是一大摊。

而门内，刘盛面朝下趴着，边上瘫坐着浑身是血的况美盈，她似是被吓得腿软，撑着哆嗦的胳膊不住往后缩，身前的血泊中，还横着一把锃亮的小片刀。

孟千姿没心思管那女人，箭步上前蹲下身子，一个用力，把刘盛的身体扳了过来。

刘盛死了。

他的喉口处有一条刀痕，伤口的血肉微微外翻，眼睛圆睁着，脸上那刚完成任务、如释重负的表情中，还掺了点惊惧和茫然。

楼梯上传来杂声，显然是第二梯队也到了。

孟千姿这才抬头去看况美盈。

她此际面色阴沉，又只露一只眼，目光如刀，还带阴森之气，况美盈哪儿吃得住，抬起满是血的手掌惊慌乱摆，张口就是嘶哑的哭音："不是我，真的不是我。"

孟千姿嘴角冷冷一牵，一伸手就揪住了她胸口的衣服往回拖，况美盈体弱力薄的，真像待宰的鸡崽被拖了过来，怕不是以为孟千姿要杀她，吓得气息一闭，两眼翻白，竟昏死了过去。

这当儿，孟劲松几个已经先后抢到了门口，孟劲松还好，毕竟跟刘盛谈不上什么深情厚谊，看到这场景还能冷静自制，另两个就不同了，柳冠国腿一软，一声"大盛子"已然带出了哽音，邱栋也直如挨了当头一棒，站着不动，圆瞪着的眼睛渐渐起了红。

孟千姿撒了手，任况美盈软绵绵地栽倒在地，又吩咐孟劲松："他们跟刘盛熟，情绪不稳定。你负责查看现场，别漏了要紧的……"

正说着，身后有人呢喃了声："红色。"

孟千姿愣了一下，然后缓缓转过身去：刘盛遇害的场景太过血腥和触目惊心，使得她居然忘了，这屋子里还有一个人。

那个前一晚跟她过招的男人。

江炼。

【03】

没错，是江炼。

他就端坐在桌子后头，面无表情，明明睁着眼，眸子却不聚焦，跟个瞎子无异，一只手摁住面前胡乱摊放的纸，另一只手抬起，手掌向上平摊，像在跟空气讨要什么东西。

这屋里屋外，出了这么大的事，动静闹得天响，他居然还能安坐着。

孟千姿走到桌前，两手撑住桌沿，居高临下地看他。

江炼还是坐着，手依然空举。

孟千姿俯下身子，趋近他的脸细看，孟劲松怕她有失，脱口叫了句："千姿！"

孟千姿抬了下手，示意他安静。

距离很近，她能闻到江炼身上的味道，在男人里，算是干净的；能看到他眼皮上很轻的擦伤,像一抹瘀,应该是昨晚她把他的头硬摁进泥地时蹭到的;还看到他那合着的眼皮底下,眼珠在快速转动。

江炼又说话了,喃喃地,还是那两个字:"红色。"

孟千姿的目光扫过桌面。

他面前是一沓画纸,最上头的那张画了一半了,但她站的角度是反的,看不出画的是什么,而且他的画法很奇怪。一般来说,画手都是先大致勾勒出轮廓线条,他的线条却全是乱涂,东一团西一团,全是色块,毫无章法。

除了画纸,桌上还杂乱地放着很多支削好的彩铅,各种颜色都有,滚得到处都是。

红色……

孟千姿看向他那只依然空举着的手,该不是要画笔吧?

她伸手拈出红色的那支,试探性地、慢慢地,放进他手里,这才发现刚刚又是扳刘盛又是揪况美盈的,自己的手上也全都是血,连刚摁过的桌上都有血掌印。

这颜色,刺激得她眸子发紧、脸侧的皮肤不受控地微微发颤。

江炼攥住笔,如同提线的偶人,僵硬地伏低身子,又在纸上画起来。这一趟,孟千姿看得清楚,他确实是在拿颜色涂,像在玩一张只有他自己看得见的填色卡,只有颜色全部涂完,才能知道他画的究竟是什么。

孟千姿转过桌角,转到江炼身侧。

孟劲松心里乱跳,只觉眼前一切都诡异,也不知道她想干什么,正想开口,孟千姿飞起一脚,狠狠地把江炼连人带椅子踹翻在地。

这一下轰然有声,楼板都震了几震,刚气喘吁吁奔到楼下的辛辞惊讶地抬头,看到顶上木板的积尘在昏黄的灯光里簌簌而下。

江炼倒在地上,身子颤抖着微蜷,喉咙里发出痛苦似的呻吟声。

孟千姿厉声说了句:"打醒他。"

辛辞运气算好的,从楼上传下的杂声里判断出死了人,又被邱栋提醒"靠边,别破坏现场"——于是心惊胆战地上楼,还一路拿手挡着脸,以避免看到太过血腥的。

但还是看到了血、被抬出去的人的脚以及地上落的一只胶鞋,那是刘盛的鞋子,他出发前曾挽起裤腿往上头抹泥,是以辛辞对这鞋印象深刻。

他心头有点发冷,小时候听街边的老头讲恐怖故事,那老头绘声绘色说"人死了脚会变小,鞋子一大,不合脚,就掉了",长大后,知道这纯属无稽之谈,但没办法,少时记忆,终身相随,始终忘不掉。

二楼门口,撞上面色极难看的孟劲松,辛辞悄声问:"千姿呢?"

077

孟劲松朝阳台处努了努嘴："那儿呢。"又压低声音，"发脾气了。"

辛辞会意："那我去。"

孟劲松一阵欣慰：孟千姿这人，发脾气时很阴，就像刚刚，一句狠话没有，只那一脚，他就知道她必然是躁狂了，待到去了阳台，又是悄无声息——越安静，孟劲松就越怵，这种时候，反而只有辛辞敢往前靠，所以"辛大太监"还是有用的。

屋子和阳台之间没门，只挂了幅蓝底白花的门帘子，平时打起，睡时放下。

现在这帘子是放下的，透着草木染的土布味儿。

辛辞撩开帘子进去。

孟千姿坐在一张破旧的长条板凳上，许是嫌不透气，眼罩也摘了，缠绕在手指上，面无表情地看远处的山林：山林里雾气汹涌，搁古代，这都是瘴疠之气。

辛辞走到她跟前，叹了口气。

孟千姿低声从牙缝里迸出几个字来："他妈的。"

辛辞并不意外，人总是需要发泄的，有很多山鬼认为不合时宜、不合身份的粗鄙话，孟千姿不会在人前讲，但是会在人后说，以前大概是关起门来宣泄，后来有了他辛辞，就习惯跟他说了。毕竟发泄也需要共鸣，有人在边上听着、嗯着、啊着，比一个人歇斯底里要好多了。

这也是为什么他一个外聘的化妆师，反而能地位超然，有时甚至能跟孟劲松平起平坐的原因：他疏导她的阴暗和秘密，也维护她对外的灿灿光环。

孟千姿转头看他，一字一顿，却还得低声防人听去："看见没有？你看见没有？我是山鬼最大的头，在我眼皮底下，杀我的人，他妈的……"

她眼底戾气横生，一时间恶向胆边生，抬脚就踹栏杆，这种远年的老木头哪禁得住她踹，噼啪折断，有几根还飞了出去，骨碌滚在楼前的空地上。

正往外抬搬江炼等人的柳冠国和邱栋听到动静不明所以，茫然看向这头，孟劲松心知肚明："忙你们的，别管。"

辛辞不怕她拆房子，只不过力的作用是相互的，怕她踢得脚疼，赶紧过去拉她胳膊："来来来，千姿，咱们冷静，先深吸一口气，按我的节奏……"

孟千姿甩开他的手："滚你的，少来这套。"

她在方寸大的阳台上走来走去，狂躁地抓理头发，大口吸气呼气，嫌脖子上的项链碍事，一把拽了扔到地上——辛辞看那蜘蛛肚腹翻上、八脚朝天，觉得怪滑稽的，职责所在，捡起来检查了损处，然后揣好。

过了会儿，孟千姿终于停下，自己戴上眼罩。

辛辞过去帮她理头发，顺便从旁编了一道，以便她整个人看起来精神些，孟千姿听任他编，又问他："是不是我安排得不好？"

辛辞从外套内侧的挂袋里抽出一个发卡——他外套里都能扣挂这种分格的小挂袋，里头按次序分装最轻便的那种发绳、发梳，还有些小样彩妆以便应急，本职工作嘛，理应敬畏，自当专业——他用发卡别住她一边的发根："也不赖你吧，主要是老孟安排的。"

孟千姿说："是我点头同意的。"

辛辞"嗯"了一声，又想了想："可能是轻看了对方，对状况预计不足吧，以为是小事，谁知道这么严重。刘盛吧……其实韦彪都下楼了，他完全可以向韦彪打听出那俩在不在，之前不是说好的吗，大家一起上。他一个人进楼，真挺冒险的。成功了是勇气可嘉，没成功就是轻敌冒进了。"

孟千姿没吭声，过了会儿才很轻地点了下头："还有呢？"

"还有就是……我觉得吧，你刚才不应该第一个冲，虽然说身先士卒是好的，但是万一有危险呢，你第一个挂了，山鬼损失可就大了，你看下象棋的时候，弃卒保车、舍车保帅，各有各的本分，各有各的位置。"

孟千姿冷笑："是没舍到你吧，站着说话不腰疼。"

能损他，看来是情绪已经平复了，辛辞挺高兴的，帮她把编好的头发理顺，又站到了一边，看外头的风景。

这种山坳里的小寨子可真安逸啊，也是真美，曲曲折折的羊肠小道，三两缕袅袅炊烟，木头房子都是黑黝黝的，不远处的田埂上有牛走过，牛脖子上还挂着铃铛，叮当作响。老嘎也回来了，正撅着屁股，挨个抱拾被孟千姿踹下去的那些木栏杆。自家房子，还是自己心疼啊。

也不知过了多久，帘外传来孟劲松的声音："千姿。"

孟千姿应了一声，长身站起。

辛辞没立刻跟上，而是故意落后了一两秒，看孟千姿掀帘进屋，看里头灯光罩住她冷硬眉眼。

人生如戏啊，间歇时松垮补个妆，又要披挂上阵了。

辛辞挡住落下的门帘，也一矮身跟了进去，刚进屋，就激灵灵打了个冷战。

怪了，刚才进来时，那么一大摊血，还横着尸体，他都扛住了，现在尸体抬走了，血也擦干净了，只尸体躺过的地方拿糯米象征性地撒了一圈，跟白粉做标志似的，他却觉得周身有止不住的阴寒之意。

孟劲松候在桌边，稍远点站着形容委顿的柳冠国，邱栋不在，应该是在楼下看守江炼一干人。

孟千姿在桌前坐下，正想开口，忽然瞥到桌上那沓画纸已经重新理过，而且好像新加了不少，厚度颇为可观，而最上头的那张，形状和景象都已初成。

辛辞失声惊叫："这不就是昨晚那个，杀……杀……"

他张口结舌，一颗心擂鼓样。

孟劲松轻咳了两声："江炼好像画了很多画，除了桌上摊着的那些，还找到了几十张，我都收拢到一起了。画上都标注了日期，最早的一张，是一个多月前的。"

孟千姿没有回答，只仔细看画。

说实在的，这图粗糙里有精细，粗糙在人物不描形、不绘眉眼，精细在动作情态直白可辨：能看出，这是莽莽山林，有个女人趴倒在地，绝望仰头，而身前一个粗豪大汉，正朝着她高高扬起大刀，身后远处似乎也是杀戮场，有人倒地，有驮马惊起，还有持刀人高举熊熊火把。

孟千姿掀看下一张，再下一张，果然，昨晚那个场景也在其中：有个穿白色裙裙、脖子被砍开了半拉的女人正拼命往前爬，一只手勉力抬起，也不知是想抓取什么。

江炼钓的是蜃景，画的也是蜃景，他在试图从八九十年前的场景里寻找点什么。

孟千姿撂下画纸，目光旁落：桌上多了个白瓷碟子，里头搁着那把洗净的小片刀。

她拈起刀来细看，这刀很小，长约十厘米，没柄，只拿蓝布条缠了一段，刀刃极其锋利，细长如柳叶，看得出仔细磨过。

孟劲松也看那把刀："就是这个，一刀封了喉。我问过老嘎，他说这把小手刀就是家里的，他平时会拿来用，屋里随手乱搁。"

孟千姿"嗯"了一声："还有呢？"

"人是在楼梯口被杀的，那儿喷了不少血，门口也有一大摊，那是滴的，最后面朝下趴着，应该是从门口栽进去的，其他都仔细看了，没有别的痕迹，还有就是……"

他压低声音："到处都找过了，咱们的东西没找到。"

金铃没找到，还赔进去一个刘盛，这要是买卖，等于是赔得底裤都不剩了。

【04】

孟千姿把片刀撂回碟子里："谁干的？有线索吗？"

孟劲松不知道该怎么说：韦彪中了蜂子，没一两个小时绝对起不来，凶手显然不是他，众人冲进来的时候，他还粽子样被捆在檐下呢，没作案时间；况美盈吓得几乎瘫了，而且她一个瘦弱女子，想把刘盛放倒纯属痴人说梦；江炼又一直跟走火入魔似的，被踹翻都没还手之力，说是他杀的人，似乎也有点牵强……

难不成当时楼里，还有第四个人？

"况美盈被浇了两盆凉水，醒过来了，但好像吓傻了，问什么都躲，要么就哭，一个女人，又不好上拳脚硬逼……"

孟千姿沉吟："应该不是她，她身上没功夫，想一招放倒刘盛，至少得有江炼那样的身手。"

柳冠国憋红了脸，似乎想说什么，又忍住了，孟千姿看在眼里，先不去管他："那江炼呢？"

"打也打了，水也浇了，还是半睡半醒的，邱栋还在想办法——想知道刘盛出了什么事，至少得问过这两个，才好下初步结论。"

也对，这种时候，最忌轻率臆断，欲速则不达，越着急，就越要稳。

孟千姿这才去看柳冠国："你刚想说什么？"

柳冠国激动得很："孟小姐，你别被这几个人给骗过去了，保不齐都是装的，那个江炼杀了人，装着魔住了叫不醒，那女人和他一伙的，合伙演戏，装着被吓傻了，就是想让我们觉得他们跟这事没关系。"

孟千姿不置可否："如果是他们杀的人，为什么不趁我们没发觉的时候逃跑呢，反而大嚷大叫地把我们都招过来？"

柳冠国恨恨道："外头设了哨，跑得脱吗？那个韦彪被我们放倒在下头，他们不想丢弃同伴呗。再说了，不能跑，跑了是自认心虚，等于公开和山鬼为敌……索性走一步险棋，只要能把我们糊弄过去，就绝了后患了。"

孟千姿不语。

倒也不是没可能，一个死活叫不醒，另一个又是惊叫又是昏倒，戏都很足，兴许真是演给她看的。

辛辞在边上听得脊背阵阵发凉：还能这么玩儿？这世界也忒复杂了。

正沉默间，手机的消息声突兀响起，孟劲松点开查看。

发消息的是邱栋，其实楼上楼下的，完全可以上来通报，但他一个人看守三个，谨慎起见，不敢擅离。

孟劲松把手机递到孟千姿面前。

——孟助理，江炼醒了，他说有误会，想见我们这儿最大的头儿，把话说清楚。

是得说清楚。

孟千姿想了想，吩咐孟劲松："你去，把柳冠国的话讲给他听，他要是能自辩，我就给他讲话的机会。要是不能……"

要是不能，那就一直关着。宁可错抓，也不错纵。

孟劲松去得挺久的，这让她有充足的时间翻看那些画纸。

每张纸上都有日期，孟劲松已经按时间顺序排好了：前期的画较粗糙，人物和景也出现得零散和碎片化，后期好一些，有完整的图幅。

几张连缀起来，跟之前设想的差不多，应该是一个走货的驮队被土匪给抢了，驮队中有家眷随行，也遭了毒手。

辛辞凑过来看，不住唏嘘，毕竟他昨晚和这女人有一面之缘，一回生二回熟，算得上有交情了："这是在寻仇吧？寻找八九十年前凶案的真相？要我说算了，都这么多年了，仇人早死了，何必这么执着……"

正说着，外头传来杂沓的脚步声。

辛辞精神一振。

来了。

江炼真是被打得不轻，脸颊肿起，嘴角也裂了，反绑着手一身水湿，被邱栋和柳冠国一左一右地挟进来，按坐在桌前的凳子上。

孟劲松先过来，凑到孟千姿耳边："他说东西是他拿的，没当回事，就随手放在桌上。"

孟千姿连眼皮都没抬："那桌上有吗？"

当然没有。

孟劲松站到她身后，不再言语，邱栋和柳冠国不便在场，很快带上门出去。

孟千姿留意看江炼。

之前看的是个半死的，现在是个睁眼的，眼主精气神，自然大不相同。

他被打被缚，生死都不好说，却没什么惧怕之意，许是伤处作祟，嘴里痛嘘着，还有心情把屋里左右打量一通，末了，目光落到孟千姿身上。

看了她一会儿，他居然笑了，说："是你啊。"又说，"你那眼睛不该捂着，那样不透气，摘下来会好得快点。"

孟劲松觉得这小子要吃亏：她那眼睛怎么伤的，你心里没数吗？还敢拿这个开涮，孟千姿虽然偶尔会揶揄别人，但绝不喜欢别人揶揄自己，尤其是让自己吃过亏的人。

果然，孟千姿说："是吗？"

她拈起那把小片刀，指间摩挲了一会儿，一刀向着江炼眉心甩了过去。

这一下太过突然，辛辞"啊呀"一声叫了出来，江炼也变了色，好在反应快，一个急偏头，刀子擦着他耳际飞过去，直插在正对面的板壁上，刀尾兀自颤颤而动。

江炼不笑了。

孟千姿说："现在能好好讲话了吗？"

江炼沉默了几秒，又笑了，很爽快地点头："能。"

"那说。"

"我得从头讲起，怕你没耐心。"

孟千姿身子后倚："我有的是耐心，我还可以让人把晚饭、夜宵、明天的早饭都备上，只要你有那么多话说。"

江炼想说"那倒不必，我说话没那么啰唆"，待看到孟千姿面沉如水，又联想到那把小片刀，觉得自己还是老实点好。

"昨晚是个误会，我不认识你们，也不知道你们什么来头，我原本是在那儿下饵，钓提灯画子……"

他把山魇楼叫"提灯画子"。

孟千姿打断他："你跟走脚的是什么关系？"

江炼目光微动，脸色如常："走脚的？没关系，听说过不少，但从没亲眼见过。"

"那钓提灯画子，是谁教你的？"

江炼犹豫了一下，不过也知道落在人家手上，不撂点实话没法取信于人："我干爷。"

"他叫什么名字？"

"况同胜。"

况同胜，跟况美盈同姓，看来是况美盈的血亲。

孟千姿总觉得这名字怪耳熟的，她转头看孟劲松："况同胜这个名字，我怎么感觉就这一两天，好像在哪里听过……"

孟劲松真不愧长了个大秘的脑子，擅记各类大小事，只略一思忖就有了答案："是娄洪提到过，他们门里，有一派姓黄的，那人叫黄同胜，跟这个况同胜同名不同姓。"

想起来了，说是一九四几年，黄同胜接了活儿走脚，在长沙附近撞上日本鬼子，被一梭子枪扫死了，尸体都烂在外头没人收。

有意思，居然同名。

孟千姿不大相信巧合这种事："你这位干爷多大了？"

"一百零六岁。"

一九四几年，黄同胜应该正值壮年，要是真活到现在，确实也是百多岁的人瑞了。

孟千姿心里有七八分准了：黄同胜当年应该是遇袭受伤，但没死，借讹传的死讯上岸了。

做走脚这行的，其实很忌讳别人知道自己的职业。试想想，邻居知道你是走脚的，还能跟你和睦为邻吗？

走脚多是因穷入行，而且做这行要保童子身，所谓"童子身上火种旺"，不能娶妻生子，中国人对"无后"这种事还是挺在意的，所以绝大多数走脚的攒了点本儿之后，都会思谋着上岸，过正常人的日子。

而为了和过去切绝，他们往往会隐姓埋名、搬到异地居住，继而娶妻生子，很多人终其余生对走脚的经历绝口不提，连亲生儿子都不知道自己老子过去是干什么的。

想不到阴差阳错，倒是把黄同胜这桩远年公案给解了。

"那你钓提灯画子，是为了什么？"

江炼耸了耸肩："这就是私事了，跟你们的事也没关系。"

一桩归一桩，孟千姿倒也确实没兴趣去探他人秘密，当下也不勉强，示意他继续。

"本来钓完了，雨也快停了，正准备走，你们来了。我觉得挺奇怪的，就听了会儿墙脚。"

野外那种地方，没法挨得太近，江炼听得云里雾里，全程也没闹清楚这三个人什么来头，但有一点是明确的：这几个人把提灯画子叫"山蜃楼"，说什么楼起于珠，有蜃楼必有蜃珠，要把珠子给钓走。

这么一来，就跟他大有干系了：他钓这提灯画子，是为了查一件重要的事，事情都还没什么进展，这帮人就要把蜃珠钓走，这让他接下来怎么玩？

他说得干脆："我不知道什么叫蜃珠，也不知道这东西是有还是没有，但宁可信其有吧。我就等在边上看，盼着你能失手。你要是钓不到，那也就没事了。"

辛辣暗暗咂舌：千姿昨晚，那可是几次三番地失手啊。

他脑补了一下她每次失手，躲在暗处的江炼就呱唧鼓掌叫好的画面，觉得这人是有点欠收拾。

"谁知道偏偏就钓到了，我一时间没想好该怎么办，只好先偷偷跟着你们，预备找机会再拿回来——其实也不是拿回来，我只是想把蜃珠放回原处。也是运气，你们中有一个,被我挂的饵吓到了……"

说到这儿,他朝着辛辞一笑:"是你吧?"

辛辞脸颊发烫,想起脑后挨的那一下,又止不住恼火,觉得这人笑得极其可憎。

"接下来的事你们都知道了,我在坡下头把他打晕了,原本想偷梁换柱,趁你们不提防的时候夺了蜃珠就跑,谁知道刚近身就被叫破了……"

他看向孟千姿:"你出招那么狠,我没说话的机会。既不想挨打,就只能跟你打了。"

其实说话的机会还是有的,又不是没长嘴。打斗时,他完全可以嚷嚷"这是误会",不过他既已先挨了一抽,就懒得去费这个事了,而且他也并不觉得这些人是能讲理的。既然打起来了,那就打吧,谁怕谁啊。

万万没想到,只是一个女的,就把他给拖住了。

"你们人多,再打下去对我不利,我急着脱身,只好用了狼喷。我身上只带了那个,本来是怕夜里进山遇到野兽,防身用的。"

孟劲松冷笑:"怕进山遇到野兽,带枪带刀更合适吧,只带狼喷?"

江炼看了他一眼:"人家野兽没招你,是你进它的地头,带枪带刀,难免见血要命,多大仇啊?狼喷相对温和,一喷了事,能把它赶跑不就行了吗?就算用到人身上……"

他转向孟千姿:"……肿个几天也就好了,这口气好消,不会结下死梁子。当然了,也幸亏我跑得快,要是被枪撂倒,打死打残了,梁子就不好解了。"

孟劲松一窘:当时情况未明,下手确实应该留有余地,老话也说"做事留一线,日后好相见",就像孟千姿那眼珠子,要是真废了,那可就是势必追究到底的血仇了,谁还管你是不是误会?自己情急之下放枪,是有点鲁莽了,江炼如果借此做文章,他还真无话可说。

但江炼点到为止,一带即过,并不揪着这一点不放。他欠了欠身,又向孟千姿展示自己被打的惨状:"而且,你当时也打得我不轻,今天又全方位打了一回……就这一段来说,是不是可以两清了?"

孟千姿拖了几秒才点头:"这一段,就算它两清。"

江炼嘘了口气,知道就严重程度而言,"这一段"只是前菜,"下一段"能不能说服她,才是关键。

不过没关系,能清一段是一段。

他斟酌了一下,还是按时间顺序走:"这位孟先生一直追问我链子的事,你的链子系在玻璃罐边上,我当时没留神,一并拽过来了,后来罐子被你打碎,你的同伴又在后头放枪，我只顾着逃跑，精神紧张，压根儿没注意到手里还有链子，反应过来的时候……总不能跑回去还给你。"

孟千姿"嗯"了一声，表示这说法可以接受。

"但我也猜到了你肯定不是一般人，湘西能人多，我怕自己惹了不该惹的势力，看到链子上的符样之后，觉得多少是个线索，就托老嘎帮我问问。"

"就不怕把人问上门来？"

"是有这担心，但转念一想，我不至于这么点背吧——也就是一个符样，说不定随处可见，老嘎正好打听到你那儿，你又刚好认出来，继而找上门，这概率该多低啊。"

他面上掠过一丝惆怅。

可能是惆怅自己运气确实不好。

【05】

不过他很快又笑了，还真跟老嘎说的一样，"脸上总带着笑"。

"我讲了这么多，就是想让你知道，双方是有冲撞，但纯属误会，谁会为了这点小事去杀人呢？美盈更加不可能，她连昨晚发生了什么都不知道。而且她从小体弱多病，连杀鸡的力气都没有，你脖子伸过来让她杀，她都不知道从哪儿下手。

"如果你觉得我说得有道理，能接受，那我就继续。不能的话，那就是还有疑问，尽管提。"

他就在这儿停下，活动了一下肩颈，又挪了挪屁股，那架势，要不是被捆着，多半还要起来做个伸展。

最关键的还没有讲到，孟千姿示意江炼继续。

江炼也不隐瞒："我们在这儿住了有段时间了。每逢大雨夜，我就会过去尝试钓提灯画子。不过很难，大部分时间都钓不出来，有几次只能钓出些碎片——就好像电视屏幕，只显像一小部分。

"昨晚上其实已经算是大进步了，至少我看到了整幅的显像。但每次都会出现同样的问题：那些画面，起初急速快闪，让人来不及看清，然后就卡在了某一幅上，就是把你吓到的那幅……"

他冲着辛辞一笑："那个白衣女人在地上爬，就是卡住的画面。你们如果没把手电筒灭掉，就会发现她一直在重复同样的动作：爬和抬手。而如果画面正常，应该可以看到她最终爬去了哪儿，又是在哪儿不支倒地的。"

辛辞不自在地松了松领口：那场景，他昨晚只看了那么一次，心悸到如今，想不到还是循环放送的。

说到这儿，江炼看向孟千姿："你们也知道提灯画子，还叫它'山蜃楼'，那应该对它挺熟悉吧？山蜃楼确实是这样……难以捉摸、非常不稳定吗？"

当然不是，究其原因，在于这颗蜃珠的成色太差了，好的蜃珠，非但能显全像，甚至可以听音，说是"身临其境"也不为过。

不过这种事儿，外人不必知道。

孟千姿点了点头。

江炼有点失望，苦笑了一会儿，继续往下说："因为是快闪，当时看了也记不住，只有事后想办法。"

孟劲松脑子里灵光一闪，突然想起以前听说的一件逸闻来，脱口问了句："你会贴神眼？"

贴神眼是旧社会流传的一种江湖技巧，指一个人眼睛好使，不管场景多纷乱、变换得有多快，他只要看一眼，就能"过目不忘"、复述甚至誊画下来。乍听上去，跟现代照相机的功能差不多。

这种本事，一般人是没有的，老一辈觉得是借了神仙的眼睛，就把它称为"贴神眼"。

其实哪有什么神眼可以借来贴，那都是经过严苛训练的。

简而言之，选好的苗子，从最基础的开始练，先放二乘二四张不同的图，让你看两眼，然后拉下盖布，要你复述出每张图的位置；这关过了，又要你复述每张图的内容，然后加图，三乘三九张，四乘四一十六张，总之是一级比一级复杂——说白了，跟眼睛没多大关系，是脑子的活儿，最高明的一种速记。

据说练到最上乘，也不知是开发了大脑的哪块区域，整个人恍恍惚惚，意识完全陷在目标情境中，和梦游差不多，只不过梦游动的是身体，而这种动的是意识——只要手里有画笔，就可以把画面复制出来。慢的是精笔勾勒，一笔一画，连人脸上的微表情都惟妙惟肖，就是太耗元气精神；快的是涂色，用不同的颜色迅速涂抹，大致还原看到的场景。

不过，万事都有个此消彼长的理儿。贴神眼的人，意识调动到极致，身体反而相对脆弱，直白点说，没什么防御力，得有人从旁看护着以防万一。

另外，贴神眼有两大忌：一忌大的声响，一旦人被惊扰，"清醒"的过程对当事人来说就很痛苦，一般都得拳打脚踢、水激火烫，所以孟千姿让人"打醒"江炼，反而是歪打正着了；二忌夜晚进行，按说夜晚该是最安静的时候，但古人大多迷信，认为夜晚属阴，百鬼夜行，贴眼神的人属于"神魂出窍"，万一神魂在外飘荡时不幸被野鬼给带走了，剩下的，可就只是一具行尸走肉了。

这技艺解放前已然式微，还不全是因为科技替代：好坯子实在难寻，资质普通者，再努力也是枉然。

江炼于这些老的叫法反而很陌生："这叫'贴神眼'吗？我干爷叫它'请神眼'，差不多吧。"

每次钓完画子，他都会想办法原样誊出。夜里不能画，白天又容易吵，一般会选在下午，寨子里比较清静的时候。老嘎是做鬼脸壳的，干起活儿来免不了又凿又敲，所以他常以况美盈为借口，诸如"美盈身体不舒服""睡下了怕吵"，让老嘎小声点，好在老嘎这人天生没好奇心，说什么是什么，这么久以来相安无事，从未节外生枝。

贴神眼这种事，孟千姿没见过，但自小几位姑婆就爱给她讲些旧社会的江湖逸事，她听的着实不少。江炼要真是在贴神眼，刘盛被杀这事，确实攀扯不上他。

不过，还有些细节需要明确。

"你贴神眼的时候，为什么让况美盈守着你，而不是韦彪？"

韦彪孔武有力，实在是保镖的不二人选，而况美盈那种……

一想到她被吓晕过去的场景，孟千姿就止不住心头不屑：山鬼上下崇尚强者，历来不欣赏弱不禁风。

江炼的回答出乎她的意料："韦彪虽然是我们一起的，但他不知道这个秘密，他跟老嘎一样，以为我们来只是为了寻宗觅祖。"

只区区三个人，彼此的关系居然还颇为复杂玩味。孟千姿一时歪了重点：可见人心难测，队伍难带，自己能当好山鬼这个家，真是不容易。

"所以从我贴神眼开始，发生的所有事，我都一无所知，你问我你们的人是怎么死的，我不知道。好在我上来之前，得到这位孟先生的批准……"

他把头偏了偏，示意了一下孟劲松的方向："跟美盈说了会儿话，也问了当时的情况。"

"她吓成那样，确认说的不是疯话？"

江炼又笑了。

自进屋以来，他未免笑得太多了，孟千姿觉得，笑之于他，不是习惯，就是武器，有些人会用温和笑脸来彰示自己无害，以降低对手的提防。她直觉江炼是后一种，又或许兼而有之。

他说:"美盈是小时候落下的病根,受不了刺激和惊吓,经常会晕倒,家常便饭了。不过你放心,她的话还是能听的。

"而且,我听说她还被你给吓晕了。不知道你有没有留意到,她吓晕的时候有个特点?"

孟千姿没好气。

那个女人说晕就晕,连点征兆都没有,还谈什么特点?

江炼大概也知道她没那心情打机锋,就自己揭开谜底:"美盈吓晕的时候,是不会叫的,通常都是不声不响,直接昏厥过去,能叫出来,说明心理上还能承受——你们听到尖叫声后赶过来,想当然地以为她是看见尸体尖叫的,其实不是,她第一眼看见尸体的时候,惊吓过度,直接晕过去了。她是醒过来之后,已经有了点心理准备,才尖叫的。"

孟千姿心头一动:江炼好像在强调这里头有个时间差,但这很重要吗?

江炼长长舒出一口气,终于全都铺垫完了,他可以把自己的推论和盘托出了。

"真正的凶手,在楼梯口杀了你们的人,然后他把尸体搬过来,面朝里靠到了门上,这也是为什么门口会滴了一摊血。美盈一直在我身边守着,听到了敲门声,怕我被惊扰,才赶紧过去开的门。一开门,血尸就朝着她迎头砸下,她吓得连喊都没喊出来,就晕过去了。

"孟先生一直追问我你的链子在哪儿,其实我就放在桌上,如果找不到,只可能是被凶手拿走了——我之所以要强调美盈晕倒过,是因为她如果当时没晕,立即尖叫,你们迅速赶来,时间衔接得太紧,那人就不会进屋,也不会有那个心情去翻找东西,而是会马上寻机逃跑。

"但美盈的晕倒,给他提供了契机,再加上屋里没人能看到他,就等于没人,他有足够的时间翻找链子,逃走之前再把美盈弄醒。我问过孟先生,他说一进屋就看到我桌上很乱,画纸不齐,笔也杂乱摆放——美盈是个很有条理的人,每次帮我递送画笔,都会摆得整整齐齐,桌上那么乱,更加说明是被人翻过。

"还有就是,孟先生说,你们的人在高处设了哨。我猜想,那个凶手应该是在设哨之前进的屋,下哨之后趁着混乱逃走的,你们赶过来的时候,他也许还在,也许藏在一楼,但你们都只奔着二楼去,忽略了其他地方。他知道你丢链子的事,不然也不会去翻找链子——那条链子在我看来没什么特别的,一般的贼也不会入眼,他却特地拿走了,这进一步说明,他是冲着你们来的,你们可以参考我说的,排查一下可能的嫌疑人。"

说到这儿,他的脸上露出真正轻松的神色来,挣了一下绳子,以提醒孟千姿自己还受着不公正的对待："你看，误会讲清楚了，你们也得尽快布置追凶，我和我的朋友，是不是可以……"

孟千姿冷笑："你是不是漏了点什么？"

有吗？江炼眉头蹙起。

"我的链子呢？"

"被那人拿走了啊，反正你们要追凶，追到了他，也就等于追到了链子。"

孟千姿说："我姑且相信你的话，但你抢了我的链子，又被贼偷了，转了十八省换了十九家，难道我还得一家家找过去吗？我只盯着你要。你拿走的，你还回来。"

江炼不吭声了，链子这事，确实是他的锅，没的洗。

他想了又想，抱了点侥幸：这女人看起来派头挺大，也许是不忿昨晚受伤，才这么大张旗鼓找过来，现在出了人命，哪会真的有心思盯住一条链子不放，多半是借题发挥，想狠狠为难他一下。

所以他的态度很重要，得用笑脸迎其锋芒，适当还得出点血：花钱消灾，以柔克刚，是颠扑不破的真理。

他试探性地提出建议："要么，你那条链子多少钱？三万、五万，你提要求，我愿意赔偿你的损失。"

他看过那条链子的材质，绝不是什么贵金属，即便是设计师款，上万也顶天了，他数倍赔偿，就当是被讹了，花钱消灾，顺便也展示一下自己是多么诚恳诚挚。

屋子里一下子安静了。

非常安静，以至于能隐隐听到山坳那头的人声，不远处有牛长哞了一声，可能是没吃饱。

什么意思？江炼有点小不安：莫非是自己表现得太豪气了？

他突然后悔：干爷给他讲那些道上的事时，说过什么来着？"财不露白"，随手就是三五万，是不是太招摇了？他要不要亡羊补牢一把，解释一下这钱是他辛苦打工挣来的？

人声渐近时，孟千姿才回过味来，也真是新鲜，长这么大，这是头一遭有人要花钱"摆平"她的事儿。

她觉得最好的回应就是不作回应，于是转头问孟劲松："什么声音？"

"我担心出事，调了人来。"

后援来了，等于这满山坳里都是自己人，孟千姿骄矜之气更盛，也懒得再跟江炼费口舌："这不是讨价还价。你拿走的，你送回来。"

她起身欲走："你的同伙，就押我那儿。什么时候交货，什么时候过来领人。"

江炼怀疑自己听错了："凭什么啊？"

什么凭什么？她想做什么就做什么，哪有那么多凭什么。

孟千姿没理他，又吩咐孟劲松："安排人清场，该带走的带走，房子有坏的地方派人来修，别让人说我们山户做事不地道。"

江炼恨得牙痒痒，却还得脸上不露，背在身后的双手慢慢活动着腕上的结扣——从清醒过来开始，他就一刻没放松过解扣，以他的本事，原不该这么费劲，但这帮人的系法很怪，跟常用的方结、反手结、渔人结、攀踏结都不是一回事，害得他一再尝试，有几次还假借活动肩颈，又挣又抽。

他看出来了，这事单靠讲理解决不了。她凭什么？当然是凭形势比他强，但反转也不是那么难：这女人是头头，只要制住了她，不怕她不松口……

腕上一松，绳头终于被解开了。

江炼反手握住，不动声色，装着无计可施："你这样也太不讲理了吧？"

【06】

孟千姿充耳不闻，带着孟劲松和辛辞往外走。

眼瞅着她从身边走过，江炼唇角掠过一丝极淡笑意，出其不意霍然站起，手里的捆绳就势拉成套索，径直套向她脖颈。

电光石火间，孟千姿如身后长了眼，手臂一探，迅速从孟劲松腰间拔出枪，旋即回身。

江炼的绳套才触及她头顶，她的枪口已经抵住了他左侧下颌，用力极大，迫得他明明比她高，还不得不仰起头来。

毫秒之差，形势一落千丈，江炼犹豫着要不要负隅顽抗一把，边上的孟劲松不咸不淡地提醒他："我要是你，就会老实点——你朋友还在我们手里呢。"

这就尴尬了，江炼的手抬也不是，放也不是，末了认怂服软，撒手松了绳，很配合地做了个投降的动作："我其实没别的意思，就是想让你再考虑一下……"

孟千姿嫣然一笑："你刚坐在那儿，跟得了多动症似的，真以为我没防备呢？"

她枪口又是一顶，抬脚就往前走，前头是他，又不是路，江炼只得后退。

屋子不大，退了几步就是板墙，江炼后背贴住墙站着，还得保持双手高举，觉得自己的姿势跟大鹏展翅也没什么两样了。

孟千姿问他："我讲不讲理？"

江炼努力压住枪口低头，直觉下颌都要被枪口戳出洞来了："你都拿着枪对着我了……"

枪口又是一顶。

江烁改口："挺讲理的。"

"你对我的安排有没有异议？"

"没有。"

"没有吗？那我怎么觉得你很有情绪？"

这女人怕不是一个控制狂，对人的情绪都吹毛求疵，江烁深吸一口气，看向她的眼睛，努力展示出一个无懈可击的诚挚微笑："没有异议。"

"那我们是谈妥了？"

算是吧，但这么答势必又会被说成态度敷衍。

他语气恳切："谈妥了。"

那挺好，孟千姿笑得意味深长，并不收枪，侧了下头，吩咐孟劲松："绑上。"

哈？

不是，都这么配合了怎么还绑上了呢……

江烁老实地在地上躺了很久。

起初人声嘈杂，又是抬又是搬的，众目睽睽之下，他也不好意思挣扎和呼救——反正也是白搭。

后来喧嚣遁去，他开始想办法。

不知道是不是报复他解了绳，这次的绑法虽简单，但极粗暴，手反绑也就算了，还专门拉了一根绳，跟脚上的绑索系在了一起，身体被扯得反向弯曲，无法借力，稍一挣扎，整个人就跟不倒翁似的左右摇摆。

男人也是要面子的，这造型，他不想让老嘎看到，但是几次三番尝试无果之后，又安慰自己虎落平阳这种事自古有之，看到了就看到吧。

可惜老嘎好像不在，叫了好几声都没回应。

没办法，只能自救了。这间屋里没什么可利用的，江烁记得，老嘎常在一楼的檐下凿刻挫磨，斧锤锯刨等工具都是随地放的。他要是能去到一楼，摸到把锯条小刀什么的，就能把绳子给割断了。

就是这下去的过程有点艰难，想站起来是不可能了，只能侧翻，江烁深吸一口气，咬紧牙根，重心侧倾，试了几次之后，终于成功翻了个面——跟烙锅里烙饼似的，从A面翻到了B面，原本是背朝天的，现在改作了面朝天。

江烁盯着被桐油漆得黑亮的顶棚看了会儿，默默酝酿着下一翻。得罪了女人可真要命，谈妥了还得"绑上"，这要是没谈妥，指不定怎么受罪呢。

他无比艰难地翻到了门口，幸好门是开着的，但如何出这个门又几乎耗去了他半条命，一路翻到楼梯口时，累得宛如死狗，心说长痛不如短痛，索性滚下去得了——然而人倒霉时，喝凉水都塞牙，明明借着手推的力量把自己推下楼梯了，才磕碰了几级，身体控制不住地打横，又卡住了。

江炼不想动了，横卡在这不上不下的楼梯中央，让他觉得自己像穿在烤扦上的蛙。

他有点后悔：刚刚为什么不直接滚去阳台呢，这寨子里又不是没人住，上了阳台，居高临下，吼上几嗓子，总会等到有人解救他的。

也不知等了多久，外头突然传来窸窸窣窣的声音，江炼精神一振："老嘎？"

很快，有人从门口探进半个身子，还真是老嘎，怀里抱了个白萝卜，大概是要做饭。

两人对视了几秒。

老嘎说："炼小爷，我还以为你也被带走了呢。"又止不住纳闷，"他们干吗把你捆楼梯上啊？"

这就说来话长了。

江炼沉默了一下："你还是先把我放下来吧。"

火塘又烧起来了。

老嘎做的是炉子菜，铁三脚架支着的锅里咕噜翻着汤泡，里头下了腊肉、萝卜、豆腐，还有牛羊肚，香得很。这菜在旅游景区有个专用名，叫"三下锅"，原本是冬天的吃食，推广开了之后就不分季节了。

米饭已经做好了，上头盖一层酸豆角，里头掺了剁椒，红艳艳的让人很有食欲，还备了咂竿杂酒。老嘎那意思是，江炼被打了，得吃点好的找补一下。

江炼就着汤锅煮了个鸡蛋，捞出来剥了壳，在脸上来回滚个不停，间或抿一口咂竿——这其实是土家人的喝法，酿好的杂酒灌进小坛子里，不加过滤，插上长长的细竹管做的咂竿，边饮边聊边加水，一路稀释，直到把酒味喝没了为止。

几口酒下肚，涣散的精气神终于拢回来了，江炼低头看自己酒面上映出的形容，觉得哪一处都是大写的"衰"：他干什么了？他也就是老老实实钓提灯画子而已，进个山都不带刀具，本分而又有爱心，到底是怎么被人一步一步踏到如今这个境地的？

他抹了把嘴，抬头四顾，忽然觉得好像少了点什么："你那口棺材呢？"

"让给那倒霉伢子用了。"

棺材也能乱让的？江炼无语，顿了顿问老嘎："他们到底是什么人？"

"山户啊，"见江炼一脸茫然，老嘎又补充，"就是山鬼。"

"山鬼又是干什么的，我怎么从没听过？"

湘西的诡谲奇事，干爷也给他讲过不少，什么放蛊的草鬼婆、能把树叶子哭落的落花洞女，但山鬼，他确信没听过。

老嘎说："人家不爱张扬，外头知道的人是不多。山户嘛，就是靠山过活靠山养的，以前深山里头多凶险啊，十进九不出，连梅山虎匠都未必能囫囵着回来，传说深山里有女妖精，上管飞禽，下管走兽，连屈爹爹（音 diā）的文章里都写过这女妖精，叫'山鬼'。"

屈爹爹就是三闾大夫屈原。据说屈原被楚王流放之后，"身绝郢阙，迹遍湘干"，走遍了沅湘之地，甚至表示即便是死都"宁赴湘流，葬于江鱼之腹中"，所以他死了之后，沅湘之地民众都尊称他为屈爹爹，还广建屈子祠，端午赛龙舟、撒米粽，祭祀不绝。

"只有山户，想进就进，想出就出。大家都说，山户是拜了那个女妖精山鬼当祖师奶奶，才得了这进出的庇佑，所以，人们也习惯称他们叫山鬼。"

听上去也没什么特别的，江炼换了一边脸滚鸡蛋："我要是跟他们过不去会怎么样？"

老嘎没立刻回答：韦彪和况美盈都被带走了，用脚指头想也知道，江炼不可能听之任之——别看他现在在火塘边老实坐着，下一秒就追过去寻机报复也说不定。

他拿木勺搅了搅锅里的菜："你不会想有山鬼这种敌人的。"

江炼来了兴致："怎么说？"

"凡事都有个地盘，放蛊是苗区的，走脚是湘赣川黔这一带的，落洞只限大湘西，正宗的辰州符，人家只认古辰州郡，也就是现在怀化沅陵那一块。但是山鬼呢？

"炼小爷，有叫得上字号的山头的地方，大多有山鬼。全国得有多少山？我老嘎也是见过花花世盖（界）的人，往大了讲，东北有老雪岭、西北有天山，中间昆仑连着秦岭，南北大纵横是横断山；往小了说，光咱们湘西，就有武陵山脉和雪峰山脉——你算算，他们得有多少人？从屈爹爹写山鬼那年往下顺，人家传了多少代了？"

江炼没吭声，只是纳闷着老嘎的地理怎么突然这么好了。

"只要皮子厚、骨头硬、勾起脑壳攒劲逮，能爬好高爬好高，哪个都能跟他们过不去，但你心里算算账，值不值得？给自己树了多少对手？造了多少麻烦？就怕死了都米（没）得人抬你。"

老嘎说得兴起，一不留神就蹦出了几句土话。

江炼失笑，抬眼看远处一重叠一重的山：这不是拿鸡蛋碰石头了，是去磕大山啊。

惹不起。

"他们会不会为难美盈他们?"

老嘎给江炼盛饭:"这你倒用不着担心,山鬼一向以和为贵、和气生财。你想,他们是过江龙,在各地结交坐地虎,不和气不讲理,能相安无事这么多年吗?山鬼最要面子,落人口实的事,不会做的。"

湘西土话里,把过路豪强叫过江龙,本土势力叫坐地虎,过江龙再强硬,坐地虎都未必买账,两方一照面,十有八九是龙争虎斗——能交长久朋友,过江龙的态度、做派是个关键,须知强锋三年钝,流水一万年呢。

江炼的心略安了些,想想还是可气:"那女人可真凶。"

老嘎把盛满了饭的碗递给他:"孟千姿?"

原来她叫孟千姿,江炼接过碗,狠刨了几口,又从锅子里夹了几口菜,嚼得分外用力。

老嘎说:"她手底下管着人呢,不凶点能行?整天笑嘻嘻的,能办好事?"

原来是个小头头,怪不得前呼后拥、颐指气使的,江炼觉得武陵山头的男人可真不争气:"武陵这么大的山头,怎么让一个女人管?"

老嘎往碗里舀汤:"武陵的山鬼是柳冠国管,就是刚刚在下头忙来忙去的那个男的。"

慢着,江炼停了筷子:"孟千姿的资辈还在柳冠国上头?"

他舔了下嘴唇,自己不至于这么点背吧,一惹就惹了个大的:"该不是湘西的山鬼都归她管吧?"

老嘎仰头看天,筷头朝上戳了戳:"不止。"

"湖南?"

老嘎的筷头又往上戳了点,那意思是,还要大。

"两湖?"

筷头继续往上戳。

"不是全国吧?"

老嘎那仰着的下巴终于落下来了,啜了一大口酒:"哎,对喽!人家坐的是山尖尖上、顶高顶高那把交椅,所以我同你说,莫跟她对着干。"

江炼把空筷头伸进嘴里,脑子里像跑马,踢踏踢踏、沙石乱滚、尘土飞扬,他这是什么运气啊,一惹惹了个最大的。

老嘎兀自说个不停:"她让你做什么,你就做嘛,做了就米得事了。再说了,事情也不是跟你全没关系……"

他咂了一大口酒，又夹了一大筷子牛羊肚送进嘴里，嚼得吧唧吧唧的："我也听说了，你要是没分辩清楚，山鬼是不是就认定是你们下的手了？那杀人的没安好心，故意把祸水往你身上引，好让你们斗——叫人这么摆弄，你气不气？"

江炼乜斜了他一眼："你是不是拿了山鬼的好处，过来做说客的？"

老嘎含糊其词："差不多吧。"

不对，当说客这说法太委婉了："是监视我吧？"

老嘎还是那话："差不多差不多。你就说，你气不气？"

这招矛头旁引、借刀杀人的确是挺狠的。江炼伸手去抓酒坛子，眼睛里锋芒闪过，语气却还慵懒："气，那还有不气的吗？"

"哎，对喽。"老嘎一喝多了酒，人就有点飘，一改往日的沉默寡言，握着酒坛子的手向上一扬，酒水都洒了出来，"气了，就逮！"

江炼失笑。

"逮"算得上这儿的万能动词了，吃饭叫"逮饭"，喝酒叫"逮酒"，挣钱叫"逮钱"，连照相都叫"给我逮一张"。

江炼初听时还有点不习惯，听多了就觉得这字眼特亲切，透着一股子狠劲和蛮气，说着特别爽。

他端起酒坛子："行，那就逮。"说完了，本想大口开灌的，酒坛子送到了嘴边又停下，前后看了看，问老嘎，"出事的时候，你在哪儿？"

老嘎打了个酒嗝，脸膛赤红，伸手前指："那儿呢。"

"一直看着这头？"

"看着呢。"

"孟千姿他们进屋之后，没人从门口出来？"

"莫得。"

那就是从屋后门开溜的了，江炼从锅子底下拽出一根燃得正旺的柴棍，又摸了把凿刀在手，起身就往屋后走。

老嘎喊他："哎，饭没吃完呢，你去哪儿啊？"

"吃饱了，后山遛遛。"

"不用去看了，山鬼去找过了……"

话没说完，江炼已经走得不见人了。

096

【07】

气不气？是气，要不是做局的人太绝，既杀了人又拿走了链子，他何至于落到现在这个境地。

江炼觉得自己凭空栽进一个大烂摊子：蜃珠毁了，还牵扯进命案，同伴被扣作了人质，自己也受制于人，不得不帮人找链子……

他抬起右手，手心手背翻覆着看了两遍，如老人家骂不肖子孙："你说你贱不贱？"

扯什么不好，非扯来孟千姿的链子，一误扯成千古恨，得罪了一个有大来头兼具小心眼的女人。

别看后山挨着叭夯寨近，寨子里的人几乎从不上山，因为叭夯寨本就是硬生生地在山窝里铲了块地设寨，等于是把家安在了虎狼的牙口边。后山通向没有人迹的深山——旧社会，冬季连日大雪，找不到食的时候，饿极了的虎狼常会借由这道欺近寨子扑人，逼得寨民不得不在村落周围设陷阱，定时扛着锄头、柴刀在周边巡逻。

解放初期，接连赶上战乱、匪乱，那些个畜生也出来凑热闹，各乡县虎狼伤人的事儿特别多，事情上报之后，刚巧解放军四十七军正负责湘西剿匪，都是快马快枪装备精良，于是同时剿虎灭狼，连31式60毫米迫击炮都用上了，这可比梅山虎匠要高效多了，一通杀剿下来，说是差不多绝迹了。

但湘西毕竟山多林密，难说那些个漏网的会不会躲在里头繁衍生息，所以当地人赶集行路，只走人多的大小山道，很少有人会兴起去开辟什么新路径。

江炼初进寨时，老嘎就向他反复强调过山林的凶诡，这也是为什么他雨夜进山时都随身携带狼喷——山林是虎兽栖息地，他一个外来客，在那儿唱念做打已经属于借道惊扰，如果还拿刀枪这种凶器去对付人家，未免太霸道了点。

山道上都是杂乱的脚印，应该是山鬼查探时留下的，这帮人做事并不潦草，他们仔细筛过的地方，估计不会有什么遗漏。

江炼不甘心，继续往更深处走。

后头的路碎石零落、腐枝败叶成堆，越发难走，但于他并不是问题。一来他身手不错，步履也轻捷，随时踏跃借力，比普通人的步速至少高出个一两倍；二来雨夜那几次进出，对路况大致了解，算得上轻车熟路——麻烦的是，火把的焰头越来越弱：到底不是蘸油的火把，随意抽的锅底柴，燃烧的持久度有限，火头渐小渐暗，飘飘忽忽的一团荧红，跟鬼火似的，像是随时都能熄灭。

照明跟不上，走再远的路也白搭，江炼正犹豫着要不要折返，也不知道是哪个方向，隐约传来怪异的嗥叫声。

那声音呜咽里带尖厉，像没满月的狗扯细了嗓门狂吠，让人心里说不出的硌硬和难受。

江炼刹那间毛骨悚然。

之前数次进山，大概是赶上风急雨大，野兽都不愿意出巢，还真从没遭遇过，穿林过岭时，也从不犯怵，反而是现在，无风无雨，万籁俱寂，天上甚至挂一抹浅淡月牙，称得上静寂宁和，他却如置身风口，遍体生寒。

江炼收了步，转身想走，目光瞥处，心念一动。

前头十来步处，一棵几围粗的老杉树根部，布满横七竖八的白色道道，像是有人拿石膏粉胡乱涂上的。

怪了，这颜色这么显眼，前几次他怎么没看到过？难道是新涂的？

火头还能支撑，江炼一时好奇，凑上前去看。

火光过处，他看得清楚：那些所谓的白色道道，其实全是利爪抓痕，只不过抓挠的力道太大，导致表层的树皮剥落，露出了里头颜色较浅的韧皮罢了。

江炼用手在那些抓痕处探了探，手感微湿，应该是新抓的，又退开了看树周，泥地上果然有不少爪印，并不大，看起来很像狗的脚印。而且，数量绝对不止一只。

野狗吗？

江炼的印象里，树之于狗，只是辅助撒尿的功能。这么多狗，拼命刨树是为什么呢？

江炼抬头向高处看去。

七八米高处，一根旁生的粗大树丫上，软塌塌地耷拉着什么东西，江炼先还以为是老猴——有些猴子死了，就会这么晾海带似的挂在树丫上。

不过他很快发现，那其实是个人。

还是个女人。

老嘎傍着火塘喝得醉眼蒙眬，忽见江炼背了个血葫芦般的女人回来，惊得嘴巴半张，愣在当地。

江炼瞪他："发什么呆，救人啊！"

哦，对。老嘎忙不迭地起身，手忙脚乱地抢进屋里，拽了张草席在堂地上铺开，又帮着江炼把那女人放上去，江炼顾不上多说，三两步上楼去取急救箱。

下来时，看到老嘎正盯着那女人发呆。

这老头，真是指望不上，江炼懒得说他，飞快地在急救箱里翻拣刀剪、绷布。老嘎这才回过神来，冷不丁地冒出一句："这女人我认得。"

"哈？"

"我认得，"老嘎笃定得很，"今天在县上吃饭，就坐我隔壁桌。"

江炼没好气："是你熟人，你还干站着看？"

老嘎如梦初醒，手脚终于麻利，搭着毛巾端了热水进来，那女人身上有抓伤，也有刀伤，抓伤遍布全身，一道一道，衣服都破得不成样子了，刀伤一时辨不全，只知道最显眼的一刀在腹部，再狠点也就差不多开膛了。

江炼剪开她的衣服，先拧了毛巾帮她擦拭，许是动作大了牵动伤口，那女人痛极之下，突然睁了眼。

起初眼神茫然，瞬间转成了极度惊恐，嘶哑着嗓子吼："别杀我，不要杀我！我路过的，我就是路过的……"

她已经伤成这样了，再乱挣还得了？江炼迅速扶住她肩膀，手上用力，稳住她的身子，语气很温和："不用怕，你现在很安全。"

那女人瑟缩着看他，也许是觉得这人眉目和善，确无伤人之意，抖得没那么厉害了，再然后目光渐渐涣散，又昏死过去。

江炼这才能腾出手来，帮她逐一清理包扎，其实有些伤口需要缝针，但这活儿太精细，他做不来。

老嘎在边上帮着打下手，絮絮地发表意见。

"马彪子，这绝对是撞上了马彪子。"

江炼手上不停："那是什么？"

"就是豺狗啊，又叫'苗狼'。老虎都怕它。老话说得好，山里有马彪子在，老虎都不敢称王。"

苗狼……

想起来了，干爷提起过这凶畜，说是体形不大，跟狗差不多，黄毛，长了个马脸，叫起来幽幽咽咽像鬼哭，特别瘆人。

单只苗狼其实并不可怕，可怕的是它们群体活动、协同作战，行动极敏捷、爪牙锋利且堪称多智，五六只马彪子就敢围攻老虎，而且讲究战术：通常都是几只围咬，其中一只飙空跳上虎背，把老虎的眼睛抓瞎，然后咬老虎屁股、从肛门里往外掏肠子、吃内脏，几分钟的工夫，就能吃得只剩下骨皮。

想想多荒诞，虎啸山林，那么威风的百兽之王，遇到马彪子，会吓得瑟瑟发抖。

这祖宗不只敢惹老虎，也常剿杀野猪，搞死牛、马、家狗更是不在话下，袭击人的事倒是没听说过。不过也说不好，毕竟是肉食性的凶兽——旧时代，湘西山里捕到虎都不算难，但再有经验的猎手都没捕到过马彪子，说是"行动太快""诡诈近妖"。

怪不得她会在树上。遇到成群的马彪子，不上树，那真是死路一条了。

老嘎感叹："厉害，能从马彪子牙口里逃掉，太厉害了，这女人是个人物。"

江炼没吭声。

她身上有刀伤，马彪子再厉害，也不可能挥刀伤人吧。

她在短暂清醒的那几秒里拼命求饶，还苦苦分辩自己只是个"路过的"。

会是什么人，连个路过的女人都不放过？这事跟刘盛被杀有关联吗？想得更大胆点：伤她的和杀刘盛的，会不会是……同一个人？

有手机铃声响起，还伴了振动，老嘎四下看了看，目光停在江炼的屁股后兜上："炼小爷，你有电话。"

江炼推说要出去接电话，把善后的杂事交给老嘎处理。

其实不是电话，是设好的闹铃，提醒他该和干爷通个气了。

江炼爬上屋顶，背倚着那口卫星锅，点了视频通话申请，迟迟未获通过，江炼并不着急，他看向对面山头缓缓流转的乳白夜雾，默算着那头的进程。

手机在护工手里，护工会先进房间叫醒干爷，都说年纪越大睡眠越少，可干爷恰恰相反，过了百岁之后，一天的绝大部分时间都在昏睡，江炼丝毫不怀疑，干爷会在某一天永远睡过去，走得安详而又宁静。

叫醒干爷之后，护工会告诉他炼小爷的电话打过来了，然后把接通的手机在立式支架上固定好，挪到干爷面前，调整好最佳可视角度，最后退出房间，给通话双方都留出私密的对话空间。

果然，等了一会儿之后，屏幕上出画面了。

和往常一样，映入眼帘的是干爷那张极度苍老的脸，地心引力把他的眼眉、鼻翼及唇角两侧都拉出了极深的下"八"字形，眼皮下耷得遮住了大半个眼睛，只在缝隙间露出浑浊的一点光，全脸唯一向上的皱纹是眼袋线，一左一右，像钩子，兜住臃肿下垂的眼肉。

每次看到干爷的脸，江炼都会对长命百岁这种事少几分热衷，觉得自己如果死在盛时，也挺好的。

况同胜褶皱层叠的厚重眼皮略略抬起，含糊地说了句："炼子啊……"

小时候，况同胜叫他"小炼子"，大了就叫"炼子"。虽然有点别扭，听习惯了也就好了——况同胜就爱这么叫人，比如叫况美盈"盈子"，叫韦彪"彪子"。

但今天，"炼子"这称呼让他很是不自在。江炼想了一会儿，才反应过来是被孟千姿几次三番朝他要"链子"给闹的。

嗯，"孟千姿朝炼子要链子"，真是绝佳上联，就是不知道下联该怎么对。

江炼想笑。

他把脸偏了偏，不想让况同胜看到他的伤处。

其实况同胜这老眼昏花的，也根本看不见，他只是尽量摆出个"睁眼"和"看"的姿态："哟，黢黑黢黑的。"

"山里就这样，黑得早。"

普普通通一句话，突然就勾带起了况同胜早年的回忆："山窝窝里，黢黑黢黑，我师父问我，是不是红花童子，还说，坟山上放了只女人的绣还（鞋）还，我能拿回磕（去），证明自己胆子大，就收我……

"天麻麻亮，师父让我去找店，找喜神房，米得门槛，米得窗户，喜神打店，老板要发财的……"

江炼一直听着，间或"嗯"一声，况同胜太老了，说话老飘野火，上句还在说这个，下一句就离题万里，你不能提醒他，提醒了他会卡壳，像电脑宕机，半天缓不过来——老实听着就好，听着听着，他就会跳回来了。

"师父就说，坏喽坏喽，女人最不干净，叫女人破了童身，身上的火种就米得了……"

况同胜大声咳嗽起来，耷挂着的脸肉抖得厉害，咳完怔了一会儿，已经把方才那番话忘到了脑后，像是琢磨着该从何说起，好在这一回，终于接上了："盈子他们，都还好吧？"

"挺好。"

"顺利吗？"

人都在，没缺胳膊少腿的，还算顺利吧。说不顺利还得解释——这么长的故事，刚起个头，干爷就该又睡着了。

"顺利。"

"那……那口箱子，有眉目了吗？"

江炼笑了笑："快了。"

刚说完这话，漫山遍野、前后左右，渐次响起了细细密密的声音，如注如线，颇似黄沙打檐。

又落雨了。

【08】

湘西之行频生变故，孟劲松不得不放弃起初"低调作业"的念头，联系了大武陵区的归山筑。

山鬼的习惯，"斋、筑、舍、巢"。

总堂为斋，山鬼王座者居之，"山桂斋"，说是为了低调用谐音，其实就差敲锣打鼓昭告天下自己是"山鬼斋"了。

一山一筑，这山是指山脉，而非山头，"归山"是用了山鬼的反序谐音，以示低斋一头。

山头设"舍"，多半建茶屋、开客栈，供山户互通有无，柳冠国的"云梦峰"就是武陵山的山舍，自"舍"开始，不拘于冠"舍"字为名，但要求名称里体现出山，所以舍名里常出现峰、岩、岫、峦一类的字样。

山鬼的家宅称"巢"，因为上古时候，那些深山里的山魈野鬼都是搭巢筑窝而居的，取一"巢"字，以示不忘出身。

倘若以人作喻，斋为心脏，舍为血肉，巢为体肤，低斋一头的筑才是足可包揽山户的生老病死、支撑躯体而立的骨架。山鬼财力雄厚，但不养闲人。古时候，归山筑内都挂"百业图"，以唐朝时划分的社会百工三百六十行为基准，巨大的图幅上，绘满墨笔勾勒的黑白各色人物，如肉肆行屠户、皮革行师傅、铁器行匠人、仵作行团头等，一旦有人入行，即着彩上绘，以"百业均占、全彩全色、无高低无贵贱、尽皆囊括"为考量标准——山户呱呱落地，即可按月支取丰厚"山饷"。不过这山饷都算是你的借债。只有择业入行之后，方可"前债全消，山饷倍之"。

百业图缺，对归山筑的掌筑者来说，那是相当"面上无光"，可以想见，他们是多么的殚精竭虑，"求求你啦，我们这片区还缺个杀猪的，你就选这行吧"。

由于不为谋生，入行的山户反有心情细细研磨、精益求精，比如屠牛者多成庖丁，掌勺者不输易牙。简言之，就是各行各业精英辈出——这么一大群人可供派遣调用，说归山筑可以包揽山户的生老病死，也就不足为奇了。虽然时至今日，社会大发展，行业细分太多，某些领域需要的人才又太过高精尖，山鬼也很难面面俱到，但勉勉强强、拉拉杂杂，应付个七七八八还是不成问题的。

第一时间抵达叭夯寨的后援，就是大武陵的归山筑就近调派的，大约有三十人，勘验了现场寻踪觅迹之后，有几个人运送刘盛的尸体回筑，修容整仪以便后续入殓，其他人则随孟千姿回了云梦峰。

这一晚的云梦峰灯火通明，满房却鸦雀无声。

入住的山户都晓得大佬在三楼，忽然能与最高层同处一舍，都免不了拘谨拘束处处小心：脚步放轻，甚至用上了虎垫；说话细声细气，能比画绝不发声；提碗搁筷都轻拿轻放，就跟云梦峰是纸牌搭的，声响稍大点就能震垮似的。

这气氛甚至影响了孟劲松，他布置周围设哨的时候，全程都压着嗓子，自觉跟做贼也没两样了，在顶楼下瞰时，屋前房后人来人往却鸦默雀静，委实诡异。

孟千姿回房后，先泡了个澡。

依着辛辞的设想，三十八摄氏度水温加泡泡浴，那是减压的不二利器，可惜孟千姿如同被泡化了骨头，恹恹无力，出来后就往罗汉榻上一倚，跟黏住了似的，半晌没动弹，周身一股子生人勿近的气息。

辛辞浑不在意，忙前忙后帮她吹头发、上发油。

头发吹至半干，辛辞关掉吹风机，安慰她："放心吧，事情总会水落石出，杀人偿命，刘盛不会死得不明不白的。"

孟千姿没吭声，就算查出了死因，刘盛也回不来了。那么年轻的小伙子，人生就这么突兀地终结在一把小片刀上。更唏嘘的是，直到他死，她才知道这人长什么模样。在那之前，他对她而言，只是个武陵山户、忙前忙后跑腿办事的而已。

她喃喃道："我到现在都没想明白，是什么人在跟我们过不去。"

辛辞说："真相就在某个地方，你还没摸着头绪而已。"

这不废话吗？孟千姿没好气，懒得看他。

辛辞笑嘻嘻的，继续找话开解她。

"光靠那个江炼，能找回金铃吗？"

孟千姿嗤之以鼻："谁光靠他了？我们又不是不找了。我是看他有点本事，也有点脑子……不用白不用，他是旁观者，视角和我们不一样，也许能发现点我们发现不了的。"

"万一他阳奉阴违呢，耍手段骗我们？"

孟千姿轻笑一声，身子半倚在矮几上，以手托腮，斜了一眼辛辞："小伙子，你还是嫩了点。"

辛辞气结："我俩差不多大！"

孟千姿说："你有没有发现，江炼一直在跟我们讲理？"

有啊，而且讲得还挺有条理，辛辞觉得江炼还是挺沉得住气的：今天那情形，换了个脾气暴躁的、嘴笨口拙的、脑子糨糊的，双方撑上，那后果，简直不敢想。

"他遇事要讲理，又能讲明白理，这就说明，他是个讲理的人，而讲理的人，都有个自己都绕不过去的坎。"

辛辞纳闷："是什么？"

"讲理。"

辛辞一脸茫然：她这一口一个"讲理"的，比"黑化肥会挥发"之类的绕口令还绕。

孟千姿解释："就因为他讲理，所以哪怕他再会说、再能辩，提到我的链子，他都理亏。没错，他是无心拽走的，也无意弄丢，但就是他拿走的，就是从他这儿丢的，所以他只能去找。除非他要赖，可讲理的人，要不来赖。"

好像，有那么点道理，辛辞想了想："那要是他为人废物，最后没帮得上忙呢？他那两个朋友，咱们就一直关着？"

孟千姿乜斜了他一眼："帮不上忙，我还养着他们白吃我的粮？"

她把垂落的长发拂到耳后：江炼即便找不回金铃，自己好像也不能动真格的，恫吓归恫吓，还能真砍杀了他不成？

但就这样"算了"，一口气实在难平："到时候想个法子，让他脱层皮，不然也太便宜他了。无心之过也是过，总得付出点代价。"说着转头去看墙上的山鬼图："是吧奶奶？"

水墨图幅上，远处隐约可见青山流瀑，近处是遒劲青松，一只王字额斑斓大虎，正软绵绵地趴卧在一根粗大枝丫上，像是伏枝小憩，背上还斜倚着一个妙龄女子，裸肩赤足，衣袂拂风，一手懒懒支颐，眼波流转，一笑媚生。

孟千姿示意辛辞："看见没，我奶奶也是这么觉得的。"

辛辞只觉得槽多无口，正悻悻时，孟劲松推门进来，手里还拿了平板电脑和支架："千姿，大姑婆要跟你通话。"

大娘娘……高荆鸿？

孟千姿腾地坐起身，看定孟劲松，用口型问他："你都说了？"

孟劲松清了清嗓子："我把刘盛的事说了，其他的，你自己斟酌着看吧。"

从古至今，生死都是头等大事，以前山户因凶横死，消息要八百里加急送往山桂斋，这规矩至今没变，最迟也不许拖延过夜。

这种通话，是连孟劲松都没资格旁听的，他带上辛辞一同出去。

孟千姿则赶紧坐正，又是捋顺头发又是拉理衣襟，最后才把面朝下覆在矮几上的平板电脑立上支架。

屏幕上，大娘娘高荆鸿正放下咖啡杯。

她已年过七十五，但因保养得宜，看起来只六十来岁，面色红润，一头银灰色短发烫得蓬松随意，颇有民国时手推波浪纹的风格，穿裁剪得当的白色圆领金扣洋装，耳垂上坠着镶金环的珍珠耳钉，唇上还敷了层淡淡的珊瑚红。

在大娘娘面前，是注定做不了精致的女人了。孟千姿破罐子破摔，瞬间松垮，又拍马屁："大娘娘，你好潮啊。"

高荆鸿浅笑，眼角的鱼尾纹都让人看着舒服："姿宝儿，坐正了。女孩子，别这么没姿态。"

孟千姿索性更垮了，她看向高荆鸿的身后布置："大娘娘，你不在山桂斋吗？"

"在上海，美琪大剧院上了百老汇的经典歌剧，就这几天，错过就可惜了。"说到这儿，她颇为感喟，"都这么多年了，我段娘娘民国三十年的时候，在这儿看过美国电影，后来带我来，这儿已经改叫'北京影剧院'了。你说明明是在上海，干吗冠北京的名字呢。现在又改回来了，还有灯牌，叫'Majestic'。可惜啊，我段娘娘走了好多年了。"

孟千姿不语。

段娘娘就是段文希，孟千姿对她所知不多，只听说她终身未嫁，领养了高荆鸿做养女，高荆鸿其实长在解放后，但因着这个留过洋的养母，做派一直都很西式。

高荆鸿这才仔细打量她："姿宝儿，眼睛是怎么回事？"

"进山的时候，被不知道什么厉害虫子给叮了，没大事，就是肿得难看。"

高荆鸿笑："你这孩子，肯定又是嫌麻烦，没戴金铃，山比你想的危险。这么多年了，咱们也没能把它给摸清楚——你得戴着，那是你的护身符。"

孟千姿心不在焉，正犹豫着要不要把金铃的事和盘托出，高荆鸿又开口了："武陵山户的凶死，我已经听说了，这事你得好好查。咱们山鬼家，没有让人欺上头的理。"

孟千姿点头："那是当然的。"

这话说完，静了有好一会儿，高荆鸿不说话，却也不挂断，孟千姿这才觉得气氛微妙。

隔了好一会儿，高荆鸿才又叫她："姿宝儿。"

语气里多了点凝重，孟千姿有些忐忑。

"其实我这趟来上海，也顺道检查了一下身体，中午睡中觉，还梦见了我段娘娘。"

这话说得平静，句句意在言外，孟千姿也没多问：懂了就行了。有些事，用不着挑明。

高荆鸿轻轻笑起来："我和你几个姑婆一直说，现今日子好，太平无事，你是历任山鬼王座里最享福的那个，要什么有什么，想什么是什么，偶尔出点事，劲松那儿就摆平了，也不用你烦，你只需要漂漂亮亮、精精神神地待在那儿就行。特别像那种……守江山的皇帝，上个朝晃一晃，后花园逛一逛，风吹不着，雨打不着，从没受过罪……"

听到最后一句时，孟千姿身侧的手蜷了一下，嘴唇微微翕动着，似乎是想说什么，又放弃了，末了笑了笑："那，我命好呗。"

高荆鸿说："是啊，我也觉得，这么着挺好的。能一直这么着，就最好了。但这趟查完身体，我才想到，姑婆们总要走的，这告别啊，说开始就开始了。

"姿宝儿，我觉得，是时候姑婆们都放手，让你自己去解决一切事了。小孩子在外头受了委屈，会跑回来找大人支招，但没有支一辈子的。这老人做扶手啊，扶着扶着，就垮啦。

"以前总怕你出错，现在想开了，出错了也不打紧，趁着姑婆们都还在，错了还能帮你修补提点。对、错两条道，不是走这条道就是走那条道，只要不是绝路，总还会继续往下走的。"

孟千姿抬杠："万一是绝路呢？"

高荆鸿说："你现在在湘西，湘西有个大作家，叫沈从文，我段娘娘晚年，很爱看他的书。

"他的墓碑上有句话，叫'一个士兵要不战死沙场，便是回到故乡'，我跟你几位姑婆也说过了，我们该受的累、该做的事都已经结了，也该喝喝茶、看看戏，过过安逸日子了。这世上的事，再借寿一百年，也操心不完。如今交了棒，该你上场了。

"前路如何，怎么收场，你有你的命数。总不能怕你死、怕你输，就守着护着不撒手——坐山鬼王座的，可不能是这么窝囊的角色。"

说到这儿，高荆鸿拿起戏票，凑近镜头扬了扬："我睡觉去了。养足了气力，才有精神看歌剧。"

挂了通话，孟千姿枯坐了好一会儿。

有点惆怅，为着高荆鸿话里话外的大限将至之意，但家有老人的，多少都有这个心理准备；有点荒诞，这儿死了人，大娘娘却只扬了扬戏票，轻飘飘地表示与己无干——不过转念一想，时日无多的人有资格任性。

一个士兵要不战死沙场，便是回到故乡——这话，拿来拟喻人的一生似乎也说得通：少时备战，青壮年上沙场，暮年就是故乡，多少人沙场折戟，不得抵还故乡。

她的命数里,也不知道有没有回到故乡的那一日。

顿了顿,孟千姿拿过手机,给孟劲松发消息。

——把湘西的山谱给我挂进来。

这一头,高荆鸿放下戏票,却没去睡觉。她手有点抖,说了那么多话,气有点不顺。

边上的柳姐儿赶紧过来帮她捋背。

柳姐儿负责照顾高荆鸿的生活起居。初上岗时,确实是个姐儿,现今也是当婆姨的人了。她不爱打扮,也不爱穿花哨衣裳,但从来都把自己拾掇得干净爽利。

高荆鸿摆了摆手,示意没事,又问她:"有葛大先生的消息吗?"

柳姐儿顺势收起支架:"你说葛大瞎子啊?没有,只知道他肯定在长江以北,到处辗转吧。唉,也真是可惜,一身打卦看命的好本领,偏把自己作践得跟个流浪汉似的,唉……"她压低声音,颇为神秘,"我听人说啊,做他们这行的,勘透世数、露太多天机,经常躲不过'贫、夭、孤'这三样。他不是还有个兄弟吗,葛二瞎子,听说过得也不好,早早瞎了。"

葛家一门两兄弟,葛大、葛二,是这世上独一无二,呃不,独二无三、打卦看命的好手。

这打卦,指的是周易八卦,虽说复杂玄妙,但世上精通的人也不少,有些大学还开班授课,专门研究易经,所以葛家两兄弟会打卦并不稀罕,稀罕的是那一对招子,能看人命数。

不过还是那句话,天机不可泄露。这眼睛不该看的看多了,也必有损伤。葛家人但凡上了年纪,基本上会瞎。

高荆鸿叹气:"葛二瞎了也就算了,听说那个人心术不正,为了钱什么脏事都做。可人家葛大先生,那能一样吗?后来他看不惯他弟的做派,就和葛二以长江为界,一个不入江南,另一个不跨江北,那是终生不见的。再说了,葛大先生可是为了给姿宝儿看命才瞎的!你还这么不尊敬,一口一个'瞎子'地乱叫。"

柳姐儿默然,当年这事,她是知道的。

那一年,是孟千姿抓山周。

抓周是中国的传统习俗了。在小孩周岁那年,在他面前摆满各色物件,看他抓什么,然后预测他未来的职业走向,譬如抓个鼠标怕是要做程序员,抓个自拍杆很可能会热火朝天搞直播。

抓山周略有不同,在三岁抓取。面前列陈的是千山——从千百座山上取来石块,雕刻成鸡蛋大的模型，铺满整个屋子。山鬼得亲山，抓了哪个，哪个就是本命山。

又因为"三岁看八十"，所以葛大先生被请来给孟千姿看命，但万万没想到，岔子就出在这"看命"上。

葛大看不出来。

确切地说，开局还好，少年平顺，但成年之后，他就看得越来越艰难，最后，彻底看不出来了，用他的话说，仿佛有一股神秘的力量在阻碍着他，或者说，面前横着的沟壑太广巨，他跨不过去。

这可不是什么好兆头，高荆鸿起了讳疾忌医的心态，觉得不查不问不深究，兴许就没事了，想就此作罢，但葛大那时候正值壮年，气傲得很，不信自己不行，他把自己关在屋里，桌上摆满孟千姿的物件，譬如照片、出生不久印下的脚丫印、写了八字的纸、胎毛笔……

硬是把自己关了一天一夜，也看了一天一夜。

第二天，宴席散了，送走宾客，柳姐儿去看葛大，没敲开门，也没人应声，她怕出事，拿备用钥匙开了门，一进去就呆了。

葛大枯坐在桌前，也不知耗费了多少精力，两颊的肉都陷进去了，瞪着两只没了光的眼珠看她，再一看，那眼珠子里，长满白苍苍的翳，像是瞎了。

柳姐儿吓丢了魂，跌跌撞撞地去找高荆鸿，等两人再回来时，葛大已经不见了。屋里乱七八糟，东西扔了一地，还飘落了几张写了字的纸。

高荆鸿捡起那张写字最多的，柳姐儿好奇，也凑上来看：是首偈子。

"前是荣华后空茫，断线离枝入大荒。

山不成仙收朽布，石人一笑年岁枯。"

……

高荆鸿咳嗽起来，柳姐儿回了神，忙着帮她捶背，又端了水过来："鸿姐，你也别太担心，葛大先生留的话，不是说实在看不出来吗，那偈子，他自己都参不透说的是什么——这看不出来的东西啊，不一定是坏的，兴许是好的呢？"

高荆鸿喝了口水，咳嗽略止，脸上添了病色的潮红，喃喃了句："话是这么说，但我就是心慌慌的，怕咱们姿宝儿……命不好啊。"

【09】

山谱是历代山鬼探山所绘，包括山形、山势及山内诡谲处，备注极为详尽。由于"山谱不离山"，所以都收藏于各地，并没有归总到山桂斋。

孟劲松前两天就已经把湘西的山谱调来了云梦峰，单独锁存在客房里，听说她要看，赶紧吩咐柳冠国带人进屋张挂。

辛辞住孟千姿斜对面，听到动静，探身出来张望，就见柳冠国和邱栋两个，正一趟趟地从尽头处的一间客房往孟千姿房间搬运卷轴。

凑近去看，才发现不是卷轴，而是类似收藏书画的那种卷筒，也不知道是什么草藤编制，味道怪异，但带中药气，多半是为了驱虫防蠹，筒盖上都贴了标记，诸如"经叁纬贰""经陆纬捌"之类的。

及至卷筒打开，里头抽出的，都是一张张硝制好的兽皮，呈老牛皮色，正、反两面涂覆不明油层，使得纸面呈磨砂质感，上头布满极细的墨笔勾痕。

柳冠国带着邱栋，挪桌移凳，先空出一面大墙，然后胶粘钉凿，将兽皮依着次序块块拼接起来，辛辞这才恍悟筒盖上的标记都是两点定位的，经是竖，纬是横，这图幅极大，待得拼好，一整面墙几乎被覆满了——其上山形水势，道路村寨，栩栩如生，历历在目。

不过中国古法绘图，类似作战沙盘，看上去真像是在看"画"，比如有些山头，还绘了黛黛青松。辛辞凑近孟千姿，压低声音："其实何苦看这个，还费事，你搞个谷歌地图，那都是卫星拍的，随用随看。"

没想到柳冠国耳朵贼灵："我晓得你说的那种。什么谷歌地图、百度地图，那都是画皮。咱们山谱，才是画骨的。"

辛辞客气地笑笑，心里白眼翻得飞起：当他看不懂吗？这一目了然的，扯什么画骨。

收拾停当之后，孟千姿支走旁人，只示意孟劲松留下。

孟劲松心里明镜似的，不等她吩咐，就开了山鬼箩筐，取了个约一拃高的小铜人出来，这铜人面容狰狞丑陋，堪比野鬼，双手正狂躁地抓挠头顶——孟劲松捏住它脑顶发髻轻轻一旋，就转下了半个脑袋。

原来这铜人中空，截面细扁，颇似一只人眼，里头灌满业已凝结的黑色油脂，中央露了截鲜红色的灯芯端头，却是个制作精巧的烛台。这烛台自带火镰，只要拽住铜人的一只脚往外猛抽出，然后轻轻一吹，就会起火头，跟擦燃的火柴同理。

做完这些，孟劲松退到墙边，伸手揿灭了灯。

室内一片漆黑，只听到孟千姿走动时发出的窸窣声，过了会儿，就听"刺啦"一声，火镰带出橙红色火头，只转瞬工夫，焰头点起。

这烛焰相当诡艳妖异，烛芯处鱼肚白，往外渐作绛紫、冷紫，连带着周围的油脂都莹然生光，黑暗中，很像骤然睁开了一只眼睛，这是专用来看山谱的"认谱火眼"。

孟千姿擎着火眼凑近山谱，说来也怪，但凡那光映照处，皮面上就出现如血丝般蔓延伸展的线条，或为注解，或为勾画，这才是探山的真正所得，谱中有谱，画里藏画。

她招呼孟劲松："你过来看。"

孟劲松近前时，恰看到火眼焰头斜带，皮面上蜿蜒而出一条曲折边墙，这是苗疆边墙，又叫"南长城"——明朝时，苗民不服朝廷管制，为了杜绝边患，驻军陆续修建起近四百里的边墙，把生苗、熟苗隔开，认为边墙之外尽是"化外之民"，还严令"苗不出境，汉不入峒"。

孟劲松说了句："还有一道小边墙吧？"

孟千姿点头："没错。"

她把火眼上移，皮面上果然又现出断断续续的一道。

世人大多知道苗疆边墙，即大边墙，小边墙却一直罕有人知。

原来，当初驻军怕生苗作乱，苗人却也怕驻军来犯，他们虽没那个人力、财力修长城，但生苗中，多有巫傩之士，善蛊运符、懂生克制化之道——他们依托地势、山形、天险，设置了许多诡秘机关、夺命陷阱，呈线状零落散布，不是边墙，胜似边墙，俗称"小边墙"。

不过边军对生苗其实很是忌惮，唯恐避之不及，哪还会兴起去征服这种多毒虫瘴气的穷山绝地啊。久而久之，小边墙也就渐渐被人遗忘了。

火眼移过大、小边墙，继续往内，停在一大片参天耸立的峰林石柱间。

这是张家界典型的石英砂岩峰林地貌：一根根斧凿刀劈般棱角平直的高大石柱，错落耸峙于偌大峡谷之内，林深藤密，郁郁葱葱——据说亿万年前，这儿是一片古海洋，历经数次地壳变迁、风化、水蚀，方成就出这种世所罕见的地貌。美国导演詹姆斯·卡梅隆执导的史上最卖座影片之一《阿凡达》中，悬浮山的造型即是脱胎于此。

平心而论，有着"奇峰三千、秀水八百"之称的大武陵源，比起黄山来并不输什么，没能在徐霞客那儿排上号，抱憾退出中华名山位次之争，还真不能赖它——徐霞客没到过张家界，他每至一处，记下的多半是游记，但涉及湘地，写的是《湘江遇盗门记》。当时泊船过夜，遇到明火执仗的强人挥刀乱砍，迫不得已跳水逃生，窘迫到只剩一件及腰的里衣，要朝舟子借破布遮羞，大冬天"晓风砭骨，砂砾裂足"，料想也没那玩兴去品山论山了。

孟千姿在这一处缓缓移动火眼，孟劲松心头猛跳：这片峰林可不是没来历的，山鬼把它叫作"悬胆峰林"，是置放山胆的地方，孟千姿盯着这处不放，应该是有蹊跷的。

果然，她开口问他了："我们现在，最要紧的事是做什么？"

"死者为大，人命关天。现在咱们应该倾尽全力，找出杀害刘盛的凶手。"

孟千姿点头，话锋一转："那我们原本来湘西，又是为了干什么？"

说话间，火眼下已然隐现几列蚕头燕尾的鲜红隶书小字，打头几句是："美人头，百花羞，瞳滴油，舌乱走，无肝无肠空悬胆，有死有生一世心……"

孟劲松沉默不语，这是古早流传下来的山胆偈子。说来也怪，山鬼探山留下的记载，大多相当详尽，很多绘图甚至能按比例还原，但唯独留下的某些偈子，含糊其词，讳莫如深。

孟千姿细看那几列字："我刚才突然冒出一个念头：咱们山鬼，素来没仇家、没对家，怎么陡然之间到了这儿，就见血要命了？我也问了柳冠国，武陵山户，花钱消灾，以和为贵，从来就没跟什么人起过冲突。"

孟劲松心中一动，联系前后，茅塞渐开："你的意思是，凶手意不在刘盛，他的目的，是为了不让咱们剖山？"

还是那句话，有些事不能细想，越想越觉得，就是这么回事儿——孟千姿来湘西，就是冲着山胆，大宴宾客，只是走个场尽个礼数，但刘盛被杀，的确是重心突转，山胆的事，反而要搁置延后……

孟劲松心跳如擂鼓："可是这件事，知道的人就那几个……"

自家人是绝对不会对外乱讲的，七姑婆漏了口风，那也是无心之失。难道是那个神棍嘴巴太大、随处嚷嚷被有心人听了去？

孟千姿也有这怀疑："那个神棍呢？"

"被沈邦和沈万古带去武陵源爬山了。我跟神棍说，这阵子还在做准备，不着急，让他先玩两天。他当真了，高高兴兴地跟着走了。"

刘盛遇害的事，还都没顾得上通知二沈。

孟千姿沉吟了一会儿："让那两人盯死了，睡觉都得睁只眼。那神棍有什么不对劲的，马上来报。刘盛的事，该怎么查就怎么查。另外，大张旗鼓，做我们要进小边墙的准备。"

凶手的目的如果真是为了阻止她剖山，看到杀人这法子不奏效，很可能会再度出手。她钓饵高挂，等的就是他上钩。

吩咐完了，孟千姿不再说话，火眼下移，又定在那首偈子的旁边。

那儿多出一行题注的小字，写的是"什么偈子，胡说八道"。

落款：段文希。

同一时间，沈邦和沈万古正带着神棍吃夜宵。

这两人其实没任何血缘关系，但都姓沈，年纪相当，性格也相近，幸好长得互补，方便辨认：沈万古高胖、小眼、毛发稀疏，脑袋上的那撮毛尤为珍贵，遮了当中就顾不上四周，盖了四周又顶心告急，是以每天都要合理排布，按根论缕地搓弄。

沈邦却矮瘦、大眼，不只头发浓密，身上都有点汗毛过重，尤其腿毛，再夸张点，都能扎小辫了。

两人是旱的旱死、涝的涝死，是以惺惺惜惜，一拍即合，出门办事，经常两两搭伴，合称"二沈"。

可巧，吃的也是三下锅，还点了烧烤，就着腌制的酸萝卜送糯米酒，三人相处这十来个小时，已然混熟了。神棍嘬了口酒，红光满面，继续向两人白话自己早些年的游走遇险经历。

"当时我一看，那蛊虫，有这么粗、这么长。"

他拿手比画着尺寸。

沈万古皱眉："这蛊虫，怎么长得跟苞谷似的。我听老人说，咱们湘西，也有养蛊的老太婆，但她们养的蛊，都只这么小。"

他比了个一拃还嫌长，又缩短了点。

沈邦听得津津有味，嫌沈万古多嘴："不是说以身饲蛊嘛，营养好呗。再说了，棍爷遇上的是滇黑苗蛊，和我们湘苗蛊之间，那都是有壁的，可能人家那边就出大的品种。"

神棍继续："我就一刀剁过去。哪晓得，剁成了两截，两截都会跑。这要跑脱了还得了？我一声大吼，一屁股坐死了半截，手上也没耽误，唰唰唰，剁剁剁，把那半截也招呼了。"

沈邦整张脸都揪起来了："那你那屁股，没事吧？"

"怎么没事，骨裂，不能躺，趴着睡觉好几个月呢。"

沈万古倒吸一口凉气，赶紧给神棍斟酒："厉害厉害，棍爷太勇猛了，敬……"他本来想说"敬屁股"，又觉着不太文雅，"干了，干！"

神棍得意扬扬，一口空了杯，他不会喝酒，即便是这种甜丝丝的米酒，两杯一过，也上了头，迷迷蒙蒙的。他瞪着一双醉眼，仰着脖子看高处黑魆魆的山头，大武陵源山体巨大，即便离景区有段距离，入夜了看，也跟正压在头上似的："我看旅游单页，这片山，有两三亿年的历史了。"

沈万古刚把一筷子菜送进嘴里，腮帮子鼓鼓，说得含含糊糊："那是，你不经意踢到的一块小石子儿，都是你老祖宗的老祖宗。"

神棍颇为感慨："那你说，为什么人是万物之长，反而活得这么短呢？"

爱起屋建楼，活不过房子；爱聚敛家财，活不过金银；爱圈田买地……

呵呵，得了吧，更活不过了。

沈邦嘴巴在烤串上横撸，熟练地把所有羊肉块尽收口中："棍爷，山不在高，有仙则名。命不在长，质感就行——我们人，讲究的就是活出个质感。当石头有什么意思，两三亿年，还是块石头，讲话都不会。"

沈万古插了句："人也有活得长的啊，那个谁，叫彭祖的，不就活了八百八吗？"

沈邦嗤之以鼻："这种瞎话你也信。"

神棍说："小邦邦，你这话就狭隘了。彭祖，那很可能是……末代……嗯嗯……末代……"

他酒劲上来，舌头有点大，沈邦支着耳朵听了半天，也没听到他"末代"出个所以然来。

末代什么呢？末代皇帝？那不是溥仪吗？

一早起来，孟千姿就忙着对镜查看左眼的伤。

其实有医用凝胶，加上山鬼自己的膏脂，恢复已经堪称神速，但女人对仪容的要求永无"满意"这一档，孟千姿只觉眼皮翻肿，面目可憎。

想想都是江炼可恨，孟千姿恶气盘住喉头，觉得屋里分外窒闷——她唰地拉开窗帘，把窗户向外推开。

昨晚一夜滴滴答答，空气被裹了泥气、草气、林木气的晨雾涤荡了个透，分外清新，可惜大好拂晓，叫一粒老鼠屎给毁了。

孟千姿看到，江炼正站在院内，两手插兜，意态悠闲，没人理他，他自得其乐，一会儿踱两步，一会儿又蹲下身子，掐了草尖去戳弄花坛里的虫蚁，脑袋时左时右，顶心有个旋，可以想见，他将来人到中年，必是先从此处开始秃的。

过了会儿，江炼似是有所察觉，纳闷四顾，及至抬头时，孟千姿已经坐回了罗汉榻。

她拿小团扇扇了会儿风，越扇越慢，末了，丢了扇子，几步走到门边，腾地拉开了门。

孟劲松恰走到她门口，吓得一个激灵。

很好，省得她叫了。

孟千姿朝窗子那头示意了一下："那个姓江的，怎么会在云梦峰？"

【10】

孟劲松就是来找她说这事的。

昨儿晚上，刚睡下不久，他就接到老嘎的电话，说是江炼从后山救回个女人，这女人被神秘人袭击，又遭遇马彪子围攻，伤势不轻，需要专业救治。

因为时间太晚，不便打扰孟千姿，孟劲松就自行做了安排：派车去叭夯寨接人，又从归山筑那头抽调了几个有医务背景的，带必要的设备过来，临时在云梦峰辟了个医务室。伤者送到之后，自是好一通忙碌，待到差不多忙完，已经是这时候了。

孟千姿心内一动："你是怀疑那个神秘人，跟刘盛的事有关？"

孟劲松点头，不然他也不会这么上心：刘盛被杀，凶手是从后山逃跑的，而就在这之后，那女人在后山被神秘人所伤——这种事情，说是巧合也太牵强了。

"那女人伤得怎么样？"

"浑身是血，看起来吓人，不过医生说没大碍，缝针用药之后醒过一会儿，现在又睡了。"说到这儿，孟劲松压低声音，"那女人醒的时候，我亲口问过，她说看到了那人的长相。"

好消息来得太突然，孟千姿没什么惊喜，反而疑窦丛生："你有派人去发现那个女人的地方查看过吗？"

"没有，"孟劲松指向窗外，"去了也没用，昨晚后半夜下了大雨，不管是血迹还是痕迹，这一冲刷，参考价值都不大了。"

"马彪子，是传说中连老虎都怕的那种畜生吗？"

"是。"

"马彪子近些年几乎绝迹了，轻易不出洞，怎么会在距离寨子那么近的地方出现？而且这种畜生，很少攻击人的。"

孟劲松摊了下手，表示回答不了：他也不是研究马彪子的专家，哪儿能摸清它的心思。

"还有，如果那神秘人真是凶手，一刀能结果刘盛，到她这儿，只是'没大碍'的轻伤？还遭遇了马彪子，马彪子都是扒肠子吃内脏的，对她会这么客气？"

孟劲松早料到她会有这一问："是我们运气好，换了普通女人当然不行……但这女的，昨天也在你的酒席上，叫白水潇，是个落花洞女。"

孟千姿好一会儿没说话，末了才喃喃了句："怪不得呢。"

落花洞女，和蛊毒、赶尸齐名，并称为"湘西三邪"。

湘西这个地方，素有"九山半水半分田"之说，足见其山多，山多即溶洞多。当地居住的少数民族，自古以来就有根深蒂固的神怪观念，认为万物有灵、无物不怪：既有树神、花神，那自然也就有洞神了。

那些年轻漂亮的未婚女子，不能随意走近山洞，貌美的新娘出嫁，花轿经过洞口时，也绝不能燃放鞭炮——万一惊动了洞神，被他给看上摄了魂去，便会疯疯癫癫傻、神情恍惚，亦即"落了洞"。

遇到这种情况，父母自然心急如焚，会请苗老司去洞穴"喊魂"，但多半喊不回来。神的意志谁敢违抗呢？

被洞神看中的女人，一般没什么男人敢娶。当然了，这女人既能嫁给神，自然也就瞧不上凡夫俗子了，一心等着洞神前来迎娶。

据说落花洞女落洞之后，会越发内向安静，爱干净、爱打扮自己，气质日渐出尘，眼神更加清亮，面上常带温柔笑意，身体散发奇异淡香，觉得自己正沉浸在与洞神相恋的幸福之中，对别的男人看都不想看一眼——落花洞女在落洞之后，至多三五年就会死去，但这不是"死"，而是被洞神给娶走了。父母不能悲伤，应该高高兴兴地，扎一份丰厚嫁妆去洞穴边烧掉，祝福二人百年好合。

沈从文在书里写过落洞的女子，说是"湘西女性在三种阶段的年龄中，产生蛊婆、女巫和落洞女子——穷而年老的，易成为蛊婆，三十岁左右的，易成为巫，十六岁到二十二三岁，美丽爱好、性情内向而婚姻不遂的，易落洞致死"，又分析说，落洞女其实是旧时代女子在性上被极端压制的社会悲剧，那些疯疯癫癫的女子，爱情苦闷，内心抑郁，只能借被洞神看中之名，以死来挣脱现实的桎梏。

更多的人则认为，落花洞女是湘西的一种迷信，类似古时候的拿童男童女祭河神——牺牲那些穷苦的山里女子，去祭奠臆想中的洞神罢了。

真相究竟如何，外人无从得知。孟千姿常在山岭洞窟进出，也没见得到哪个洞神垂青，可能洞神只盘踞湘西，又可能她那长相并不受洞神喜欢吧。

孟千姿出了会儿神，这才又想起江炼来："那个江炼……"

"他跟车过来的，说不放心朋友。我不好私自做主，过来问你的意见。"孟劲松瞅酌了一下她的脸色，"其实你也不用太计较，白水潇这事，还是多亏了他……"

这口吻，就跟她会多小气似的，孟千姿冷哼一声："见，让他见。有功赏有过罚，一件归一件，我拎得清。"顿了顿，不忘标榜自己，"要不是我给他施压，他能

115

那么卖力吗？"

扣人是霸道了点，但这世上有些人，就跟驴似的，不抽不动啊。

况美盈和韦彪住的是一个房间，据说是自己要求的，以便互相之间有个照应：现代男女，又是从小熟识，没那么拘泥，一个睡床，一个打了地铺。

况美盈的精神还好，反倒是韦彪萎靡不振。这一点，进屋前柳冠国就跟江炼打过招呼了：昨晚韦彪醒转之后，又咆又哮，他不胜其烦，就给这位用了点药。

江炼一点都不生气：让韦彪吃点苦头也好，这样他就知道，受制于人的时候，再孔武有力、再能吼也没用。虎啸还谷风冽呢，四方云从，那又怎么样，还不是被猎手给逮了？

他笑吟吟地在沙发对面的椅子上坐下。

韦彪斜歪在沙发上，脸色蜡黄，霸蛮之气居然还是挺盛："这帮人到底谁啊？把人弄到这儿，什么意思啊？"

江炼向门口看了一眼：门开着，外头站了俩监视的，不过这距离，小声点的话，应该听不真切。

他说："你管他呢，山区黑社会，你看把我给打的，好在一场误会，都说清楚了。"

韦彪抬了抬眼皮："那是可以走了？"

江炼笑："怎么老想着走呢？这儿不好吗？风景宜人，有吃有喝有住，权当度假。你要嫌挤，就再要间房，反正不要钱。"又问况美盈："吃得好吗？"

况美盈点头："他们还挺客气，会拿单子来给你点餐。"

江炼"嗯"了一声，给出指导意见："拣贵的点。"

况美盈想笑，又笑不出来："你呢，你没事吧？"

江炼说："我能有什么事儿，就是帮他们跑个腿……"

韦彪牛鼻孔喷气似的一声冷哼，江炼有点感叹：哼得这么有力道，柳冠国那药，还是下得太克制了。

他四下打量房间："你们在这儿挺好的，住宿比老嘎那儿强多了，那破热水器，老不出水……还安全，我看这楼上楼下，三十个守卫都不止，所以彪哥，既来之，则安之，过两天再走也不迟。"

韦彪又是一声冷笑，多半是不服气，江炼盼咐况美盈："你多看着他点。"

况美盈点头，朝门外看了看，忽然凑近他，压低声音，说得又快又急："江炼，你跟我说实话，他们让你做事，你就老实做？你是不是准备暗地里使坏？

江炼抬眼看她:"谁说的?自从干爷教育我明人不做暗事,我都当面使坏。"

况美盈急得跺脚:"我认真的!"

这人就是没个正经,再火烧眉毛的事,他都是轻描淡写的一句"没事儿"或者"挺好啊",再追问,他就懒洋洋地笑,笑里带着让她气急的那种坏。况美盈一点都不喜欢他这样,让她从来摸不到底,还是韦彪让人心里踏实。

江炼还是笑,不过态度终于像样了些:"美盈,我问你啊,如果一个人,毫不在意地打碎了一颗珠子,这说明了什么?"

"说明这珠子对她来说没什么价值呗。"

"还有呢?"

"还有,珠子不好,让她看了烦,她不喜欢,她脾气不好,拿珠子出气,还……"

况美盈一时也想不到更多的了。

韦彪瓮声瓮气说了句:"有钱、任性、珠子多!有一盆珠子的人,不在乎打碎个十颗八颗的。"

江炼喃喃了句:"我也是这么想的。"

蜃珠这玩意儿,他也不知道值不值钱,不过,如果绝无仅有,天底下只此一颗,脾气再暴烈的人,都不会下得了那个手说毁就毁吧?更何况,能在刘盛被杀之后,把他那么长的自辩从头到尾听完,孟千姿的脾气,也暴烈不到哪儿去。

山鬼把提灯画子叫"山蜃楼",有专业的工具去"钓蜃珠",钓到了又轻易毁去……

这也许意味着,山鬼手里还有蜃珠,甚至不止一颗,而他,恰好迫切需要蜃珠。

以老嘎对山鬼的那一通势力渲染,去偷去抢去夺似乎都不靠谱,如此一来,跟孟千姿搞好关系,就很有必要了。

让他做事就做呗,主动呗、积极呗、配合呗、表现呗,没点过硬的友谊搭桥铺路,他怎么好意思张口借用呢。

孟千姿带着孟劲松和辛辞去医务室,下至二楼,正遇上江炼。

江炼有点意外,很快又笑了,很客气地抬手跟她打招呼:"早啊,孟……"

孟千姿像是没看到,硬从他身前走过,后头那俩自然也不会停,江炼只觉像有小型旋风过境,自己挨着她的那一侧眼角都被那股凛冽劲激得微微眯起。

不过,他还是对着面前的空气挥完了这个手,还微微颔首致意,就跟孟千姿也客气地向他回了礼似的。

孟千姿这做派,孟劲松早已习以为常,倒是辛辞有点不好意思,也忘了前天晚上的打头之痛:"千姿,你这样,会不会显得不讲礼貌啊?"

礼貌？

孟千姿一侧的嘴角一牵："我对他友好过吗？"

辛辞如实回答："没有。"

"那不就结了。对人好是相互的，我对他又不好，他脸上的肿还没消呢，上赶着示好干吗？无事献殷勤，非奸即盗。"

辛辞想说，也许人家是大度呢，不过咽回去了：拿着千姿的酬，为一个外人讲话，立场太不明确了。

……

医务室在一楼尽头处，药水味浓重，走廊里有两个巡视的，见孟千姿过来，都侧了身低头站定，等她过去了才又继续，虽没交头接耳，但表情丰富，不住递送眼色，料想又在无声中对她评头论足。

门开着，里头无关的摆设已经搬空，代之以各类医疗设备。麻雀虽小，五脏俱全，估计耳鼻喉、内、外科都挤在了一起。除了白水潇躺着的病床，另有一张移动式手术台——一夜之间备全，除了钱的造化神通，归山筑一干人的精明干练，也是可窥一斑的。

屋内的护理医师赶紧迎到门口："还没醒，现在输液防感染。"

孟千姿看向床上躺着的白水潇："听说醒过一次，当时情况怎么样？"

"特别虚弱，说话有气无力，想动都困难。"

孟劲松低声说了句："能说话就行，她见过那个神秘人的脸。等她醒了，我想安排做个画像。"

犯罪画像？这好像是个技术活儿，孟千姿眉头微蹙："咱们有这么专业的人吗？"

"有模拟画像专家，不过不在当地，可以远程进行，但他说还是当面交流效果最好，建议我们这头也找个会画画的，按照白水潇的描述先画，他在那头调用专业软件帮忙，效率会高点。我问了江炼一下……"

"他？"

就他那涂线样的鬼画符？

孟劲松失笑："其实贴神眼也可以画得很精细，但必须他亲眼看到过的，所以，他推荐况美盈，说那姑娘从小画画，手头的人像练过大几百张，应该不成问题。"

见这头聊上了，那个医师知趣地退回室内。

门口先前堪称堵塞，孟劲松和那医师身材又都高大，辛辞被挡在后排，踮了脚也瞧不见什么，现在少了个人，视野登时敞亮……

他心里"咯噔"一下，脱口说了句："是她！"

这话接的，孟千姿还以为他惊讶的是况美盈，循他目光去看，才知道是说白水潇，奇道："你认识她？"

辛辞这才意识到失态，磕磕巴巴地解释："不是，不认识，那个……昨天她不是来……来吃饭吗，我就，看见了，不认识，话也没说过，就是……看着眼熟，认出来了。"

辛辞平时说话，那是何等利索，舌头打绊，绝无仅有，而且这解释得前言不搭后语……

孟千姿瞥了他一眼，看到他舔嘴唇，喉结微滚，脸上还透了微红。

她"哦"了一声，收回目光，凉凉地说了句："心里要是生出什么小火苗，趁早掐灭，这个女人不适合你。"

辛辞随口"嗯"了一声，"嗯"完才反应过来："不是，就是昨天见过，有点印象，你说什么呢？"

孟千姿没搭理他，倒是孟劲松一掌拍搭在他肩上，又拿嘴努了努白水潇那头："人家跟的那个，你比不了，也争不过，悬崖勒马，别栽进去。"

辛辞肩膀一矮，甩脱孟劲松的手："无聊。"

【11】

时近正午，白水潇再次苏醒过来，睡觉养精神这话不是假的，睡前还面如金纸，现在那脸上总算是有点活气了。

孟劲松怕她画像中途气力不济，还吩咐人备了参片。

况美盈素来畏生，昨晚又受了惊吓，一个人应付不来这场合，由江炼陪着进来，刚进屋，头一眼看见孟千姿，居然哆嗦了一下，下意识地往江炼身后躲。

孟千姿很没好气，心说我又不是罗刹夜叉，你至于吗？

接下来，她更没耐性了：画画本就是个慢活儿，况美盈性子又慢，说话还柔声细气，只一个脸型，她为了给白水潇直观示范，画了十来个不止，还耐心解释"风字形脸"是咬肌大、腮阔，而"用字形脸"是上方下大、颌骨宽于颧骨——扯这么多佶屈聱牙的干吗，直说一个脸长得像"风"字、一个脸像"用"字不就结了？

白水潇也不让人省心，是"风"是"用"你倒是指一个啊，一会儿觉得这个像，一会儿又觉得那个也贴切……

烦得角落里的孟千姿坐不安稳，一会儿左手托额，一会儿右手扶额。孟劲松素知她性子，俯身在她耳边说了句："柳冠国那屋在给刘盛做影身，要么你过去看看？"

也好，孟千姿示意了一下病床那头："出结果了给我送过去。"

见孟千姿起身要走，辛辞下意识地也想跟上，孟劲松手一横，拦了他的去路："你就别跟着了。"

懂了，又是他这个外人"不宜"的，辛辞低头刷手机，刷着刷着，目光不自觉地又往病床的方向飘了过去。

他是化妆师出身，比普通人更关注"美"这个课题，也更早脱离皮相阶段。换言之，长相好的人已经对他没什么吸引力了，他更关注风姿和情态：这个白水潇，如果细究容貌，其实跟边上的况美盈不相上下，都属于清秀耐看一类，但就是身上透着的那股出尘姿态，让她瞬间与众不同，直接就把况美盈秒得平凡普通、泯然众人。

怪了，他原本没什么想法的，但让孟千姿他们这么一敲打，又觉得自己是有点对她过度关注。

他装着浑不经意，拿胳膊肘碰了碰孟劲松，声音细如蚊蚋："哎，老孟，你和千姿是都认识她吗？连人家私生活都知道。"

孟劲松瞥了他一眼。

这一眼，意味深长，直瞥得辛辞头皮微麻，没来由地一阵心虚，讪讪地别开了脸。

孟劲松耳语般的细声传来："山典，查落洞。"

孟千姿推门而入。

这原本是间杂物房，比客房小了很多，两个化妆师正围着一个坐在椅子上的年轻男人忙活着，柳冠国立在边上，不时给出意见，面前一条大长桌上，摆满各色化装用的瓶罐袋盒，什么酒精胶、延展油、肤蜡、脱脂棉，又有无数彩妆，其间突兀立了个相框，里头是刘盛放大的高清头像，墙上有台壁挂的液晶屏电脑，正循环播放着刘盛的一些日常生活片段。

见孟千姿进来，几人都有些局促，尤其是那个脸上上了半妆，一边眼型已经用胶改掉，另一只眼还维持原样的——他欠起一半身子，有点不敢坐。

孟千姿抬手下压，示意他们忙自己的，不用管她。

本想走近了去看，但是房间本来就小，地上还乱摊了不少东西，下不去脚，索性倚住门边看几人忙活儿，电脑播放的小视频多是欢乐片段，屏幕上还有相框里，刘盛的脸青春张扬，这让孟千姿想起追悼会常用的词，"斯人已逝，音容宛在"。

有时候，生命走得太过突然，像急流拦不住，只洒落几滴影像在人间。

柳冠国过来，低声给她介绍："这个叫王朋，和刘盛本来就是互为影身，连夜赶过来的。"

影身,也就是身和影,山鬼内部身材、长相、面目相似的人,会被搭配着互为影身,就是为了应对如昨日那般不适合报警的横死凶杀:毕竟不是仗剑任侠的年代,死了人埋了就完——现代户籍制度严密,绝大多数山户都有社会职业,一旦出事,家里想隐瞒都不行,单位、学校、组织,哪个都有权牵头开找。

所以身走影上阵,把这骤然退场稀释成有序谢幕:这个叫王朋的男人,会被化妆师塑化得几可乱真,然后以刘盛的名义去办理单位离职、发布即将远行或去外地发展的朋友圈消息。总之,是和刘盛曾经的圈子渐作切割,最终借一场意外,完成彻底失联。

按照规矩,身和影之间会定期沟通,向对方更新自己的情况,连私事都不避讳,可谓相当亲密,但同时又极为疏远,两人大多异地,且不见面,毕竟一想到是互为对方做这个的,难免忌讳,私下里,又总会有点宿命难测的失落感:将来是他做我的影呢,还是我做他的影呢?

柳冠国压低声音:"王朋头里还掉了泪,说没想到,太突然了。他听说白水潇可能见过凶手,跟我提说这边完事了想见见她,问问线索。"

孟千姿说:"我们早里外问透彻了,他以为自己还能问出新的来?"

柳冠国忙点头:"也是。"

哪知过了会儿,孟千姿又松了口:"想见就见吧。"

她没有影身,毕竟坐山鬼王座的,独一无二,但自打第一次听到"影身"这种存在,她就觉得这种关系,既荒诞又坚实,既浪漫又凄凉。

日暮时分,一改再改的画稿终于换来白水潇的点头。

想百分之百还原是不可能的,但按白水潇的说法,相似度,有八分多了。

孟劲松大喜,一瞥之下,来不及细看,先安排影印。他一走,辛辞也不便留下,又不好意思跟白水潇说话,只朝她笑了笑,白水潇怔了一下,回以一笑。

她虽然面色苍白,盘起的苗式发髻稍嫌散乱,但以笑作衬,别有一种柔弱风致。

这样通透灵秀的女人,哪有半分被摄了魂、疯疯癫癫傻的样子?真要嫁给一个莫名其妙的……山洞?

辛辞一阵恍惚,跟出门的时候,差点儿绊了一跤。

况美盈画了这么久,连午饭都是草草带过的,江炼担心她身子受不住,又怕她腿坐僵了站不稳,扶着她起身:"没累着吧?"

况美盈面色有点茫然,一只手揪捻着衣服上的扣子,喃喃了句:"我今天一直觉得怪怪的，但说不上来怎么回事。"

江炼脸色微变，凑近况美盈，压低声音："是不是……身体有什么不对的？"

况美盈赶紧摇头："不是不是，跟我没关系，就是……"

她眉头紧蹙，用力去想，但总抓不着头绪，忽然又想到了别的什么，"扑哧"一笑："你知道吗？最后定稿那口型，还挺像你的。"

像谁不好，像个凶嫌，江炼一脸嫌弃："不是吧？"

况美盈白了他一眼："我当初画人像，拿你、韦彪还有爷爷，练过多少次手了？我会搞错？"

江炼正想说什么，病床上的白水潇忽然短促地低叫了一声，似是受了惊吓。

回头一看，屋里多了个年轻男人，江炼没见过，不过这楼上楼下，他没见过的太多了。

这男人脸有点僵硬，表情不太协调，江炼不知道那是王朋的脸比刘盛瘦削、贴了硅胶所致，就觉得这么个人突兀出现，是挺吓人的。

王朋窘迫得很，为了不影响面妆效果，还得绷着说话："不好意思，没打招呼就进来了，我是山户，刘盛的朋友，想跟你聊聊。"

既是山户的事，外人自当回避，江炼带况美盈回房。出门时，况美盈眉头皱起，回头看了眼屋内。

这屋里，真的有什么东西让她不太舒服，就是一时间……想不起来。

孟千姿单手拈了张影印的画像，先送到眼前，又慢慢移远，还想眯只眼以便看得清楚——然后意识到自己还是独眼，再眯就瞎了。

画像是一式两份，头像加身形轮廓。综合来说，这男人三四十岁年纪，身材矮小，偏瘦，平头，有着粗硬的短发楂，梯形脸，两侧的下颌骨分外突出，不过眉眼倒长得有几分周正。

她沉吟了会儿："我应该是没见过。"

孟劲松说："是，我也确定没见过这么个人，但不知道为什么，有点熟悉的感觉，你有没有？"

孟千姿点头："确实有那么一点。"

是吗？辛辞也拿起一张，上下左右地看，正看得没头绪，孟千姿似是看出了端倪，差点儿笑出声来。

她拿手遮住那人的下半张脸，又示意孟劲松帮忙挡住那人额头："眉毛也遮上，光看眼梢，细细长长的，是不是有点像辛辞？"

辛辞万万没想到自己能中这彩,气急败坏:"说什么呢,怎么可能!"又瞪视那人双眼,矢口否认,"一点都不像。"

孟千姿斜了他一眼:"紧张什么,就算跟你长一样,我也不会怀疑是你,你的不在场证明很扎实。"又问孟劲松:"电子版都发出去了?"

"发了,晚点我预计往各路好朋友那儿也发一份,人多力量大,要是顺利,这一两天也就该有眉目了。"

况美盈画了一天,身子有点受不住,早早就睡了。

夜半时分,突然惊醒。

她是被噩梦惊醒的,梦见自己在叭夯寨的那座吊脚楼里,帮着江炼贴神眼,周围很安静,鸟不鸣,风不动,一根针掉到地上都能听到声响的那种安静。

然后门就响了,嘭嘭嘭,梦里的声音很夸张,像抢杵擂鼓,吊脚楼如同纸糊,被鼓声震得支架欲散,墙壁上簌簌落下积尘来。

她疑心是韦彪坏事,怕江炼被惊扰,又气又急,小跑着去开门,门一开,一具浑身是血的尸体当头砸下。

……

这梦太逼真,连血腥气都如在鼻端,况美盈一颗心猛跳。她在黑暗中坐起来,拿手摁住心窝,不住呼气吸气,耳膜都被心跳鼓得发胀。

屋里只她一个人,今晚江炼住了隔壁,韦彪挪去和他同住了。

况美盈坐了会儿,抬手抹了把额上的汗,待狂跳的胸口平复了些,才又疲惫地躺了下去,伸手去拽毯子时,脑子里蓦地闪过一线什么,身子陡然一僵。

她终于知道白天在医务室时的那种怪异感是什么了。

白水潇身上有一种很淡的馨香气,跟任何花香、粉香都不同,医务室药味大,参片又有特殊的苦腥气,两相一冲,更加浅淡。画画时,因为总要询问确认,她几次挨着白水潇很近,才能闻到。

而每次闻到时,心头总会泛起些许茫然,但想不通是为了什么。

这个噩梦提醒她了。

当那具血尸向着她砸下时,她固然是吓得眼前一黑,昏厥过去,连尸体的脸都没看清,但她的嗅觉比起视觉、意识,多撑了几秒。

她记得,那铺天盖地的血腥气里,似乎也混有类似的……浅淡甜香。

【12】

况美盈重新坐起，拥着毯子把事情想了一会儿，只觉整个身子都在战栗。

得把事情告诉江炼。

她摸起手机，才点开江炼的微信对话，又放下了：凌晨两点，他怎么可能还醒着看消息？更何况，这两人的手机，还是她给设的晚十二点后消息免打扰呢，当时把韦彪给感动的，直夸她体贴。

客栈不比酒店，并不设内线电话，等到明早再讲，又恐会误事，夜长梦多，况美盈思忖几秒，索性开灯下床，在吊带睡裙外头裹了件薄外套，轻手轻脚地打开房门。

走廊里极其安静，灯光昏暗，这一层本该有两个人巡夜的，也不知道哪儿去了，况美盈拿手指轻轻叩门，声音也尽量压着："韦彪？江炼？"

这声量，里头的人醒着都未必能听到，更别提是在熟睡了，况美盈有些犹豫，韦彪和江炼是自己人，惊扰了就惊扰了，但这夜深人静的，声响一大，势必影响别的住客，她家教很好，打心眼里反感做这种没素质的事。

要么，还是回去打手机？没准儿手机屏一亮一灭的，能把两人给晃醒？

正举棋不定，忽然听到一声轻微的声响，像是很小的金属环圈落地。

况美盈一怔，循声看去。

这是二楼，一层十几间房，上下的楼梯在中央处，走廊里的人除非走近去瞧，否则是看不到楼梯上的情况的。

那声响传自楼梯口。

像是回应她的目光，有一枚金色的戒指，缓缓地、缓缓地，从楼梯口处滚了出来，势头用尽，孤零零地立于地面，像只没瞳仁的眼。

谁掉了戒指，巡夜的人吗？

况美盈预计那人会下来捡，居然没有，那一声轻响之后，再无声息。

怪了，总不会是凭空出现，难道是那人丢了东西却没发觉？况美盈忍不住朝那头走，几乎快走到楼梯口，离着那戒指还有一步之遥时，她又停下了。

人对危险是有直觉的，多少而已：这深夜的气息里掺杂着某种未知的诡异，仔细听，那看不到的、通往上行楼梯的墙后，似乎有人的轻微呼吸声。

谁在那儿？听到动静为什么不出来瞧她，反而要掩身在墙后呢？

况美盈盯着那道墙的棱线，几乎屏住了呼吸，这异乎寻常的安静反让她心头猛跳，顿了顿，她脚跟抬起，动作极轻地倒退后挪。

不管墙后正在发生什么，她都不想被搅和进去，只盼着没人察觉到她的存在，让她能安全地退回房间。

迟了。

墙后探出一张人脸。

白水潇。

那张脸依然苍白，嘴唇却嫣红，发髻斜堆，有几缕鬓发散下，和之前判若两人：白天见到的白水潇是柔弱的、温情的，让人见之生怜，现在却是刚硬的、生冷的，眸子里充满了攻击，像盘着蛇，随时都会吐芯。

况美盈脑子里"嗡"的一声，脚下如同生了根，再拔不动了。

其实光是这张脸，未必能把她吓到，坏就坏在，那个噩梦之后，她思前想后，脑补了太多，而这张脸，也意味了太多。

白水潇从墙后走了出来，垂下的右手间拢了把细长的手术刀，左手松开时，墙后有什么东西，瘫滑倒地。

况美盈直觉，那应该是个人。

她全身发寒，第一反应是要喊，但是嘴巴张开，喉咙里"嗬嗬"地发不出声音。她老毛病又犯了，受惊过度时，最严重会直接晕倒，其次是失声，死活都喊不出来，江炼曾取笑她说，"气象灾害预警分蓝、黄、橙、红四个级别，美盈撕心裂肺的尖叫最多算黄警，说明事态还好，她承受得住"。

白水潇眼中掠过一丝轻蔑，似乎对她这反应并不奇怪，手里刀子一转，冲扑上来。

这一扑像打破了某种平衡，况美盈腿上一轻，居然拔得动了，她转身就跑，拼尽浑身的力气冲向江炼和韦彪的房间。

其实，如果只是想造出声响，最好的法子是去砸就近的门，管他是谁住的呢，但况美盈极度惊骇之下，钻了牛角尖，觉得只有江炼和韦彪住的那间才能救命。

隔着一两米远，她攥起拳头纵扑着砸向房门——喉咙发不了声不要紧，拳砸脚踢，照样能搞出声响来。

拳头就快挨到房门时，腿上忽然一紧，竟是被白水潇一把拽住，生生往后拖开了去，眼见和棕茶色房门只差那么几厘米，况美盈一颗心几乎跌进谷底，但强烈的求生欲望迫使她迅速回身应对——只觉眼前刀光一闪，想也不想，下意识地抬起手臂格挡。

锋利的寒凉从右臂直切到左臂，鲜血瞬间涌出，白水潇皱了皱眉头，正要再次挥刀，触目所及处，忽然怔了一下。

125

况美盈的血很奇怪。

这血涌出伤口，和常人无异，都是鲜红色，但很快地，像煮沸了一样，沿着血肉边缘处翻泡、炸开，像跳跳糖，展开一连串细小的喷跃和崩炸。

人流血的时候，是这样的吗？

也亏得白水潇这一迟疑，给了况美盈绝地反击的时间，她奋起全身的力气，一脚把白水潇踹翻，转身拼命爬到门边，抡拳就砸。

"砰砰"的砸门声最终帮她突破了失声的封印，她听到自己喉间发出的几近歇斯底里的尖叫："韦彪！江炼！"

孟千姿下来时，楼梯口左侧的那半截走廊已经被围了个水泄不通。

走廊尽头处，真个如沸如羹，人头攒动间，只能约略看个大概：白水潇挟着况美盈，以背抵墙，不住冷笑，韦彪似是想往前冲，又投鼠忌器不敢妄动，只是大声喝骂，江炼也在，虽没韦彪那么激动，但脸色凝重，显见形势不容乐观。

山鬼这头控场的应该是孟劲松，孟千姿听到他扬高的声音："你以为，这么多人，你走得了吗？"

白水潇冷笑："孟千姿都还没发话，山鬼家什么时候轮到你做主了？"

孟千姿喃了句："这中气十足的。"

白天不还娇得爬不起来吗？

外围的柳冠国忙迎上来，尽量言简意赅地说明情况。

原来，孟劲松布置的安保，重点放在了外围，楼里因为住的全是山鬼，只每层楼安排了两个守卫。

一、二楼的守卫都是被白水潇用迷烟放翻的，二楼的钱桎身子壮，这两天又感冒鼻塞，迷糊间撑着没倒，但四肢乏力，被白水潇扼得行将昏死时，听到楼道里有人声。

他还以为是山户，职责所在，拼命撸抠下婚戒，扔出去想引起同伴注意，哪知道，过来的却是况美盈。

柳冠国示意了一下那头："亏得况美盈大喊大叫惊动了人，上下都是山户，这还跑得了吗？白水潇狗急跳墙，拿况美盈当人质，逼我们让道呢。"

孟千姿正想说什么，一瞥眼看见了辛辞，也不知道他是几时下来的，正盯着那头目瞪口呆，而即便是瞪着眼，那眼梢也还是细长的。

这眼梢……

她心中一动。

126

就在这个时候，白水潇厉声喝了句："别废话了，要死一起死！"

那头一阵骚动，夹杂着不无恐慌的嚷声："你看她那血！怎么是那样的！"

看来是僵持住了，孟千姿示意柳冠国帮她开道。

那些个围观的山户，太过紧张投入，都不知道她来了，经柳冠国一提醒，才回过神来，忙不迭地一个拽一个，很快让出条道来。

正点子到了。

白水潇口唇发干，极轻地咽了口唾沫，况美盈被她挟得几乎透不过气来，又折腾了这么久，连挣扎的劲儿都没了，脖子上一道一道，全是划伤——脸色本就已经煞白如纸，再被道道血迹映衬，更显骇人，更何况伤口边缘的血还在以很小的幅度、不住地翻泡喷跃着。

孟千姿这才明白为什么一群山鬼会对"血"大惊小怪，她倒没那么诧异，只觉得况美盈可能是得了某种罕见的血液病。

相比之下，她对白水潇更感兴趣。

孟千姿盯着白水潇看了会儿，忽然笑了："你说你被神秘人攻击，还装模作样带着我们画了一天的画像，其实那人根本就不存在吧？画像呢？"

最后一句是向着身后说的，很快就有人自后传递了一张过来，孟千姿接过来，张开了看："我之前还说，这眼梢眉角，跟辛辞挺像……其实是你就地取材，东借一点西挪一点，生造出一个不存在的人，凑了张脸出来，对吧？"

白水潇面无表情，倒是江炼，想起况美盈画完人像后关于他口型的调侃。

原来自己也是被借了。

孟千姿将画像团掉："王朋呢？"

王朋就在围观的人群中，忽听自己被点到，赶紧往外挤："我在。"

"我记得你说化装完事之后，要见见白水潇，问问线索——你后来去见她了吗？"

"见了。"

"她见到你的第一眼，是什么反应？"

王朋想了一下："当时……她吓了一跳，还叫出了声。我以为是我脸上的妆吓人、冒冒失失闯进去吓到她了，跟她道了歉。"

孟千姿瞥了眼白水潇，话里有话："一般人可能是会被吓一跳，但看白小姐这胆色，处变不惊，面对这么多人围截都不慌不乱……"

白水潇抿了抿嘴唇，装作听不懂她话里的讥讽之意。

"你之所以受了惊吓，是因为王朋顶着的是刘盛的脸，而你清楚知道，刘盛已经死了。

"真奇怪，你怎么知道他死了？我们只让你画袭击你的人，其他的可什么都没跟你说过。莫非……刘盛是你杀的？"

围观诸人一片哗然，孟劲松也变了脸色，白水潇半夜搞出这种挟持的事来，他就知道这女人必然有鬼，但事发突然，还没来得及想透彻。

这哗然很快转作了激愤，有人怒吼了句："妈的，敢动我们的人，弄死她！"

一时应者云集，"弄死她""一命抵一命""杀人偿命"之声不绝于耳，韦彪心内焦躁，眼见况美盈流血不止，地上点点滴滴，几乎串联成片，急得双拳攥紧，眼内几乎要喷出火来，然而看江炼时，江炼只是微不可察地冲他摇了摇头。

孟千姿抬手下压，示意众人收声，直到走廊里寂静无声，这才再次开口。

"最后就是，你拿迷烟放倒了一、二楼的守卫。我很好奇，如果不是二楼这人绊住了你，又出了况美盈的意外——你原本是想干什么的？继续上楼，趁着夜深人静，再把三楼的人放翻？你是冲着谁来的？我吗？"

她只觉得匪夷所思："我跟你有仇吗？还是山户哪儿得罪过你？"

白水潇终于有了反应。

她脸上并没有惊惧之色，甚至还透出几分坦然来："没错，都没错。"说话间，持刀的手不动，另一只手移至况美盈的头顶，在众人目光注视下，不紧不慢，将她的头发一丛一缕，抓拨到掌心。

孟千姿皱眉，正摸不清她用意，白水潇突然攥紧况美盈的头发往后狠狠一拽，如同杀鸡时反拗鸡头以使得喉管更易过刀，嘴里喃喃了句："实在没耐性了。"

人群中发出一阵惊呼，有几个胆子小的，甚至急闭了眼不忍去看，江炼和韦彪几乎是同时抢出，大吼："慢着！"

孟千姿还以为他们是情急救人，直到江炼欺近身侧才发觉不对——她注意力全在白水潇身上，盯死了她一再发问时，江炼早不动声色选好了方位，求的就是一击必中，哪儿还容她有反应的时间？

那一头，韦彪也不是冲着白水潇去的，他的目标是孟劲松，大概是防他救助孟千姿——孟劲松猝不及防，加上身周又全是人，没有腾挪闪避的余地，生生被韦彪撞跌进人群中，韦彪力道极大，下手又快，得手之后趁热打铁，又接连抓带起二人，向着人群撞砸，及至一干人从混乱中反应过来，孟千姿早已白刃加喉，被江炼给圈锁制住了。

孟千姿心头一凉，面上倒还没乱，只低声说了句："姓江的，你是想死吧？"

这一下情势陡转，孟劲松怒不可遏，冲江炼大吼："你敢……"

后半句话硬吞回去了,因为江炼手上的匕首明显下压,如果不是孟千姿急往后缩,势必破皮见红。

江炼笑了笑,朝白水潇的方向示意了一下:"这敢不敢,可不是我做主。"

【13】

白水潇的唇角扬起一抹笑意。

她松开况美盈的头发,抵压在她喉上的刀锋也略松了些,吩咐孟劲松:"给我备辆车。"

趁着所有人的目光聚焦白水潇之际,江炼凑向孟千姿耳边。

孟千姿只觉一股温热气息袭至耳际,心内一阵反感,本能地偏头想躲,江炼刀锋一抵,迫得她不能动,而后借助她长发遮掩,声如细丝:"孟小姐,你理解一下,她是个疯子,真会杀人,我也是迫不得已,先拖点时间。"

孟千姿一声极轻嗤笑。

上次他跟她动手,就是"迫于形势",这次又是"迫不得已",老天也是闲的,专拣他一个人逼迫。

"你看……要么先照办?我想办法中途找个空子,把美盈救下来,到时候咱们再联手对付她,就方便多了。"

孟千姿连冷笑都懒得笑了,谁跟他是"咱们",这个江炼神一出鬼一出的,他的话,听了就当风过耳,不过,有一点她是同意的:白水潇身上确实有一股子偏执的癫狂,这样的人,即便被制住,嘴里也套不出东西来,她会冲着你阴笑,却一言不发,生生把你给急死。

所以,与其抓她,倒不如假意纵她、顺着她,看看她究竟想干什么……

就听孟劲松冷冷回了句:"我端山鬼饭碗,不听外人吩咐。千姿还在这儿呢,要安排我做事,你没那资格。"

白水潇面色瞬间难看到了极点。

江炼抓住这间隙,长话短说:"孟小姐,这么僵着也不是办法。我不会真杀你,你可以下令强攻,但那样,美盈就活不成了。

"刘盛死了,白水潇知道落在你们手上不会有好下场,宁可同归于尽,也不会让你们活捉,更加不会开口——你就不想知道她为什么要对付你们,她背后还有没有别人?僵在这里,你永远不会知道。"

走廊里安静极了,只余呼吸声起伏,江炼觉得话已说尽,再多讲也是徒劳。

看来得做最坏打算了。

他看向况美盈：从白水潇手上抢人太难了，动作再快，也快不过她贴喉一刀，除非美盈拼死配合躲过这一刀，或者这一刀割在哪里都好，就是别割在她喉管上……

况美盈似乎看懂了他的眼神，垂在身侧的手开始缓缓上移。

就在这个时候，孟千姿开口了。

她说："既然白小姐想走，那就备辆车吧。"

孟千姿发了话，事情就好办多了，不过孟劲松留了个心眼，问了一圈之后，让柳冠国把客栈接送住客的小面包车开过来——这车跑不快，追起来也不费劲。

白水潇没那闲心思顾及车型，下楼至门口这段路，才是重中之重，毕竟四周全是山鬼，而她真正能挟制压服的，只有一个况美盈，往外撤的每一步、经过的每个转角，都可能变故突生，好在有惊无险，居然全程顺利。

她不知道是孟劲松于眼色间领会了孟千姿的用意，暗中叫停了一切试图救人的举措，还道是洞神护佑，一连默念了好几句"夹扣莫（感谢）"。

到了车边，白水潇喝令韦彪上驾驶座，又让江炼押着孟千姿先上，孟千姿倒很配合，无须推搡，只是落座之后，问了江炼一句："你们两家是什么时候勾搭上的？演技不错啊。"

江炼有口难言，唯余苦笑。

天可怜见，哪来的勾搭，勾搭勾搭，那头一勾，这头得一搭，但不管是他还是韦彪，压根儿就没来得及跟白水潇说上话——

听到砸门声和况美盈的惊叫之后，他和韦彪几乎是同时坐起，又同时向着门边抢去，忙中出错，韦彪救护况美盈心切，块头又大，不顾一切往外冲，势能不容小觑，居然把他撞翻了去。

他被撞得跌坐墙边，屁股疼、脑袋疼，加上睡中乍醒，有点头晕眼花。韦彪拽开门，外头昏黄的灯光挟着隐约人声裹入，他抬头看向门口，只觉得背光而立的那个黑影，奇怪而又臃肿。

等他看清楚那其实是两个人时，楼上楼下已然人声鼎沸，白水潇挟着况美盈退回廊中，只说了一句话。

"帮我绑架孟千姿，不然……"

她没把话说完，也没那个必要说完，那把挂上了斑斑血痕的刀子比一切威慑的言辞都要凛冽。

130

所以，真没勾搭，白水潇给了一个自由命题，他和韦彪"积极"发挥了主观能动性而已。

但这话不好跟孟千姿说，本来友谊的小舟就造得很艰难，现在还没荡开桨就已经漏水了，江炼含糊其词："就是被迫……很临时的。"

孟千姿说："很临时还配合得这么好，不考虑组个长期的？"

说话间，白水潇已经挟着况美盈挤进了副驾，对韦彪喝了句："开车。"

……

小面包车喷着尾气绝尘而去，所有的山户都围拥到了孟劲松身边，只等他示下。

孟劲松问柳冠国："车上有追踪器吧？"

这是山鬼用车的标配。

柳冠国点头："有。"

小面包车狂飙着出城。

副驾挤了两个人，本就局促，白水潇为了防止几个人有什么小动作，还得侧身向后，以便把后座和驾驶座尽收眼底，但她对路况很熟，宛如脑后长了眼，每到一个路口，只短促的一句"向左"或"直行"，毫不耽搁，操控得车子马不停蹄。

很快公路走尽，上了山道。

山道就没那么平缓了，颠簸不说，路道又窄，及至上了盘山路，一侧贴山，另一侧几乎无遮无挡，大半夜的，精神又高度紧张，韦彪握住方向盘的手心满是汗，白水潇还拿话敲打他："别想玩什么花样，学人家来个猛转向——你再快也快不过我的刀，我对这画画的小姑娘没兴趣，你们用不着陪葬。"

韦彪一肚子的脏话说不出口，这种山道上，还来什么猛打方向盘，他又不是活腻了。

只孟千姿心里一动，这女人果然是冲她来的。

她忍不住旧话重提："你落你的洞，我守我的山，井水不犯河水，兽道不叠鸟道。给个明白话吧，搞这么一出，是为什么啊？"

白水潇换了只手拿刀，刀刃依然不离况美盈喉口，右手径直探上发髻。

江炼循向看去。

白水潇应该是苗族，梳的苗女发髻，一般人提起这个，总会想起满头沉甸甸的光彩银饰，其实那是逢大节大会才戴的，苗女日常并不盛装，那样也不方便劳作。

普通苗族姑娘，都是把长发上梳，在头顶处绾成发髻，这发髻很大，所以有时为防散乱，还会缠上黑巾，然后正面插一朵花，代表太阳，背面插梳，代表月亮，

131

有那爱漂亮的，也会在发髻上另加些灿灿点缀，总之怎么好看怎么来。

白水潇将手指探向插花之后、缠巾之内，取出一根寸长的小圆枝来夹在指间，又乜斜了一眼江炼，问他："有火吗？"

难不成是烟？

江炼曾经听干爷说过，在云南一带，有一种木头可以当烟抽——当地人把它砍劈成烟一样的细长条，点火叼上，既可过烟瘾，又没有尼古丁之类的有害成分，只是没想到湘西也有，白水潇可真惬意，这当口还惦记着抽烟，这藏烟的方式还颇有点……性感。

他摇头："我不抽烟。"

白水潇将那根圆枝拈给孟千姿看："我就是烧的这个，点着了扔进走廊。过一会儿，你的人就倒了。可惜量太少了，空间太大，效果大打折扣。"

孟千姿皮笑肉不笑："车里空间小，够你施展。"

白水潇也笑："正开车呢，再说了，也没火。"

说到这儿，她瞥了眼车窗外，说了句："停车。"

韦彪急踩刹车。

车声一歇，四周就静得有些可怕，山上崖下，都如大团的黑墨未晕，曲曲折折的山路反被淡白月光衬得明晃晃的。

江炼看向窗外：停车的位置非常蹊跷，恰在盘山道的拐弯处，属于危险停车地带，山里基建没跟上，崖边没护栏，只象征性地打了一两根木桩——停这儿，万一前后来车，非撞上不可，而一旦摔下去，这么高的悬崖，除了死也就不作其他想法了。

白水潇将圆枝咬进齿间，如同咬了半支香烟，一手扳住况美盈的下巴往上一抬，刀口又贴住了凸起的喉管，可怜况美盈喉间只发出模糊的破音，连话都说不出来了。

韦彪又急又怒："你干什么？！"

白水潇就那么咬着圆枝说话，吐字有些含糊："不干什么，就是防你们捣乱。"又冲着孟千姿笑："我也是帮人办事的，约好了在这儿交人，不想临门一脚，还出什么乱子。"

果然，背后还有人。

在见到正主儿之前，孟千姿也不想生什么枝节，她笑了笑，反坐得更安稳了："出张儿的是什么路数，能不能透个风？待会儿见面，我也好有个准备。"

出张儿亦即出钱，代指主谋。近百十年来，钞票取代金银黄白，不再论锭称两，钞票以"张"计，道上也就亲昵地称其为"张儿"。孟千姿开讲行话，一来顺口,二来也是好奇白水潇的来头,想探探她的底。

白水潇好像并不知道什么张儿片儿,但这不构成理解障碍,她盯着孟千姿看了半天,像是掂量这事的可行性,末了居然爽快地点了点头:"也行。"

说着便向孟千姿弯下腰去,而孟千姿也自然而然,坐直身子,仰起了脸。

就在这个时候,江炼注意到,白水潇的目光中生出微妙的波动来。

他觉得有什么不对劲的,但这个念头尚未明晰就已经来不及了:白水潇嘴唇一抿,紧接着,含着的那根圆枝中喷出一片白色的粉末。

江炼心知不妙,立即闭气,那粉末其实不是喷向他的,即便如此,因为坐得近,还是被沾带到了少许,只觉一阵头晕目眩,不过他还算好的,孟千姿可是被正喷了个满头满脸,别说闭气,连闭眼都迟了,江炼只听到她不住地咳嗽。

她接下来怎么样了,江炼也实在顾不上了——车门被粗暴地踹开,白水潇倒拖着况美盈下了车,看那方向,居然是一路往崖边去的。

江炼后背发寒,迅速追奔下车,韦彪也从另一侧急绕了过来,但白水潇站的位置距离崖边太近,两人都不敢轻举妄动,况美盈则吓得连声都没了,只身子不住发抖。

白水潇向着两人一笑,半边身子都似乎浸入崖下的黑暗之中:"看你们够不够快了。"

话音未落,笑意顿收,她臂力不小,竟将况美盈整个身子横拽了起来,用力向着崖外抛去。

江炼只觉得颅脑深处轰然作响,这女人真是个疯子!

事态危急,容不得片刻迟疑,几乎在况美盈身子飞出去的同时,江炼已经三步并作两步奔至崖边,脚下重重一蹬,借力向着况美盈坠落之处直扑下去,同时大吼:"抓住我!"

也是运气,多亏了况美盈身子单薄,穿的睡裙和外套又兜风,尤其外套,经这一路折腾,本就半脱半掉,这一抛一落,居然离了身,被风鼓得悬飘,江炼虽然没能后发先至,但也及时揽住了况美盈的腰,半空中一个翻转,恰看到韦彪一声大吼,两手抱住木桩,整个身子向着崖外荡了过来,这是以身作绳,供他抓取。

江炼觑他脚的位置,直觉是抓不到了,心里陡地一沉,忽然又看到那件外套,想也不想,一把攥住,向着韦彪的脚踝抛绕过去,衣服在韦彪脚踝上打了个绕,到底不是绳扣,旋又脱落,但江炼借着这绕拽之力,身子猛然上耸,手臂长探,终于死死抓住了韦彪的脚踝。

三个人,一个挂一个,穿葫芦样,就这么颤巍巍地悬在了崖下。

这一连串落揽绕抓,看似复杂,其实只电光石火间,每个时机都转瞬即逝:假

133

若没抓住况美盈或者韦彪的个子不是那么高大，或者没有那件外套，后果不堪设想。

江炼此时才觉得后怕，脊背上汗出如雨，让崖上的风一吹，又凉飕飕的，只觉肢体僵硬，不管是揽住况美盈的那条胳膊，还是抓住韦彪脚踝的手，都再也动弹不得了，而况美盈声息全无、头颅软垂，显然是又吓晕过去了。

崖上传来面包车发动的声响。

这声响一下子把江炼拉回现实之中：白水潇没有说谎，她要的只是孟千姿，崖上这一出，只是聪明地把他们这些累赘给扔掉而已，至于他们的死活她都无所谓。

江炼仰起头，想催韦彪赶紧把两人给拉上去。

其实哪用他催，韦彪记挂况美盈安危，只恨不能多生几条胳膊下来拉。他抱着木桩借力，把上半身硬拽上崖面，又拿手抠扒住地面，寸寸内挪，这一身蛮牛般的气力还真不是盖的，脚上挂了两个人，居然也没耽搁，及至大半个身子妥了，立马翻身坐定，如同坐桩，闷哼间一个用力，把江炼连带着况美盈都拉了上来。

江炼甫一挨地，立刻放下况美盈起身，极目四望，几番眺看，终于看到小面包车的车灯，如同微弱萤火，在下方的浓荫密树间隐现。

他只撂了句"你看着美盈"，人已疾奔了出去。

韦彪正查看况美盈伤势，忽听到这句，气得暴跳："自己人都这样了，你还管别的干什么？！"

抬头看时，江炼直如追风逐电，几个起落，人影就已经看不见了。

第三卷

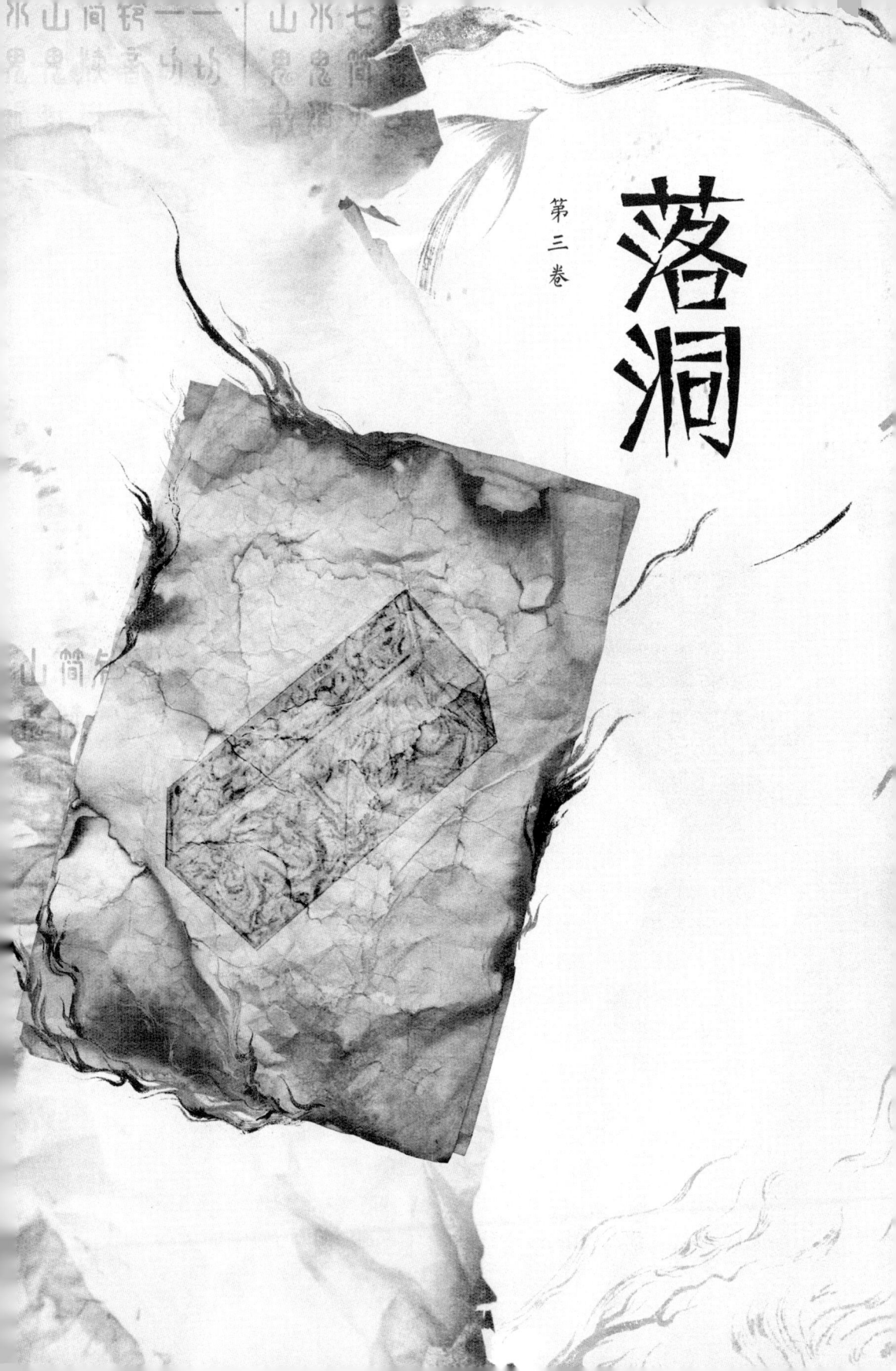

落洞

【01】

天色微明，山间晨雾犹盛，披漫如纱，且荡且扬，下山坳的一处水塘边，却反常地人声嘈杂。

塘水不深，中央处斜斜倒栽着一辆白色小面包车，水里岸上，都站了不少人，有人牵绳，有人往水下推撬杠，还有人正从车身下游出，呼啦抬手抹掉满脸的水。

孟劲松蹲在高处崖边，拿手去摸地上的轮胎辙，崖口泥湿，辙痕非常明显：车子应该是从这儿失了控，急冲向下方几米处的水塘，然后以倒栽葱的姿势，一直守候到他们赶来的。

这高度，栽下去了也不至于有大的损伤，更何况，已经确认过了，车里没人。

人都去哪儿了呢？是白水潇得逞了，还是千姿得手了？但如果是千姿占了上风，为什么不设法联系他们呢？

孟劲松眉头紧锁，之前他只是有点不放心：当时，孟千姿给他使了眼色，那场绑架，在他看来，危险的意味并不重，更像是她的一出将计就计，所以他没急着救人，而是尽量配合，静观其变。

直到柳冠国报说，追踪屏上的那个红点好久没动了，而且看位置，完全是在山里，附近没有任何村寨，他的不放心才渐往担心上发酵。

……

身后传来熟悉的脚步声，孟劲松手指搓了搓，吹掉指腹间的泥灰，站起身子："怎么说？"

来的是柳冠国，他一夜奔走，满脸浮肿，眼睛下头也冒了青："周围都找过了，草丛里发现几对脚印，但没什么价值——根本看不出是往哪个方向去的。"

孟劲松"嗯"了一声，示意他继续往下说。

"白水潇有两个住处，龙山县有套房，老家是兕寞寨，两处我们都去了，没人，她应该有别的落脚点。问了邻居，都说不常见到她，也没见过她有什么相熟的朋友。"

这倒也在意料之中，毕竟白水潇是那么诡诈的人。

孟劲松有些烦躁："没别的了？请到我们餐桌上的人，对她就只知道这么多？"

柳冠国脸上燥热，有口难开。

落花洞女其实有点特殊，不像走脚的或者辰字头的那样有坛有派声势浩大，究其本质，也就是个孤苦痴傻的女子，得了洞神庇佑，有点超出常人的本领，不喜与人交往，更亲近山林——孟千姿这趟请客，有点面面俱到一个不漏的意思，只要是沾奇带异的，都收到了帖子，就比如老嘎，只是个做巫傩面具的，也能占一席呢。

谁能想到她背后有这乾坤。

孟劲松话一出口，就知道说得不合适，有苛求迁怒意味，但又自恃身份，拉不下脸跟柳冠国说软话，于是别转了头——恰看到有辆车从不远处疾驰而至。

他还以为是路过的车辆停下来看热闹，直到从车上慌里慌张地下来两个人，柳冠国又急急迎上去，才知道来的也是山鬼。

再一看脸，有几分熟悉，略一思忖，想起来了：是沈万古和沈邦这两个，他俩不是带那个有点疯癫的半老头子游山玩水去了吗？

想谁来谁：车后座的门被推开，探出半个身子来东张西望的那个，正是神棍。

孟劲松有点烦这人，觉得他颇像一坨黏胶，甩不脱还碍手碍脚，但七姑婆的面子又不能不给，于是目光相接时，客气地冲着他笑了笑。

没想到这笑竟给了这半老头子勇气了，过了会儿，神棍颠颠地小跑着过来："听说孟小姐被一个落洞的女人绑架啦？"

什么绑架！这些下头的人，总是危言耸听，把话传得变了味儿，孟劲松有点不悦，又不便表露："千姿是主动跟那女人走的，她有自己的打算。"

神棍一脸关切："我听说，找不到那个白什么……水？"

他询三问四的，是不是太不把自个儿当外人了？孟劲松不耐烦："嗯。"

"那个白什么水，真是落洞女？不是假的？"

这还能有假的？孟劲松一时被问住了，好在柳冠国他们几个也过来了，刚好听到，帮他答了："应该不是假的，白水潇落洞，有好几年了，兕寞寨的人都知道。"

神棍"嗯"了一声，若有所思："那她落的那个洞，是在哪儿？"

这神棍，问话似乎挺有条理，孟劲松心里一动："这个很重要吗？"

神棍白了他一眼："废话，这当然重要！你懂不懂落洞？"

边上的沈万古吓了一跳，赶紧拽他衣角："棍……棍叔，你跟孟助理讲话，要……礼貌点。"

当着孟劲松和柳冠国的面，沈万古不敢叫他"棍爷"，怕被撑：哪个是你爷？做山鬼的，能管别人叫爷？

搁着平日，被人这么无礼抢白，孟劲松早翻脸了，但跟神棍这种颠三倒四的人较真儿没什么意思，于是他语气反而和缓："沈先生……对落洞有研究？"

神棍显摆："湘西我来得多了，见过落洞的女人，还见过苗老司去洞神那儿抢魂呢，你们见过吗？"

最后一句是朝着二沈说的，两人猛摇头。

神棍更来劲了："去抢魂，是来武的，手里拿根棍子，在地上又敲又凿，在洞壁上狠砸，还要念咒：'抓魂的滚巴（biā），住那大井小井，大洞小洞，大沟小沟……要讨伐你，要你不得安生……'"说到一半卡了壳，长叹一口气，"不行了，记忆力不行了，所以说好记性不如烂笔头，幸好我笔记里有，老长一段，等我回去翻翻。"

孟劲松心下一喜，山鬼其实对落洞所知不多，翻来覆去，都是百度百科里贴烂了的那几句，但听神棍说的这些话，确实有那么点专业意味，他越发客气了："你为什么觉得，白水潇落的那个洞很重要？"

神棍说："这不明摆着吗，她如果是真的落洞女，那她做任何事，都是听洞神安排的。落洞，苗语叫什么，你懂吗？"

估计这帮人也不懂，神棍比了个"二"的手势："两个叫法：一个叫'滚巴'，意思很直白，就是魂落到洞里去了；还有一个叫'抓顶帕略'，这个含义就深了，代表天崩地裂。"

这番话讲完，孟劲松倒还好，柳冠国几个完全是一脸蒙，神棍叹了口气，觉得跟没文化的人交流真是费劲："这个天崩地裂，代表人进入了另一个世界。你想想，天崩了，不再是那个天；地裂了，你唰地掉进去了，你的世界还是原来那个世界吗？"

沈邦挠挠脑袋："从广义上说，世界还是那个世界；从狭义上说，以个人为中心来看，身边的那个小世界，确实换了。"

管他广义、狭义呢，神棍继续侃侃而谈："但是落洞，落的不是身体，是魂，是心灵，所以，抓顶帕略，代表魂落进了另一个世界，她跟正常人很难交流了。跟她交流的，是另外的力量，普通人看不见、摸不着，也接触不到的力量。"

柳冠国听得发了怔：传闻中的那些落洞女，好像是跟正常人很难沟通，经常自言自语、时哭时笑，总之是沉浸在自己的世界里无法自拔——外人看来，就是丢了魂、失了魄，或者粗暴点说，疯了、发神经了。

合着在跟某种看不见的力量交流？柳冠国头发根都立起来了，左近看了看，总觉得有那么一股子阴寒要往他身上趴。

孟劲松不动声色："你的意思是，白水潇是被某种奇怪的力量……洞神，授意的？"

神棍两手一摊："我没这么说啊，措辞要严谨。我只是说，如果白水潇不是假冒的，是个真落洞女，那么她做任何事，都是为了洞神，没第二个了。因为其他人在她眼里，根本屁都不是，天王老子让她做事，她都不睬。"

他顿了顿又补充："还有啊，洞神只是一个习惯的称谓，苗人跟汉人不一样，他们的文化里，什么神啊、祖灵啊、魔啊，只要有超凡的力量，管他是不是神圣呢，他们都称之为神。所以洞神，不是你想的那种神仙，叫洞鬼也没关系，反正……就是他们理解不了、尽量敬而远之的一种力量。"

怎么说呢，逼急了也敢去讨伐、去斗，斗不过，才垂首认命，反正跟汉人不一样。汉人文化里，拜土地敬城隍，从来没见过成群结队、持刀拿棍要去掐架的。

神棍有点走神：嗯，苗人这种认知……有意思，挺有意思的。

头遍鸡叫时，孟千姿就醒了，不过睁不开眼，手脚被捆得发麻，四肢酸软，脑袋也奇重无比。

她估摸着是那迷药的药性还没过，索性闭眼调息，听屋内外动静：直觉是个远僻山寨，因为听了很久，都没车声、手机响铃声，哪怕是电视声响——反而鸡叫牛哞、敲凿劈砍声不绝，偶尔有人大声说话，又带了口音，兴许是生涩土语，根本听不懂。

过了会儿，孟千姿勉强能睁眼，看清身处的是个杂物房，逼仄破旧，但借着渐亮光线，能看出打扫得异乎寻常地干净。

屋里没人，这让她暂时松了口气，顿了顿，觉得如此趴躺很没气质、不合身份，用姑婆教导的话说，"死也要死得有王者风范"，于是一点一点、非常费力地，挪动着身子坐起。

坐定之后，有点唏嘘：以身犯险这种事，变数是有点大，虽然是她配合着被绑架的，但现在，主导权显然有点旁落了，她要不要放大招呢？

不放，不见兔子不撒鹰，幕后主谋还没露面，她咋呼给谁看呢。

又思虑了一下自己的处境：应该不至于被弄死，要杀的话昨晚就杀了，但会不会受罪就难说了，也许会被打……

孟千姿眉头紧蹙，直觉皮肉之苦是免不了了，碍于身份面子，又不能露怯告饶，只能硬扛，所以说高处不胜寒啊——就像古代国破，升斗小民可逃可降，上层贵族基本就只能以死殉国了，即便投降，也会被无数人戳脊梁骨。

……

正思潮起伏，听到门响，看来是交锋在即了：孟千姿坐直身子，尽量让自己看起来不那么狼狈。

挂锁落下，"吱呀"木门开启声响，门口浸进一片晨曦白亮，内外明暗有差，孟千姿一时竟有点不适应，只看到一高一矮两条身形。

高的应该是白水潇，那矮的……

她直觉应该是幕后主使，顾不上晨光刺眼，一直盯着看，终于看清是个六十来岁的老女人，应该过得并不如意，穿蓝布衣裙，蹬方口布鞋，衣服鞋子都有洗刷得发白的痕迹，长了张刻薄脸，眉眼间满是戾气，一看就知道是那种很不好惹、四邻都得避让三分的乡下女人。

这女人抱了个黑得发亮、口小肚大、扎紧了口的坛子，普通人见了，怕会以为是盛酸汤腌咸菜的，但孟千姿可不会这么揣测，前后一联，心头一突，脱口问了句："你是草鬼婆？"

草鬼婆，亦即当地对"蛊婆"的俗称，传言养蛊之家都分外干净，是因为蛊虫厌脏，所以最低级简单的解蛊之法就是屎尿齐下，以致秽迫得蛊虫离身。

孟千姿前儿那场请客，但凡涉及蛊婆，是"只受礼，不赴宴"，因为蛊婆很怕自己的身份泄露——邻居知道你是个养蛊的，那得活得多战战兢兢啊，哪天被摆一道，那可是生不如死。

那女人笑了笑，目光中隐有得色，显然是默认了。

孟千姿也笑，心里骂：送出去的礼真是喂了狗了。

【02】

不过，人与人，是有气场气势高低之别的。孟千姿直觉，这蛊婆在白水潇面前低了一头，说她是幕后，太抬举她了。

她重看向白水潇："马彪子的抓伤，应该做不了假，但那刀伤……你自己割的吧？"

白水潇倒也爽快："没错，那天运气不好，躲过了山鬼搜找，却撞上了成群的马彪子，迫不得已挂到树上逃命，哪知道那个江炼多事，又找来了。"

横竖会被发现，而一旦被发现，很难洗脱嫌疑，于是心一横，给了自己两刀，也是运气：搬抬之下，全身的伤口都不同程度出血，懂行的医师能看出伤口新旧，但江炼没那么专业，而且她被送到云梦峰时，一夜都快过去了，再新也成了旧；老天也作美，被江炼救回不久，就落了雨，大雨冲刷，所有的痕迹都无从查找了。

孟千姿挣了挣，以提醒白水潇自己并无挣脱之力："反正我也落到你手里了，给个明白话吧，你这处心积虑的，图什么啊？"

白水潇半蹲下身子，与她视线平齐："你先告诉我，来湘西，是为什么事？"

孟千姿心里一动，想起认谱火眼的焰头之下，那首纤细莹红的偈子。

难不成这所有事，真是为了山胆？

她故意先把话题扯向别处："湘西有山鬼的归山筑啊。我身为当家人，过来看看，走动走动，和底下人沟通一下感情，碍了你的事了？"

白水潇盯着她看了会儿，齿缝里迸出几个字来："你撒谎。"

看来她果然知道点什么，孟千姿嫣然一笑："我在这儿有产有业的，过来捋捋家底也是撒谎？那你说，我是来干什么的？"

白水潇却不咬这钓钩，答得意味深长："你会说的。"

语毕退后，像是事先商量好的：那抱坛子的女人上前一步蹲下身子，郑重地将坛子放到地上，双手在身侧擦了擦，这才去开坛盖。

兴许是为了给她心理施压，动作很慢，先解扎布，又缓缓转动盖口。

孟千姿鼻子里"嗤"的一声，居然很不耐烦："少在这儿装腔作势了吧，都是懂行人，谁不知道谁啊？你开得再慢，坛子里还能飞出条龙来？利索点吧，一口气分什么两口喘。"

那女人被她说得老脸一红，颇有点恼怒，不过动作倒是确实快了。

坛盖揭开，先是没声息，也是巧了，外头也有片刻安静，也许是日头高了，鸡歇了，牛也下了田，只余打凿银器的声响，间或一下，再一下，颇有节律。

屋里的三人，不约而同，都屏住了呼吸。

坛子里响起窸窸窣窣的轻响，似是密簇细小脚爪在抓挠坛子内壁，再然后，有个亮铜色的虫脑袋，鬼祟地从坛沿处探了出来——不管人头虫头，都是跟身子有一定比例的，这虫子，看头就知道不大，"小而悍狠"，符合蛊虫的虫设：内行人都知道，蛊虫是混多种毒虫于一坛，使其互相厮杀吞噬，真正的"剩者为王"，最后存活的那只即为蛊。

而经过这没日夜的惨烈搏杀，最终成蛊的那只，体态、形貌早已跟起初大不相同，所以连孟千姿也说不准这蜿蜒爬上坛口的是只什么东西：身长和步足都有点像蜈蚣，体形如胖软的蚯蚓，两只眼睛只有拉长压扁的芝麻大小，嘴一张，上下两排牙口却像密布的针尖排列成行。

孟千姿冷眼看着那虫子从坛子外壁爬下，所过之处，都留下一道浅淡却发亮的涎痕。

那女人睨了孟千姿一眼，似笑非笑："孟小姐既然懂行，那我就不多啰唆了。放蛊有明暗两说。暗蛊呢，是你到我这儿坐坐，用了饭喝了茶，自己都还没察觉呢，已经把蛊招上了身；放明蛊呢，就是不遮不掩、光明正大——白姐儿说，孟小姐是有身份的人，咱们得尊重点，大大方方地放。"

孟千姿说："不啰唆还说了这么多，你啰唆起来，得要人命吧？"

那女人每次想显摆一下自己的手段就遭她抢白，有点压不住火，正待说什么，白水潇插了句："田芽婆，跟她废什么话，等完事了，她还不就是秸秆草，你想怎么编怎么编吗？！"

田芽婆便敛了火气，伸手从衣袖里摸了片翠绿的叶子出来，有点像竹叶，但更肥厚，正反都有釉质——她把叶子放在两唇之间，唇齿齐动，又嗑又磨，发出让人极不舒服的细小碎音来。乍听上去，还挺像刚刚这虫子在坛子里脚爪挠壁的窸窣声的。

说来也怪，那虫子原本窝在坛底边沿处，又蜷又缩，似是伸舒懒腰，这声音一起，蓦地便有了方向，掉转头身，向着孟千姿的方向爬过来。

这应该是虫哨。

孟千姿只当白水潇和田芽婆是透明的，反跟蛊虫放话："叫你过来你就来啊，你不想活了是吗？"

虫哨声还在继续，虫身后拖开一条越来越长的行痕，白水潇唇角不屑地勾起，挂出轻蔑的一抹笑。

孟千姿还不死心："你知道我是谁吗？你真敢咬我？"

白水潇嫌她聒噪："孟小姐，你省省吧，畜生可不懂人话，也不知道你有钱又有势。"

话音刚落，就见孟千姿面色一沉，笑意收起，抬起眸子冷冷说了句："那不一定，我觉得，有时候，畜生比某些人懂事多了。"

说着，牙齿在唇上狠狠一磨，"呸"的一声，吐出一口带血的唾沫来，恰挡在那虫子头脸前，有几点唾沫星子还溅到了虫子身上。

那虫子瞬间就僵住不动了。

田芽婆愣了一下，停下虫哨，正想驱前来看，那虫子突然蚯蚓般拱起身子，继而立起——很像是小说家言的"受惊过度，跳将起来"——可惜直立行走并不是它擅长的，下一秒又倒栽过去，肚皮朝上，十来条步足朝天乱舞乱抓。

这抓舞并未持续太久，那虫子很快翻了身，没头苍蝇般急吼吼地试探各个方向，孟千姿这个"前方"已成禁地，左右似乎也不保险，末了原地掉头，冲着坛子的方向一路疾奔，每条步足下都跟安了风火轮似的，急挠快动，火烧火燎，都不带停的，瞬间就爬进了坛子。

事情发生得太快，或者说，这虫子撤得太利索，田芽婆一时间都没反应过来，回神之后也急了，赶紧蹲到坛子边，先拿手去拍坛壁，又抓住了坛口来回摇摆个不停，低声叫："小亮！小亮！"

蛊婆和蛊虫的关系亲密而又微妙，为了增进彼此的联系，不少蛊婆都会给蛊虫起名儿，类似"阿花""铁头"什么的。

孟千姿故作惊讶："哟，它原来能爬这么快啊，那刚慢慢吞吞的，装给谁看呢？果然谁养的就像谁……不洒出点鲜艳的色彩，你们还当我是黑白的呢。"

田芽婆又气又急："你干什么了！"

孟千姿冷笑一声，没理她。

田芽婆生怕自己辛苦得来的蛊虫有个闪失，情急之下，伸手过来抓她肩膀："我问你话，你哑了吗……"

手刚挨到她衣裳，孟千姿眸间犹如过电，目光锋锐非常，厉声回了句："这里是山地，山鬼为王！一条虫子都知道不来惹我，你是什么东西？吞了哪家的狗胆，敢跑来打我的主意！"

田芽婆这人固然是刻薄阴狠，却是个欺软怕硬的性子，孟千姿气焰一盛，她心内就怯了，手僵硬地停在半空，居然不敢碰她肩膀。

孟千姿豁出去了，骂一个是骂，骂两个也是骂，趁现在情绪到位，索性骂个痛快。

她又去看白水潇："还有你，我不管你是谁，也不管你嫁了洞神还是洞鬼，我只提醒你，我这一趟受了什么，你都会受更多；我伤你也残，我死了，你也得下来给我陪葬，包括家里家外，猫猫狗狗……"

说到这儿，她看似不经意地瞥了一眼田芽婆："……还有什么小亮、小黑，小花、小果，一个都逃不掉。"

田芽婆的面色又白了两分。

白水潇却是神色自若，也不知道是不是看错了，孟千姿总觉得，她的眸间甚至闪过一丝异样的神采："我敢向你们动刀，就没打算再活多久，洞神知道我的心意。"

孟千姿一时无语。确切地说，没听明白，所以无从反驳。

白水潇不慌不忙，继续往下说："蛊虫奈何不了你，没关系，我还有后招，后招不管用，我还可以杀了你——我听说，山鬼王座空悬了几十年，你一死，山鬼至少会乱几年，到时候，谁还顾得上湘西这头的事呢……"

她说到这儿，蓦地提高声音："金珠、银珠，给孟小姐烧高香！"

外头有两人先后应声，声音脆生生的，透着几分稚嫩，事实也是如此，进来的两个女孩十二三岁，都长得又黑又瘦，各抱四五根一人高的长枝，孟千姿看得清楚，心内一沉。

那些长枝其实都是两截，上五分之四是木枝，下端约莫五分之一却是尖梢锐利、小指粗的钉针。那长度，把她戳个通透没问题，孟千姿约略知道这"烧高香"是什么了，这么八九根戳将下来，只要入要害，那是必死无疑，还没全尸。

她头皮略麻：只要在山地，她总有保命的大招，但这大招施展开来，总得要个一时半刻——可人家戳死她，花不了一分钟。

被硬生生地戳死，只怕是历代山鬼王座里最窝囊的一种死法了，下去了都没脸见祖宗奶奶……

正心念急转，就见白水潇接过其中一根，用力往地上一插。这屋子里是泥夯地，虽结实，却禁不住钉针刺凿，就见那长枝稳稳地插进了地里，立得笔直，几乎齐至白水潇下颌。

金珠、银珠身量未足，拖了板凳过来，踩上去打火点枝。

孟千姿有点蒙，目视着几个人围着她把九根"高香"插立点燃，香气微稠，上升了几寸就倒铺着流下来，居然有点好看，像九道极细的乳白烟流瀑。

幸福来得有点突然，孟千姿忍不住跟白水潇确认："这就是烧高香？"

白水潇皮笑肉不笑："这法子其实不太好，量不好控制：用量刚好，你会乖巧听话；用量一多，你就成傻子了；再多点，那跟杀人也差不多。但谁让蛊虫不敢碰你呢，只能试这招了。"

这样啊，孟千姿更放松了，她往地上一躺，真跟供桌台上的菩萨似的："那烧久点，我这人，一般的量也迷不倒。"

她看出点端倪来了：比起让她死，这白水潇更倾向于控制她，让她乖乖听话。

为什么呢？

因为她死了，即便没人坐王座，姑婆们总还会推个人出来主事，那一切被耽误了的事，该继续的，仍旧会继续。

但如果她能乖乖听话，她就可以叫停白水潇不喜欢的事儿。比起反复再来，疲于应付，是人都会更倾向于一劳永逸。

西去冘寠寨三里多地有个大山洞，口小肚大，但不算深，里头也就宴会厅大小。

平日里，冘寠寨的人都不愿近它的边，宁可绕远路走，这儿也就少人迹、相对荒僻，但今儿不同，洞外光大车小车就停了六七辆，洞口处不断有人进出，头上戴头灯还不够，手里还打锃亮狼眼手电筒，又有拿热感应相机、金属探测器的——人声嘈杂处，电光条条道道，把昏暗的大洞照得宛如聚光舞台。

不少寨民兴奋地赶过来看热闹，男女老少都有，只是这个"女"单指老太太——个中没有大姑娘、小媳妇，连女娃都没有，显见寨民对"落洞"之忌讳。

有个腰插烟杆的半秃老头，操一口蹩脚的普通话，在孟劲松一干人面前手舞足蹈，讲得唾沫星子横飞："我寄（知）道我寄道，白家那妹伢，顶俊顶俊的，叫洞神给看上了，就在仄（这）块，仄块……"

他伸手指向洞口，激动得一张老脸黑里泛红，红里还横着青筋："她就打仄块走，当时洞里吹出一阵风，呜呜……"

半秃老头很有表演欲，还鼓腮吹气模拟风效："直扑过来，正扑中白家妹伢。这妹伢身子一激灵，走道也不稳了，眼也迷啦，辫子也散了，狭（鞋）子也掉了一只，歪歪扭扭走回该（家）。

"这妹伢没爹娘咧，只有一个嘎嘎（外婆），嘎嘎哭咧，杀了头羊，请老司来夺魂，老司就在辣（那）块开坛，忙了半天，洞神就是不同意，到手的婆娘，不肯往外吐呀……毁喽，毁喽，好好的妹伢，就这么等死咯。"

他咂着嘴，一脸惋惜，同时，又为自己能在这群外地人面前侃侃而谈，而倍感骄傲。

【03】

孟劲松觉得这老头的话太过夸张，也不大当回事，吩咐柳冠国继续向寨民打听，自己则一矮身，钻进了洞里。

洞里到处都是人，还有设备和拖线，孟劲松一时抓不住重点，不知该往哪一处去，正踌躇着，邱栋紧走两步迎上来，急急跟他汇报："孟助理，每个角落都勘过了，还有兄弟爬到上头探了，都没什么读数异常的。"

孟劲松心不在焉，一边听一边嘴里"嗯""啊"着，目光四下去扫，忽然看到神棍。

在一众忙碌的人里，他真是鸡处鹤群，最吸睛的那个。但见他盘腿坐在一块大石头上，两手扶住膝头，双目合起，忽而摇头晃脑，忽而念念有词，沈邦和沈万古跟哼哈二将似的，立他两边，间或帮别人递东西、拽拖线。

莫非他有什么过人之处？孟劲松心下疑惑，朝沈邦招了招手。

沈邦小跑着过来，动作敏捷如猴。

孟劲松指神棍："他嘴里念叨什么？"

"哦，他说，大家没准儿都被蒙蔽了，白水潇对寨子里的人撒谎了，她应该不是在这里落的洞。"

孟劲松一怔："凭什么这么说？有什么证据没有？"

沈邦面上发窘，觉得说不出口，这也是他没有立刻过来汇报的原因："他说……他用心感受了一下，心里没波动，所以这个洞没什么特别的。"

这是什么狗屁理由，孟劲松没好气，可说来也怪，打发走了沈邦之后，这说辞老在脑际打转，再联想到先前邱栋说的，竟越发觉得此言有理：白水潇这人满嘴谎话，面子和里子相差太大，关于她的任何信息，都该再三求证、不能轻信。

他出了山洞，朝那半秃老头招手，那老头觉得贼有面子，过来时走步带风，一脸骄傲。

孟劲松问他："白水潇在这儿遭了风落洞，有旁人看见没有？"

老头连连摆手："妹（没），妹有，洞神偷摸摸干的，哪能叫旁人瞧见。"

"那你们怎么知道是这个洞？"

"在仄洞口找到一只鞋子嘛，后来白家妹伢自己也说在仄嘛。"

没人看见，自己说出来的，那鞋子，会不会也是自己脱在那儿的？

孟劲松沉吟了会儿："在那之前，她都正常，就是那天之后，跟从前不一样了？"

老头点头如捣蒜："豆豆（对对）。"顿了顿又补充，"她嘎嘎也说，送她走的时候还好着咧。"

送她走？走哪儿？孟劲松没听明白。

老头起劲地解释："她嘎嘎该在老山岭，她那趟是去嘎嘎那儿走亲戚。去的时候好端端的，嘎嘎送她走的时候她也好端端的，就是回到寨里，坏了。"

孟劲松觉得有点头绪了，他重看向洞口："这洞离你们寨子那么近，白水潇之前，有别的姑娘落过洞吗？"

"妹呢，"老头又兴奋了，"我们都妹听说过啥叫'落洞'，是她嘎嘎请来了老司，说要跟洞神干架夺魂，我们才晓得。大家都围来看稀奇，后来妹夺回来，她嘎嘎都哭栽过去了。"

"那现在，她嘎嘎人呢？"

"死咧，头年冬上死的。冷，年纪大咯，没熬过去。"

一个老人家，都哭栽过去了，挺真情实感的，跟白水潇合谋演戏的可能性不大。看来，白水潇出事，是在老山岭回虼寏寨的这段路上。

"老山岭在什么地方？"

这太考验老头的地理了，老头张着嘴，不知道从何讲起，好在边上有那机灵的山户，很快就把这儿的地图取了来，一式两份，一份是通行样式的，另一份是山鬼自己的。

老头看不懂比例尺，识字也有限，自然更喜欢山鬼那份，山头是山头树是树的，好认。

他眯缝着眼，指甲里带黑的粗糙指头在图面上来回划拉着，时不时一惊一乍："哟，仄不是地漏天坑吗？哎哟，仄河下雨天水大咧，我头年赶集，差点儿遭水冲了……"

孟劲松满心不耐烦，又不好催他，正焦躁着，老头的指头在一处用力戳点了两下："仄，仄块，应该就在这附近。"

孟劲松循向看去，心头升起一股子异样来："你确定？"

老头很自信："我在山里活几十年了，奏（就）仄，奏是仄。"

孟劲松一颗心擂鼓样跳。

他不知道是不是自己想多了：老头指的位置，已经越过了传说中苗民的大小边墙，和山谱中悬胆峰林所在的位置，很……接近。

孟千姿说一般的量放不倒她，倒也不是托大。

她自小就接受七位姑婆严苛训练，服食无数山珍药草，受伤比普通人能扛、愈合来得更快，对一些毒瘴迷烟的承受力也更强些——只要不是像昨晚那样大量提纯的粉末骤然对着她直喷。

这"高香"是山里一种极罕见的蛊木所制。传言中，苗蛊多是用蛊虫，唯独情蛊需要用到蛊木，概因这种植物有致幻和迷惑、操控人心智的作用。

不过正如白水潇所说，剂量很难控制且因人而异，一个不小心就会让人痴傻，所以只能尽量原始，缓烧缓放，九根高香看着吓人，其实都极细，又烧得很慢，近中午时，第一轮才堪堪烧完。而这对孟千姿来说，等于是毛毛雨湿其表面，还不能入皮肉肺腑，虽然看起来眼神水润迷蒙，整个人有点神思恍惚，但白水潇试探性地问她"你是谁"的时候，她还是很精准地回了个"你姥姥"。

气得白水潇吩咐金珠、银珠又给她加了两根。

这寨子偏僻，方圆十几里都没其他住户，孟千姿先中迷烟，又被捆得严实，现在还烧上了"高香"，可谓三重保险，白水潇并不怕她逃跑——反正根据第一轮的反应来看，这高香不到黄昏是不会有大效果的，白水潇没那耐性在边上戳着，关门落锁之后，带着金珠、银珠去忙自己的了。

孟千姿嘴上放肆，心里天人交战：再这么烧下去，她的筋骨就吃不消了，她已经出现轻微幻觉，总觉得墙根处有一列细细蚂蚁正高爬向墙面，一会儿排成"一"字形，一会儿排成"人"字形。

但就这么甩招走人，她又极其不甘心：连幕后主使是谁都还没探到，还搞得鸡飞狗跳，实在不甚光彩。而且，她这趟深入敌后，不全白费了吗？跟被绑架着玩似的。

她思前想后，侥幸心理占了上风：再屏一屏，等一等，没准儿那幕后主使沉不住气，会来见她呢？又没准儿孟劲松已经在来的路上了，有他动手，自己何必费事？

……

午后四点多，日头西斜，透窗而过，恰笼在孟千姿身上，她昏昏沉沉睁眼，看到全身都是密簇火焰。

这高香委实厉害，她恍惚知道这还是幻觉，但又止不住认为身上确实着了火，赶紧伸手去拍打，这一打两打，竟专注起来——要知道，遭了幻药迷烟的人，最怕专注，人心如同根苗，本该长在实处，若专注在幻处，那就是从现实中被起了根，如果心念不坚，再被别有用心的人一勾带，就容易跟着走。

打得正急，有人推她肩膀，有个听着耳熟的男人声音叫她："孟小姐！孟小姐？"

孟千姿好奇地回头。

真怪，看身形、肩宽、骨架，是个男人，但他脖子上头架着的，却是个溜光瓷白的肉球，他身周以及半空，都是抖动着小翅膀的薄薄人脸，那些脸她都认识，有孟劲松的、辛辞的、大娘娘的、二妈唐玉茹的，甚至白水潇的……

那男人向她说话时，时不时会有人脸"嗖"地飞过来，面膜般贴到肉球面上，又"嗖"地揭了飞走，第二张人脸又贴上来，于是跟她说话的主角总是在变，上半句是七妈在说，下半句就换成了柳冠国……

现在是沈万古在说："孟小姐，你没事吧？"

必然是白水潇又在耍什么手法，以为她会被这种小伎俩给吓住吗？笑话。

孟千姿眉头紧蹙，侧着头打量他腮边，终于让她看出端倪：这张人脸是从下颌处慢慢卷了边，然后揭起飞走的。

开口的又换成了神棍，竖了根手指跟她说："来，孟小姐，你现在有点神志不清，你眼睛看我这根手指，我动到哪儿你看到哪儿……"

揭了揭了，这张人脸又揭起来了，孟千姿眼疾手快，一只手狠狠捏住他的腮帮子。果然，这张脸皮飞不走了，慌张地又挣又窜，孟千姿冷笑："看你还跑得了！"

江炼垂下眼,看自己被拽变形了的腮帮子肉,心里默默骂了一句。

江炼这一路追过来,可真是费老劲了。

起先,他以为白水潇是要甩下他们仨,单独驾车逃走,后来发现,这女人精明得很,她嫌车子目标太大,从车上拖下孟千姿之后,造了个车子栽进水塘的假象,然后背着孟千姿进了林子。

倘若接下来就是穿林过岭,也不难寻踪觅迹,白水潇的诡诈之处在于,她不断更换路径,还伏了帮手:比如在过山头时使用溜索,过去了就收绳,她是过得快,江炼却只能翻山。

又如,过河时有拉拉渡,还利用了一些洞穴通道,深山免不了信号不通,她预先藏好了烟火,信号一上天,就有拖拉机来接,紧接着又换乘,总之是辗转再辗转——也不赖山鬼查不到线索,即便是江炼这样一路紧跟的,也跟丢了好几次,三番两次折回重试,鸡叫三遍时,才最终摸进了这寨子。

进了寨子,更加头大。

老嘎的叭夯寨给他的感觉已经够荒僻了,这寨子尤甚,用"与世隔绝"来形容绝非夸大。更让他讶异的是,这寨子还处于不插电的时代,没电线杆也没电线。

住的人也怪,一般来说,山民都是温和纯朴的,但这个寨子,屋里屋外,他窥见的每一个人都有些凶相:他循着有节律的打敲声翻进一户银匠的院墙,看到绞银段的那人赤裸上身,后背上刀疤有十来道;他看到有个老婆子倚着门框编花带,编腻了,动作娴熟地点上支烟,看烟盒商标,居然还是洋烟;还看到一个披头散发真空穿红吊带的中年女人,一跛一跛地走路,裙子掀起来,里头的腿一粗一细,细的那根如麻秆,还分外扭曲。

总之,就没个正常寨子的样子,穿衣打扮也各色,每个人都目光冷漠、气场阴森,这让江炼心生警惕,他不敢露行迹,做贼样遮遮掩掩,翻进一家,又一家,心里渐渐不抱希望:过去这么久了,孟千姿够被杀埋八十回了。

但又抱着希望:要杀早杀了,大费周章绑架过来,应该不至于只是为要她的命。

功夫不负有心人,终于在一户院落里看到了白水潇,他并不敢轻举妄动,耐着性子等,等到她跟着一个老太婆出了门,留守的两个小姑娘又玩心大,凑在大门口找什么雀儿——他寻机翻进来挨间屋探看,居然找着了。

只是场面诡异,那十来根高低不齐的香炷,使得空气中浮动着浅淡甜香,江炼觉得应该不是什么好货,赶紧一一捏了,又脱了外套在屋里一通甩扬,以便这气味快些散开,这才俯身屈膝,去解孟千姿的缚绳。

……

　　江炼伸手抓住孟千姿的手腕，硬把她的手拽离自己的脸，孟千姿一脸惋惜地看半空，喃喃道："手滑了。"

　　要命了，看来她是暂时糊涂了，江炼一阵头疼。

　　这寨子有点蹊跷，江炼直觉不能闹得鸡飞狗跳，能悄无声息进出最好，但怎么带孟千姿走是个问题：他一个人躲过那么多双眼睛已经很吃力了，哪禁得住再带上这么一个发癫、发傻的……

　　江炼皱着眉头看孟千姿：她咬着嘴唇，眼睛盯住空中一处，蓦地手出如电，狠狠抓了把空气——身手倒是还挺利索——然后盯着攥紧的空拳头，笑得很是得意，近乎奸诈。

　　江炼当然不知道自己的"脸皮"正在她手掌心拼命挣扎、眼眶里还在扑簌簌落泪，他脑子里飞快转着应对之策，趁着她转身去抓另一处空气时，当机立断，一掌切向她后颈。

　　孟千姿哼都没哼一声，软软瘫倒。

　　江炼嘘了口气，带个不动的，总比带个乱嚷乱动的方便。他抓起地上的散绳胡乱揣进怀里，又拿起桌上的火柴，重新点着那些高香，这才抱着她出来。

　　关好门，摁合撬开的锁，力图使一切看起来正常，哪知刚转过墙角，就听大门"吱呀"一声，有两个半大的女孩一边低头编着麦秸秆一边进来。

【04】

　　江炼迅速退回，可那两个絮絮聊着天，步子竟是往这头来的，眼看两人就要拐到门口跟他打照面了，江炼忙抱起孟千姿，又避身到屋子的另一面，这一面外侧也连着院墙，应该可以翻墙走。

　　两人的对话声几乎就在耳侧。

　　"进去看看她吗？"

　　"不用了吧，白姐姐说，她难搞得很，普通人，三根高香过午必倒，她都十几根了，没事人一样，不到天黑，不会有效果的。而且山鬼会'入癫返'，你可不能被她骗了。"

　　江炼暗暗松了口气，心说听你白姐姐的话吧。

　　哪知这两人还不走。

　　"你看到她脖子上戴的项链了吗？特别漂亮。"

项链？

江炼纳闷地低头，看向蜷在自己怀里的孟千姿，她脖子上还真戴了条项链，也确实漂亮，项坠是黄金糙打成的纤细流云，云尖斜钩一块颤颤碧玉，清透欲滴，一看就知道价值不菲。

"还有手链呢，手链也好看，像金线在她手腕上闪。"

江炼的目光又落到孟千姿手腕上，哪是像金线，那本就是抽成丝的几缕金线，应该跟项链是配套的，线上错落穿着极细小的翠绿玉石筒珠，阳光一照，莹润生光。

他记得，她是半夜惊醒然后下楼，继而被"劫持"的吧，睡觉的时候，戴这么多首饰干吗？

"不能拿吧？万一她醒了要，白姐姐就知道了。"

"那戴一戴呢？我都没戴过那么好看的……"

话音未落，"咔嗒"一声锁响，这手也太快了，江炼心叫糟糕，还没来得及反应，门已经被推开，而几乎是同一时间，少女那堪比警报器的尖细嗓音响起："白姐姐！"

江炼的估计没错，这寨子里的人似乎是一伙的，这边叫嚷声起，院外很快脚步杂沓，混着呼喝声——

"怎么啦？出啥事啦？"

"是田芽婆家吗？"

"金珠，你喊啥？"

万幸的是，两个姑娘慌慌张张，都往门口跑，反使得这小院里暂时真空，江炼抱起孟千姿，迅速进了旁侧的一间卧房，这儿的房子大多是石砌木搭的，采光很差，这卧房又像是老婆子住的，一应陈设都陈旧发暗，江炼先把孟千姿推进床底，自己也钻进去躺平，平复了会儿之后，伸手把垂下的床单理了理，又把床沿下的拖鞋摆正。

外头吵吵嚷嚷，床底下却湿冷安静，江炼努力想去听那些人在说什么，但是声音太嘈杂，又隔了石墙，听不真切，只隐约辨出白水潇也在其中。

又过了一会儿，人群散去，但有杂沓足音径直朝卧房过来了，江炼心里打了个突，唯恐是被发现了或将要被发现，又朝里挪了挪。

透过床单下沿，他看到几双女人的脚起落，最前头的那个坐到床沿边，鞋跟和裤管下沿之间露出一截白皙的脚踝。

这应该是白水潇，迎着她而站的那三个，两个穿少女花鞋，估计是那俩女孩，一个穿肥宽的蓝布鞋，是那田芽婆无疑了。

江炼屏住声息。

就听白水潇问道："确定门是锁好的？"

有个女孩答："锁得好好的，香也在烧，单单人不见了。"

"什么时候不见的？"

那女孩有点害怕，顿了会儿才道："不知道……中午去换过一回香，现在太阳都要下山了，不知道什么时候跑了的。"

白水潇又气又急："会不会是有人来救走的？"

这话应该是问田芽婆的，老太婆答得迟疑："应该不会吧。你不是说，路上做得挺干净，把他们甩得也干脆，不可能跟来吗？再说了，我刚问了一圈，没人见过生人，我们这儿你晓得的，但凡一个人见到生脸，就会拦下了不让走，全寨都会知道。"

江炼暗暗佩服自己有远见：遮掩形迹是对的，这寨子果然反常。

白水潇耐不住性子了："那怎么会没了？就这么莫名其妙消失了？"

田芽婆话里带几分畏缩畏惧："这个孟小姐是不简单，小亮都不敢挨她，我从来只知道有山鬼这号人，但他们有什么本事，靠什么吃饭，一直没打听出来。这山鬼，也算是山神了吧，那女的年纪轻轻，已经是他们的头儿了，她会不会……能遁地啊？"

江炼想笑，他瞥了眼身边的孟千姿：会不会遁地不知道，躺地上倒是真的。

白水潇恼火得很："你胡说什么！"

虽是呵斥，但语音不定，显然心里也没个准，田芽婆忽然慌起来："白丫头，她逃出去了，会带人来报复吧？他们人多，手段也多，我们是不是……先得躲躲啊？"

白水潇没搭腔，过了会儿喃喃有声："不对，她要真能遁地，早遁了，还是有人救她，也许那人身手好，进了寨却没被人发现。"

江炼喉结轻轻滚了下：这种仓促布置，蒙混不了多久，最怕对方冷静思考。

"中午之前人还在，我虽然没守着那间屋，但我一直在院子里，有人进来我不可能不知道。我跟你只离开了一会儿，如果救人，只能是那空隙，但我留了金珠、银珠在……"说到这儿，蓦地声音扬高："你们两个，是不是偷跑出去玩了？"

也不知是金珠还是银珠搭腔："没有，我们就出去了一小会儿，抽秸秆编雀儿玩，但我们一直瞧着大门，没人出来……"

床沿一轻，是白水潇猛然起身，然后就是"啪"的一记响亮耳光："废物，瞧着大门有什么用，人家不会翻墙走吗？"

女孩小声抽着鼻子，不敢放声哭。

田芽婆急得跺脚："赶紧走吧，还管这些有的没的，金珠、银珠也得走。山鬼那是惹得起的吗？你还杀了他们的人……"

白水潇听不进去，还在喃喃自语："不对，外头人来人往，孟千姿即便没晕，也必然腿酸脚软。这么短的时间，他们绝对走不远！"

她的声音激动起来："没准儿在附近哪家屋里藏着。田芽婆，你去外头嚷一圈，让他们看看院里屋里，什么灶房、仓房、橱柜、床底……"

听到"床底"这两个字，江炼头皮发麻，这白水潇，脑子确实转得快，她现在是"灯下黑"，周边都怀疑上了，还没疑心到自家床底，但这也就是一闪念的事儿。

就听也不知是哪个珠卖乖，脆生生地说了句："床底吗？我们这床底宽宽大大的，也好藏人。"边说边用手掌撑了地。

江炼隔了床单布，看到那个瘦小的身形折下腰，下一秒就要探头下来，弦紧绷到极致，反而松了：横竖是要露馅了，输人不输阵，要不要侧个身、支个颐，含笑跟她打个招呼？至少姿态好看……

就在这个时候，外头传来叮叮当当的摇铃声，这声音起先单薄，但迅速壮大，陆续有别的摇铃声汇入，还夹杂了"砰"的一声锣响，嗡声四荡，良久不绝。

那瘦小身形一僵，"噌"地站回去了，而田芽婆如同被踩了尾巴，差点儿跳起来："糟了，山鬼撵上门了！再磨叽，可就走不了了！"

江炼直觉"山鬼撵上门"这事不可能，孟劲松那帮人再能干，也没法精准到这份儿上，但他乐得有这一杠子事发生，至少解了几秒钟前的危机，给了他转圜的时间——一干人的焦点果然就从"床底"移开了，白水潇有些疑惑："怎么可能来这么快，别瞎慌，先看看情况再说。"

几个人边说边往外走，很快没了声息，机不可失，江炼飞快地钻出来，小院里空荡荡的，大门半开，他先掩身门后看了看外头的小道，又从墙头探出半个脑袋，目光及处，心中一喜。

这寨子错落分布在一条斜岭上，但跟别的任何寨子都不同，周围有一人高的石垒围墙，看得出是不同年头逐渐往上加砌的，越往底下的石块越陈旧，也不知道是在防什么，要说是防野兽的，山里的其他寨子也有这忧患啊，也没见人家高筑墙。

寨门自然开在最低处，田芽婆这间屋地势偏高，所以墙头看出去视野挺阔，他看到三五成群的人，都是往寨门去的，而寨门那儿，业已挤了一堆——不敢说全寨的人都拥去了那儿，但至少说明，这寨子现在前头拥堵、后方空虚，再加上日头西坠，离天黑只一步之遥……

天赐良机，要逃跑，就是这时候了！如果来的真是山鬼，两相会合自然是好，但万一不是呢？还是先确保脱险再说。

江炼没丝毫迟疑，又奔回屋里，从床底拽出了孟千姿，她依然昏得无知无觉，江炼将她背上，又拿绳子扎了一圈以免她滑落，心内遗憾着没人给他直播：要是能录个视频，等她醒了，看到他这么尽心尽力营救，一个感动，尽释前嫌，两人友情可期，到时候再朝她开口借蜃珠，那就水到渠成了。

他翻出院墙，靠着之前在寨子里摸查时记住的方位，朝着后山且避且走，所幸沿途还算顺畅，撤到一半时回望，果然不像是山鬼打上门来，拥在寨门处的人已经陆续往回走了，大多步态悠闲。

时间不多了，江炼心内着急，也顾不上再小心遮掩，拔腿就跑，经过一户门口时，忽然听到门里有人大吼："你是哪个！"

江炼猝不及防，下意识地止步回头。

就见门里飞快爬出一个干瘦的男人来。他没双腿，应该是截了肢了，只靠两手撑爬移动身体，上身赤裸，肋骨条条道道，包覆着一层黝黑干皮，看上去煞是吓人，他先前喝问，心内尚不确定，待到看清江炼的脸，知道是生人，脸色刹那间悍戾可怕，伸手自腰后抽出一把小手斧来，向着两人就砸将过来。

这什么德行，不由分说就行凶吗？好在投掷的准头一般，江炼侧身避过，没想到那男人凶悍非常，居然向着江炼直冲过来，他身量比常人少了半截，手臂强悍有力，左右摆动，真个车轮样迅疾——这场景太过诡异，江炼不觉怔了一下，只这片刻间隙，那男人已经嘶吼着直扑过来，看情势，是要抱他的腿。

江炼犹豫了一下，向残疾人动手，有点过意不去，但事急从权，也顾不了那么多了，他飞起一脚，将那人踹了个辘轳，还想看他有没有受伤，就见不远处一户门里，探出一个女人的头来，正是先前见过的那个腿上有病、穿红色吊带的中年女人。

和那男人一样，她的神情也是一秒暴戾，居然拖了柄铁锹出来，一瘸一拐地往这儿跑。

这是都疯了吗？江炼心头发瘆，又念及反正已经暴露了，拼的就是个速度了。

于是转身向着寨后狂奔。

那男人翻身起来，两手攥拳，狂暴地朝地上捶砸了两下，然后迅速爬到门边，拽住一根垂绳，拼命摇撼起来。

原来门楣之上，悬了个生锈的老铜铃，铃舌上绑了个垂绳，他这么不住拽撼，叮当的铃声顿时响起，很快，附近有两三处回应，都是没去看热闹、留守在家的人听见了帮着示警。再远些，又有一两处加入。这音流很快流到了那些三五成群、步态悠闲的寨民面前。

高处俯视，屋寨如画，画幅上的众人，乍听到声音，有极短的僵硬停滞，像影片的定格。

再然后，只刹那间，各处的人就动起来了，如潮如涌、如疯似狂，都向着声源处狂奔而来。

【05】

江炼只觉声浪都撵在背后，哪敢有片刻耽误，跑得越发快了。

速度可算他一大强项，不然昨天晚上，也不可能追上白水潇，再加上本来就已经接近后山，占了先机——他马不停蹄，也顾不上仔细辨向，有道就上、有涧就跨、上山下坡、过岭过河，最终气力不继停下时，已然暮色四合，而林子里就更显昏暗——那个寨子、那些奇怪的人还有那些迫人神经的声浪，早不知甩哪儿去了。

到这个时候，江炼才觉得孟千姿重得要命。别看人的体重在那儿，但背个昏睡的或者醉酒的，远比背个清醒的要重，死人就更重了，要不然，也不会有"死沉"这说法。

江炼解开绳子，将孟千姿放下，自己也一屁股坐到地上，一日夜奔波，粒米没进，紧张时不觉得，一旦松懈，真是站都站不起来，腿肚子都在发颤。他喘着粗气，又吸了吸鼻子，缓过来之后，看了眼身侧的孟千姿，喃喃了句："你倒安逸。"

不远处传来哗啦水声，是条山间小涧，江炼拖着步子过去蹲下，借着微弱的天光查看：涧水清澈，流动不停，是活水；半浸在水里的石块壁上有青苔，能长常见植物，基本无毒。

他掬起一捧激了激脸，又喝了两口，抹了下嘴，对着夜色犯起愁来。

他确信自己是迷路了。

事实上，一夜追踪，他早已经被白水潇的"辗转再辗转"搅得晕头转向，再加上刚才那一通奔逃，彻底迷失。大晚上的，困在莽莽深山可绝不是什么让人开心的事，这儿比他进入湘西以来到过的所有地方都要更深更偏，只这喝几口水的工夫，已经隐约听到不止一次的动物吼叫声，似狼似虎，又非狼非虎，因着未知，更让人心头发怵。

江炼走回孟千姿身边，拿手推了推她肩膀，不见醒。即便白水潇烧的那香厉害，这一路颠簸发散，也该缓回几成了。如果还是神志不清，那就麻烦了，越拖越坏事，他得连夜想办法，把她送出去求医才好。

他把孟千姿抱到涧水边，伸手舀了点水往她脸上洒。这招是跟干爷学的，干爷说山间的溪涧水最是透心凉，早年醉酒或者犯困，都靠这水解。

孟千姿眉心皱了皱，没醒。

有反应就好，江炼决定试个更狠的，他把她的脸朝下摁进水里，然后松手，心内默念时间，预备着及时把她捞起来。

好在，她很快有动静了，先是肩膀微抽，然后两手蜷抓，再接着呛了水，大声咳嗽。江炼迟疑了一下，还是帮她拍了拍背，问她："你没事吧？"

孟千姿一边咳嗽着一边摇头，似是嫌清醒得不够，还自己把整个头都浸进了水里，如此水上水下折腾了几回，才颓然坐定，低垂着头，湿漉漉的头发不断往下滴水，同时有气无力地，朝江炼勾了勾食指。

江炼担心她在白水潇那儿落了什么后遗症，凑近了去看她面色："你怎么样……"

话才一半，忽然注意到她脸颊微鼓，江炼心内一动，侧头就躲，到底慢了半分，孟千姿一口水直吐出来，从他右脸颊俯冲过去，直打耳际，然后势头用尽，一股脑儿冲进脖颈，又分作几道，或从他后背流至腰际，或从他肩前流过胸口、到腹心，那叫一个冰凉酸爽。

他伸出手，把右眼睫毛上挂着的水给抹了，然后抬起头来。

此际月明，水边晃晃，潋滟如昼，孟千姿侧了头睨他，唇边慢慢绽开一抹妖冶的笑，她眉目本就明艳，皮肤经水一浸，尤为剔透，唇形极分明，唇角还挂了将坠未坠的一滴。

江炼怔了一下，头一次觉得，"山鬼"这词，还真适合她，整个一暗夜出没的山间女魅，极具诱惑，但也危险，真是古代那些老实书生的绮梦、噩梦。

她伸出手指，慢条斯理抹掉唇角挂的那滴，说："吐歪了。"

江炼笑了又笑，为了友谊。

他借这笑卸了大半恶气，剩下一小半不吐不快："孟小姐，我要是自私怕事，完全可以不来救你……我忙到头来，挨你一口水，是不是有点冤啊？"

孟千姿轻蔑地瞥了他一眼："你只能来救我。别忘了，是你拿刀架在我脖子上绑的我。你不来，就坐实了是白水潇的同伙、山鬼的公敌。我一天没消息，你就一天不得安生，只有我好端端地回去，而且是你救回去的，你才好洗脱嫌疑……别把自己标榜得多义气，谁都不是傻子。"

江炼被她噎得说不出话来。

他得承认，他确实有这心思，但昨晚情急之下去追车时，还真没考虑这么多。

随便了，她爱怎么解读就怎么解读吧，反正这解读也没错。

江炼摊了下手，以示：你厉害，你全对，我无话可说。

忽然又想到了什么:"你已经恢复了?没关系吧?你之前表现得……挺奇怪的。"

之前?

孟千姿蹙起眉头。

她想起来了,她刚入癫,就被江烁给打晕了。

山鬼练抗药,低级别是尽量保持清醒,高级别的就叫"入癫返"。

保持清醒是调动身体一切力量,正面对抗,譬如她一个走神,看见蚂蚁在墙壁上学大雁飞,然后马上反应过来,这叫保持清醒。

但古时候对手施放迷烟,大多偷偷摸摸,绝不会当面提醒你"注意啦,要放药迷你啦",所以,误中迷烟之后如何破幻,如何能"入癫返",比保持清醒更重要。

原理说来也简单,比如好多成年人做梦,会梦见自己回到了高考考场,交卷在即,满目空白,急得一头冷汗,但突然间福至心灵,会提醒自己:我昨天不是还在上班/开会/出差/带儿子吗?怎么会在考试呢,这是个梦吧?

于是长吁一口气,渐渐醒过来。

一言以蔽之,就是"入癫—破幻"的过程,坚持得越久,破幻越多,入癫返的能耐也就越高,孟千姿的纪录虽然不是最好,但最长坚持过112分钟,破46个,平均不到3分钟破一次,所以在她看来,才初入癫,算不上什么事,而白水潇忌讳山鬼的入癫返是有道理的,你以为她已经着了道了,她却会突然清醒反击——所以再三提醒金珠、银珠,不到天黑不会真的见效,别被孟千姿给骗了。

孟千姿伸手揉了揉后颈,目光复杂地看了江烁一眼:这人手太快了,他若有耐心再等等,她也就"返"回来了,不过好在是出来了,虽不是孟劲松救的,到底符合预期,也省了她的事。

她想站起来,这才觉得四肢发软,丹田一口气提不上来,看来这高香对人的肌体是有影响的,后劲很绵,跟润物细雨似的,不算刚猛,但层层浸透。

她拿手摁住空瘪的肚子,看了看周围,确信暂时安全:"没吃的吗?"

江烁说:"我也没吃,从昨晚到现在,哪顾得上吃?"

"那你饿吗?"

怎么着,她有办法?

江烁说:"饿啊。"

"既然你饿,我也饿,大家都有需要,那干站着干吗,你去弄点来啊。"

江烁想驳她两句,但也怪了,孟千姿说话看似张口就来,却颇有一套能自洽的歪理,让她这么一说,他也觉得:既然都饿,是该去弄点吃的,以尽快补充体力;

而既然她这么恹恹无力，是该他去弄点吃的。

他四下看了看："但你一个人在这……"

孟千姿打断他："我当然不能一个人在这儿，万一白水潇那伙人追过来怎么办？"

她仰起头看了看周遭，指向不远处一棵大树，那树有一两围粗，树冠极密，足可藏上两个人："你把我放上去，我在上头等你。"

法子是不错，但这发号施令的语气让江炼有点不舒服："你跟人说话，不用'请'字的吗？"

孟千姿会用"请"，这要看心情、看场合，也服管服教，看对方是谁，反正不会是江炼，他昨晚把刀架在她脖子上，即便事出有因，她也实在对他生不出好感来，一说话就想带刺。

她说："不用啊，我说一句话，多的是人争着抢着办，我不用请。"

江炼一时无语，孟千姿也不看他，自顾自地拧头发上的水，淡淡说了句："嫌麻烦就算了，我就在这儿坐着好了，生死有命，无所谓。"

江炼微合了一下眼，又睁开。和孟千姿说话，真需要先数几个数平复心情，不然会想戗她，而戗她，有违"大计"，不利于友情建设。

他背对着孟千姿蹲下："我得爬树，你抱紧了。"

这棵树不矮，再加上背上多了个人，江炼上得相当吃力，好在他搜寻寨子时，曾顺了把刀防身，有刀做支插，能省不少劲，就是有点尴尬：这季节，穿得都少，孟千姿身体贴在他背上，呼吸就拂在他颈侧，避都避不开，关系不近而身体"亲近"，有人也许觉得是艳福，他只感到窘迫，越避免去想，越会想到，只能装作心无旁骛。

孟千姿也很不自在，平日里她蹿高踩低的，哪窝囊到需要人家去背？背负这种事，本就身体相贴，江炼攀爬用力，身上热烫，肩背肌肉贲起，又难免碰蹭到她这儿那儿。双方若有好感，肢体偶有接触叫暧昧、情趣，若没好感，就是吃了死苍蝇般硌硬。孟千姿窝了一肚子火，又自知这火没道理，不好发作。

爬一棵树，爬成了煎熬，还得各自装作无事，只是在爬树，好在天已黑了，层层密密的树丫间就更黑，互相也看不清脸，那点尴尬就如同片纸，在这黑里揭过去，窝了揉了弃了不提。

江炼把孟千姿扶坐上树丫，很快下树离开，偌大林子里，便只剩了她一个人。

夜晚的山林难免可怖，没声响和有声响，都会让人毛骨悚然，孟千姿却处之泰然。任何时候，山鬼和山都是亲近的。

她坐的位置偏高，脚底下是密叶层枝，即便有人站在树底往上张望，也只会看到冠盖如伞——这树冠如巢,将她围裹中央,叶的气味、枝的气味,还有山石、黑夜的气味,既熟悉,又亲切,松弛和舒缓着她的神经。

斋、筑、舍、巢,早个千八百年,大多数山鬼都是这样以树为巢、筑窝栖身的。

她对这一带不熟,不准备冒险走夜路,更何况,身体还没有恢复,不如休息一晚,天亮之后再设法联系孟劲松,至于江炼,管他是不是可信,现在也只能靠他。

江炼很快就回来了,黑灯瞎火的,林子的每一处看起来都差不多,他惦记着孟千姿的安全,只在周边晃荡了一下,不敢走太远,不过带回来的东西倒是不少,是拿外套扎了口袋兜回来的——绝大多数山水都可爱,是天赐的饭碗,一个倒扣,从背上刮抹,一个敞口,向里头钓捞,要么说"靠山吃山、靠水吃水"呢。

孟千姿拨开头顶的叶枝,借着月光拣了一下,有野生猕猴桃、猴楂、五味子、山葡萄、带毛刺的栗子以及乱七八糟的刺莓浆果,虽然有几样已经干瘪不当季,但在此时此际,称得上"盛宴"了。

两人分坐两根树丫,对侧着身子,各拽外套两角压在膝上,把个外套拽成桌子,就着这桌面各自剥食。那些残皮、果壳、蒂渣等不好乱扔,会暴露行迹、方位,于是也往"桌面"上头堆,预备着吃完了拿外套裹起,就是个现成的垃圾袋。

国人有饭桌文化,吃吃谈谈,交情就自吃谈里萌发,恰如上菜顺序:先是冷碟,客气生疏;再是热菜,舒心热络;最后觥筹交错,交情终成。

既吃上了,不说些什么少了点意思,似乎一张嘴光吃而不叨叨怪浪费的,更何况,孟千姿本来就有不少话要问。

"你那俩朋友呢?"

江炼也正担心这俩的处境。

他把之前发生的事大致说了一下:"韦彪和美盈,应该会先躲起来,但他俩没那么机灵,迟早被你的人翻出来,孟劲松……应该不会为难他们吧?"

孟千姿说:"劲松是个办事稳重的,你那朋友如果能把话说明白,劲松也不至于做得太出格,顶多……"

她剥了个野山栗塞进嘴里,这颗不赖,又甜又脆,还沁着汁。

嚼完了,她才把后半句话补上:"……拣那肉多皮厚的,揍几顿。"

看来韦彪要挨揍,江炼放心了:揍就揍吧,吃那么多米粮,长那么壮实,是该多承受点风雨。

孟千姿又想起了什么:"你们那个况美盈,是生了什么病吗?"

江炼点头:"是。"

孟千姿低头去揭猕猴桃的皮,太难揭了,挺圆乎的桃,让她揭得一身坑洼:

"严重吗？"

"挺严重，闹不好，只有三五年的命了。"

孟千姿"哦"了一声："那不送她去治病，带进山里干什么？"

"带进山里，就是找活路的。"

美盈的事，干爷一直嘱咐他不要对外人提及，但江炼有自己的想法：你封闭着一个秘密，秘密也许永远都是秘密，但你如果能适当对外交流，那就意味着有更多的人来解读，解密的概率也就更大——更何况，他现在有求于孟千姿。

欲盖弥彰地求助，不如大方坦诚相请，孟千姿看起来不像不讲理的人，如果能博得她对美盈的同情，事情会好办许多。

孟千姿把剥好的猕猴桃送到鼻子边闻了闻，不准备吃它了，太酸了。

她放下猕猴桃，摘了片叶子揉碎了擦手："你钓蜃景，跟况美盈的病有关？"

"有关。"

这关联有点缥缈，孟千姿想起江炼画的那些画："那个头被砍了一半还在爬的白衣服女人……"

"是美盈的外曾祖母，也就是太婆。那个驮队，是况家人在转移家私，当时日本人已经打进了湖南，为了躲战祸……"

说到这儿，他停住了：有一道很稀淡的手电筒光柱，正从斜前方的丛枝上滑过，像突兀掉落的一线亮。

那应该是不远的地方，有人在晃动手电筒。

过了会儿，错落的足音渐近，光柱多了几道，也更亮了，在这片林子里随意穿扫。其中有一道，甚至穿透丛叶，自他耳后照过来，映亮了他半边侧脸。

来人了。

两人都没有说话，孟千姿动作很轻地拈起外套的两个边角递过去，江炼接过来，悄无声息地兜起扎好，再然后，各自坐正身子，后背倚住树干，一动不动，连呼吸都放轻了许多。

【06】

人声也近了。

最先听到的是女孩子的叽喳声："水，水，我就说往这头拐有水嘛。"

这是金珠、银珠，两人飞快掠过树底，奔向那条溪涧，忙着洗手、洗脸，敞开了喝饱，又去灌随身带的水杯。

跟在后头的是白水潇和田芽婆,她们停在树侧,等金珠、银珠取水,也有一搭没一搭地说话。

白水潇说:"咱们前头分道,你们找个牢靠的地方躲一阵子,风头过了再回。"

田芽婆叹气:"我们还好,你小心才是真的。山鬼把你的照片乱散,还出了大价钱。这一路,你可得避开有人的村寨,没准儿都叫山鬼给收买了。"

白水潇面色阴沉,不住揿摁手电筒的开关,身前的光一明一灭。

下午找上门来的那几个的确是山鬼,不过跟她想的略有不同,那些人是带了她的照片,一路问过来的,看那架势,不难猜到孟千姿失踪事态严重,这头儿的山鬼已经全体出动,挨村挨寨、密梳细箅,任何有人住的地方都不放过,不把她揪出来不会罢休。

但这都不重要了:孟千姿确实已经逃出去了,这意味着山鬼的大部队早晚打上门来,逼得她不得不出外避风头。

田芽婆想了想:"要么还是一道走吧,人多,互相也有个照应。"

白水潇没吭声,顿了顿才说:"我把事情办砸了,得回去做个交代。"

田芽婆面色微变,竟不自觉地打了个哆嗦,声音都带了颤:"不会有什么事吧?"

白水潇听出了她的畏惧:"放心吧,不会有事的,你别把他想得太可怕了。"

田芽婆干笑了两声:"我又没见过,你啊,也真是……迷了心窍。"

还想再嘱咐两句,金珠、银珠已经过来了,田芽婆噤了声,几个人重新上路。

她们才刚一走,孟千姿就耐不住性子了。她拨开丛枝,看手电筒光远去的方向——没过多久,光柱分出一道来,单独往一个方向去了,那必然是白水潇。

她催江炼:"快走,跟上她。"

江炼没动:"为什么?"

什么为什么,你没脑子吗?孟千姿有点烦躁,还是跟孟劲松说话省心,多年磨合,她一个眼神,都不要费唇舌,他就能把事情办得妥妥当当。

她耐着性子解释:"你没听白水潇说要回去做个交代吗?这说明她背后有主谋,她只是办事的。跟着她,顺藤摸瓜,就能找出那个人来。"

江炼说:"道理我懂,但是孟小姐,你的安全最重要,你现在体力都还没恢复……我觉得还是等你和孟劲松会合了之后,再查这事不迟。"

孟千姿冷笑:"你知道人藏进深山,多难找吗?"

这么大的山岭密林,藏支队伍都难找,更别提只是藏一个人了。白水潇这一走,真如鱼归大海,石入群山,再找比登天都难。

"知道,但白水潇已经挺难对付的了,她背后的人只有更危险,而且她背后究竟还有多少人,谁也不知道。就这么跟过去太冒险了,还是等你召集了人手之后……"

眼见那抹手电筒光都要淡得没影了,孟千姿越发没耐性:"我又没说找上门去打架,我们一路偷偷跟着,尽量不暴露行踪,摸清楚她的去处,同时设法跟劲松联系不就行了吗……"

她忽然顿住,似是想透了什么,看了江烁一眼,目光里透出异样来,说:"懂了。"

话里有文章,江烁心里一个咯噔,头皮微微发麻。

"你是觉得多一事不如少一事,把我送回去就算交差了,不想再掺和这些事,是吧?"

她调子拖长,笑得温温柔柔:"理解。"

小九九被戳穿,有点尴尬,但他确实是这想法:好不容易把人救出来,想赶紧回去把"绑架"这笔前账给销了,不愿意再生枝节——万一她这一深入虎穴,又出了事,伤了残了乃至死了,他这个下手"绑架"的,可就一口破锅罩定,再也洗不清了。

没想到这么快就被看穿了。她既笑,江烁只好也跟着笑,知道方才吃出来的那点子情谊白搭了。

怕是还要倒扣。

孟千姿双手撑住树丫,似是要往下滑落,江烁怕她气力不足摔下去,赶紧伸手来拉,哪知道她又顿住了,并没有立刻下去。

江烁伸出去的手晾得怪尴尬,又缩回来。

孟千姿语气轻蔑:"你有这想法,也正常。不过提醒你一句,咱们之间的过节离两清还差得远呢,我那条链子,到现在影子都没有——你要是觉得在救我这件事上出了力就能前事全销,未免想得太简单了。"

又是链子。

江烁这才发觉,那条一直被他忽视的链子,其实很不寻常。

"那条链子很重要吗?"

孟千姿说:"几千年传下来的,世上仅此一根,你说重要吗?有种的,别跟来啊。"

说完,身子一侧,顺着树干就下去了。这点距离,平时不费吹灰之力,现在是真不行,手软腿软,几乎是滑跌下去,万幸爬树是童子功,虽然一边胳膊肘似乎磨破了皮,落地时又杵到了脚踝,总算是看似姿势好看地下来了。

总比摔下来要强。

她下得那么利索,江烁还真以为她是恢复得快。这消息带来的杀伤力有点大,他又抬起右手端详:这什么手啊,一拽就拽了个古董、孤品,平日里抽奖摸彩,没见这么灵过啊。

之前他还以为自己是运气不好，现在明白了，是命不好。

看来那条链子不回来，这笔账永没结清的那天，江炼叹了口气，正想跟下去，蓦地顿住。

不对，刚孟千姿说的是"有种的，别跟来啊"，而不是"有种的，跟过来"。

他倒吸一口凉气，这女人好毒，明知他再怎么不情愿，也一定会跟过去的：他辛辛苦苦救她出来，难道是为了扔她一个人在深山老林里被虎狼啃吗？

上赶着出人出力，还落不着好，人生顿时陷入两难，跟不跟呢：不跟不合适，跟过去，又中她言语圈套，自认没种……

过了会儿，江炼低下头，目光溜向胯间，喃喃了句："事实胜于雄辩，你说没有就没有吗？"

哼，你谁啊。

他麻溜地翻身下树。

孟劲松身边只留了柳冠国等相熟的几个，今晚暂住冄寘寨，又想到神棍这人情况特殊，扔哪儿都不合适，好在间或有点小用处，索性放在眼前，当个劳力使也好。

剩下的人，一大拨先上路，沿途打探白水潇的踪迹；一小拨回武陵，准备器具装备——最终的目标都是越过小边墙，进悬胆峰林。

晚饭之后，神棍卷着小笔记本去寨子里采风，二沈半监管半陪同，也跟着去了。柳冠国过来，向孟劲松汇报前方打探的进展。

孟劲松对这种打探不抱什么希望，毕竟不能真的入户搜找，对方要是存心隐瞒，回一句"我们这儿没有"，你能怎么着？

果然，柳冠国报出的一大串村、寨、岭，都是"没什么发现"，孟劲松听得厌烦，只是在听到又一个寨名时，随口问了句："怎么这个寨子叫'破人岭'，谁会起这种名字啊？"

一般来说，世居的村寨，为了讨口彩，多半会取个吉祥名，当地很多寨名听来拗口，其实放在土语里，都是好话儿；或者会以地形地势特点命名，诸如"三条石寨""鹰嘴寨"什么的，但断不会把自己叫"破人"，多丧气啊。

柳冠国说："还真就叫'破人岭'。"

这"破人岭"的由来，跟从前的"麻风村"差不多。解放前，有那得了治不好的传染病的，村落不敢留，都会被强制送到偏远的岭上住着等死，怕病人偷跑出来，还会高垒墙、严堵门，甚至雇专人看守。

解放后，有了政府关怀，这种寨子自然也就荒废了，再者位置太偏，基建进不来，想住人也难，但也奇怪，陆陆续续，又有人住进去了。

听说有得了绝症心灰意冷，就想找个红尘断绝处等死的；有心理异常仇视社会，跟正常人就是生活不到一起的；有在外头犯了案或者被仇家追杀，离乡背井，就要往山高林深的地方躲的……

总之就没个正常人，毕竟岭上不通水不接电，生活方式近乎原始，正常人也受不了这个罪。

他们数量不算多，几十来号，三人成众，成众就立规矩，对外自称"破人"，这并非丧气，而是带了自傲的自贬，不屑于和外头那些不破的人比肩同列。得守望相助、同仇敌忾，他的对头找上门来，你若不帮，将来也没人帮你。不与外界来往，也抗拒生人造访……

一般来说，对于这种不明人员聚居，政府都会分外留意：一来破人岭太偏，住户数量又少，不出门不闹事，活得如同一缕轻烟，你几乎察觉不到它的存在；二来他们也鬼，一有风声，顷刻间作鸟兽散，人去寨空，风头过了再回巢，跟打游击似的，被撞上了就说自己是来旅游，放逐身心回归自然的，怎么着，犯法了？

谁有那个耐心跟他们周旋啊。

孟劲松问了句："这么说，我们的人都没能进寨门？"

柳冠国点了点头："可不，别看岭上没手机电话，通气可不慢，家家都有摇铃，据说根据节奏缓急，代表事情严重程度，外人都听不懂。第一个看见生人的，马上抡起铃来摇，附近的人听见，跟接力棒似的跟着摇，这没摇几轮，整个寨子都知道了，全拥过去帮忙拦人，根本不让进，不过……反正进不进都无所谓。"

进了寨门，又不能进到人家。

孟劲松没说话。

柳冠国察言观色，心头一动："孟助理，你是不是觉得孟小姐在那儿？要么我派两个人去探探？"

孟劲松疲惫地拿手揉了揉太阳穴，他确实觉得这个寨子挺可疑的，非但如此，他觉得柳冠国刚才报过的每一个寨子都可疑——显然，他是慌乱了、没了方向、见什么就疑什么，这种心绪可要不得。

他清了清嗓子："就算要探，也得有点迹象再去探，不能想什么是什么，叫大家瞎忙活……你先去歇着吧。"

柳冠国应了一声往外走，到门边时，孟劲松又吩咐他："把门带上。"

柳冠国赶紧拽门，心里突突跳个不停，想着：孟助理这是要给那头打电话了。

是得打电话了。

这么大的事，拖瞒了这一日夜，孟劲松已经觉得心力交瘁，也不知道是不是职业习惯，他习惯听差办事，对拿主意这种事，既生疏又抗拒——万一主意拿错了呢？他这助理的身子骨承重有限，对某些后果，承受不住。

论理，电话该拨给大姑婆高荆鸿，但前两天跟千姿聊天，听她话里话外那意思，大姑婆的身子似乎不大好。

孟劲松犹豫了一下，拨了二姑婆唐玉茹的。

唐玉茹，亦即孟千姿的二妈，现年六十六岁，长年在泰山伴山。

这位二姑婆，跟高荆鸿是两个极端，她少年时艰苦朴素的思想深植于心，很看不惯莺莺燕燕、胭脂水粉那一套，还曾嫌弃自己的名字太"地主家小姐"，改了个名叫"唐卫红"。叫了一段时间之后，发现那年月改名叫"卫红""卫国"的也太多了，人群里嚷嚷一声，得有十几个应声的，实在不方便，才又改了回来。

而今该是享福的年纪，却闲不住。一般人闲不住，会养花弄鸟、写字画画，唐玉茹不，她过不来这种小资产阶级情调的日子，她要劳动，还要用劳动创造价值！

她隔两天就往泰山上爬一趟，在上头支起鏊子烙山东煎饼，卖给游客卷大葱，也会背上黄瓜或者西红柿，浸在山溪水里泡得凉丝丝的，有偿供过往游人解渴——生意好的时候，一天能挣个百八十块，微信或者支付宝入账一打开，长长的一串三块、五块。

高荆鸿曾轻描淡写地说起她："老二就喜欢捧着金饭碗要饭，随她去吧。"

不过孟劲松倒觉得，这位二姑婆活得劲儿劲儿的，特蓬勃。

这两位姑婆，互相间没大矛盾，但因着观念不同，难免有小龃龉。孟千姿小时候，在几位姑婆身边都待过：在高荆鸿那儿，是着洋装、穿纱裙、脚蹬蝴蝶结牛皮鞋的小公主。到了唐玉茹那儿，就被推子推平了头发，穿围嘴、戴护袖，满山野跌爬滚打。高荆鸿去探看时，险些气晕了，不好对唐玉茹发火，就冲孟千姿来气："你看看你，都长成驴粪蛋了！"

这使得孟千姿一度对驴粪蛋非常好奇，还言之凿凿地跟小伙伴说，她知道有个女孩长得跟她特别像，叫"吕凤丹"。

……

唐玉茹听完了孟劲松的话，一言不发。听筒里，只余时急时缓的呼吸声。孟劲松怕她着急，又强调了一遍，"千姿当时给我使了眼色，她好像是有主意"。

这话补完，两头又陷入了沉寂。入夜的寨子里，有无数细碎的声响，被夜色滤得很轻，在窗内窗外、灯上灯下，软绵绵地飘。

良久，唐玉茹说了句："我就知道，想动山胆，一定会出事的。"

七位姑婆里，她是唯一一位，坚决反对取山胆的。

【07】

山胆究竟是个什么东西，材质、形状、大小、功用又是如何，孟劲松一概不知，他私底下问过孟千姿，但孟千姿也说不出个所以然来。

只知道，自打有山鬼起，就有这东西，很古老，也很重要。当年的祖宗奶奶觉得应该找个隐秘的地方妥帖收藏，于是深入湘西，找到了一片不为人知的峰林，将山胆悬入山腔。这片无名的峰林，也因此在山鬼的图谱中，被命名为悬胆峰林。

这个位置选得很绝，湖南简称"湘"，湘西，字面的解释就是湖南西部。

打开中国地图，湖南其实一点也不偏，它地处中南，上有湖北，下有两广，西接渝黔，东连江西，怎么看都该是十字路口、四方通衢，但事情就是这么巧，有一道名为"雪峰山"的山脉，纵贯湖南南北，把一省分作两半，而这道山脉，又恰恰位于中国二、三级阶梯的分界线上。

山脉以东，更接近江南丘陵；山脉以西，山高林险，峡陡流急，不利于对外交流，数千年如一日封闭。东头的文化潮流到了这儿，为大山阻滞，难以西进，以至于到了二十世纪三十年代，沈从文描写这儿的风物时，还把它称为"边城"。

明明位于国家腹心，却落了个边疆待遇，所以说祖宗奶奶真是很会选地方，深谙"大隐隐于市"之理。

按说既然"边城"二十世纪三十年代就已经走红，那周围片区也该鸡犬升天，一并出道，然而并没有，因着交通不便、文化闭塞，这一带依然籍籍无名，直到八十年代初，现今蜚声海外的武陵源砂岩峰林才被人发现并开发。

而那片悬胆峰林，因着地势更绝、去路更险，至今仍深藏不露。

山胆这一悬就是数千年，没人起过动它的念头。它像地基，重要，也存在，却从不被念及、提起。直到几个月前，水鬼登了山桂斋的门。

……

孟劲松额角微麻："您的意思是……事情跟山胆有关？"

他和千姿也有这怀疑，但也只是怀疑，毕竟没确凿证据。

唐玉茹中气十足："不然呢，咱们山鬼家这些年出过事没有？现在出了事，事出在湘西，且出在千姿去取山胆的路上，你说事情跟山胆有没有关系？我早说了，有些东西，别去动它，它在那儿，是有道理的。"

孟劲松嗫嚅着,他在几位姑婆面前习惯性气短:"咱们也不是一定要动它,只是先去看看,看看总没关系,毕竟当年段太婆……"

唐玉茹的这些顾虑,其实另外几位姑婆都有,上了年纪的人,喜静不喜动,不爱乱折腾,之所以最后拍了板,有一个重要的原因。

——曾经的山髻段文希,进过悬胆峰林,也亲眼见过山胆。

说到段文希,就不能不提一笔她的人生,起落巨大,结局令人唏嘘,堪称传奇。

她是山鬼家族中出国留学第一人,也险些缔结了第一桩跨国婚姻:留洋的第二年,她和一位英国飞行员相爱,寄回的信中,明确表示希望拿到学位之后就成婚。

当年的国人,对绿眼睛、红胡子的洋鬼子并无好感,山桂斋的几位当家几乎愁秃了头,做梦都在琢磨着怎么把这对给拆了,然而事情的走向让所有人都始料未及:那个英国小伙子在一次飞行试练中,机毁人亡。

段文希悲痛之下,就此失联,连学位证都是同学代领的,而她这一失踪就是三年,这三年去了哪儿,《山鬼志》没明确记载,不过据高荆鸿说,应该是周游世界去了。因为小时候,段娘娘给她讲奇闻逸事,说起过在南美偏远的高山区,见过蓝色血液的人种,还聊起过菲律宾的原始丛林里,生活着头部和身子分属黑、白二色的鸳鸯人。

三年之后,段文希回到山桂斋。

许是受那三年游历的影响,她安定不下来。每隔一段时间,就要将自己放逐于荒山野岭之中。不夸张地说,山鬼的每一张山谱,她都依照着走过,甚至走得更深入。在许多山谱上,都做了更新和注解。用她的话说,一来不少山谱制成已经逾千年了,这么多年下来,因着地质灾祸、风侵水蚀、人为损害,山势山形等已经大为不同;二来古早时候,人的见识少,打雷闪电都要附会到鬼神身上,对某些现象难免夸大其词,也确实需要正视听了。

以她这劲儿,当然不会漏过悬胆峰林。

她在日记中写到,悬胆峰林之行不无艰险,但有了前人的路线以及提点,倒也还算顺利,就是那首偈子,妄生穿凿,比如有一处泉瀑,出于地势的原因,并不飞流直下,而是曲里拐弯、绕来绕去,偈子里就把它叫"舌乱走",让人笑掉大牙。

所以,连段文希都进过悬胆峰林,近距离摸过山胆,高她一个位次的孟千姿要是还不敢进或者进不了,不是太说不过去了吗?

……

唐玉茹打断孟劲松的话:"当年当年,当年是什么时候?段娘娘进悬胆峰林,是一九三几年,距离现在快九十年了。我问你,九十年前,有你吗?"

孟劲松摸不清这位二姑婆的路数，老实回答："没有。"

"那不就结了，九十年前没你，九十年后就有了个你，这变化大不大？一切事物都是不断变化发展着的，九十年前的山胆跟九十年后的，怎么能一样呢？"

这话有点强词夺理，不过孟劲松不敢驳她，只试探性地问："那……事情已经发生了，您看现在，除了已经安排的，我还该做点什么吗？"

孟劲松十八岁时被几位姑婆挑中，去给十岁的孟千姿做"助理"，名为助理，实则半兄长半指导，这么十几年历练下来，手上处理的大事小事没有上千也有八百，自信自己的安排面面俱到，唐玉茹挑不出什么错处来。

果然，唐玉茹沉吟了一会儿，觉得暂时也只能如此。高荆鸿已向她打过招呼，说想让千姿历练一下。话既带到，她也不好风风火火地张罗什么几位姑婆齐聚湘西救人，想了又想，也只能叮嘱孟劲松一有进展就要立刻跟她通气。又问他："段娘娘当初进悬胆峰林的日记，你们带着了吗？"

孟劲松的目光落在手侧一本老旧的栗皮色布绷面笔记本上："带了。"

"你得多看看，反复看。有时候，那些看着不经意的句子，没准儿是有所指的。"

这话说了等于没说，孟劲松毕恭毕敬："好。"

挂了电话，孟劲松心头轻松不少。他本来也没指望能从唐玉茹那儿拿到什么好建议，只是，如同县里出事，县长要报告市长，而市里出事，市长得让省长拿主意一样——事情往上一报，就总觉得多了强有力的肩膀分担，连喘气都松快多了。

他顺手拿起那本栗皮色的日记本翻开。扉页上，银色的角贴不牢，有张黑白照滑了下来。

孟劲松眼疾手快，接在手里，拈起看。

这是段文希的单人照，拍在赴英前夕，照片上的她只二十来岁年纪，一身洋装，头戴纱幔装点的精巧小礼帽，一脸俏皮，那带足了感染劲儿的朝气，仿佛不但要冲破暗淡死板的布景，还要冲破那个黯淡死板的年代。

孟劲松将照片重新插入角贴。

段文希晚年时，和绝大部分上了年纪的老人一样，常常念叨前世今生，对人死之后会去哪里这种事，产生了浓厚的兴趣。

她听人说，中国古代有"犀照"的法子，点燃犀牛角可通幽冥，见到死去的亲人，于是真的弄来了上好的犀角，在幽夜点燃，想再见一眼当年的爱人。

结果，当然是什么都没见着，一般人会明白是受了骗，一笑了之，但段文希不，她认为，可能爱人已经投胎转世，去了下一程，所以点燃犀牛角是看不见的，只有点燃龙角，这叫"龙烛"，可以照进来生。

她不知经由哪里听到的,说昆仑山是中华"龙脉之祖",山内有龙的骸骨。于是在二十世纪七十年代,不顾自己年逾七旬,只身前往昆仑,结果遭遇雪崩,再也没能回来。

端详着那张照片,孟劲松长叹了一口气。

这位段太婆,也真是聪明一世,糊涂一时,年轻时那么通透灵秀,事事讲求科学论证,怎么老来反钻了牛角尖,近乎迷信了呢?

这世上,哪有龙啊。

孟千姿嘘着气,走得一瘸一拐,脑袋也一阵阵发沉。她手握成拳,刚朝头侧砸了一两下,就听到背后传来窸窣的步声。

很好,江炼跟来了。她立刻站直,腿不瘸了,头昂得更高了,倨傲的表情也如面贴纸,瞬间罩住了全脸。

回头看,果然是江炼。

孟千姿等着他说第一句话,刚才分开时,场面挺僵,先开口的那个人,说的是什么话,很显智商、情商。

江炼笑了笑,没事人样:"我想了想,还是得过来,你一个人对付不了白水潇。"

孟千姿几乎有点佩服他了,他像是当那场小冲突从没发生过。

江炼要是去当演员,一定很合适,可以轻松应对任何分镜:上一场暴怒,下一场悲情,再下一场含情脉脉,不用过渡,不要衔接,马上进状态,说来就来。

孟千姿说:"我一个人对付不了白水潇?"

换了是孟劲松,听到这语气,多半立马噤声;而如果是辛辞,会捧哏般站在她这边:谁说的?我们千姿怕过谁啊?

然而对方是江炼。

他点头:"是,你大概对付不了,加上我,也未必有胜算。"说着,朝白水潇离开的方向示意了一下,"她身上的刀伤是自己割的,一个漂亮女人,珍视身体的程度会和珍视容貌差不多,下手下得那么干脆,说明她不在意自己。

"不在意自己的人,就更加不会在意别人。她做事百无禁忌,没有底线,你做得到吗?

"做不到吧?我也做不到,所以我们加起来,也不如她狠。狠的人,不一定绝对会成功,但成功的概率,一定会大很多。"

说完,他指了指不远处一棵三四米高的树:"就那棵吧。"

孟千姿没听明白:"什么?"

169

江炼径直走过去，在树底蹲下，背对着她，拍了拍自己右侧的肩膀："你踩上来吧。"

孟千姿看看他，又看看树："干吗？"

"小姐，你现在走不了路，动静又大，你去跟踪白水潇，太玩闹了点吧？

"还是我去吧，我昨晚跟了她一夜，一回生二回熟，而且她不可能连夜赶路，她身上还有伤呢，又吃过马彪子的亏，一定会找个地方休息的。

"你就在这儿歇着吧，尽快恢复，我探好了，再回来接你。"

孟千姿原地站了几秒，唇角掠过一丝不易察觉的笑意，语气却依然淡漠："也好。"

她上前几步，踩上江炼的肩，这棵树不算高，江炼不用攀爬，只需站起身子，用自己的身高把她送上去。

孟千姿爬上树丫，低头去看，江炼仰头冲她挥了挥手："那我走了啊。"

他眼睛很亮，白天倒不大看得出来。

大概是因为白天四处都亮。

目送着江炼走远，孟千姿倚住一根斜出的粗壮树丫躺定，长长舒了一口气。

她当然知道以她现在的体力，是跟不上白水潇的，但机会难得——之所以虚张声势，就是想让江炼去跟，毕竟没的选择，只能用他了。

他果然跟来了，也去了，一切顺利，这让她有点小庆幸。

她并不觉得自己利用他有什么不合适。成年人的世界，一切公平交易，皆有出价：江炼一直有所图，而他想要的，她恰好出得起。

不然呢，他撇开生病遇险的朋友，为她忙前忙后，难道是因为古道热肠、行侠仗义，或者是喜欢她，要对她好？

孟千姿嗤之以鼻。

交易好，她喜欢交易，公平买卖，让人心里踏实，就像当年大娘娘跟她说的："姿宝儿，你怎么会这么糊涂？这世上，难道会有人不分缘由地喜欢你、爱你，就是要对你付出？不是的，一切皆有出价。"

一切皆有出价。

孟千姿合上眼睛，打了会儿盹，迷迷糊糊间被声响惊醒，睁眼看时，是江炼回来了。

他坐到树干分叉处，低声说了句："白水潇也上树睡了，就在前头，短时间内应该不会出发，先歇着吧，天不亮的时候，我再去看看。"

说完，右胳膊枕在脑后，向后倚了过去，起初有些喘，应该是来回跑得太累，慢慢就平复下来。黑暗中，只能看到他喉结直到胸膛处轻微起伏着。

孟千姿刚小睡了会儿，反而精神了。她以手支腮，问他："况美盈那个外曾祖母，跟她的病，又有什么关系啊？"

江炼呼吸一室，顿了会儿，慢慢睁开眼睛，眸底映入偌大苍穹。

今晚天气不错，天穹接近群青色，许是因为在深山，星很多，像天幕上抹了许多细碎的珠光，又像许多捉摸不定的心事、晦暗不明的秘密。

他说："遗传病，况家的每个女人，应该都有这种病。"

【08】

干爷况同胜，或许现在，该叫他黄同胜了。

他从来没明确对江炼说过自己是走脚的，但他讲过许多走脚的事儿，话里话外，就是那个意思。他还知道不同流派的手法，比如有的门派对尸体毕恭毕敬，尊为"喜神"；有的则粗暴粗鄙，真把死人当牲畜一样地赶了。

事情要往前追溯八十年。

在中国抗战史上，湖南是个神奇的地方：鬼子占了东三省之后，长驱直入，大有吞并整个中国之势，一九三九年，魔爪伸进了湖南。然而，直到一九四五年投降，日本人在这儿拉大锯般打了又退，退了又打，像掉进了沼泽地，拔不出来，也进不了。

战争是残酷的。湘西有大山为障，暂时还未受波及。湘东的城市，已然饱受蹂躏，连省会长沙都几乎被一把火烧成白地。

那一阵子，许多人举家逃难，希望迁入大后方重庆——由于公路上三天两头会有鬼子的飞机轰炸，极度危险，借道有"土匪窝子"之称的湘西大山，竟成了首选。

况家就是逃难的一支，他们男女老少一行二十余口，装上家私、赶着驮队，跟着向导和押道的，穿过雪峰山，又进了凶险莫测的大武陵。

对外头的局势，黄同胜听说过一些，但并没放在心上。他没见过日本鬼子，想象中，应该跟太平天国闹长毛时差不多——长毛匪来了，老辈人会进到山里躲长毛，日本鬼子来了，大不了也进山去躲躲。

他一如既往地摇着招魂铃，踩着青石道，顶着日月星，在武陵山一带引送喜神，走得多了，也结交了一两个朋友——比如叭夯寨的老马家。马家是做巫傩面具的。家里的老大马歪脖子最喜欢找黄同胜咂酒闲扯，把家里鸡零狗碎妯娌兄弟那点事儿，跟他里三层外三层地掰扯透彻。

那次，也是很巧，黄同胜和况家人，住进了同一家旅店。

平时，走脚一般住死人客栈。这种小旅馆多开在湘西，选址荒僻，高门槛、黑漆大门，夜里不关门，方便进出。店里经常没人，接近自助服务——走时，只要把房钱放在屋里即可。

但只要店家不忌讳，偶尔也可以住大旅店，因为走脚住店，一般出手会比较阔绰，而且湘西有个说法，喜神在店里住过，会带来好运气，这叫"喜神打店"，所以店里总会留出一两个不设窗的偏僻房间，专供特殊客人。

那天，黄同胜引着喜神，黎明前投了店，倒头就睡，睡得正熟时，听到有人啪啪地拍门。

黄同胜惊出一身冷汗，还以为出了什么事，及至开了门，面前却没人。

再一低头，有个两三岁、戴虎头帽的白净女娃娃，正趴着门槛流着口水对他咯咯笑呢，爬得一身灰土，还笑得那么欢畅，像是为捉弄了他觉得兴奋。

这穿戴，看起来不像当地人，黄同胜知道是住客的孩子，女娃娃见拍开了门，兴致勃勃就要往里爬，好家伙，里头都是面朝墙的站尸，叫她冲撞了可了不得！黄同胜慌了神，赶紧带上门，抱上女娃娃出来找她的家人。幸好，刚拐过廊角，就迎面撞上了女娃娃的母亲。

这是个年轻的女人，只二十来岁，穿白色带袖的旗袍褂裙，长得极秀气文静，黄同胜知道自己丑，怕吓着她，不敢抬头。目光下溜时，看到她旗袍侧开衩处露出的穿玻璃丝袜的小腿，慌得从脖子红到耳根，说话都哆嗦了。

那女人却极温和客气，一直向他道谢，吐字发音柔柔糯糯，腔调也好听极了，让他觉得自己那一口山里味儿的土话真是粗鄙。

道别时，他半低着头，依然讷讷地说不出一句囫囵话儿，直到那女人走远才敢伸头张望：女娃娃搂着母亲的脖子，摆着小手一直跟他再见。他的眼睛，却只盯着女人那柔软的腰肢和旗袍下露出的纤细小腿。

这真是仙女啊！山寨里那些姑娘，歌唱得再动听，花绣得再美，也比不上她。更何况，那些姑娘总笑他丑，连正眼都不瞧他，但那女人，那么温柔，还让娃娃喊他"叔叔"呢。

黄同胜揣着一颗乱跳的心回了房，胸腔里热乎乎的一团。后半天，他再也睡不着觉了，翻来覆去地想那个女人。

早些年，他是不敢想女人的，因为师父说，童子身上三把火，所以才能走脚，但女人的身子最毒，能破掉这纯阳火，要他远离女人，想都不要去想。

但随着年岁渐长，有些事儿日渐挠心。最近两年，他越来越多地想到上岸和讨婆娘这类事。他算了一下自己攒下的钱：这辈子，能娶上个那样的女人吗？

摸着自己的脸，他觉得应该是娶不上的，他配不上啊。

除非，他想，除非是那个女人遭了灾，比如瘸了条腿、瞎了只眼，或者毁了容，这才轮得上他，而他必然不会嫌弃她，会把她当宝，高高供起来，自己咽糠，给她吃肉，自己哪怕光腚呢，也要给她扯上好的布料做衣裳。

真的，她要是遭个灾就好了，也唯有这样，才可能跟他配成一对，黄同胜想入非非，又忽然警醒，连抽了自己几个大耳刮子：真混账！怎么能盼着人家遭灾呢，该死！

就这么一直折腾到入夜。

这是该上工了。他清了房钱，晃着杏黄旗子，引着几个喜神，又摇摇晃晃上了路。

行到中途，天上落了雨，黄同胜路熟，把喜神引到一个洞里避雨，自己则倚住洞口，晃着火把，百无聊赖地等雨停。

正东张西望，忽然远远瞥到，斜前方坡头的一棵大杉树上，似乎吊着一个人。

黄同胜吃惊不小，倒不是怕死人，做这行的，胆都大，而是他记得，那棵树上确实吊了个盘辫子、套草鞋的男人，但上个月，自己才帮他收了葬。

没错，那个人在树上吊着，已有一两个月了，黄同胜来来回回总看见，都看成熟脸儿了——贫苦惜贫苦，他起了恻隐之心。有一回对着那人发愿说，如果这趟走脚，能得二十个洋钱，下回来时，就买身寿衣，帮他入土。

结果，那次的主顾挺大方，给了三十个，黄同胜觉得做人要守信用，再走脚时，真就带了身寿衣给那人换上，就近掘了坑埋了。

这才一个月，怎么又有人吊死在这儿了？怪了，这么荒僻的地方，这些人是怎么找着的？

黄同胜觉得奇怪，反正一时半会儿赶不了路，便过去看个究竟。

他爬上坡头，借着不断跃动的火光，看清了那个人的脸，刹那间，浑身汗毛倒竖。

这不……还是他埋的那人吗？怎么又吊上了？难不成是从坟里爬出来的？可即便是爬出来的，也该身着寿衣啊。这一身破衣烂衫，不是叫他在坟前烧了吗？

黄同胜咽了口唾沫，战战兢兢地去拽那人身子，想拽过正面看个究竟，哪知拽了个空。

他怔了半天，忽然反应起来：老天！这是师父讲过的提灯画子啊，他可真是开了眼了！

黄同胜兴奋莫名，对着那具假尸左看右看，啧啧赞叹：跟真的似的，比真的还真，要不是伸手去摸，谁能知道是假的？

正瞧得起劲，背后不远处，忽然传来惊慌的人声和驮马奔踏声，循向看去，火光越来越近，还夹杂着汹汹的呼喝和响哨。黄同胜常走夜路，立刻明白过来：这是土匪在劫道！

走脚确有一身玄乎其玄的本领，但这本领是应对死人的，有如秀才的大道理，遇到刀枪棍棒，照样一无是处。

这当口，跑是来不及了，叫人看到，必成靶子，黄同胜急中生智，趴进坡下的灌木丛中，只盼着被劫的驮队能跑得快点，将土匪带离这一片。

哪知事与愿违，惨呼和劈砍，还有车翻马嘶，如在他头顶上方拉开阵仗，憧憧晃动的火把光亮泻下坡沿，映着黄同胜泥水和汗水混流的脸。

他借着灌木的遮掩，战战兢兢地抬头去看。

这驮队里的人倒还挺硬气，又或许是到了生死关头，不拼不行了，那些个男丁都抄起了棍棒和土匪对打，连女人都冲上去帮着撕咬，然而力量悬殊，渐成败势。混乱中，黄同胜忽然看到，有个抱着孩子的女人，朝着这个方向跑过来。

他暗叫糟糕，生怕这女人把土匪引过来，连累自己被暴露，及至看清那女人的脸，又惊得险些叫出声来。

居然是白天在旅店里见过的那个女人，而她怀里抱着的孩子，正是那个拍他门的女娃娃。

黄同胜不明白这家人为什么会趁夜赶路，事后多方打听，才知道应该是被人做了"夹饼馅"：向导被土匪买通，当了内应，引着他们绕远路、走错路，误了投店，好在偏僻的地方开宰。

当时，黄同胜认出是她，心内极盼她能逃脱，然而，有个持刀的土匪立刻发现了这个偷跑的女人，大喝一声撵了上来。

那女人听到呼喝，又惊又怕，腿上一软，居然一跤绊倒，也不知是不是幸运，摔倒之后，一抬头，看见了隐在草丛中的、黄同胜的脸。

黄同胜一直想知道，当时自己的脸上究竟是什么表情，多半是惊怖的、拒绝的，不能给她以希望，反让她绝望——因为那个女人惨笑了一下，跟他说："你别怕。"

说完，她迅速把孩子推了过来，再然后果决回身，向着那个土匪冲了过去，以一心求死的势头，和他厮打在了一起。

黄同胜脑子里嗡嗡的，他抱住那个孩子，一点点往坡下缩，头顶上飘着太多声音，太杂太乱，以至于他辨不出到底还有没有那个女人的。

雨水淋进他的脖子，他低头看怀里的女娃娃，她瘪着小嘴，像是要哭，但没有出声，似乎未知人事便已懂事，小小的脖颈上，一根纤细的银链闪着微光。

黄同胜把链子拉出来看，原来链子上坠了个长命锁，上头镌刻着女娃娃的生辰八字和名字。

况云央。

后来，这头儿的声响渐渐散了，人声熄了，驮马被拉走了，土匪们围聚在不远处，挨个开箱检视战利品，不时发出兴奋的叫好声，这头只余火烧车架的哔剥声。

雨也小了，一丝一丝地没入残火，被"刺啦"一声烫成轻烟。

黄同胜做了这一晚最勇敢的一件事儿：他抱着小云央，偷偷爬上了坡。

他看到尸首横七竖八散了一地。可以预见，过不了多久，野兽就会循着血腥味找过来，把他们一具一具拖走。他找到了那个女人，她面朝下趴伏在泥地上，颈边绽开触目惊心的伤口，白色的褂裙业已被血染成黑红。

她必定是死了，黄同胜哆嗦着，身体抖得更厉害了，而小云央，"哇"的一声大哭起来。

黄同胜怕被土匪听到，赶紧掩住了云央的嘴，但没想到的是，这哭声惊动了那个女人。

她还没死，用尽最后的力气仰起脸，满是泥沙和血污的嘴唇慢慢翕动着，像是要说话。

黄同胜赶紧跪下身子，凑过去听。

她好像在说："箱子，房子。"

声音像几根虚晃的丝，说一次，就断两三根，再说一次，又断两三根，末了断完，再也没了声息。

黄同胜收养了况云央，那之后发生的事，跟孟千姿先前猜测的差不多：又一次接活儿时，他在长沙附近撞上了日本鬼子，这才知道，鬼子要比长毛鬼凶狠得多。

中枪受伤之后，他借着这个机会上了岸，改名况同胜。

他没有忘记那女人临死时说的话，猜测着是不是况家在老家埋了什么重要的箱子，好在况家一路逃难，人多声势大，并不难沿途往回打听——况家住娄底，传说中蚩尤的故乡。

但他们逃难时，已经把家宅卖给了乡里的大户造洋房。那架势，应该短时间内不会再回来了，怎么会把重要的箱子埋在房子底下呢？

再说了，人都死了，留下箱子，不管是装了金还是装了银，又有什么意义呢？

175

况同胜一声长叹，不再纠结什么房子、箱子，带着小云央离开了湘西，外出谋生，一路辗转，最后下了南洋。

也该他运气好，在异国他乡，从做皮货买卖开始，继而做鞋子、做零售，竟也积累下万贯家资，被当地华人称为"零售大王"。

然而况同胜过得并不快活，日本鬼子那一梭子枪，打伤了他的子孙根，这辈子，没法得享男欢女爱，再也不能传宗接代了。

不能就不能吧，他认了命，觉得这辈子、这条命和爱，也就奉献给两个女人了。

一个是况云央的母亲，那个死在土匪刀下、他连名字都不知道的女人，有时候，他会牵强地觉得，是自己害了她。那个下午，他一直想让她"遭点灾"，以便自己配得上她，然后，她就出事了，会不会是自己克的呢？

这个女人只跟他说过寥寥几句话，那句"你别怕"，和那个纤瘦的、奔向土匪去拼命的身影，足以让他记一辈子，也足以正大光明地安置他的爱慕。

另一个就是况云央了，她的相貌和母亲极像。有时候，况同胜看着她，会分不清站在面前的到底是况云央，还是那个穿白色褂裙、玻璃丝袜的女人。他看着她长大，他受一切的苦，不愿让她遭一点罪，他和云央父女相称，但他自己知道，对云央的情感之复杂，很难说得清楚。

但又能怎么样呢，他是老式的、传统的、湘西乡下男人，有些念头，哪怕只冒个头，他都觉得肮脏醒醍，该下十八层地狱，叫油锅炸。

就当是女儿好了，他高高兴兴地，接受了她的爱人，风光送她出嫁。

这个时候，他已经定居南洋二十年了，湘西的风月，走脚的日月星，杀戮夜的提灯画子，还有土匪的响哨，都离他太远了。

他唯一的心愿，就是况云央一生平安喜乐。

况云央三十二岁那年，突发怪病。

她的皮肤会自行裂开，从指甲大的伤口一路撕裂，血在伤口边缘处不断喷溅，像火山口永不停止跃动的岩浆，哪怕包上了绷带，都能看到绷带下血液的不断撞顶。

况同胜遍请名医，均告束手。

她那个在婚礼上宣誓无论是健康还是疾病都不离不弃的丈夫，在她生病后不久，便连见她都不愿意见了，口口声声说自己也没办法，她那样子太可怕了，他见了会做噩梦的。

况云央忍受不了这痛苦和连带而来的打击，跳楼自尽，死前留下遗书，请况同胜照顾自己的女儿凤景。

况同胜揉碎了一颗心，老泪纵横，但老命还得留着，为这况家第三代的女儿。

他觉得那个没担待的男人不配给凤景冠姓，所以给孙女转回况姓，况凤景。

那时候，他还以为况云央的病是个意外，是概率极小的罕见病，是命中有此一劫。

又是几番寒暑，几轮春夏，况凤景结婚时，况同胜快八十岁了，年月冲淡了悲惨的记忆。他时常笑自己，上辈子可能欠了况家女人很多钱，所以这辈子受罚，永远为她们服务，一代又一代。

好在差不多要活到头了，别想再支使他继续服务了，就算他想，阎王老子也不答应啊。

玩笑话，竟成了谶言。

况凤景二十九岁发病，也是突发，症状和况云央一模一样，甚至更恐怖：她的头皮会随着头发一起往下掉，皲裂的伤口爬上脸、越过眼皮、攀上头颅。

她的男人坚持了两个月，最终崩溃，一走了之。况同胜气得大骂"男人都他妈不是好东西"，浑然忘了，这话连带着把自己也骂在了里头。

他怕凤景也学云央自杀，含着泪狠着心让人把她手足都铐在病床上，时年四岁的小美盈久不见妈妈，想念得要命，觑个空子偷偷跑进那幢被辟为家宅禁区的小楼，看见一个在床上挣扎翻滚的、全身皮肤皲裂冒血、连颌骨都露在外头的怪物。

况美盈吓得当场昏死过去，就此落下个"受不了惊吓"的病根。

凤景没有自杀，但最终死于怪病的折磨。她似乎有所察觉，死前留下的最后一句话，是请况同胜"救救美盈"。

……

殓工抬走了凤景的尸身，护工照顾着惊弓之鸟般的美盈，况同胜坐在地上，倚着血迹斑斑的病床腿，无声地抹一把泪，又一把泪。

后来，他攥着一把老泪睡着了。

梦里，他重回土匪行凶的杀戮夜，看到那个脖颈几乎被砍了过半，却依然拼命向着他藏身的地方攀爬的女人。

她嘴里喃喃个不停，依然在反复念叨着"箱子，房子"。

这一天，距离那一夜已经过去了近半个世纪，况同胜终于听懂了那句话。

她说的不是房子，是方子。

药方。

【09】

深夜是听故事的好时光，而江炼，又恰是讲故事的好手。

这个故事与他相关，他不需要刻意煽情，自然倾注情感，知道在哪里轻带、在哪里又该顿挫，他的声音原本该是清朗的，但在讲述的时候，一再低沉，近乎厚重。

孟千姿起初只是姑妄听之，慢慢地，就被他给带进去了，那感觉，有点像浓重的夜色里浮动着一根怅然的声线，而她攀抓着这根线，跟上了它的节奏，一并起落。

她问了句："所以，是治病的那个药方？"

江炼点头："现在想想，那个女人，至死都在往我干爷藏身的方向攀爬，拼尽最后的力气说出那句话，不可能只是交代什么金银财物。"

她想告诉他一个只有况家人自己知道的、跟女儿的生死息息相关的秘密，只可惜，寥寥数字，当时的黄同胜实在领会不了。

直到况家两代女人以同样惨烈的方式死在他面前，他才从这共性中看出一些端倪来：这个家族里的女人，或者说这个家族里的人，似乎生来就身患某种绝症，这病会在成年之后的某一天突然发作，但没关系，他们有药方。

况同胜拼命地去回忆，但一来时间已过去太久，他也已经太老，很多事都记不清了；二来那一晚上，他极度惊慌，对除那女人之外的场景，几乎没留下什么印象。

他只记得，况家的驮队声势很大，男女老少足有二十多口，举家逃难，家私确实很多，那一匹又一匹的驮马背上，堆负着的，都是大木箱子，三四十口绝对是有的。

所以，到底是哪一口箱子里藏着药方呢？那些箱子，最终又去了哪儿呢？

绞尽脑汁，搜索枯肠，况同胜终于找到了一个切入点：提灯画子。

孟千姿听明白了："况同胜是想通过蜃景，重现那一晚的场景，从那些场景中去找线索？"

江炼没说话，他听出了她语气中的不认同。最初听干爷提起这个想法时，他的反应也跟她差不多，甚至更激烈。

孟千姿觉得可笑："就算让他把那一晚的场景重新看一遍，又能有什么用？"

劫道的土匪，杀了人，抢了财物，必然一走了之。你把这场面看再多遍，也不可能看出药方来啊。

江炼沉默了一下："那个女人死了之后，我干爷急于逃跑，没敢多待，怕被土匪发觉，也没敢为她收尸。事后再去，什么都没了，可能是土匪怕留下一地狼藉，传出去之后没人敢走这道，断了财路，所以动手清了场。我干爷虽然不清楚后来发生了什么，不过他说，土匪得手之后，曾当场开箱检视……"

孟千姿觉得荒唐："所以呢？难道他们开箱时，会把一张药方打开了看？"

一张药方，占不了多少空间，多半压在箱底或掖于一角，再金贵些，会拿金玉匣子来装，但土匪检视，都是草草翻拣，装有药方的那口箱子，要么被半路丢弃，要么被抬走——一口被丢弃在野地里的箱子，没多久就会朽烂，而被抬走的，已然抬走了八十年，去哪里找呢？

江炼笑了笑，并不反驳："很可笑，很荒唐，是吧？但是孟小姐，你想过没有，这又可笑又荒唐的法子，是除了等死，唯一的路了。"

孟千姿没再说什么。对即将掉下悬崖的人来说，崖上垂下一根稻草，他都会用力抓住，况同胜想这么做，也合情合理。

她沉吟了一下，觉得这时间线不大对："你干爷在况美盈四五岁的时候就想到了要通过提灯画子去找线索，这都快二十年了，你还在钓提灯画子？"

江炼似乎料到她会有此一问："孟小姐，你把事情想得太简单了。"

况同胜很是花了点时间，变卖处理自己在南洋的产业家私，这才带着况美盈回到国内。

然而，他没能回湘西，也没去钓提灯画子。

他太老了，八十好几的人了，不拄拐杖都走不了路，还去钓提灯画子？简直异想天开。

他身边也没有可用的人：身体的残缺，使得他脾气极其古怪，一般人很难忍受；多年的经商，又造就了他疑神疑鬼的性子，不肯信任别人，再加上云央和凤景的男人，都选择了离妻弃女，更让他觉得人情淡薄，人心难测。

他冷眼扫视身周，觉得每张面孔后头都藏着背叛和别有居心：谁都不可靠，除了自己一手栽培、知根知底的。

江炼说："我干爷开始留意十多岁的男孩儿，因为人在这个岁数，心智还没成熟，但已经懂事，调教起来比较容易。而且，他喜欢在粪坑里找。"

孟千姿没太听明白："粪坑？"

江炼笑："打个比方而已，就是，他喜欢找那些生活境遇特别悲惨的，比如无依无靠流落街头、吃了上顿没下顿的。我起初以为，这样的孩子方便操作，没什么收养上的手续和麻烦。后来想明白了，这样的话，我干爷就是拯救者，那些被他从粪坑里拽出来，过上了人的日子的人，会一辈子欠着他、感激他、拿命回报他。"

孟千姿心念一动："你也……"

江炼点头："对，我也是，韦彪也是。"

况同胜身边，最初聚集了十多个这样的男孩儿，之后的几年，陆陆续续加入，又三三两两淘汰。

因为他条件苛刻，他选的不只是办事的人。他老了，不知道老天还会赏几年寿，他一走，美盈总得交托出去，没有踏实可靠的人在她身边守护，他死也不能瞑目。

所以要精挑细选、吹毛求疵：身体素质差的，不可以；优柔寡断的，不可以；心术不正的，不可以；易受诱惑的，不可以；蠢笨迟钝的，不可以……

挑挑拣拣到末了，只剩下江炼和韦彪两个人。

况同胜最喜欢江炼，因为他最有天赋，练贴神眼时，不到三个月就已经有小成。学功夫也快，再复杂的招式，琢磨几次就可以上手，还能举一反三，融会贯通。

相形之下，韦彪就失色多了，也就一身蛮牛般的力气还可称道，但况同胜看中了他另一点。

他对况美盈好。

这些男孩子都比况美盈大，要么是不屑带她玩，要么是不愿带她玩，只有韦彪，处处以她为先，让着她、照顾她。外头的孩子欺负美盈，他敢以一当十地拼命，况美盈也和他亲近，有一段时间，出去玩时总攥着韦彪的衣角，像个小跟屁虫。

况同胜非常欣慰，虽然韦彪没什么长处，但在美盈身边备下这么一个人，有百利而无一害。

他沉住了气，越发悉心地栽培江炼，怕自己说不定哪天就被阎王给收了，来不及讲出这个秘密，还把一切都写了下来，预备着江炼来日开启。好在，不知道是不是弥补他今生多灾多难，在寿命这件事上，老天对他分外慷慨。

江炼满二十岁那年，况同胜九十九岁，他觉得是时候给江炼讲述一切了。

他把江炼叫进房间，先给江炼看了许多照片。

那是江炼没有遇到他之前，活得人不如狗的一系列窘迫惨况。他要江炼重温那段经历，要他牢牢记住，没有这位干爷况同胜，他早就死了。他是个零，没有况同胜给他的一，他什么都不是。

然后，他对江炼说："你要永远记得，你欠我一条命。"

当时的江炼，还不十分明白干爷的用意，只是点了点头："是。"

况同胜说："你要还的。"

江烁怔了一下，有点茫然。

况同胜继续往下说："不用还给我，我老成这样了，不需要你还。你还给美盈就可以。如果有一天，要你去为美盈死，我希望你不要吝惜这条命，因为你是在还债。"

江烁在这儿停顿了一会儿。

他其实没想讲这么多。起初，他只是想告诉孟千姿，美盈很惨，希望她能对美盈多点同情。

但不知不觉，就越讲越多，也许这样寂静的山林，太适合回忆了，又也许，他潜意识里觉得，把这一面展现给她，对自己是有利的：像孟千姿这样从小一帆风顺、生活优渥的人，是会倾向于去同情不幸者的，她对他是有敌意，但当她知道，他生而不自由，连命都不由自己掌握的时候，也许对他的敌意，就不会那么深了。

这一步似乎走对了，孟千姿是个不错的倾听者，她跟他探讨的时候，是真的把这个故事听进去了，而她不讲话的时候，只是一抹安静的、丛枝掩映下的影子。

这影子里，是真的有善意的。

孟千姿说："然后呢，听到你干爷这么说，你很……失落？"

有点，但好像很快就平静地接受了，江烁笑了笑，尽管在黑暗里，并不能看清这笑："还行吧，落差肯定是有的，从前我感激他，崇拜他，觉得他是神一样的人，奇迹般从天而降，把我从污糟的境遇里拯救出来。

"那时候明白了，他也是个凡人而已，他在南洋，是有名的零售大王，生意人，先投资，再要求回报，很正常。也明白了……"

他声音里带了几分自嘲："这世上，一切皆有出价吧。"

孟千姿的指尖，轻轻颤了一下。

至此，江烁知道了况美盈的身世、秘密，也知道了况同胜对他的期望：况同胜并不只是找一个人去钓提灯画子，他是自知时日无多，为自己寻找接任者，接过这担子，积毕生之力，尽量去达成况凤景死前的愿望。

救救美盈。

江烁对此并不反感，他确实欠况同胜一条命，人家既已明说，是该还债，更何况，他和况美盈是从小一起长大的，多年情分，不是亲人，胜似亲人。任何人，都不会忍心看着自己的亲人去死吧。

从那时起，他开始关注湘西，每年都会进出几次。按照干爷的回忆，找出了那场劫杀发生的具体位置，又尝试着在大雨夜去钓提灯画子。但到底怎么"钓"，况同胜自己都一知半解，更何况江炼？头两三年，他根本每钓必败，只能自这失败里去反复琢磨改进。

而且，他有自己的想法，比起虚无缥缈的蜃景，他更寄希望于娄底，希望从况家的老家多发掘出点什么。

可过去的八十年，是风云变迁的年代，整个国家都天翻地覆了几回，更何况某一个小家族呢？他多次造访，甚至去翻阅县志。况家是个大家族，县志上果然有一两笔提及，但也只隐约查到，况家人丁兴旺，从未听说过什么恶疾凶死，还有，况家祖上，起初是住在山里的，后来不断积累，扩大家业，才慢慢搬进乡里、县上——人往高处走，就如同乡下人想进城，古今一理。

总之，一直在尝试，不能说没进展，只是始终在外围打漂，不过美盈年纪还小，按照推测，况云央三十二岁发病，况凤景二十九岁，那美盈最早，也该在二十六岁左右，所以这事虽重要，还没到油煎火燎的地步，直到半年前的一天，况美盈无意间割伤手指，而伤口……血液飞溅。

确切地说，这还不算发病，因为真正的发病是皮肤自行破裂，但血液有了异常，总归是不祥的征兆，况同胜气血攻心，当场昏死过去，虽然抢救及时，还是瘫了。

他晓得，即便老天待他慷慨，还是在紧锣密鼓地"回收"他了。有些事，该叫美盈也知道了。

况同胜把事情的始末告诉了况美盈："总不能老叫江炼为你奔走，你也该为自己的命做点什么。我是做到头了，接下来，看你们的造化了。"

况美盈既然都得动身，韦彪自然也会跟着。他虽不明就里，但有他在，美盈到底多一层保障。

三人同行，就没法像从前那样随处就合了，江炼找到马歪脖子的后人老嘎，凭着对马家祖上的那点了解，成功使得他相信，这一干人是回来寻宗问祖的，顺利在叭夯寨落了脚。

而其他的路既然都走不通，他也终于一心一意，沉下气来，想在提灯画子上有所发现。

……

这真是个漫长的故事，讲到后来，夜色似乎都稀淡了，孟千姿长吁一口气，觉得自己的魂在过去的八十年里打了一个回转，从湘西飘至南洋，又越海而归。

"所以，你现在，是要找那个箱子？"

江炼苦笑："是。"

想想真是荒诞，八十年前，就自那个女人口中说出了"箱子，方子"这两个关键字眼后，可这么多年过去了，起点依然在这儿，分寸未挪。

孟千姿有些恍惚，身心还未能完全抽离这个故事，蓦地又想到神棍："怎么最近流行找箱子吗？前两天，遇到一个人，也说要找箱子。"

江炼奇道："也找？找况家的箱子？"

孟千姿摇了摇头："那倒不一定。那个人的机会比你更渺茫，他连自己为什么要找箱子、要找什么箱子都不知道。"

她喃喃补了句："疯疯癫癫的。"

江炼也没在意："箱子嘛，自古以来就是装东西、藏东西的，谁会去找箱子本身呢，找的都是里头的东西，要么是财宝，要么是秘方。"

说到这儿，他抬眼看孟千姿："孟小姐，我可以问你一个问题吗？"

这么郑重其事，孟千姿约略猜到，"嗯"了一声。

"山鬼手中，是不是不止一颗蜃珠？"

孟千姿想打两句机锋，或是顾左右而言他，转念一想，何必呢，这几代人，几十年了，生生死死，万里辗转，也确实不易。

于是又"嗯"了一声。

一直以来，虽然存疑，终归只是怀疑，而今得到证实，江炼心中，直如一块巨石落地，一时间，竟说不出话来。

过了会儿，他才开口。

"孟小姐，我知道我们一直以来都有误会，你对我的印象也不好，不过我尽量补救。

"我伤过你，你也打过我；我害你被绑架，我尽力把你救出来；你的链子还没着落，我会去找，等到找回来之后……能不能借用一下你的蜃珠？"

他很快又补充："我不要那颗蜃珠，我只是借用，用完就还。"

孟千姿没立刻回答。

这要求其实不过分，山鬼手上，虽然不是蜃珠遍地，但三五七颗还是有的，借给他用，实在举手之劳。

她回了句："看你表现吧，可以考虑。"顿了顿，咬牙切齿，不吐不快，"遇到我，算是你的运气！"

光凭武陵山那颗蜃珠，成色二流，显像繁乱，就算她没钓走，而他守着试上三五十次，也未必能有线索。

然而，这个故事让她生出恻隐之心来。真的出借，她可以给他调用最好的那颗，蜃珠有互融的特性，大者可融小，佳者可融劣。这颗被融了之后，显像会更臻完美。

这与她的初衷自然背道而驰：她和江炼数次冲突，绝谈不上愉快，不去追着他打击报复已属通情达理，如今还要倒帮他一把，实在意难平。

但是，这事又不是为了江炼，况家接连四代女人，实在叫人唏嘘，又不需要她出血割肉，点个头的事儿……

所以，思来想去，再三衡量，也只能憋出一句泄愤似的话了。

——遇到我，算是你的运气！

【10】

天不亮，江炼去探了白水潇的动静，回来之后，招呼孟千姿上路。

白天跟踪，比之夜晚，有优势也有劣势，优势是一览无余，劣势也是一览无余——你跟踪她方便，她想发现你也不难，所以反而得更小心，拉开更远的距离。

孟千姿沿路解决早餐，一夜休整，她脚上已经没什么大碍，就是气力依然提不起来，只恢复了六七成，同时，由于黑夜过去，白昼到来，她那因着黑夜萌发的、因着听故事而放大了的对江炼的善意，又缩水了一些：夜晚遮去了江炼的面目，容易让人动情和感性，但白日天光朗朗，又叫他那几次三番和她作对的眉目清晰可见了。

一码归一码，蜃珠还是可以出借的，但她冷峻的态度不可改变。好嘛，听个故事就动摇了，自己都有点瞧不上自己。这事传出去，以后有人求到她这儿，都给她讲悲情故事，还能不能好好办事了？

孟千姿态度的微妙变化，江炼自然察觉得到，不过友谊的小船终于荡开了桨，船客态度冷淡点，他也无所谓。昨晚之后，事情已有八九分准，他求仁得仁，很知足了。

就是……

他觉得孟千姿提议的先偷偷跟着，再设法跟孟劲松联系不太可行，这明显是越走越偏，渐无人烟，想跟外头的人联系，谈何容易。

山路难走，尤其是这种人迹罕至的深山，半天的路程，累死累活，也不过翻了一两个山头，而且越走越迷，根本不知道身在何处。

孟千姿也一头雾水。她对湘西不熟，老一代的山鬼可以看山头山形辨路，但近十几年来，大家习惯了依赖各种电子定位设备，没了设备支撑，基本两眼一抹黑。

近中午时，白水潇第三次停下休息，江炼和孟千姿也随即停下。

白水潇似乎很警惕。每次休息，从不老实在原地坐着，总是左右乱走，到处张望，时而站起，时而蹲下。有几次，明明蹲伏在地，又会突然蹿出，好像是在捕捉什么。

隔着太远，看不真切，江炼心生警惕，他从孟千姿那儿，已经多少了解了些白水潇的手段：这女人和田芽婆混在一起，没准儿也会使唤什么蛊虫、毒虫的，真动起手来，他可得分外小心，毕竟这山里的虫兽会卖孟千姿的面子，却不会认他江炼的脸。

……

下午，山里变了天。

头顶上一阴，林子里就更暗，以孟千姿的性子，最是耐不住，不管是"卧底"还是跟踪，都最好半天就见成效，现如今从夜里跟到白天，毫无进展，除了走路还是走路，难免心浮气躁。

江炼看在眼里，拿话宽慰她："这一趟应该不会空跑，只要跟定了她，顺藤摸瓜，她背后那人就跑不了。还有，你那根链子，十有八九在她身上。"

这后半句话，实在让人振奋，孟千姿心中一动："在她身上……发髻里？"

江炼点头："那天我救她回来，帮她包扎过，也翻拣过她随身的物件，并没有链子——她有在发髻里藏东西的习惯，链子不大，确定是她拿走的话，多半藏在那里。所以咱们得有后备方案，万一跟踪不成功、被发现了，就马上瞅住她下手抢东西，能扳回一点是一点，不至于空忙。"

这倒是，金铃能回来，等于事情已成了大半，孟千姿正要说什么，脚踝上突然微微一绊。

像极细的线一下子崩断。

江炼也有这感觉，他面色一变，低声喝了句："小心！"

孟千姿反应也快，迅速贴地滚倒，江炼也就近翻滚开去，肩背甫一挨地，就听到扑棱棱的声音，似是鸟雀拍打翅膀，紧接着就是响铃声，叮叮当当，极其纷乱。

山里清静，这声音一起，就显得相当刺耳，再加上这地势，隐有回声，几番回转交叠，催命般不绝于耳。

江炼以为是触发了什么要命的连环机关，头皮微微发麻，在地上静伏了几秒之后，才发觉除了那铃声，并没有再出现异样。

他抬起头，不远处，孟千姿也觉出蹊跷来，两人对视一眼，先后起身。

确实没有其他的动静，只东、西两侧的树上，铃声不断悠荡，渐渐走弱。

江炼先去查看绊线处，那里并无断线，也没什么痕迹可查，但他确信之前有根线横在那儿。这种深山，这个季节，地上的落叶残枝都堆积得很厚，借着枝叶遮掩，在其下拉一根细线，即便是趴伏在地，都未必瞧得出，就更别提是在走路了。

他约略明白，白水潇之前休息时，为什么几次三番地走来走去了，她是在布置机关，而且布置了不止一道，只不过前几次，他和孟千姿运气好，跨步时迈过了，没有碰到而已。

这一头，孟千姿走到了东侧树下，仰头看向高处，似是发现了什么，向他招了招手。

江炼也过来看。

在不高的树丫上，高低错落悬着十来根响铃撞柱，还不是用线绳悬的，是拿细铁链捆悬着的，铁链和撞柱都已经锈蚀得厉害，足见年头之久。

孟千姿四下瞧了瞧，从不远处的灌木上拈起一根鸟的细羽："白水潇之前，应该是在捉鸟雀。"

江炼一下子反应过来。

懂了，白水潇在路上拉起一道绷直的细线，两头绑连的都是鸟雀，也不知道她使了什么法子，让鸟雀安静伏在地上，并不挣扎，而一旦有人走过，无意间绊断细线，鸟雀身上的缠缚得脱，势必振翅高飞——正上方的树顶恰是铃阵，鸟雀自下而上乱飞，撼动撞柱，自然会响铃。

而铃音一起，就是示警。

事情走向不对，江炼警惕地看了眼四周，低声向孟千姿道："先藏起来，如果她听到动静回来查看，咱们就动手。"

孟千姿没吭声，她蹙着眉头，似乎在想着什么。

白水潇一定听见动静了，好在之前双方拉开的距离远，她即便折返，也需要一定的时间——江炼拽住孟千姿，很快掩身到附近的一棵树背后。

忽听孟千姿喃喃了句："这是小边墙。"

江炼愣了一下："苗疆边墙？"

他只听说过苗疆边墙，亦即传说中的南长城。

孟千姿摇头："不是，是小边墙，苗人当初怕驻军进犯，精心设置了不同的机关陷阱，呈带状分布，不是边墙，胜似边墙，所以叫'小边墙'——这是鸟雀铃阵，是防驻军偷袭，示警用的，位置高低错落，风吹时互相也碰不着，不会发出响声，除非是鸟雀从下头往上飞……白水潇是利用了旧有的铃阵，就地取材，临时布置的。"

她吩咐江炼:"你先注意周围的动静,我得回想一下,我见过湘西的图谱……应该能想起点什么来。"

她闭上眼睛。

她虽然不像江炼那样会贴神眼,但识图记图的能力,还是远超常人的。刘盛被杀的那个晚上,她曾经让人在屋内张挂湘西图谱,擎着认谱火眼仔细看过那道小边墙,如果她能回忆出鸟雀铃阵所在的位置和周围的山形山势,也就能推导出两人所处的方位,从而大致掌握方向,不至于完全迷失在这山里了。

江炼没有打扰她,一直留意四周,越等越是不安:按理说,白水潇应该回头查看,因为绊断细线惊了铃阵的,未必是人,也可能是过路的鸟兽,她迟迟不现身,很有可能已经有所察觉,跟踪这种事儿,很容易反客为主,你之前还是追踪者,下一秒就会成为被追踪者……

正想着,忽见远处的高空,升起橙红色的烟火。

说是烟火也不确切,更像呈花瓣样绽开的有色烟雾,映衬着暗淡的天幕,煞是耀眼。

江炼对这场面不陌生,昨晚追踪白水潇时,她曾燃放过类似的烟火,不久便有人开着拖拉机来接应她。白水潇的身上并没有带太多物件,她应该是在自己常走的路线上,设点藏埋,方便沿途及时取用。

这白水潇,还真是交游广阔,到处都有帮手。

江炼低声说了句:"她在找人帮忙了。"

大武陵的山户果然效率很高,第二天下午,就已经带齐了工具装备,车子径直开到了叭夯寨口。按照计划,在这里接上孟劲松一行人之后,就可以直奔悬胆峰林了。

孟劲松对这效率很满意,就是迎出来时,看到了不该出现的人。

辛辞。

孟劲松皱眉:"你来干什么?"

辛辞斜他:"这话说的,千姿不是我老板吗?难道我不关心她?"

孟劲松话说得很不客气:"这要是给千姿化妆,没人比你行,但现在这种情势,你除了添乱、拖后腿,我看不出有什么实际意义。"

辛辞脸上一热,论武力值,他确实垫底,但所有人都在东奔西忙,叫他留在云梦峰干等,着实煎熬。他再不济,开车加油、拾柴添火、看守设备,总能帮上点忙吧。

正尴尬,忽然看到不远处蹦跶得欢的神棍,辛辞伸手指他:"他一个外人,都还跟着呢。"

孟劲松循向看去，又收回目光，冷冷回了句："人家肚里有货。"

来都来了，孟劲松也不好把他撵回去，毕竟事情过去之后，两人还得做"同事"，不便处理得太绝，但他确实觉得厌烦：也不掂量掂量自己的轻重，什么事都往前凑，果然大太监秉性。

他有意冷落辛辞，伸手把不远处的柳冠国招过来说话。

这两天，柳冠国真是忙得飞起，前方后方，大事小事，样样都要他调度。孟劲松一句话，他得说破嘴、跑断腿。

他攥着手机，小跑着过来。

孟劲松问他："打探那头，有什么进展吗？"

柳冠国是个勤恳办事的实在人，可惜聪明劲上不足，不那么精干，他忙不迭地点头："有点……情况，我们的人不是各处打探吗，有两拨人跟我说，远远望见深山里，有一朵信号花发出来。"

信号花？

辛辞激动："是我们千姿发的吗？"

这谁能知道，柳冠国答得很稳妥："有些进山考察的，或者是探险的驴友，都有能对外发信号的设备，不好说就是孟小姐发的，但也不排除孟小姐在山里遇到了他们，然后借用的可能性。"

孟劲松打断他的话："不会是千姿发的，真的遇到了考察队或者驴友，她可以借到更好的通信设备。再说了，信号是发给指定的人看的，她不会发一个我们解读不了的信号出来。"

柳冠国赶紧点头："也是，也是。"

辛辞瞧不上孟劲松言之凿凿那劲儿："可别把话说死，不是千姿发的，没准儿是白水潇发的呢？叫我说啊，一切的异常，都该留心……"

他问柳冠国："这山里，经常有信号花吗？"

柳冠国迟疑了一下："这倒没有，不常看见，而且吧，一般放信号，就是个亮点，那个是个花。"

辛辞瞅着孟劲松："看见没有，平时不见放，千姿失踪了，它'啪'地放了一朵……甭管是不是，你就不能抽点人跟进一下？你又不缺人。"

孟劲松沉默了一下，他就有这个好处，从来不因置气而草率行事，只要对方说得有道理，只要事情对千姿有利，他就能听进去："能不能确定信号花的位置？"

柳冠国摇头："孟助理，望山跑死马啊！深山里出个信号，只能知道大致的方向，距离定不了，没准儿一天半天，没准儿三天五天。"

这就没辙了，只能保持关注，孟劲松心头烦躁，正想招呼众人上车出发，柳冠国忽然又想起了什么："哦，对了，孟助理，那个破人岭……"

这个破人岭，孟劲松倒是印象颇深："又怎么了？"

"昨天，我们不是有人去打探过吗，今天，就刚刚，另一拨人也经过，说是奇怪了，寨子里没人。"

"都没出门？"

"不是，就是没人。"柳冠国只恨自己嘴拙，不能三言两语把话讲清楚，"跟人间蒸发了似的，寨前寨后，没人了。洗衣桶里的衣服洗了一半，还泡着呢。灶下的炉灰，伸手去摸，还有点热乎劲儿呢。还有的，桌上饭菜扒了一半，饭碗都还没收拾呢……"

他嘀咕了句："不知道是不是跑检查，但也没听说过政府要进山查这个啊。"

跑检查？跑检查更该把这些非法聚居的痕迹给清理了吧？

电光石火间，孟劲松突然想到了什么："破人岭空寨，是在那个信号花发出之前还是之后？"

【11】

孟千姿半蹲在地上，飞快地拿树枝画着示意图。

一道曲折的长线，代表苗疆边墙。这条长线内侧，又有一道，断断续续，是小边墙，而跨过小边墙，还圈了个圆圈，圈得很有力道。

孟千姿拿树枝的端头点着小边墙的一处："我们现在在这儿，鸟雀铃阵，这儿不单只有这个示警的阵。当初苗人的设计，是驻军进入这一带之后，马上给予第一轮打击。这附近，至少有十九处翻板尖刀陷阱。"

江炼看过古代征战剧，对这场景有点概念，不难想象：一伙驻军偷偷侵入，忽然触动了鸟雀铃阵，刹那间鸟雀乱飞、铃音乱响，驻军正惊慌失措，脚下踏空，下饺子般跌进陷阱，个个肠穿肚烂。

挫敌锐气，是为第一轮打击。

不过江炼有点纳闷："苗疆边墙是明朝的时候修的，小边墙的设计应该在那之后，人家驻军一直没有侵入生苗，这些机关也就一直没能用上——这都几百年了，确定还能用？"

孟千姿示意了一下四周："那你走出去试试？"

江炼耸了耸肩，表示自己不敢。之前并不知道这一带有玄虚，也就只当是走山路，毫无心理压力，好家伙，现在告诉他这是一片人工造就的陷阱，而迟迟没有现身的白水潇，可能正手按着陷阱的机轴……

他不走，他情愿跟这棵暂作掩体的树长在一起。

孟千姿斜了他一眼，两人之间，只有她知道小边墙，即便所知不多，对着江炼，也有了专家般的自矜，架势很是老到地提点他："你不要小瞧古人的智慧。当时完全是双边战争，这道小边墙的机关，是经高人筹划、集成千寨民之力打造出来的，规模很大，防虫防蚀，防浸防震，即便年久失修，只能发挥一半的功效，也够你受的了。白水潇常在这一片行走，她既知道这些机关，谁知道她有没有设法修复过。"

江炼心头泛起一阵凉，周围暗得更厉害了，也不知是不是心理作用，总觉得那些覆盖了无数草枝木叶的泥地，正散发着阴森寒意。若对手只是白水潇一个人，任她怎么阴狠诡诈，合二人之力，他总还有胜算，但如今她手上，居然握着古苗人的机关，简直如同手握重炮的玩家狙杀猫鼠一般。

他沉吟了会儿，心念一动："地上不好走，咱们能从上头走吗？"

说着，指了指高处的树冠。

山里林木很密，有那树冠庞大的，几乎在高处连成一片，如果能像猴一样，在高处由一棵树转跃到另一棵树，理论上，是可以"高空行走"离开这一片危险区域的。

听起来似乎可行，孟千姿低头去看自己画的简易地图："你看一下，附近有没有哪个山峰是中间下凹，像个金元宝的？"

江炼不敢贸然露头，他几下纵跃上树，借着树冠遮掩，四面打量了一会儿，又很快下来，抬手示意了个方向："那儿。"

很好，方位定了，孟千姿沉吟了一下："那儿是地炉瘴。过了那儿，咱们一路折向西，就可以到悬胆峰林了。"

说到这儿，她用手指点了点那个先前圈画出的圆圈。

又是地炉瘴又是悬胆峰林的，山鬼的用语还真是玄乎，江炼觉得奇怪："不跟白水潇了？"

此行的目的一直很明确，要么是经由白水潇揪出幕后主谋，要么是从白水潇身上抢回链子，现在虽然受挫，但还不至于全无希望，怎么突然就变成去什么悬胆峰林了呢？

解释起来过于复杂，孟千姿含糊其词："反正，你跟着我就是了。"

事情的起初，她就曾怀疑过白水潇是为山胆来的，还曾为了诱敌，吩咐过孟劲松"大张旗鼓，做进小边墙的准备"。

而今白水潇走的路线,越来越接近悬胆峰林,是否她的目的地就是那儿呢?

如果是这样,她就不需要跟踪白水潇了。不如走在前头,直奔山胆所在,白水潇反而要追着她,而且,孟劲松一旦想明白其中的关节,一定也会带人去悬胆峰林,这就意味着,她可以和自己的后援会合了。

简直是完美。

计议已定,就从身侧的这棵开始,江炼先上了树,又把孟千姿拉上来。她现在体力有点不对付,不管需不需要,他都习惯搭把手。

而高处纵跃,也不费什么力气,树干是笔直一根,树冠可是四下发散的,有时候一抬脚,就能从这棵的枝丫上迈到另一棵,即便隔得稍远,荡移纵跃,蹬跳借力,也是不难。

就这么行了有七八棵树,两人停下休息。

天色越发暗了,外围毫无动静,孟千姿突然冒出一个想法:一切危险都是推测出来的,会不会白水潇根本没在附近,听到铃音之后,即刻逃之夭夭了呢?

像是专为打她的脸,就在这个时候,铰链转动的嘚嘚声隐约传来。

江炼也听到了,只是这声音来得模糊,分不清起自哪个方向,正心头猛跳,忽听到正对面破空有声,他喝了句"小心",撤步便躲,哪知刚避开这道,左、右两侧又有风声来袭,像是乱箭齐发、四面有声。

混乱中,听到孟千姿叫了句"下树",他来不及细想,双手攀住枝丫,身子迅速吊下,也是不巧,恰有一根冷箭斜射而至,江炼急中生智,耍单杠般身子往旁侧一荡,堪堪避过一击,只是树丫禁不住这么折腾,"咔嚓"一声断裂,他连人带枝,"砰"的一声摔了下来。

饶是树不算高,这一下,也摔得他头晕目眩,刚缓过劲来,就听哗啦断折有声,孟千姿也下来了,不同的是,她抱了满怀的枝叶细梢。

原来变起仓促,谁也顾不上谁,各凭本事、分别涉江,孟千姿叫他"下树",然而冲她而来的那几道冷箭,却是打往下三路的,她只得往上纵蹿,抱定一大蓬枝梢,如扫帚般甩扫开又一道冷箭之后,这才扑跌下来。

好在两人都没受伤,树上失散,树下重逢,也算有惊无险。

然而这轮袭击,居然就这么结束了,林子里恢复寂静,只余风过枝摇,飒飒萧萧。

顿了顿,江炼失笑,说了句:"是别小瞧古人的智慧,他们一定预料到了敌人也会从高处走。"

这番折腾倒不是全无用处，至少，他确定了两件事：小边墙的陷阱是真实存在的，白水潇也确实就在附近，而且手握机轴。

刚刚的这场，其实都不能算作箭雨，按照机关阵的规模，即便不是万箭齐发，也该有成百上千支吧，但只有稀稀拉拉十几支，有点寒碜。

江炼看向高处，树干上钉了一支，箭头锈迹斑斑，箭身木质，明显濡湿陈旧，看来，这些机关，的确已经陈朽。

但那又怎么样呢，残存十分之一的余力，也够叫他们受的了。

江炼重新倚住树干："铃阵之后就是陷阱，想从高处走又有冷箭，上也不行，下也不通，当年真这么对上，驻军该怎么办呢？随身带着铁锹，挖地道吗？"

孟千姿回答："挫完锐气、杀完威风，那就四面冲杀，正式开打了啊。"

正式开打……

江炼心中一动："是啊，那白水潇，为什么到现在还不露面呢？"

经他这么一说，孟千姿也觉得有点蹊跷。

江炼继续说下去："白水潇这人，其实本事并不很高，几次三番让我们栽跟头，要么是仰仗诡计，要么是借助机关。正面对阵，她没把握，也不敢。"

孟千姿心念微转："她刚才放过信号，她在等后援。"

江炼说出了她想说的话："会是那个幕后主使吗？"

孟千姿没说话，只是嘴唇有些发干：会是吗？那个人，终于要出现了吗？

江炼深嘘一口气："先等等看吧。"

反正，即便不等，这一时半会儿的，他也想不出什么好的法子脱困。

夜幕浓重。

不远处的密林里，移动着一大片昏黄的光亮，邱栋站在树底，皱着眉头盯着那片亮。

匡小六从树上滑下，动作很轻地拍了拍身上的树叶、灰土："没什么情况，他们还在往前走，大栋哥，咱们继续跟？"

邱栋摁了摁腰间的卫星电话，点了点头："跟。"

他是临时受命的，都已经坐上车了，柳冠国又把他叫下来，说是有个叫"破人岭"的寨子不太对劲，孟助理让他带几个人去看看，有什么情况及时联系。

内心里，邱栋是不愿意的，大佬下落不明，他极盼着能和大部队一起，献策出力——破人岭这寨子他听说过，里头住户不多，都不是什么正常人，自然经常不对劲，放着正事不干，关注他们干吗呢？

192

但这不情愿，他也就只敢在心里嘀咕一下，既是孟助理亲自交代的，事情又分派到他头上，他应当尽心尽力办好。

邱栋点了五六个人，马不停蹄，先赶到破人岭，随即跟进后山：那么一大群人集体活动，留下太多可供追踪的痕迹了。

几个人铆足了劲，一路快跑疾行，都想速战速决，尽快回归，不错过孟助理那头的大事。

黄昏时分，终于赶上了这群人。

奇怪，只是看到那些僵硬的背影，邱栋就已然头皮发麻。

粗略一数，有五六十人，男女老少都有，但他们不列队、不成群，也不交谈，三五错落，都只闷头往前走，夜色掩映下，如鬼影幢幢。

用匡小六的话说，"乍一看，跟行尸走肉似的"。

这还没完，再细端详，更加心悸。

这些人个个面相凶狠，连女人和老人都不例外，而且手里都有家伙，菜刀、镰刀、斧头、锄头，明明很常见的家什农具，握在这些人手中，出现在此时、此地，实在叫人觉得不祥。

邱栋还看见一个只有半截的残疾人，起初，他还以为是半截上身在动，惊出一身冷汗，后来才看清楚，那是个双腿高位截肢的，腰后插了把斧头，撑着手掌走路，偶尔，边上的人会背着他走一段，他趴伏在那人背上，像个奇形怪状的麻袋。

而且，这么远的山路，一般人走个一小时，总会休息个一刻钟，而这帮人，完全没休息过，速度不变，步伐也不变，像是感觉不到累。

这些人，到底是去哪儿，又是去干什么呢？

邱栋半路上给柳冠国打了电话，柳冠国也是一头雾水，只吩咐他密切注意，务必小心，千万别轻举妄动。

其实用不着他提醒，邱栋他们早个个悬起了心，压着嗓子说话，连喘气都轻了不少。

天都黑透了，那些人还在走，有打手电筒的、提马灯的，还有举着火把的——各种颜色的光亮汇聚成一片诡异的光源，在这漆黑而又广袤的密林里，无声地往前移动。

匡小六的低语声自后传来："他们是不是要去找谁寻仇啊？我听说解放前，深山里的寨子或者部落之间，都是有世仇的，会这么打来打去的。"

有人小声回他："不能吧，这又不是旧社会。"

又有人嘀咕："你们不觉得他们脸上那表情，还有那眼神，叫人瘆得慌吗？跟中邪了似的。"

邱栋心头烦躁，低声喝止："别只顾着聊天，这不是闹着玩的，用点心……"

正说着，远处突然响起纷乱的响铃声，几个人吓了一跳，旋即反应过来，迅速掩身最近的树后。

过了会儿，邱栋探头出去看。

铃声还在响，只是声势渐弱，那片诡异的光源，还在朝前移动。

看起来，像是这群人触动了什么示警的响铃，但是并没有人出来阻拦他们，而他们，也并不在意，似乎习以为常。

真……让人费解。

入夜之后，江炼想看看摸黑逃跑是否可行，尝试着朝外走，刚走了十来米远，听到嘚嘚的铰链声，又狂奔回来。

孟千姿则完全没动，安坐在树底下看他跑出跑回，还点评他："跑得挺快的嘛。"

那语气，分明不是夸奖，但江炼当夸奖来听，回了句："强项。"

……

山里寂静，偶尔有声响就会传出去很远。那响铃声，孟千姿隐约听到，纳闷地向着发声处看去。

应该隔得还远，但怎么是从来路来的呢？

江炼也听到了，他心算了一下时间，倒吸一口凉气："别指望了，不是什么幕后主使，这么久了……白水潇那信号，召的应该是那个寨子里的人。"

除了田芽婆和金珠、银珠，孟千姿对寨子里的人毫无印象："她召寨子里的住户来对付我们？"

江炼知道她对那个寨子还没深刻认知："那个寨子里的人，都不是正常人，应该有好几十口，估计个个都能拼命——双拳难敌四手，咱们再能打，也不可能是对手。"

孟千姿"哦"了一声，乜斜着他："怕了啊？"

这语气，挺慢条斯理，她既安稳，江炼也不愿大惊小怪，他挪了下身子，以便坐得舒服些："怕什么，只要对方手里没枪，谁还没个保命的招啊。"

他能有什么招？

孟千姿半是怀疑半是好奇。

江炼压低声音："只要白水潇不在机轴边，咱们就用不着忌惮机关。待会儿，咱们先上树躲一会儿，别让那群人找到，等白水潇和他们一会合……"

说到这儿，他略作停顿。

孟千姿知道他说到关键，接下来就要放招了，受他语气感染，居然也有点小期待："怎么说？"

江炼说："咱们就跑。"

【12】

孟千姿觉得自己活见鬼了。

江炼这番话，前头都还正常，也确实是商量要紧事的口吻，她也就听得专注，及至最后一句，那都不叫反转了，叫瞬间失常吧。

她怀疑自己听错了："跑？"

"对，硬跑……你知道一个贼，偷东西时最绝望的一刻是什么时候吗？"

孟千姿没好气："不知道，没当过。"

这反应，在他意料之中："我当过。"

孟千姿没太惊讶。

"干爷没收养我的时候，实在没东西吃，干过点不要脸的事……你知道干爷是怎么撞见我的吗？"

孟千姿没说话，不过那眼神，表明她愿意听。

江炼没看她，盯着不远处还算淡的夜色看了会儿，不由得就笑了，似乎是回想起来，自己都觉得好笑："你知道吗，哪怕是要饭的，也分上、中、下等。这等级，可不是你想的丐帮那种。"

想想也奇怪，有时候，明明都已经是最下等、最弱势的人群了，却还要在这备受挤压的空间里，奉行着恃强凌弱那一套：这头被人踩在脚底，鼻青脸肿地爬起来，不敢打回去，反狠狠吐一口血唾沫，又去踏踩更弱的人。

起初，他是沿街讨饭吃的，不过他脑子灵光，没两天就总结出：大广场、火车站这种地方，讨到饭的概率远远大过什么居民区、商业街，尤其是火车站，他总能讨到人家吃剩的泡面，吃完鲜虾味的，又有牛肉味的，特别满足。

他兴奋地入驻火车站，像得了个铁饭碗。

哪知第三天的晚上，他身上盖着报纸、蜷缩在候车室座位底下睡得正熟，被几个人拖出来，一通拳打脚踢。为首的是个酒糟鼻，腿上常年生疮，白天讨饭时，江炼见过他，被乘客呵斥如狗，唯唯诺诺赔笑，打起他来，威风如带头大哥。

195

直到这时，他才知道，原来讨饭也是有地盘的，火车站这一片，早已被酒糟鼻以及另外四五个人瓜分了。他在这儿，是动了人家的蛋糕。

一通臭揍之后，他被扔在了破桥底下。酒糟鼻说，他敢再出现在火车站，就割了他的小鸡鸡。

江炼没敢吭声，等酒糟鼻他们走远了，才一翻身爬起来，冲着桥底的空洞大骂："×你妈，敢打你炼小爷爷！"

然后，他没敢再去火车站。

他晃荡在城区，实在讨不到饭吃，便下手去偷，包子、馓子、油饼、地瓜，饥一顿、饱一顿，在自己的"劳动所得"里，拼命挨过一天又一天。

但他自认为不是小偷，每次吃完偷来的东西，都狠狠一抹嘴角，心说：等着，等炼小爷爷发财了，给你们赔双倍，乘以二！

可惜发财遥遥无期。有一天，他正缩在小胡同里大口嚼着偷来的馒头时，又被打了。

这一次，都没看清打他的是什么人，只觉得好多双脚从天而降，踩他的头、胸、肚子，还有包子。呵斥他的人嗓音尖细，还没变声，应该也就十三四岁，吼他："敢在这儿偷，不知道这几条街，是我们'七匹狼'的地盘吗？要偷，滚远点偷！"

原来不只讨饭，贼也是有地盘的。

他被打得眼睛充血，鼻子也流血。那群人走了之后，他吸着鼻涕鼻血，捡起那个被踩得乌黑的馒头：根据他的生活经验，揭去了外头的那层脏皮，里头还是干净的，还能吃。

他一边啃馒头，一边为自己打算将来：滚哪儿去呢，没地方可滚了，哪儿都有地盘，哪儿都有拳脚。

他得想办法，如何能继续在这儿又偷又讨，还不被打。

一个馒头吃完，他盯着自己破了两三个脚指头的球鞋，眼前一亮。

他可以跑啊。

只要跑得足够快，永远不会挨打，因为打他的人，都追不上他。

从此，城区城郊的大街小巷，常见他疯跑的身影。被逮到过两三次，每次都是臭揍，但揍得越凶，动力越大，他下一次，就会跑得越快。

渐渐地，不挨打了，因为失主是跑不过他的，犯不着为了个包子馒头跑得上气不接下气，那些二流子混混也跑不过他，通常都是追了几条街之后，摁住膝盖气喘吁吁，嘴里骂骂咧咧："这小兔崽子，跑得比狗还快！"

承他们吉言，江炼遇到况同胜那一次，是有生以来发挥得最好的一次，真跑赢了狗。

那次,正赶上一家办丧宴,做贼的最爱红、白两宴,因为进出人员复杂,方便下手。

江炼混迹其中,先为自己搞了两块饼,又忍着烫捞了根鸡腿,刚攥进手里,有人大吼:"抓贼啊!"

事后才知道,那人是丢了钱,三千块,当年的三千块,可不是个小数目,嚷的"贼"也不是他,但做贼心虚这事是真的,他一个激灵,撒腿就跑。

立刻成了最显眼的靶子。

丧宴上都是亲戚朋友,那还有不同仇敌忾的?来不及问清事由,呼啦啦地追出了一群,还放了狗。

长长的田埂上,就此展开一场激烈的追逐:江炼攥着鸡腿,一马当先,身后不远处撵着一条土狗,再往后,是乌泱泱一大群人。

很快,因为体力差异,那一大群人被拉成了一长溜,落后的互相扶拽、脚步散乱,勉强还在追着的也是气喘吁吁,和前头的一人一狗,差距越来越大。

最后索性都停下,全把希望寄在狗身上了。

况同胜的车子,就是在这个时候经过的。

他先是被眼前的场景吸引,又听到吆五喝六声,于是吩咐司机跟上去。

江炼攥着鸡腿,运腿如飞,鸡腿的诱惑,和被狗咬的恐惧,给了他双重动力,再加上时不时爬垛翻墙,占了点优势。那狗终于气力不济停下,绝望地对着他远去的方向狂吠不已。

其实跑到这时,江炼已然筋疲力尽,但身后的狗吠声渐远,让他精神为之一振,百忙间一回头,又吓得脸都白了。

一根鸡腿而已,居然出动轿车追他!

他一咬牙,催动两条腿,继续狂奔。

况同胜让司机加速,和江炼齐头时,他揿下车窗,喊他:"小兄弟,你停一下。"

江炼不听,况同胜没辙,让司机继续加速,然后车身打横,挡住了他的去路。

车子这一横,江炼猝然止步,还摔了一跤,那口不管不顾的劲儿一泄,就再也提不起来了。他看着挂拐下来的况同胜,直觉那拐杖会砸在他身上,第一反应就是低下头,拼命吞嚼那只早已凉透了的鸡腿:要被打了,不能白白被打,鸡肉是有营养的,吃到肚里,被打伤也能好得更快些。

他狼吞虎咽,差点儿噎着,偌大个鸡腿,三下五除二就光了杆,然后鼓着腮帮子把骨头朝况同胜扔过去:"给你,没了!"

鸡腿骨跌落在况同胜锃亮的皮鞋上。

况同胜低头看了看,又抬眼看他,轻轻笑起来。

……

江炼感慨:"人还是得有一技之长的,要不是我能跑,干爷也发掘不了我。"

他看孟千姿:"一个贼,偷东西时最绝望的一刻是什么时候?就我的不光彩经验,并不是被撞破、被人围追的时候——只要你跑得过所有人。

"所以我说的'硬跑',不是跟你开玩笑。我是真的觉得,一旦正面对上,又没胜算,咱们就硬跑吧。你要是不能跑,我拉着你——之前背着你都能把他们给跑赢了,这次轻装上阵,应该更没问题。"

孟千姿没吭声,她还是觉得,江炼这"硬跑"的大招真是见了鬼了,但更见鬼的是,她居然觉得他说的还挺有道理。

白水潇那人,看起来也不像个能跑的,而江炼,可是个把狗都给跑绝望了的主。

她不自觉地伸手出去,搓揉了一下脚踝。

那群寨民最初接近时,并无大的声响,只有一团迷蒙的光晕由远及近。

孟千姿和江炼早已上了树,屏息以待。

再近一点,就有动静了:草枝被踏折的声音、刀具无意间磕碰到石块的声音,都很轻,然而正因为轻,容易引发联想,叫人不知不觉背上生凉。

到后来,人影都清晰了,一条一条,像从密林里渗出来的,三两排布,并不停下,还在拖着步子往前走,走在最前头的人,木然自树下经过,孟千姿甚至能看清他们的脸。

她知道江炼说的"不正常"指的是什么了。

只是,这些人怎么还在往前走呢,都到地儿了,不该停下来吗?

这个念头刚起,像是给她以回应,夜空中突然飘起一道极轻的啸声,那些还在走着的人,提线木偶般,齐刷刷地停下。

那啸声似乎在哪里听过,孟千姿脑子里飞转,记忆还算新鲜,很快想起来了。

这是虫哨,田芽婆驱使蛊虫攻击她时,吹的就是这个。

她低声向江炼说了句:"这些人可能中了蛊。"

田芽婆长年在寨子里居住,想算计这些人实在是太容易了。

江炼"嗯"了一声:"你注意他们散站的位置,停得很有技巧,正好把我们给围在中央。"

没错,白水潇的这声虫哨拿捏得很准,但虫哨也只能操作最基本的进退攻击,想让这些人俯首帖耳，还得有别的手段。

孟千姿想起了高香。

看来，那些在她身上没奏效的，都在这些人身上实现了。

又是一声虫哨，那些人开始原地疾走，杀气腾腾，似是找寻目标，有的撞翻乱石，有的拨开灌木。

孟千姿沉住气等：她和江炼特意还选这棵遭受过攻击的树藏身，就是笃定那一轮冷箭的机关已经用过了，没再装填，也就不可能再放箭逼他们下树，虫哨没法提醒这些人上树来找，白水潇只能现身，亲自发号施令。

而只要她现身，他们就跑。

白水潇做梦都想不到，他们会"硬跑"吧。

正如此想时，腕上忽然一紧，是江炼握住了她的手腕，轻声说了句："来了。"

来了？孟千姿还未及细看，就听到白水潇尖锐的喝声："在树上！"

话音刚落，那些人几乎是瞬间抬头，双目瞪视，眼珠子里都泛凶悍的亮，孟千姿和江炼正要下树，树下的人已经发觉了，有两个会爬树的，狂喝一声，猿猴般就往树上纵蹿。

江炼居高临下，觑准打头的那个，狠狠一脚踹下。

那人直跌下去，身子刚一着地，旋即翻起，又不管不顾地往树上抠爬，只这瞬间工夫，众人已往树下聚拢来，打眼看去，不大的树冠下人头攒动，光往树上爬的就有六七人。

孟千姿急道："我们从树上走！"

江炼也是这想法，但看到树下动静，又拉住她："先尽量把人往这儿引！"

这棵树下聚集的人越多，待会儿从别的树上跃下逃跑时，遇到的阻碍就会越小。

说话间，已有人纵蹿上树，孟千姿一脚把他踢翻，又见有脑袋冒上来，来不及细想，火速再补一脚，头多腿少，此时方羡慕蜈蚣腿多。那一头，江炼也是连踹带踏，眼见树下都是人浪翻滚人叠人了，才喝了句："走！"

两人一齐向着近侧那棵树跃了过去，又迅速跌滑下来。

甫一落地，江炼拉起孟千姿，拔腿就跑。

虽说大部分人都已经被引至那棵树下了，但到底不是全部，各处三三两两，都还有人。他们这一跑，立刻有人冲上来猛撞，江炼不得不闪避，只这一迟滞，那棵树下的人堆已然水流般朝这头奔泻过来，纷乱声里夹杂着白水潇的怒催声。情急之下，也顾不上去听她说的什么，但能料个八九不离十，多半是"拦住""别让他们跑了"之类的。

两人跌跌撞撞，接连冲开避开几个试图拦阻的人，眼见前方略显空虚，知道胜败在此一举，几乎是心意相通，同时加速，这一下爆发力非常，耳边近乎虎虎生风，但只顺利冲出十几步远，突然有黑影从旁蹿出，死死抱住了江炼的腿。

居然是那个只有半截身子的人，原来他只能靠手撑走，比不上旁人走动迅速，便只在外围防备，看到江炼他们试图冲逃，便提前埋伏在了暗影中。这一处既黑，他的身量又畸矮，趴伏不动时，真跟树影石块无异。

他这一下悍然暴起，一击得中，江炼疾抬的腿瞬间便挂上了百多斤的分量，哪儿吃得住，当即摔翻开去。孟千姿被他这一带，也跌滚在地——换了普通人，怕是能当场断颈折椎，所幸两人都是练家子，知道危急间如何护住要害。即便如此，也栽得眼冒金星，头晕神恍。

然而没时间供他们喘息，十数条憧憧人影已鬼魅般疾扑过来，孟千姿还好，她滚得较远，还能跌跌撞撞爬起来、躲过第一轮攻击。江炼连爬起来都困难了：那个半身人像是铁了心吃定了他，任他怎么踢蹬，只死死抱住，绝不松手，眼看有锄头当头砸下，江炼也顾不上这人了，只得任腿上挂着这百多斤的重量，翻身便躲，堪堪避过这一击时，另一条腿一沉，又被人给锁抱住了，说时迟那时快，身侧又有铁锹横铲，江炼咬紧牙根，大喝一声，上半身离了地，仰卧起坐般硬生生往前溜蹿，这才得免。

这一边，孟千姿也是险象环生，她也算一流高手了，但从未遭遇过这种不要命的打法。一般来说，你抬踹，对方会躲，你横踢，对方会闪，这才是有来有往、交手过招，可这群人，根本无惧痛楚，宁可挨踢受踹，也拼着命来抱她、拦她、锁她，只要上了手，死不松脱，有个穿红吊带的女人，走路都摇摇晃晃，被她正踹在脸上，一脸血污，居然还凶悍地抱住她的小腿，拧身将她带倒。

就在这个时候，身侧传来杂乱的疾呼声——

"是孟小姐！"

"孟小姐在这儿！"

"哥儿几个上啊！"

话音未落，几条矫捷身形迅速切入战团，那群人显然没料到还会出现别人，俱都一愣。

来的正是邱栋等人。

他们先时只远远跟着，哪知这头突然人声鼎沸、开锅滚水般大乱，几人莫名其妙，悄悄凑近来看。混乱中，也不能立即辨认，及至看清是孟千姿遇险，个个大惊失色，哪还顾得上别的，争先恐后来救。

孟千姿借机踹开那女人，翻身站起，心内大喜。

山鬼的人到了！

及至看清来人时，心头陡又一沉：孟劲松呢，柳冠国呢？怎么熟脸儿没一个，只有这几个人？

【13】

邱栋几个人的加入，恰如一瓢冷水激入滚锅，虽短暂解了江炼和孟千姿之困，但挡不住薪足火烈，沸腾的势头再次席卷过来。

而且，山鬼瞬间落入下风。

一来力量悬殊，根本就是以一当十之争；二来邱栋他们只为追查，没打算动手，身上没什么厉害的家伙；三来山鬼下手是有余地的，只求伤人或退敌，毕竟杀人犯法，谁也不想图一时痛快，背上人命。

但他们很快发现，这群人是痛下杀手、百无禁忌。

几人才刚下场，便已左支右绌、四面受敌。不多时，就听匡小六惨叫一声，被一柄铁锹打翻。邱栋急红了眼，正要去救，身侧同伴一声怒吼，却是被多达三个人搂头的搂头、抱脚的抱脚，硬生生地掀翻在地。

这样下去，个个都要完蛋，邱栋一咬牙，飞身纵起，撞翻那三个骑压在同伴身上的人，又摸起地上一柄混战中跌落的锄头，左右狂舞横扫，嘶声大吼："大家掩护孟小姐走！"

话音未落，一个壮汉纵身扑在锄头杆上，硬生生把锄头横扫的势头压了下去，邱栋还想硬夺，忽觉脑后风声来袭，当即撒手往边上急滚，到底迟了半步，肩侧蓦地刺痛，抬头看时，有个豁了牙的老头拔出镰刀，作势又要下砍。

孟千姿和江炼正被十来号人围攻，她体力还没恢复，这么一通激战下来，已然难支，好在江炼会不时援手回护，但即便如此，也已经挂了好几道彩。江炼伤处更多，还好都不是要害，正暗自心焦，有两个山户听到邱栋喝声，忍痛带伤扑了过来，大吼一声，势同拼命，扑倒一个还要踹翻一个，顿时将这包围圈打开一个缺口。

江炼觑准时机，拉起孟千姿，自这缺口中疾冲出去。

才刚冲出十来步，一柄明晃晃环首苗刀从旁削至，江炼急止步缩腹，只觉得小腹一凉，衣服已然破开，皮肤上火辣辣的，显是又中一彩，万幸没被开膛剖肚。

白水潇终于露面了。

因着白水潇这一挡，那两个山户竭尽全力才换来的几秒先机，又白费了，眼见后头的人就快围追上来，孟千姿极快地说了句："你拼死也得拖住他们，别让人追上我……"

话未说完，白水潇刀锋又至，孟千姿没法再说，一个滚翻避过，伸手在江炼背上一推，把他送上去挡，自己则借着这一推之势，迅速往斜里的黑暗奔了出去。

白水潇的目标就是她，哪容她走脱，怒吼一声，转身就追。

说实在的，孟千姿那句话，江炼都没听懂，及至她逃走却推他去挡白水潇时，心头更是一凉，但看到白水潇拔腿去追，还是下意识一个纵扑，把白水潇带倒在地，而几乎是与此同时，身后又有两人扑到，一个搂住了他的腰，另一个抱住了他的腿。

江炼下半身几乎使不上力，自觉今天多半要交待在这儿，见白水潇还在挣扎着要站起来，也不知哪儿来的力气，一把伸手过去，拽住了她的发髻反拖过来，白水潇一声痛呼，发髻脱散，江炼心头一动，正想查看链子是不是真在其中，余光又瞥到两条人影急追上来，索性一不做，二不休，另一只手握住白水潇的腰，牙关一咬，肩背用力，将她麻袋般砸出去，恰把那两人撞倒，三人滚跌作一团。

江炼大笑，觉得这一记真是痛快，他转头向着孟千姿消失的方向大叫："孟千姿，我要是死了，别忘了你答应过我的事！"

话音刚落，肩上就吃了一刀，他忍痛转头，用尽最后的气力，一拳打在那人下颌上，那人晃了晃身，倒栽过去，哪知身后又露出个红衣吊带女人，她满脸血污，已然看不清面目，只知道必是在狰狞大笑，因为那露出的一口分外显眼的白牙间，都沾满了脸上流落的血。

耳畔呵斥追赶声不绝，夹杂着山户的惨呼，江炼苦笑，心头那口气忽然松懈下来：这前仆后继，一拨接一拨的，什么时候是个头啊……

手指轻蜷间，忽然摸到地上有一串链子，江炼没力气再去查看，下意识地攥入手心：是孟千姿的链子吗？也许是，刚才白水潇的发髻散开，可能就是那会儿滑落的……

就在这个时候，苍莽林间，浩瀚夜空，突然响起了一阵难以名状的雄浑啸声。

这声音宛如气浪，推滚播扬，听来低沉，却又似乎有着沁人肺腑的力度。声响过后，山林里突然极静，木叶如定，仿佛连风也消止殆尽。

那些个状若疯魔的寨民有片刻僵硬，这啸声似乎能唤起人心底深处、自远古以来就存在着的，对山林、黑夜以及凶兽的原始恐惧。

不远处，白水潇披散着头发，仰着头看向远处暗黑如墨的密林，脸色煞白如纸，嘴唇不受控地微微颤着。

然后，自这死一般的寂静中，渐渐渗出声响。

开始，像是有风，让人想起《楚辞·九歌》里的那句"风飒飒兮木萧萧"，紧接着，窸窣声铺天盖地，像是有千道万道，汇成山鸣谷应之势，都循着这一处而来，远处的树顶不住摇动，一波推涌一波，如同半空中浮动着不绝的海浪。

江炼看得怔住，身侧的那个女人握紧镰刀，忘记了要攻击他，牙关止不住地咯咯轻颤，裸露在外的肩背和胳膊上，汗毛一根根立起。

白水潇嘶声呢喃了句："走。"

第一次说，竟没发出声音来，她近乎荒诞地想起了况美盈，原来人在极度恐怖的情况下，连声带都会脱力，真的会失声的。

白水潇咽了口唾沫，这一次，声音像挤飙出来，尖细到变了音："快走！"

这一下，那些寨民才如梦初醒，拔腿就跑，在这溃败的人潮中，趴爬着那几个山户，浑身是血的邱栋仰头大吼："山兽动了！赶紧结阵！"

说话间，他也看到了江炼，想起这人刚刚似乎是帮着孟千姿的，犹豫了一会儿之后，冲着他大叫："你也过来，赶紧的！"

这种时候，照做就对了，江炼跟跟跄跄，三步并作两步冲了过去，到跟前时，听到扑簌扑簌、雨点般的落地声，急转头去看，就见半空飘转的落叶间，无数大小野猴，正自参差错落的树冠间窜落，而更多的，依然在高处猿荡纵攀，如有人驱使，径直往那群人逃窜的方向追撵。

邱栋猛拽一把江炼，把他拉到几人中央，迅速结阵。

所谓的"阵"，只是一种姿势：几个人后背冲内，面朝外，俱都脚跟着地、脚尖翘起，身子往中央斜倚，后脑勺凑接在一处，架构成了一个圆锥形，双手如鹿角般立于头顶两侧，五指张开，口中似在念念有词。

江炼被围在内里，只能跪趴着身子，发觉头顶有血落下，抬头看时，是其中一个山户伤得太重，虽有同伴的支撑勉力结阵，但立不住，身子不断发抖，连带着整个法阵都有些岌岌可危，江炼伸手出去抵住他的后腰，如斜出的支架般撑住他，又透过几个人腿间的缝隙往外看。

此时人潮散去，马灯、打着的手电筒还有火把，横七竖八散落了一地，凌乱的光道子贴着地面延展，跃动着的火苗不完全燃烧，势头渐弱，发出哔剥的轻响——众所周知，光源设在高处，才能最大限度地照亮一片空间，现在所有的光亮都低矮，反让略高些的地方陷入一片暗淡模糊。

但那近乎不真切的晦暗里，不断有矫健迅捷的黑影掠过。

有一群十多只的，体形干瘦如狗，气势凶悍非常，江炼怀疑那就是苗狼，亦即马彪子；有身形巨大的，有五六百斤不止，一股黑风样从旁卷过，斜出的獠牙如倒插的利刃，身侧还跟了几只略小些的，应该是湘西传言中嘴巴赛过铁犁的野猪；有一连好几只似猫却大过猫、身侧有云状的土黑斑纹的，十有八九是野生云豹；还有咝咝有声，身上片鳞披覆凛洌寒光，"嗖"的一声就窜游不见了的，多半是干爷谈起时都会色变的蟒……

这么多只闻其名的凶兽近在咫尺，却无铁栏兽笼相隔，巨大的压迫和危险气息侵扰周身，江炼止不住有些神分志夺，他咽了口唾沫，合上眼睛定了会儿心神，渐渐听清邱栋他们反复低声诵念着的"咒语"。

那不是咒语，是屈原写的《楚辞·九歌》中的《山鬼》。

是在向传说中的祖宗奶奶求庇佑吗？那个生活在几千年前，神妙莫测的艳丽女精怪，真的会护佑他们吗？

江炼原本是不信这些的，但眼前所见，又不由得他不信。

四周渐渐悄静，跃动的火头早已熄灭，连哔剥的声响都没有了，邱栋他们低沉而又嘶哑的声音混于一处，越发清晰——

"……被薜荔兮带女萝。既含睇兮又宜笑，子慕予兮善窈窕。乘赤豹兮从文狸，辛夷车兮结桂旗……"

诵念就在这儿停住。

江炼向外看去。

他终于看见了孟千姿。

孟千姿跟刚刚完全不一样了，跟之前任何时候都不一样。她穿得很少，衣袖、衣服下摆还有裤管应该都是拿刀子割拽掉了，腰上缠了些木叶松萝，大半的肌肤都裸露在外，被暗夜衬托，分外白皙。

她有很好的身材，但绝非柔弱的那种美：肩颈挺拔，腰线流畅，纤细结实的手臂，修长而又有力度的双腿，走动时，你能隐约看出匀称紧致的肌肉。她是赤着脚在走，长发披散，略显凌乱，手臂和双腿都挂了条条血痕，但这些并不使她狼狈，反添了些近乎野性的魅力和张力。

她的身侧，跟了只……

江炼倒吸了一口凉气。

那是老虎。

他知道之前的啸声是怎么来的了。虎啸山林，又有俗语说"风从虎，云从龙"，风是震动之气，风虎相感，啸声起而四面风从，果不其然。

江炼并非没有见过虎，但这许多年来，老虎要么被动物园化，要么被动画片化，以至于他几乎忘了虎的本来面目了。

这是一只有点年纪的虎，也是一只大虎，体长接近三米，光那条末梢微微翘起、钢鞭一般的虎尾就有一米来长，华南虎种很少能长到这么庞大。

它迈动步子时，肉垫肥厚，毫无声息，躯体上的肉却极有力道地起伏，可以想见，皮毛覆盖下藏着怎样撼山动岳的力道。听人说，老虎的掌力有一吨之重，所以能轻而易举扑死一个人，也不知道是不是真的。

因着光亮不足，昏黑的夜色中，那两只虎眼看上去，如同两个泛着白光的大乒乓球。眈眈虎目，叫人不敢与其对视，生恐魂为之夺、魄为之摄。

这一人一虎过路时，江炼连呼吸都屏住了。

不只是他，邱栋几个也都僵挺着身子，硬把这一刻屏过。江炼注意到，孟千姿朝向他这一侧的胳膊和大腿上，都有刀伤。那些血痕，也都是从这些伤口里流出来的，但这一定不是打斗时挂的彩，因为上三道为横，下三道为反弧，排布得很整齐，间隔几乎一致。

孟千姿引着那头虎，在不远处立住，定格成江炼眸中一站一蹲踞两个背影。

更远的地方，有兽吼声传来。偶尔，也会有一两声凄厉至极的人声。

也不知过了多久，江炼看到，孟千姿垂下手，在那只虎头上摸了一下。

那只老虎耸起身子，掉头走开，起初是很慢的虎步，过了会儿，一个蹿纵，没入了茫茫夜色之中。

直到这个时候，身周的这几个人才真正松懈下来，江炼听到邱栋的喃喃自语："咱们湘西山里，是真没什么老虎了。"

边上有人回他："是啊，我听我奶说，一九四九年剿匪灭虎，半年的时间，全区八县灭了八十多只，光我奶家寨子后头的山坳里就打死了四只……现在，这么深的山里，孟小姐放了这么大的咒，也才……只有这一只，看着有点岁数了，身边连个虎崽子都没随。"

怕也是湘西大山里，最后一只了。

山兽动时汹汹，汇作一股进击的浪潮，颇有天震地骇的声势，去时却只四散，除了偶尔传来一两声渐远的兽吼，几乎悄无声息。

刚刚发生的一切，仿佛只是一场山林夜梦。

几堆篝火接连燃起，片刻前还是惊心动魄缠斗的战场，现在成了临时栖身的营地。

山鬼几乎人人带伤,有两个伤得很重,邱栋他们也没带药品,只能因陋就简,领着几个轻伤的,就近找来草药,然后将人手分作两拨,一拨照顾重伤员,另一拨帮孟千姿包扎。

没绷带,只能各自割扯衣服,布条的撕拽声不绝于耳,江炼搭不上手,索性站开些,免得碍人家的事。

直到邱栋帮孟千姿包扎完了,他才走上去,把手中的东西递给她:"你的。"

孟千姿和邱栋一起抬头。

明亮的火光跃动下,江炼指间垂下一根金铜色的链子,链端兀自轻颤不已,几片轻薄的圆片交互蹭碰,发出极轻微的铃音。

邱栋嘴唇嗫嚅了一下,似乎是想说什么,又忍住了没说。

孟千姿不置可否:"这个啊。"

她抬手接过来,指尖无意间划过他的手,直到把链子攥入手心,才轻笑了一下,又抬头看他:"两清了,你可以走了。"

又吩咐邱栋:"去给劲松打个电话,顺便问问他,有没有找到况美盈和韦彪,找到的话,不用为难他们了。"

【14】

邱栋应了一声,看这儿林深树密的,担心通话质量不好,便往外走了一段,选了个略空旷的地儿拨打,江炼想跟孟千姿说几句,又记挂着况美盈和韦彪的情况,犹豫了一下之后,先跟了过来。

邱栋这通电话却结得很快,一直点头:"好,好,在峰林见比较合适,我把电话给孟小姐,看她的意见……"

转身时,恰看见江炼,脸上一沉,硬邦邦地回了句:"大家都忙着找孟小姐,你那俩朋友,咱们还顾不上。"

本想说完了,撂下江炼就走,才走了两步,到底没忍住,捂住手机听筒,又退了回来,问他:"孟小姐的伏兽金铃,为什么会拿在你手里?"

伏兽金铃?

江炼愣了一下,这才反应过来就是那条链子,原想解释几句,又咽了回去:一来三言两语说不清楚;二来孟千姿那头每次问起这条链子时,都是避开旁人的,似乎并不愿把这事声张。

邱栋却当他理亏，有些愤愤不平："伏兽金铃，避山兽、动山兽、伏山兽，刚刚那么危急的情势，这么重要的东西，你拿在手里，你会用吗？我说呢，明明有金铃用，孟小姐怎么会十二刀以身作符，原来金铃不在身上！"

他蓦地顿住，自知失言，面色有点发窘，又怕孟劲松在那头等得着急，只得狠狠瞪了江炼一眼，急匆匆地去到树下，把手机交给孟千姿。

孟千姿可不在乎什么通话质量，又兴许是身上有伤懒得挪动，就倚在树下接听，邱栋显是为避嫌，走到另一侧帮着照顾伤员。

江炼在原地站了会儿。

十二刀。

想起来了，他看到她一侧的胳膊和大腿上各有三条刀伤，看来另一侧也有。追根溯源，如果不是他手贱，把人家的金铃拽走了，这十二刀，应该也没必要。

胳膊上有些麻痒，不知道哪处伤口没扎紧有血滑下，江炼伸手抹了，顿了顿，朝着孟千姿走过去。

走近了，她的声音絮絮传来，江炼不觉放轻脚步。

"……都是山鬼的人，难道我自己逃了就完了，让人家死吗？

"你已经下去太远了，还是坐车的，有等你过来这工夫，我自己都到悬胆峰林了，就在那儿会合好了。我从地炉瘴折向西，抄近路直插，你要不放心，派几个人沿路接应。

"疼啊，怎么不疼？但我跟邱栋他们又不熟，难道在他们面前喊疼吗？他们现在看我，眼里都放光。"

又叹气："要是你和辛辞在就好了。"

江炼不由得微笑。

刚刚的动山兽像一场壮观的大戏，孟千姿的角色只有她能出演，无人可代，但下了台歇了戏，她又真实回来了。只不过这"真实"因人而异：邱栋等是热心观众，关系没那么近，她还得含蓄矜持；如果是孟劲松他们，她大概只会喊累喊痛叫辛苦，怎么恣意怎么来了。

他意识到自己的走神，将发散的思绪收回。

"你让辛辞赶紧帮我查最有效的祛疤法子，我看再好的特效药都不行，多半要医美。

"是，是我说的，这事就算了。乘以二也是看情况的，朝那些可怜人耍威风就没劲了……"

江炼放重脚步，咳了两声。

孟千姿的声音立刻低了下去。过了会儿，她撅断电话，转过头来，见到是他，有点奇怪："不是让你走了吗？你不去找你朋友了？"

只要山鬼这边罢手，况美盈他们就不会有什么事。江炼抬手示意了一下远处的密林："都是老虎啊、豹子啊什么的，夜里不敢走，害怕。"

他就地坐下，还拿手捂了一下胸口，以强调自己"害怕"的程度。

孟千姿回他："有什么好怕的，你可以跑啊，硬跑。"

看来她对"硬跑"的初尝试极不认可，江炼轻咳了两声："有事说事，不能一棍子打死。这次是极端情况，我活了二十多年，头一次遇到这种……"

他一时间找不出合适的词来描述这群寨民："下次，你换个地方，城市里，应该就不会失望了。"

毕竟城里人大多亚健康，体力、耐力可称道的不多，而且孟千姿也没法在城里"动山兽"。

孟千姿悻悻，不过她得承认：极端情况是真的。有生之年，应该也不会再遭遇第二次了。

一时无话，江炼的目光落在孟千姿的脚上，她的鞋子已经被邱栋找回来了，但没穿，搁在一边，依然赤着足，脚很漂亮，纤瘦合度，白皙秀气，连指甲都修磨得干净粉润，一看就知道是经过精心保养的。

那条金铃，就环在右脚的脚踝上，因着脚踝俏瘦，金铃搭挂上去很美，有那么点依依相靠、柔柔缱绻的意味，可以想见，要是脚踝太粗，那戴上链子，完全是场惨烈搏杀：不是链子要勒死脚脖子，就是脚脖子要撑死链子。

江炼移开目光，忽然想到了什么，示意了一下那群寨民逃窜的方向："那些人，不会是都被……吃了吧？"

孟千姿循向看去："山兽如果不是饿极了或者受到威胁，是不会轻易攻击人的，这是'动山兽'，又叫'山兽过道'，借着它们倾巢而出的势头，把那群人给冲垮吓走。"顿了顿又补充，"当然了，他们有刀有斧的。如果硬要去招惹山兽，山兽也不会跟他们客气。"

江炼看向她身上包扎的地方："听说你是以身作符，是不是如果有金铃，就……不用受伤了？"

孟千姿皱起眉头，猜到是邱栋多嘴。

山鬼的事，本来是不向外人道的，但江炼既给她讲了那么多的身世秘密，又亲眼见到了山兽过道，孟千姿觉得，向他透露一二也无妨。

她拨弄了一下金铃上的挂片，问他："你听说过仓颉造字吗？"

江炼点头。

"仓颉造字"，是中国上古创世神话之一，跟"女娲补天""后羿射日"属同一系列，相传这人"龙颜四目"，亦即重瞳子，受龟背纹理、鸟迹兽印、山川形貌的启发，创造了象形文字，结束了结绳记事的历史。

江炼还记得小学时上历史课，老师讲到此节，曾大赞仓颉的贡献："同学们，你们想一想，结绳记事，多不方便啊，买头猪系个绳疙瘩，打个架系两个绳疙瘩，隔壁老王欠你钱，又系三个绳疙瘩。一年过去了，绳上全是疙瘩，谁还记得哪个疙瘩代表什么事啊。"

于是哄堂大笑。

江炼觉得，即便仓颉聪明，仓颉之前的人，也不至于都埋头结疙瘩这么蠢吧？但大家都笑，他也就跟着笑：他被况同胜送进小学时，已属于超龄，不想表现得和别人不一样。

孟千姿说："关于仓颉造字，有一首歌谣，叫'仓颉造字一担粟，传于孔子九斗六，还有四升不外传，留给道士画符咒'。这歌谣的意思是说，仓颉造的字很多，足足有一担粟米的量那么多，大圣人孔子学到手的，也只有九斗六，剩下的四升就是符咒，普通人根本看不懂，只有特殊的人经过研习才能认得。"

江炼点头："听说有个跟这相关的成语，叫'才高八斗'。后世的人，哪怕只识八斗字，比孔子还要少一斗六，都已经称得上才了。总之就是，越认越少了。"

孟千姿"嗯"了一声："符咒也一样，有些古早的符咒，太过复杂，传着传着就断了，你拿给现在的人认，根本认不出。"

江炼想起伏兽金铃吊片上，凹刻着的那些诡异痕纹："你的也是……"

孟千姿没正面回答，只竖起手指立于唇边："这是什么意思？"

江炼失笑："让我闭嘴，别说话。"

孟千姿又伸直手臂，手心外挡："这个呢？"

三岁小孩都懂吧，但江炼知道她必有深意，也就认真作答："让人别靠近，离远点。"

孟千姿收回手，继续刚才的话题："红灯停，绿灯行；招手是让你过来，手指竖在唇边是小声点；开会时，主持人要求大家'起立''鼓掌'，大家就站起来拍手；高速岔道上两个指向，一个去北京，另一个往上海，于是北京的车从这儿北上，而上海的车在这儿南下——说白了，符咒一点也不复杂，符是图像符号，咒是声音，都用来指引某种行为的发生,我刚刚举的例子,也可以称为'符咒',是人类社会中通行的、人人看得懂的符咒。"

江炼似乎摸到些头绪了,喉咙处有些发干。

孟千姿轻轻吁了口气:"有一种认知,仓颉留下的那四升符咒,并不是给人看的,这世上除了人,还有飞禽走兽、河流山川,甚至不可解释的力量,但彼此之间是有壁垒的,要打通这个壁垒,需要借助某种工具来'通关'。举个简单的例子,你住过老嘎家,对巫傩面具应该不陌生。湘西的民俗里,巫傩法师又叫'巴岱',他们戴上巫傩面具,使用巴岱手诀,才能和非人类沟通,面具和手诀,就可以视作打破物种壁垒的工具。"

江炼听明白了:"符咒也是打通这种壁垒的工具?"

孟千姿点头:"一般人很难理解这种符咒是怎么传出去又怎么被接收到的,这么说吧,你可以把它理解为一种'波',你看不见、摸不着,但它确确实实在发生着作用,蝴蝶效应里,蝴蝶翅膀的振动,不是都能在万里之外引起风暴吗?世界是个巨大的动力系统,一个手势、一种符咒,完全可以借助一连串的连锁反应传播出去,导向接收者。"

说到这儿,她突然冒出一句:"我说了那么多,你是不是觉得我很有文化?"

江炼没提防她有这么一问,一时间哭笑不得,不知道该怎么答。

孟千姿咯咯笑起来:"当然不是我想出来的,是我段太婆,她是民国时留洋的女学生,二十世纪二三十年代,大多数人还在说鬼论神的时候,她言必称科学,解释起这些事来一套一套的。"

说到这儿,心下有些惆怅:太婆段文希,死在去昆仑山寻找龙骨的路上。

她低头去看脚踝上的金铃:"我们是山鬼,和飞禽走兽、山川林泽打交道,这伏兽金铃有九个铃片,每个铃片上都镌刻着一种复杂的符纹,一共九个,是山鬼独有的,其中一个就是'动山兽'——我有时候想,可能那四升符咒里,山鬼就分到了这九个吧。"

江炼喃喃道:"怪不得你们这么紧张金铃,落到别有用心的人手上,可就糟了。"

孟千姿乜斜了他一眼:"你这就想错了。

"不管是白水潇,还是你,拿了这条金铃,一点用都没有。说白了,这金铃是工具,需要密码开启,但你们都没有密码,而我……"

她指向自己,嫣然一笑:"既是工具,又是密码。"

这世上,只有坐山鬼王座的,才得了这条伏兽金铃,其他人都不可以,七位姑婆不可以,段太婆也不可以。

金铃丢了，当然是大事，因为这金铃不是她的，还得继续往下传，但对她个人来说，不算致命打击，也不至于丢了金铃就束手无策。

因为她天生就是符，人符的符。

她自小熟习九种符舞，在身上开十二道横竖正反弧血笔，于黑暗的山林中起符舞，她就是一道活的、舞动着的符纹。

先前一直想不通的疑团终于可以解了，江炼笑起来："难怪这一路上，不管情势多凶险，你一直都不怎么紧张，原来是有大招。"

是比他那"硬跑"的大招要实在多了，有点秃尾巴鸡站在凤凰边上的感觉。

孟千姿摇头："山鬼是有戒律的，除非特别凶险，否则不能随便乱用，借用这种不可捉摸的力量，是虔诚相请，不是招之即来，挥之即去……人得有敬畏之心。"

再说了，金铃不在，不到万不得已，她也不想往自己身上下刀，尤其是"动山兽"，百兽应召，汹汹出巢，是要伤大元气的。

再多的，也就不好往下说了，江炼毕竟不是山鬼的人，孟千姿岔开话题："那你是天亮再走？"

江炼答非所问："有什么我可以帮忙的吗？"

奇怪，之前那么着急回去的人，现在倒磨叽起来，孟千姿看了他一眼，心念一动："你是担心蜃珠吧？"

她眉目间多了些自矜的神气："放心吧，说话算话。你和况美盈他们会合之后，可以去云梦峰等……总得等我这头的事结了，回去再说。"

江炼说："也不是……"

他抬手指了指不远处那几个山户："我听说，孟劲松赶不及来接你，你的人倒了不少，白水潇他们是被冲散了，但难说会不会再来，这女人你是知道的。"

这倒是，白水潇这女人，哪怕只剩指甲，都能再来抓挠。

"我呢，还好，伤得不重，还能卖力气。要么，我送你一程吧，等你跟孟劲松会合了再说。"

这说辞合情合理，孟千姿的目光掠过那几个山户，个个歪的歪、倒的倒，匡小六和另外一个是重伤，抬着走的话徒耗人力，她预计留下一个照顾这俩，只带轻伤的上路，人手上确实已经打了折扣，江炼肯帮忙的话，会轻省不少。

她看向江炼："那我不付钱的啊。"

江炼说她："家大业大，还这么精打细算，是挺会当家的……"

他看出孟千姿有点累了，于是结束这谈话，起身欲走："不要钱，怎么说，刚也是被你的小老虎救了一命……"

孟千姿笑起来，她合上眼睛，预备小睡一会儿，哪知刚往后一倚，后脑勺硌了一下，"哎哟"一声叫了出来。

睁眼时，江炼已经在她身边蹲下了，说她："挪个身，我看看。"

孟千姿挪了个身位，江炼看得清楚，又拿手摸了摸："是个树瘤子，有刀吗？"

也不待她回答，一眼看到近旁搁着一把，于是拿起来去削那树瘤，削完了也不停手，上头削剜，下头铲剔，孟千姿说了句："费那事……换个位置不就得了。"

江炼手上不停，看着挫动的刀身笑了笑："树面是弧形的，后脑勺是圆的，后背又是略弓的，你换再多的位置也不可能合适……人也是奇怪，宁愿动脚不愿动手。这世上，哪有光靠脚能找到的安乐窝，还不是得动手。"

孟千姿心念微动，看了江炼一眼。他这话，像是在说他自己，从没找到什么安乐窝，要在坑洼的际遇里又铲又削，给自己筑巢，譬如……当了贼就去练跑。

她说："有件事，我一直想问你。"

江炼细心看削剜处，手上不停："你说。"

"关于你讲的，况同胜调教你们的事，你、韦彪，还有那些被他弃用的，到底是找来干吗的？"

江炼手上一顿，眸色微沉，很快又恢复如常："不是说了吗，帮他办事、照顾美盈。"

孟千姿注意看他的面色："这么说太笼统了，你提到这一节时，虽然很模糊地带过去了，但是有些细节，却能连缀起来。"

江炼没说话，手上的动作有些慢，没去看她，她的话却一个字一个字地灌入耳朵里。

"况同胜一百零六岁了，是个很老派的人，有很多在现代看来不合理甚至已经被取缔的做派，在他那个时候，是可以被接受的；帮忙办事，身强力壮、脑子精干就可以，照顾况美盈，医生、护工都可以，但是他千挑万选、吹毛求疵，连人的道德品质都要考虑到。再联想到况云央、况凤景的男人，都是中途背离，他还跳脚大骂过……"

"我听我大娘娘说，解放前，童养媳是很流行的，不只童养媳，也有少数人家，会抱养男孩，养大了之后好做女婿。"

差不多完工了，江炼拿手拂落粘连的木屑。

孟千姿迟疑了一下："你和韦彪，都是吧？"

江炼有片刻沉默，忽然又笑了，语调轻松："我干爷是有那意思，美盈如果嫁人，他不放心让她嫁外头的，也可以理解。"

孟千姿"哦"了一声。

"那,最终是况美盈说了算,还是况同胜说了算?"

江炼有些好笑地看着她:"我干爷虽然是老派人物,但也知道什么叫自由恋爱,当然是美盈说了算。"

"但是况美盈喜欢韦彪?"

江炼有点意外:"你怎么会知道?"

连韦彪都不知道,这些年,乱吃了他不少干醋。

孟千姿挑眉:"很难看出来吗?他们被我扣在云梦峰的时候,住了一间房,她如果喜欢你,多少会避讳些的。"

倒也是,江炼点了点头:"韦彪人不错,美盈很会选。"

他想就此打住,但孟千姿并没有停下的意思:"但况美盈怎么会不喜欢你呢?"

她见过韦彪,从各个方面来说,那个人都不甚出色。

江炼耸了耸肩:"萝卜白菜的事儿,很难理解吗?"

孟千姿盯着他的眼睛:"到底是她不喜欢你,还是你使得她不喜欢你呢?一个男人,想让女人喜欢自己,可能要费点力气,但想让女人不喜欢自己,其实很容易。"

江炼身子略略一僵,他抬起头,谈话以来头一次,回视了她的眼。

周围很安静,篝火的光映上两人的侧脸,也浸入眼眸,眸光火光,交织成障,谁都难以看透,谁都看不透谁。

良久,江炼才说了句:"孟小姐,你问得太多了。"

孟千姿答得平静:"我只是想知道,你是个什么样的人。再说了,你可以不回答的。"

没错,他可以不回答的。

顿了顿,江炼眸底的戒备忽然尽数撤去,脸上又带了招牌似的微笑,像是刚才的一切都没发生过,他朝树干示意了一下:"好了,你试一下。"

这是不愿再深入了,孟千姿也不穷追,她倚了过去,微微一怔。

他这看似杂乱无章的削铲,其实还挺符合人体工学的,脊柱处微凹,后脑勺也搁垫得很舒服。

她说:"木匠活儿不错啊。"

江炼点头:"也是强项。"

边说边撑膝站起,哪知蹲得太久了,刚又一番用力,牵动背上的刀伤,眉心只略皱了一下,旋即又笑了笑,没事人样:"那你先休息。"

孟千姿看见他背后衣服破口处浸出的血了。

不只那儿，他身上的伤口包扎得都不好，在那削凿时，胳膊上甚至滑下很细的血痕，倒不是他包扎的手法欠佳，应该是伤口直接扎上布条，没有敷草药，孟千姿估计是他不太认识。而且，就近的药材都被邱栋带人给掳了，供她和伤员还嫌不够，也不会去给他用。

孟千姿叫住他："等会儿。"

她抓起身边留备明天换敷的那一丛，拿草枝绕捆了扔给他："把叶子嚼碎了敷到伤口上再包扎，止血效果好一点。我们山鬼的法子，还是好用的。"说着，身子微挪，露出身后那树座的一角，"谢你这个的。"

说完，她换了个舒服的姿势，闭上眼睛，没再去看江炼的反应，但隐约知道，篝火正旺，江炼站了会儿才走。

第四卷

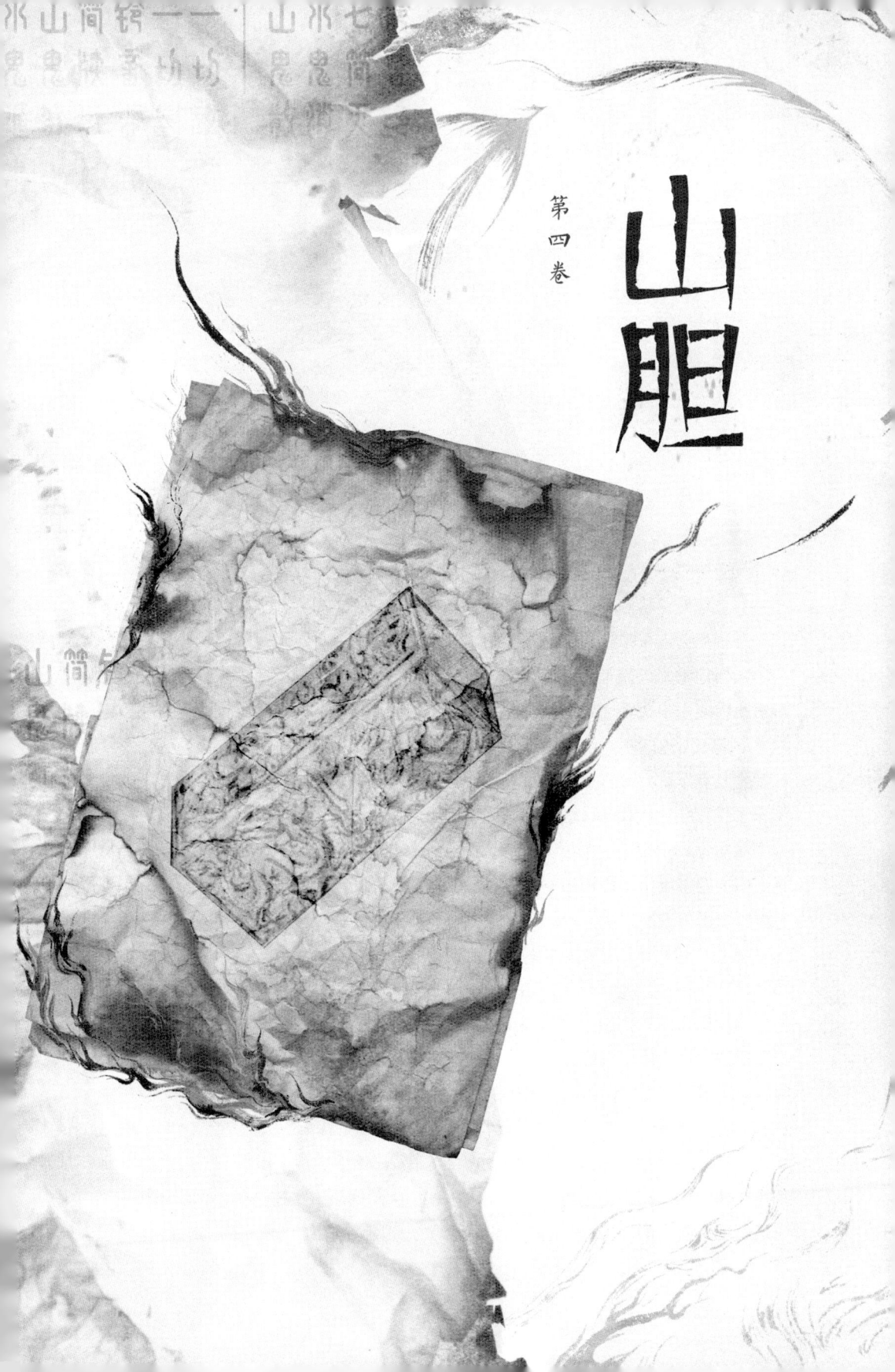

山胆

【01】

天蒙蒙亮，神棍掀开帐篷的门帘往外看，看到漫山遍野的雾。

有点像他住的那个有雾镇。

神棍便盘坐在帐篷口，耐心等雾散，也耐心等一个奇景。

湘西他常来，做他"这行"的，跋山涉水、辗转东西那都是常事，可只凭一双脚板，即便来得频繁，也没能走多少山头，力所未逮的去处，也只能遗憾止步，但这次，搭上山鬼的车，他真切感受到了组织的力量。

先是有车队，出行极方便，一直开到没路的地方，就地组了个一号大本营，负责车子看管维护、对外联络。

然后绝大部分人，背负器具装备，徒步翻山，那叫一个专业：有地形图、山谱、GPS导航定位，各种叫不出名字的探测仪器，还放了嗡嗡嗡的无人机，看得神棍眼都直了。

中途又组了个二号大本营，把一半的器具装备留在了这儿，作后备之用，考虑得多周到啊。

最后的那一段，要爬半里多长的、近七十度角的陡坡，如果只是他，那是绝没可能的，可人家山鬼呢，团队协作，几个前锋攀纵如猿，上去打了攀钉、挽了结绳，直接做了个绳梯，他就那么战战兢兢但稳稳当当地蹬住梯子上来了。

要是每次都能有这待遇该多好啊，他的研究、他的探索，必然更上一层楼。

上来的时候差不多是半夜，山里黑得可怕，那么多狼眼手电筒和头灯都照不到百米开外，只隐约感觉，前方有一大片漆黑，比夜色都还要黑得多。而且，也不知道是不是错觉，总觉得那黑里还翻滚着隐约的呜咽咆哮。

孟劲松让人拉起一道警戒线，听那意思，再往前就危险了，所有人在线内扎营，不准越线，说是明儿天亮，就能看清究竟了。

而据二沈私下嘀咕，那场景相当震撼，难得一见。

所以神棍一夜都没睡好，还做了个梦，梦里，他依然在找箱子，只是这一次，是在一大片近乎黏稠的黑里摸索，黏稠里还鼓胀着呜咽和咆哮声。

……

山户也陆续起床了，大雾中传来刷牙、起锅起灶的声音，有人为了看清楚些，还开了手电筒——然而白雾中的手电筒，除了耗电，毫无用处，于是又嘟囔着关掉。

神棍咽了口唾沫，继续等，还不安地舔了舔嘴唇。雾越淡，他就越紧张，心中的期待也就更盛些。

太阳像是一下子跃上山头的，浓雾在万道阳光下骤然稀薄、缩减、消失，只几秒的时间，如同扯去面罩，一切大白于眼底。

四周的嘈杂声渐渐小了，只剩零星的锅勺碰响，再过了会儿，连这零星碰响都没了，神棍腾地站了起来，小跑着跟上一群激动的山户，跨过第一道警戒线，来到第二道警戒线前。

第一道警戒线，距离崖边有百十来米，而第二道，只有十来米了，警戒线边还站了两个人维持秩序，不准继续向前，然而更前的地方并非没人，孟劲松带着柳冠国，就站在距离崖边三四米远的地方，正向着底下指指点点。

神棍赶紧冲着孟劲松挥手："孟助理！哎，孟助理！我呀！"

孟劲松闻言回头，看到人群中那张讨嫌的大脸，略微皱了下眉头，但七姑婆的面子永远好使：人都到这儿了，即便不带神棍去见识山胆，也总该让他看个稀奇。

孟劲松笑了笑，冲着维持秩序的人点了点头，示意这人可以放行。

神棍大喜，矮身钻过这道警戒线，三步并作两步赶到跟前，本想跟孟劲松寒暄两句的，但眼睛已经被粘住般，转不开也挪不动了，半晌，喉咙里发出感慨似的一句——

"太壮观了！"

昨晚他还以为，这是一处山坳。

群山嘛，高低起伏，到了最高的山头，自然就要往下走，但万万没想到，这会是一处天坑。

地理上，把山川起伏统称为"地形"，哪怕是山坳盆地，也归入其中，因为以地面为界，山川山坳至少还在上头，是"正"的。天坑是"负地形"，本质属于大型的漏斗塌陷，深陷于地下，所以是"负"的。

国内的天坑，多分布在西南岩溶地貌发达的区域，地下岩层以可被水蚀的碳酸岩居多，在上亿年的时间内，地下渐渐蚀成千疮百孔，某一日到达临界点，再也承受不住上头的重量，于是"轰"的一声巨响，全盘坍陷。

从学术定义上说，直径和深度均超过一百米的，才能被称为"天坑"，小于这个范围的，只能被叫作"竖井"。截至目前，世界上最大的天坑被认为是重庆奉节小寨天坑，直径超五百米，深度有六百六十多米，仅粗略计算，坑底面积就得有好几百亩。

眼前的这个天坑，坑口直径比小寨天坑要小，但估计也得有个四百米。更不可思议的是，坑口不是露天的，如果有飞机从上空掠过，机上的人绝不会发现这儿有个天坑，只会以为是普通的山坳——因为坑口之上，仿佛拉起了一个绿色的巨盖，把这个巨大的天坑深洞给遮掩住了。

神棍接连咽了好几口唾沫，起了一身的鸡皮疙瘩。

因为站得近，他可以看得很清楚：那个巨盖，远看是一片浓绿浅翠，实则萧疏空漏，是无数藤蔓叶枝缠绕交联而成的，但藤蔓叶枝，怎么可能打横生长，而且长度如此惊人，以至于能把坑口给遮挡住呢？

这必须人工牵引，但问题又来了：那得有多少人力、得是多大的工程啊。

他蹲下身子细看，这一看，真是连发根都要竖起来了。

居然真的是以人力牵引的：近乎圆形的坑边缘处，每隔一段就有一个揳入崖缝的长形支架，支架上铜绿斑斑，极有可能是青铜的——如果猜测靠谱，应该是古早时候，有人以揳入岩壁一圈的青铜支架为支撑基点，牵绳缩结，像农家小院搭丝瓜架一样，在这个坑口张起巨网，然后引藤蔓叶枝顺着绳网自行缠绕、一路攀长，直到长在一处，形成天然的绿盖。

多年之后，当初的网绳都已经朽烂跌落，只剩了青铜支架，但接连成盖的藤蔓叶枝却还依旧坚挺。

……

不对，也不对，神棍晃晃脑袋，否定自己的猜测：这得多长的藤蔓啊，听说这世上最长的植物是棕榈藤，只要有足够的长度供其攀缘，能长到四百多米，但那是在热带雨林，湘西不具备这个气候条件，就算有，按照生长速度，长到百米之长，得要近千年，其间地质灾害乃至旱灾、涝灾无数，你如何能保证它恰好长成个"盖子"？

耳畔传来孟劲松和柳冠国的絮絮对答。

孟劲松："无人机飞不了吗？"

柳冠国："飞不了，这边磁场有些特殊，电子设备都有点瞎。"

孟劲松："SRT呢？"

SRT是固定在岩壁上的单绳升降装备，又称"单绳技术"。简单来说，就是在一根绳上实现自如升降，广泛用于洞穴探险和深入地下。

柳冠国："也就是个摆设，你知道，有飞狐的。"

孟劲松："降落伞、翼装飞行服都不行？"

柳冠国："下头可见度太低，地势又复杂，操作起来难度太大，再说了，也怕飞狐。"

神棍觉得"飞狐"这名字挺熟的，好像在哪里听过。

孟劲松叹气："看看，这么多年了，科技都发展到这份儿上了，我们还是得用段太婆的老法子。"

柳冠国在边上附和："就是。"

疑团太多，神棍没忍住："孟助理，这个……"

他不知道该怎么形容眼前这些结连的藤蔓："都是山鬼的手笔？"

孟劲松摇头："这我就不清楚了，山鬼的谱志里从来没记载过。"

"那……山鬼会定期维护保养吗？"

孟劲松继续摇头。

没人来养护，在山鬼的认知里，山胆的所在几乎是个"禁地"，跟"不探山"差不多。再说了，山势险峻，林深路险，只是到这崖上，就已经困难重重了，连久居湘西的山户都很少会过来探看，更别提什么维护保养了。

也许是几千年前，最初的那位祖宗奶奶，藏起了山胆之后，又以惊人的手笔，布置了这道瞒过众生眼的绝妙屏障？

孟劲松朝前走了几步，几乎贴着崖边，又招呼神棍："过来看。"

这山头的海拔没有一千米也有八百米，即便天气晴和，也难免有风。那个位置，真是叫人胆战目眩。即便是神棍这种经历过不少大阵仗的，也止不住心惊肉跳。

他蹭着步子过去。

孟劲松朝下指："你仔细看，可能有点暗，多试几个角度，应该就能看到山头了。"

山头？洞里还有山头？

神棍几乎忘了害怕，三番两次去揉眼睛，就跟揉拭能增加清晰度似的，又不时挪换身位，及至看得分明，脱口说了句："峰林？"

孟劲松点头，抬起手比画了一个位置："你如果去过武陵源，应该看过那儿最有名的景点，砂岩峰林。这儿也差不多，下头原本是个低凹的山坳，也有一小片峰林，但是后来，不知道几万年前，地面塌陷，'轰'的一声……"

他的手掌随之往下猛落："整片峰林全下去了，沉下去了。"

他顿了顿又唏嘘："很可惜，因为这片峰林造型独特，从某些角度来看，很像修长脖颈上的美人头。"

神棍没怎么听明白，他还沉浸在"沉下去了"的震撼之中。这个天坑，绝对比小寨天坑还要深，从崖上下去，一千米根本打不住。

孟劲松又指向那片巨大的绿盖："这儿磁场有问题，无人机放不了，不然能做个航拍，让你有个直观的概念：据说这片藤蔓绿盖不是杂乱无章的，而是被牵引成一定的形状，有的地方浓密，有的地方萧疏，你如果站在底下朝上张望，就好像看着一只浮在高空的巨大的眼睛。"

这场景太魔幻了，神棍只觉得周身发寒。

孟劲松的语调依然是那么不疾不徐："这个眼睛瞳仁部分的藤蔓很有趣，跟别处不同，似乎天生有些畏光，太阳出来的时候，它们会蜷缩着往周围退避，好像睁开眼睛、开启一道缝，把日光给送下去。你要知道，下面是缺光的。而到了晚上，又会舒展抽伸，把瞳仁给覆盖住。像不像一个人，白天睁开眼睛，晚上闭上眼睛？而这眼睛闭合的时候，因为昼夜温差，露水会混合着老藤渗出的藤汁木液往下滴落，很黏稠，我们有个形象的比喻，叫'瞳滴油'。"

神棍不知道该怎么答，嗫嚅了半天，又把话咽回去了。他想象着白日里藤蔓往四周卷曲退却的场面：那道被放进去的日光，好像是来自天的、深邃的目光啊。

"日光照进去，那个角度，只能覆盖到一个峰头。那个峰头，恰恰是藏着山胆的峰头。所以，只有那个峰头上的花能够开放，其他的峰头，因为常年缺光，别说花了，绿植都是萎缩的，我们有首偈子，'美人头，百花羞'，描述的就是这个场景。"

孟劲松似是自言自语："这儿太偏僻了，几乎没人找得到。即便找到，也下不去。采药人带的绳子，一般只有几十米长，再说了，下头还有成群的飞狐。

"八十多年前吧，当时山鬼的当家人之一，段文希段太婆，攀下去了。据说下头那些腐烂的树枝木叶就有一两米厚，而且因为日照、湿度、深度、温度跟地面完全不同，下头的环境自成一体，形成了一个封闭而又独一无二的生态系统。段太婆的日记里说，在下头撞见过二十多斤重的白老鼠……"

这个神棍倒是知道的：天坑内的物种，因为环境封闭，生存竞争简单却也激烈，会竭力自我进化以适应环境。就拿南方常见的棕竹来说，一般只两米来高，但在天坑里，为了争夺透下去的那点阳光，只能拼命生长，往往能蹿到七八米高——因为你不拼命长，就只有死路一条。

活着真不容易，不只人，植物也一样。

孟劲松就说到这儿，他凑近神棍，压低声音："剖山取山胆，就是在这儿。沈先生，这不是搭台唱戏给人看，每一步，都是要命的。地方我指给你了，你要敢下，你就下。我会好言劝说，但绝不拦着。"

【02】

大锅灶的早饭已经齐备，山风推裹着饭香涌向崖边。

孟劲松离开之后，围观的人群也开始三两散去。再壮观的场景，看到了也就可以了，反正看得再久，也不会开出花来。

神棍有点心神恍惚，被人群裹带着往回走，听到边上的人议论纷纷，不是在讲如何放绳下崖，就是在聊飞狐怎么厉害。

沈邦和沈万古早挤到他身侧，左右门神般夹着他走。这俩早上起晚了，没能紧跟神棍，听说他居然蹿去了孟助理身边，俱心下忐忑，生怕被扣一顶玩忽职守的帽子——明知现在求表现已经迟了，依然摆足了架势。

到了警戒线边，沈邦殷勤地压下线让神棍先跨，神棍浑没留意，犹在喃喃自语："飞狐，这个飞狐……"

沈邦赶紧接茬："对，对，咱们湘西的飞狐怪吓人的，剪刀手啊。"

飞狐的学名叫"红白鼯鼠"。

严格说起来，飞狐并不会飞，但它的身躯两侧到前后脚之间，长了相连的皮膜，张开皮膜时，就可以从高处向低处滑行，还可以自行调整滑行的方向和路径。这些倒谈不上可怕，可怕的是，它的趾爪相当锋利，比剪刀还好使，并且它还有个怪癖，见到绳索必会去剪。

解放前，湘西山里的采药人谈起飞狐来，无不咬牙切齿：费尽千辛万苦，坠了绳子下崖，一条命颤巍巍地悬于半空。好嘛，这畜生过来了，趾爪优雅一划，"咔"的一声把你的绳子给剪了，这是剪绳子吗？这是杀人哪！

所以不只采药的，这儿的人下崖都有个习惯：要么身缠两根绳索，这样，被剪断了一根之后，还能有机会靠另一根逃命；要么是在绳索上套上竹筒，绳索多了重防护，就不容易被割断了。

但不管哪个法子，都只能应对单只的飞狐，倘若是乌泱泱一大群……

别劳烦人家动爪割绳了，自己往下跳吧。

神棍终于想起来了："不是不是，怪不得觉得耳熟，《山海经》里写过飞狐。"

沈万古随口接了句："《山海经》，哦，就是那个胡编乱造的书啊。"

这下可捅了马蜂窝了，神棍差点儿跳起来，凶声凶气地吼他："你说谁是胡编乱造的？"

沈万古被他吓得一激灵，说话都结巴了："就是那个……《山海经》，不是捏造了很多妖魔鬼怪吗……"

沈邦比沈万古机灵，一见神棍气得脸上的肉都在簌簌而动、刚配的眼镜都快架不住了，赶紧冲着沈万古使眼色，又拿话圆场："人家不是捏造，那是文学创作，乘着想象的翅膀，造就出一个……呃……山海的世界。"

沈万古也赶紧补救："对，对，是我记岔了。《山海经》，嗯，确实写得不错，非常感人……"

如果不是沈邦冲他猛眨眼，他大概还要点评一下男女主角之间跌宕起伏的爱情故事了。

神棍的气消些了："你们不要觉得《山海经》就是胡编乱造的。《史记》里提过这书，司马迁都不确定这书成于何时、是谁写的。很多学者认为，它是上古时代的地理方志，而且这本书，单从结构上看，就非常诡异！"

《山海经》还有结构？沈邦半张了嘴，接不下话了。

涉及专长，神棍眉飞色舞，侃侃而谈："据说《山海经》应该包括三个部分，《山经》《海经》《大荒经》，《山经》《海经》好懂，普天之下，莫过山海嘛，但这'大荒'指的什么，就不晓得了。我个人认为，应该是和山海并列，但比它们还要荒芜、还要奇诡和难以捉摸的所在……但是！"

沈万古正不住点头以表认同，忽听到一个"但是"，知道其后必有转折，赶紧停止表演，竖起耳朵。

"但是，你去翻阅《大荒经》，会发现内容非常混乱，跟'大荒'没什么关系，除了几篇黄帝战蚩尤、鲧禹治水之类的上古神话，大部分也是讲海的，比如《大荒东经》开篇就说'东海之外'，而《大荒南经》开篇是'南海之外'……"

沈邦插了句："既然《大荒经》也是讲海的，干吗不直接归入《海经》呢？"

神棍赞许地看着沈邦："显然小邦邦是认真听讲了。"

沈万古向天翻了个白眼。

"没错，古人也发现了。既然《大荒经》也讲海，也就是全书都在讲山和海，所以把书名定为《山海经》。可以想见，如果真的讲到了关于'大荒'的部分，那这书就应该叫《山海荒经》。说到这儿，问题来了，写书的人至于连简单的分类都不懂吗？明明该是海的部分，为什么挪到《大荒经》里去？"

沈邦听入了神:"为什么?"

神棍煞有介事:"我猜测,这是我的假说哈,神棍假说:原本的《大荒经》出于某种原因,被抹掉或者销毁了,真本其实早已失传了,只留下'大荒经'这个构架标题。为了掩人耳目,把《海经》的几篇硬挪了过去凑结构。"

听来有那么点意思,沈邦倒吸一口凉气:"棍叔,高见啊!"

神棍颇为沾沾自喜,但还没忘了主题:"咱们回到正题,你不能粗暴地说《山海经》里的异兽都是捏造的,比如说啊,里面记述过一种兽,叫'状如豚而有牙',豚就是猪的意思。"

样子像猪而有牙,沈万古抢答:"这不就是野猪吗?"

很好,对答渐入佳境,神棍"嗯"了一声:"还有一句,叫'姑逢之山有兽焉,其状如狐而有翼'。"

二沈几乎是同时作答:"飞狐!"

神棍点头:"所以这飞狐,很可能是从上古一直繁衍至今的。而且,你们不觉得奇怪吗,它为什么有割断绳索的癖好呢?"

这倒没深究过,沈万古悻悻:"这小畜生心理变态,专爱报复社会呗。"

想想就来气,一般动物都怕人,你即便招惹它,它都不一定敢来招惹你,就这小畜生怪异,人家好端端放绳下崖,又不是去捉你的,隔了十八丈远,它非巴巴地过来把人的绳索给割了,烦不烦啊。

神棍若有所思:"你们说,它会是被人驯化成这样的吗?我的意思是,古早时候被驯化,以至于这种癖性,代代相传,成了习性。"

沈万古骇笑:"不是吧,驯化它干这缺德事干吗啊?不让人下崖啊,这崖底下是藏了什么宝吗?"

神棍心说:没错啊!这崖底下,是藏了东西。

孟千姿一行,到傍晚时才上了崖。

即便先后派了两小队人沿途接应,且随时都能通过卫星电话联系,孟劲松还是悬了一整天的心,生怕电话一挂,白水潇的余孽就会阴魂不散,再度缠上孟千姿,于是挨不到半个小时就会拨过去问进展——须知这是丛林赶路,又是抄的近道,免不了攀爬坠吊,半个小时,压根儿推进不了多久,到末了,孟千姿都被问烦了,说他:"是不是除了打电话,就没别的事做了?"

是啊,当然是,大群人驻扎崖上,没她无法开动,她是能避山兽的一张平安符,是主心骨、定心丸,没她开道,这头连SRT挂绳都不敢往下放,怕被飞狐给截了。

不过这话也就团在心里念叨念叨，总不能答个"是"吧。

终于盼到她出现，整个营地都激动了。昨晚的"动山兽"已经传得神乎其神，多少人扼腕自己没这眼福，看到邱栋几个挂着彩一瘸一拐，不说同情，反羡慕到近乎嫉妒。

辛辞胳膊上搭了件外套，一溜小跑，反赶在了孟劲松他们前头，隔着老远就喊"千姿，千姿"，又抖开外套："来来，快披上。"

看看她这衣不蔽体的，急需他出面挽救形象。

孟千姿趁着他张罗着帮她穿外套时，低声问了句："我很狼狈吗？"

辛辞也压低声音，实话实说："气色不好，黑眼圈都出来了，但是吧，是另一种风格，还不错。"

重要的是姿态，姿态压倒一切，只要有姿态，黑眼圈、皱纹，哪怕疲惫的眼神、不合体的穿着，都可以美！美是包罗万象的，绝不该局限于精致妆容或者完美肌肤——他辛辞的眼睛，可是能穿透一切画皮伪装、直抵本真的。

说话间，目光落到了她大腿的绷带上：这绷带本就是衣服胡乱撕就的，这一路攀山穿林，一天下来，脏污得不能看且不说，血都有些沁出来了。

辛辞如被蝎子蜇了一口："我天，你这样伤口会感染的，快快，走，赶紧给你弄弄。"

他半推半拽着她走，没走两步，迎头撞上孟劲松他们，又是一轮殷切问询，末了，众星捧月一样，一大群人，急急拥着她回帐篷了。

这闹哄哄的场子很快清静了，只剩了江炼一个人。

江炼都没太反应过来。

刚上了崖，气息还没喘定，一群人簇拥着孟千姿走了，又一群人，小心翼翼把邱栋几个受伤的给搀扶走了，唯独没人招呼他。

大概是因为不认识他，偶尔有几个眼尖认出来的，更不会过来招呼了，只不住拽过同伴交头接耳——

"那个，不是绑架孟小姐的人吗？"

"他怎么也来了？"

没人知道该不该接待，又该秉何种态度接待他。一般遇到这种情况，会去请示孟劲松或者柳冠国，但那两人正围着孟千姿忙呢，顾不上其他。

于是，江炼就被晾在这儿了。

他有点尴尬，进也不是，退也不是，投注过来的目光渐渐不太和善。这也在情理之中，谁让他在众目睽睽之下把人家的头儿给绑走了呢？

只好自嘲地笑笑，又笑笑，过了会儿，终于让他发现个好玩的：他戳在这儿，像根晷针，而夕阳的光斜打下来，在地上拉长他的影子，如同日晷。

再戳得久一会儿，影子应该会像时钟的走针一样，慢慢地往一侧偏移吧？

他盯着看了会儿，自己都觉得无聊，又放弃了，想了想，伸手进兜，掏出一小截叶枝来。

这是昨晚孟千姿给他的。草药也真是神奇，嚼烂了敷到伤口上，轻微痛痒之后，极其舒爽。

也不知道出于什么心理，他掐了一截留下。现在看来，真是掐对了，不然，真不知道接下来该干什么。

他抬眼环视四周，林木还算茂盛，要么按着这枝形叶貌去找找看吧，反正今天还要换药，总比干站在这儿没人搭理要好。

于是接下来，不少路过的山户都看到了江炼忙碌的身影：有时探高，有时伏低，有时往东，有时又走西。

因此，更没人搭理他了，忙人勿扰的道理，山户还是懂的。

孟千姿终于回到自己的地头，无数件事待办。不说别的，她都两天没刷牙洗脸了，全身上下又是血又是泥的，摸上去一片胶黏。

不能讲究的时候，自然要忍着，但能讲究的时候，还不往死里捯饬吗？

于是连饭都顾不上吃，先洗头洗澡，再清创换药。一轮忙完，天已黑透，终于换上套舒服干净的衣服，一身清爽地落座，边上，辛辞还在给她拆眼膜的包装纸……

那感觉，脱胎换骨；那惬意，神仙也不换。

孟劲松端了个托盘进来，里头是孟千姿的晚餐，大小碗碟，从主食到荤素菜到羹汤，一应俱全，味道一定不错，单嗅了嗅，她就已经食指大动了。

辛辞揭开一片眼膜，小心翼翼地帮孟千姿贴上："千姿，老孟还不想带我呢，我死乞白赖跟来的。不是我说啊，要不是我把你的衣服和日用品都给带上了，这荒山野岭的，你上哪儿找换的。"

孟千姿心情舒畅，听什么都在理："那是。"

孟劲松没好气地瞥了辛辞一眼：太监就是太监，紧急时派不上用场，事态一平稳，就在这儿作妖。

他轻咳了两声："千姿，给你开了小灶。你是病号，得吃好点。"

孟千姿"嗯"了一声，侧了下脸，方便辛辞给她贴另一侧的眼膜，忽然想到了什么："江炼安排下了吗？他跟邱栋一样，也受了伤，吃喝什么的要照顾点。"

江炼？

孟劲松愣了一下，语焉不详："安排下了……吧。"

孟千姿抬眼看他。

她跟孟劲松太熟了，光听语气就能知道事情办没办好：安排下了就是安排下了，加个"吧"字，几个意思？

孟劲松解释："我没太注意，一直在这头忙了，应该是柳冠国安排的。"

孟千姿说："不要'应该'啊。你叫他过来，问清楚了。"

孟劲松走到门边，让人把柳冠国叫进来。

柳冠国一头雾水："我没看见他啊，我以为是孟助理安排的。"

孟千姿蹙起眉头："你以为他，他以为你。那人呢，现在哪儿去了？"

孟劲松不以为然："这么大个人，总不会丢了，营地这么多帐篷，兴许在哪儿歇下了吧。"

孟千姿抹下眼膜，长身站起。

怎么可能。

江炼这人，没有伸手去讨的习惯，昨晚她就看出来了：他宁可把伤口草草包扎，也没向邱栋要过一片一枝的草药。

这儿是山鬼营地，没人招呼他，他会自己找地方歇下？

指不定在哪儿吹凉风呢。

江炼攥着一大把草药，翻上崖口。这种草药蛮挑地形的，崖上没有，低处的斜坡边倒是不少。

才走了两步，一抬头，前面立了条黑影。江炼吓了一跳，不过借着营地的太阳能射灯，他很快看出，这是孟千姿。

她大概洗漱过了，长发披散，夜风拂过时，送来香淡的发乳味道，挺清爽的。

江炼跟她打招呼："孟小姐。"

孟千姿面色不悦："去哪儿了啊？都没人看见你。"

这语气……

江炼心头"咯噔"一下，该不是怀疑他去和白水潇勾结了吧。

他扬了扬手里的草药："伤口要换药，我去采点备用。"

孟千姿说："昨晚用草药是迫不得已，大家身上都没药品。现在都到营地了，什么都不缺，连随队医生都有，你还去采草药？"

江炼一时语塞，顿了顿，找到一个相对合理的借口："这个……用着挺好的，纯天然。"

孟千姿"哦"了一声，换了个话题："吃了吗？"

江炼答得含糊："吃了些浆果，也不是……很饿。"

孟千姿"嗯"了一声，有意无意地，目光掠过他的小腹。

不知怎的，江炼有点心虚，下意识地挺起了肚子。不愧是亲生家养的肚子，关键时刻没给他掉链子，要是不合时宜地咕两声，那就尴尬了。

她还是一副不咸不淡的语调："那你今晚住哪儿啊？"

看来是不准备安排他住了。

干爷给他讲过做客的道道，一般你去人家拜访，人家若真心想留你住宿，不用你提，早热情地张罗上了，倘若没留你住宿的意思，就会客气地问一句："你今晚住哪儿啊？"

潜台词是：我这儿可没处给你住。

江炼笑了笑，很是无所谓地朝周围示意了一下："哪儿不能住啊，是树就有床，前两晚都这么住的。"

孟千姿又"哦"了一声，尾音拖得很长："那挺好。"

她转身回帐篷，走了两步，又停下："待会儿，我让人给你送瓶驱蚊水来，野地里蚊虫多，记得多喷喷。"

【03】

目送着孟千姿离开的背影，江炼有点悻悻。

他摸了摸鼻子，看向营地那一片灯火明亮，心里有那么点小酸涩：这么多顶帐篷，也不说匀他一个角落。

不过还好，他安慰自己，还有瓶驱蚊水呢。

不拿白不拿。

他在原地等，又很怜爱地摸摸肚子。

过了会儿，有个人急匆匆地跑过来，嚷他："是那个……江炼小哥吗？"

江炼认出是柳冠国，看到他两手空空的，心头升起一股子不太好的预感：怎么着，这是要告诉他，驱蚊水已经用完了？

柳冠国朝他招手："来，来，孟小姐让给你安排住的地方。"

啊？

江烁一时没反应过来。

柳冠国说他:"别站着呀,过来啊。"

江烁跟着柳冠国,穿过大半个营地,这一处相对较偏,只有四个单人帐,三个已入住,一个暂空,是他的,帐篷边都系了很厚实的可扎口黑垃圾袋。

山鬼的帐篷应该是成批定制的,偏大,不像一般的户外帐篷那么局促,一体成型免搭建,而且是双层防雨的,也就是说单体帐篷外头还罩了个外帐,门帘也是内外双层,内层是纱网的,防虫透气,外层下方两角都连着支撑杆,太阳大的时候把门帘撑拉出去,就是个长方形的凉棚,门前自有块阴凉。

地方已带到,柳冠国又匆匆离开,江烁长吁一口气,钻了进去。

抬眼看四壁,分外满足。今晚上,这身板终于可以伸直躺平,不用蜷在树丫间了。

就在这个时候,外头有人喊:"那个江烁……江烁小哥,住哪间?"

江烁探出脑袋,还伸了下手,以表明正身。

那是个小个子干瘦男人,见寻对了地方,小跑着过来半蹲下,"啪"的一声往门上贴了张黄符纸,上头有朱砂画的条条道道。什么意思?这是要把他"镇伏"在帐篷里吗?

小个子点着那符:"孟小姐说,你非要瓶驱蚊水,但我们不用那玩意儿,这是'避山兽'的山鬼简符。你昨晚也是跟孟小姐一道的,看到'动山兽'的效果了。有这符,什么长虫、飞蝇都不会往里爬,要什么驱蚊水啊。"

江烁想分辩一下自己并没有要驱蚊水,小个子符男没给他机会,昂着头走了,脸上那轻蔑的表情,像在鄙视他:没见识,只知道驱蚊水!

夜风拂过,那张贴歪了的符哗哗作响,江烁拈住符角细看,这痕纹还挺眼熟的,跟他描摹过的、孟千姿金铃铃片上的一个痕纹颇为相似,只是要简化得多,原来这是"避山兽"的。

山鬼九符,现在他至少知道两种了,动山兽和避山兽。

外头又传来嚷声:"那个江……江伢子,住哪间?"

这次,无须他探头,人家自己找着了。这是个拎着塑料袋的微胖男人,五十来岁,一看就知道是技术工种而非力辈。

那人往门口一蹲,塑料袋口朝下,"哗啦"一声,里头的东西铺了一地。

都是医药用品之类的,江烁只粗略一扫,就看见了医用绷带、小瓶酒精以及抗菌治感染的药膏和内服药。

微胖医男说他:"孟小姐说,你非要用纯天然的药。年轻伢子,不要太偏激,瞧不起生产线合成药物。你知道多少病人在用加工合成药吗？这世上，不是说纯天然的就是好的。"

江炼想解释："我不是……"

微胖医男也没给他机会，摇着头、叹着气，拎着空塑料袋走了。

江炼把那些药品拨到身前，正翻拣着哪些要用，又有人来了。

这一次，人家没喊，是他自己闻到香味，主动把脑袋伸出去的。

这应该是个厨子，因为他托了个满是碟碗的托盘，还系了条沾上了油污的大白围裙，江炼往后挪让，把那堆药品拂开，空出放托盘的地方。

那人把托盘放下，瓮声瓮气："孟小姐说，你已经吃过了。但我们开的病号饭还有不少，你看看，能不能帮着解决一份半份的。"

江炼说："我尽量……努力吧。"

……

这一个一个，走马灯似的，真让人应接不暇，虽说个个都对他有"误解"，而这误解，必来自孟千姿的推波助澜……

江炼觉得合情合理，那是孟千姿嘛。

他环视眼前种种，末了，一切让位于生理需要：毕竟民以食为天。

病号饭可真是丰富，而且该浓油浓油、该厚酱厚酱，不像通常意义上的那么清汤寡水，江炼只略尝了两样，胃口已然全开。二十几岁的大小伙子，正是能睡能吃的年纪，他连着几天没睡好觉，又只能吃点野凉浆果，早憋坏了，正大快朵颐，头顶上凉凉飘下一句："不是不饿吗？"

江炼身子一僵。

过了会儿，他半端着碗，缓缓抬头。

孟千姿正倚在门边，居高临下，半睥睨地看他，她穿了件牛仔外套，因为抱着胳膊，牛仔衣很随意地循着身体曲线卷皱，越发显得她适意，也就越发衬得他窘迫。

江炼说："这个……"

孟千姿示意他先不忙说话，又指了指他的嘴角："米粒。"

还有米粒，这是个什么形象？

江炼很镇定地抬起持筷的手，用屈起的指节把米粒推进嘴里，犹在试图挽回点什么："这个，我要解释一下……"

孟千姿轻哼了一声，转身走了。

山风把她撂下的话如数传递过来："死要面子活受罪。"

她昂着头，一路往回走，穿过灯光明暗的营地，沿途陆续有山户给她让路，她也就不断点头示意，及至走到自己帐篷边的暗影处，看看四下没人，越想越是好笑，一个没忍住，"扑哧"一声笑了出来。

孟劲松恰掀帘出来，帐篷内的昏黄色柔光随着这一掀流泻而出，恰把孟千姿笼在了其中：人笑的时候本就好看，更何况她还长得好看，再加上这夜色烘托，流光映衬，那场面，美得像幅画一样。

旁观者都会觉得舒心适意的画。

孟劲松不由得也笑起来，问她："千姿，什么事这么开心啊？"

有人在啊，孟千姿略略收敛了笑意。

她抬起头，把脸侧垂落的长发拂理到肩后，说："没事，随便笑笑。"

孟千姿走后，江炼干捧了一会儿碗。

是吃还是不吃呢？

吃吧，反正奚落也奚落过了，不吃也不能挽回什么，再说了，粒粒皆辛苦，不该浪费。

他继续埋头吃饭，正吃到酣处，门口又有人说话："你是……山鬼的客人啊？"

还来！他还以为到孟千姿已经可以告一段落了，没承想还有个压轴的！

江炼吞咽下一口米饭，无奈抬头。

门边只露了颗头，虽然只是个头，已让人印象深刻：这人四五十岁年纪，一头卷发，鼻梁上架了副新崭崭的黑框眼镜，那脸那眼神那表情，凑在一处，莫名喜感，身子……

营地光源众多，即便隔着帐篷，也可以隐约看到这人身子映出的那一截黑影，好家伙，真不容易，是从隔壁拗过来的。

看来，这人是他邻居。

江炼迟疑着，"嗯"了一声。

那人眉开眼笑的："好巧啊，我也是呢。这里外都是山鬼，他们是一家人，我一个外来的，怪不自在的……我叫'神棍'，你呢？"

也是山鬼的客人？

江炼略一思忖，立刻明白了：难怪他觉得这几顶帐篷的位置有点偏，原来是供"外客"住的，看来山鬼把内外亲疏理得很分明。

他疏离但不失礼貌地回了句："江炼。"

"哦，江炼啊。"

神棍非常自来熟地又爬进来些，先前只是头部入侵，现在大半个身子都进驻了:"你很有生活档次啊……"

是吗?一身狼狈,都能看出生活档次来?想必是气质胜人一筹,江炼差点儿就露出自矜的笑了。

"……我刚在帐篷里听到,你吃药都要纯天然的……"

江炼险些没捧住碗。

神棍啧啧赞叹:"我见过吃东西挑三拣四的,什么食材要有机的、不施化肥的、得是山泉水浇着长的,从来没听说过吃药都要纯天然的。我当时就觉得,得跟这个人认识一下,真是很独特!"

要不是神棍一脸诚挚,江炼几乎要以为这人是专来反讽他的,他也不知道该怎么往下接话,只好示意了一下自己还在吃饭,随口说了句:"他们这儿,备得还挺齐全,什么菜都有。一般户外,只能吃干粮。"

"那是!"神棍好像不知道什么叫暗示,噌噌噌地爬进来了,一盘腿坐下,拉开了上炕聊天的热络架势,"他们做得可到位了,崖底下,就那下头……"

他拿手往下指:"有个一号大本营,车子都在那儿,随时输送鸡鸭鱼肉、新鲜蔬菜,你在上头住再久,都不愁没热饭吃,还有还有……"

他伸手出去,把帐篷边上的黑色垃圾袋拨弄得哗哗响:"你看见这个垃圾袋了吗,特别厚实,满了就扎口送下去,非常环保……他们身上都带甩棍,还有刀,我先还以为是对付野兽的,问了才知道,人家是山鬼,不伤兽。这些理念,我都很是欣赏,你知道吗……"

他凑近江炼,神秘兮兮:"我有点想加入山鬼。"

人家山鬼,不实行招聘制吧?

江炼回答:"……祝你成功。"

他看出来了,想通过言语暗示让这人走是不大可能的,说得太直白又得罪人,毕竟人家才是货真价实的山鬼"客人",不像他,名不正,言不顺的。

随便吧,他聊随他聊,自己安心吃饭就是。

江炼只当他不存在。

神棍却认真思谋起这事来。加入山鬼,那可真是获益无穷,听说他们在大的山头都有分支,管吃管住还提供装备。有这样的支撑和后盾,他的探索研究工作,何愁不能一日千里!

就是吧,那个孟千姿,他有点不太欣赏。初见时,她戴了个眼罩,跟他说左眼里有两个眼珠子。今天上崖时,他看得真真的,明明就一个!

……

边上这人时喜时闷，江烁浑不在意，三下五除二光了盘，又敲敲盘边，提醒神棍让道，自己得把餐盘给人送回去。

神棍这才反应过来，手脚并用地给他腾地方，又问他："那你……来这儿干吗啊？"

江烁说："办点事。"他轻描淡写把球踢回去，"你呢？"

神棍居然接得很实在："我啊，我来找个箱子。"

江烁一怔，过了会儿，放下托盘，又坐回了原位。

原来，这就是孟千姿口中那个也要找箱子的人。

"你要找什么箱子？"

神棍完全不设防，除了冼琼花吩咐过的有关山胆的事不能外道，其他部分几乎和盘托出。当然了，他这点事，设防也没意义，反正说了跟没说一样。

但江烁却不能不多问两句。同至湘西，又同要找箱子，告诉他只是巧合，他还真不信。

"你只知道箱子的大致大小？"

"对，对，"神棍又比画了一通，"差不多这么高、这么宽……"

"还知道它是被人偷走的？"

"是啊。"

"为什么你会觉得它是被人偷走的呢？"

神棍被问住了，半天才回答："就是……一种感觉啊。"

江烁摇头："是你梦里的感觉，延伸到了现实中。但即便是在梦里，感觉也不会无缘无故产生，总得依托于一定的情境。你当时，一定是看到了什么，只不过醒来之后就忘了，只把这感觉记住了。"

说得很有道理，神棍皱起了眉。

这些日子，他频繁做梦，梦里，自己辗转于不同的地方寻找箱子，或是西北的大沙漠，或是秦岭山间的凤子岭，又或是曾英勇持刀剁死蛊虫的山洞……

大概那些场景都曾是他亲身所历，勾连着他早年间的故事，使得他的注意力只盯在了那些场景上，自己都没仔细想过：为什么他会觉得那只箱子是被人偷走的呢？

而听过他讲起这事的人，朋友们早习惯了他的神一出鬼一出的，听他说话如风过耳；陌生人又觉得他是脑子少根筋，当他不正常，疯言疯语，一笑置之。

从来没有人真的去反复琢磨他的话，然后提出疑问——

为什么你会觉得那个箱子是被人偷走的呢？

总得有个由头吧。

他睁着眼，半张着嘴，眼神渐渐涣散，偶尔眉头会抽动，似是要努力回想什么。

他真的是自冼琼花口中听到"山胆"这两个字之后，才开始做关于寻找箱子的梦的，第一晚的梦，应该至关重要。

那一晚，他干什么了？

——白天，他盯梢了冼琼花，但很快被发觉，还被粗暴地扭胳膊踹腿，吃了点皮肉苦头；

——冼琼花在他的文化衫上写字，跟他说"我们姿姐儿，是个厉害的"；

——他高高兴兴地把那件文化衫折好了放在床头，被子拉至胸口，又撤灭了灯……

然后好像，很快就做梦了……

江炼没有说话，他知道人在极专注地回忆某事时，需要相对安静和封闭的环境，他甚至还动作极轻缓地放下了门帘。

多层布隔音也是好的。

神棍嘴唇嗫嚅着，眼神依然飘忽，仿佛眸底投入的影像，并不是江炼。

他低声喃喃道："很大的火堆，火焰很高很高，其实不是一个箱子，很多，堆在一起，看不清，只能看到箱子的轮廓，都是这么长、这么宽，很多。"

江炼心跳得厉害，他屏住呼吸。没错，况家逃难时，带了很多箱子，用他干爷的话说，三四十个不止。

"还有人影，也看不清，就知道有人，也挺多的……有站在火堆边的，也有站在箱子堆边的。"

是那群土匪吗？江炼心中一凛：他们抢走了财物之后，把没用的箱子都给烧了？那……那张药方呢？土匪会不会觉得没有价值，一并丢弃烧毁了？

他想追问，又强自忍住，神棍现在这近乎梦游的状态，是不好去干扰的。

神棍蓦地瞪大眼睛："哇，好大的鸟！不是不是，是火光投了一只鸟的影子在山壁上。好大啊，几丈高，还在动。"

江炼耐住性子：光的照射确实可能成倍放大物体的影子，这也是投影仪的成像原理，可能在土匪烧毁况家箱笼的现场，混进了一只鸟吧。

然而神棍跟这只鸟耗上了。

"又不像鸟，脑袋有点像鸡，不不不，脑袋上好像还长了东西，有点像翎，像解放，也不……比我们解放漂亮多了。"

江炼如坠云里雾中。

我们解放……不是在一九四九年吗？为什么一只鸟脑袋上长的东西，会比中国解放还漂亮？这根本不是可拿来类比的啊。

233

【04】

神棍终于不再纠结那只美过国家解放的鸟了，他迷迷瞪瞪地抬头看天，仿佛能透过帐篷顶看到什么似的："起雾了，好大的雾啊。"

也没错，这湘西山里，经常会起雾：山林泽地，水汽太充沛了，难免的。

但是神棍接下来的喃喃自语又让江炼觉得莫名："一团一团的，像翻滚的灰浪似的，把半边天都给遮住了……"说到这儿，他身子打了个激灵，涣散的眼神终于回收，眸子里又有了光，"想起来了，我想起来了！"

终于想起来，为什么他会觉得这口箱子是被人偷走的了。

因为当浓雾漫天之际，那些个原本站在火堆边或者箱子堆边的人，都有些骚动，他们大声呵斥着，有往这边跑的，有爬上箱堆高处想看个究竟的。

然后，从浓雾中探出一双手，只有手，且显然是人的手，瘦骨嶙峋，猛然扒住最外围一口箱子的边沿，"哗啦"一声，就把那口箱子拖入了浓雾之中。

这么鬼祟，不是偷是什么呢？

江炼觉得神棍的描述有些夸大和失真，湘西是多雾，不过说到"一团一团，像翻滚的灰浪似的"，未免太荒诞了，转念一想，梦境嘛，是会有着超出现实的扭曲和怪诞的。

一群人 VS 一群土匪。

一堆箱子 VS 况家逃难时携带的一堆箱子。

差不多能对上，十有八九，两人要找的是同一只箱子了。更确切地说，两人要找的东西，都出自况家那堆箱笼。

神棍咽了口唾沫，继续给江炼描述梦里的场景："然后，就追。耳边全是追跑时呼哧呼哧的喘气声。那种感觉很奇怪，我的视角也很奇怪。梦里，我并不是个旁观者，好像也在追跑的人里，拼命地追，但是……"

说到这儿，神棍有点茫然。

追着追着，雾就散了，散得干干净净，露出被映照得如同白地似的荒野，抬头看，月亮很大、很白、很亮、很慈悲，也很温柔，巨大的山影矗立在天际，沉寂而又厚重。

这就是那个梦的全部，其实相较之前，也没多出太多有用的信息：关于箱子，依然没看到式样，只知道大致的长宽以及其实聚拢成堆、不止一只；有很多人，但只看到人影，穿着如何乃至性别如何，全无概念；有一只巨大而扭曲的鸟影，但那是火光的映射效果，真身如何，无从得知，也许是竹篾条编扎出来的呢；还看到了一只从浓雾中探出的、扒走箱子的手，但这也只更进一步佐证了，那只箱子是被人偷走的罢了。

江炼没漏过最关键的那个词："荒野？"

神棍说："嗯哪。"

江炼觉得这个用词相当玩味：就湘西这地形地貌，九山半水半分田的，还能出个荒野？

他试探性地问："你觉得……梦里的地方，是在湘西吗？"

神棍断然否认："不是，当然不是。"

他比画着形容梦里的所见："哪怕是晚上，你都能感觉到天的那种通透和辽远，地的那种广袤无边，山是那种大气磅礴连绵不绝的……我不是说南方的山就不大气哈，完全两种风格。"

末了，他下结论："西北！百分百是西北的山，我有经验，那种万山之宗、天之中柱的感觉……"

说到这儿，他似是想起了什么，不由得自言自语，"万山之宗……难道是昆仑山？哎，你别说，我去过昆仑山，那气质还真有点像……"

昆仑山啊，江炼一颗心落回实地。虽然都是箱子，但一个在西北，一个在湘西，相隔何止万里之遥，看来不是一回事了。

那就各凭本事，各找各箱吧。

他端起空餐盘，一路找至搭灶的地方，这顿饭本就吃得晚，再加上被神棍绊了半天，这当儿，夜都已经深了，不少帐篷已黑了灯，灶房那儿也散了，一片昏黑中，只有洗干净的锅碗瓢盆摆得齐整。

江炼搁下餐盘，又觉得就这么甩手走了不好，顿了顿，自己找到洗洁液和抹布，舀了点水，蹲在低洼处清洗餐盘。

值夜的山鬼倒是很警醒，看到搭灶的地方有人影晃动，马上过来查看究竟，待看到江炼在洗碗碟，松了口气的同时又莫名其妙，还怕他是要搞什么破坏，索性不走，就站在不远处盯着他洗。

江炼心生促狭，故意洗得慢慢吞吞，末了还拿干抹布把餐盘都给擦干了，这才转身离开。

走了没多远，蓦地停下步子，看向不远处一顶被好多小帐篷围在中央的大帐。

那头值夜的人手明显多些，不用猜就知道是孟千姿的帐篷，四围的小帐篷多已黑下去了，大帐却还亮着灯。江炼直觉，那灯不会那么快就熄。

既是山鬼的头儿，在其位，不管愿不愿意，都得谋其事。这些日子那么多变故，孟劲松只是助理，再能干也不能越过她去，大事小事，大概都要她最后定夺吧。
　　也是……挺累的。

　　孟千姿这些日子的确是累狠了，加上身上有伤，很想一头躺倒直入黑甜。
　　然而不行，一堆的事要敲定议定，好在孟劲松是自己人，怎么没仪态都无所谓。她钻进睡袋，腰后连垫了三个充气枕，只睁着眼、竖着耳朵、醒着脑子，其他部位，都歇了工。
　　但孟劲松那一通关于"洞神"的言论让她来了精神："神？她背后还是'神'？"
　　孟劲松失笑："你别激动，这只是湘西民间的说法。那个神棍说了，那有可能是一种能够影响人的心智和言行的力量。"
　　孟千姿心中一动："就好像水鬼家的……祖牌？"
　　几个月前，水鬼家一老一少两代掌事者求告上门，曾给她讲过一件复杂且扑朔迷离的事儿，语中提及，水鬼家族有三个祖宗牌位，简称"祖牌"。水鬼下水之后，将祖牌贴上额头，整个人就会形同傀儡，在水下游东走西，忙个不停，但清醒过来之后，完全不记得发生过什么——水鬼的人想方设法，尝试过让人下水跟踪、进行水下摄影、摄像，均告失败。
　　孟劲松摇头："我也想到祖牌了，有点类似，但其实不太像。水鬼家那种情形，像短暂的脑侵占；白水潇更像是被洗脑——不只白水潇，我还向神棍打听过关于落花洞女的情况。"
　　与其说是疯，更像是被洗脑般的痴：落花洞女并不疯癫，她们待人接物都很正常，只不过坚信着洞神的存在，也坚信着自己与洞神之间的爱情盟誓。
　　又是神棍，孟千姿皱眉："这人还真成专家了？他的话可信吗？"
　　孟劲松早有准备："这两天我没闲着，让人查了神棍的底，重庆的山户特地去拜会了万烽火，姓万的拍胸脯给神棍做了担保，说这个人，无家无亲、无门无派，不图名不图利，一世辗转，从风华正茂到年过半百，半生漂泊，真就是为了他的研究。"
　　对着现在的神棍，实在没法想象他"风华正茂"的样子，孟千姿笑起来："你这用词，还一串串的。"
　　孟劲松纠正她："转述而已，都是万烽火的说辞，看得出他挺欣赏这个神棍。我和七姑婆也联系过，七姑婆可不是听了什么就当真的人，她早就让云岭一带的山户探过有雾镇。"

"镇上确实有栋明清大宅，原先是个坐轮椅的老太婆住的，后来成了神棍的住处。据说房间里不是书就是打印资料，还有无数上了年头、按年份编号的笔记本，根据纸张泛黄的程度、笔迹比对等来看，确实是二三十年间积累下来的，他还有个同住的人，好像是个畸形，脸长得很吓人，基本不出门，也没什么特别的。

"一言以蔽之，这个人基本干净，可以放心，肚子里也确实有点货，所以我也把他带上了。"

孟千姿"嗯"了一声："要是他真有斤两，不妨好好结交一下，多个能人多条路，别像水鬼家似的……"

她是有点看不上水鬼的，水鬼有个全称叫"水鬼三姓"。据说古早时候，只三个姓氏，然而这都上千年下来了，居然还是三大姓，守着自己那点小秘密，视外姓人等如洪水猛兽，足见防人之深，忒小家子气了——这世界，不对外交流兼容并蓄哪行啊，看看山鬼，早活成百家姓了。

孟劲松笑着点头，忽然又想到什么："你知道吗，神棍有个女朋友。"

大抵人的天性就爱家长里短，孟千姿也不能免俗。她莫名兴奋，索性坐起身子，脑子里把神棍的形容相貌过了一圈，又嫌弃似的"噫"了一声："他……还有女朋友？现在这些女人，也太不挑了吧？"

孟劲松也觉得好笑："话还没听全呢，你先别着急发表议论，'女朋友'这三个字，得打上引号。那个女人……在他出生前就已经死了。"

这话可真拗口，孟千姿的脑子一时没转过弯来："在他出生前就死了……指腹为婚？女方先出生，刚出生就夭折了？"

也不对啊，神棍不是被人丢在那什么小村村村口的吗？

孟劲松也不卖关子："据说他有一次去寻访玄异怪事，应该是去河南的什么封门村吧，在一户农家看到一张民国时的老照片。照片上有个抱小孩的女人，漂亮是挺漂亮，但解放前就已经死了。

"他居然就能对着这张照片一见倾心。山户去探他的家时，还看到那张照片了。据说被镶在相框里，珍而重之地摆在书桌上，不知道的，还以为是他上三代的长辈呢。"

孟千姿起初觉得荒诞，几度发笑，及至听到后来，反不觉得好笑了。

她身子慢慢倚回去："其实，你换个角度想，这个人，还挺至情至性的。"

孟劲松啼笑皆非："至情至性，还能用在他身上？"

孟千姿垂下眼帘，没再说什么。这世上有多少人，会和主流价值观背道而驰，不追名逐利，不置田造屋，仅仅为了"感兴趣"的事儿，就饥一顿饱一顿，辗转万里、奔走半生呢？又有多少人，能在"情爱"这件事上，不掺杂各种考量计较，不在意冷嘲热讽，甚至连对方是死是活都无所谓，发乎情发乎心，对着一张照片就敢言爱呢？

这爱虽然来得轻率、惹人发笑，但谁敢说不是来得赤诚呢？

这神棍，还挺有意思的。

门口似是有动静，见孟千姿兀自出神，孟劲松也就不忙打扰她，先去门口与人说话。

孟千姿正心不在焉，忽然听到"江炼"两个字，循向看时，是孟劲松在门边和人低语，她觉得奇怪，身子往那侧倾了一下，又听不到。

好在，孟劲松很快过来了，脸色有点不好看，不待她发问，先说了出来："千姿，那个江炼……要么明早，调个车送他走吧。"

孟千姿没吭声，等他下文，他总不会没头没脑这么说的。

"这人来历不明，放在营地，总归让人不放心。刚值夜的人来报，说那个江炼大半夜的，在灶房那儿鬼鬼祟祟……"

孟千姿第一个反应就是：江炼必是还没吃饱。

"怕不是想在吃食里做什么手脚，值夜的人赶过去一看，居然蹲在那儿洗碗。你说这怎么可能？这装腔作势的把戏，也太低劣了。但又抓不到什么实在的把柄，我看还是把他送走……"

话还没完，孟千姿"扑哧"一声，又笑了。

孟劲松莫名其妙。

孟千姿也意识到笑得不太合适，咳嗽了两声坐起："这个，你就别管了。他就喜欢洗碗，由得他吧。"

孟劲松还想说什么，孟千姿示意他听着就行："江炼现在有求于我，巴不得我们顺利把事办完，留在这儿只会帮忙，不会添乱。再说了，他是什么重要人物吗，你还专门调辆车送他走？拔营的时候把他当箩筐一样装上车不就行了吗？"

她打了个哈欠，给这次夜谈收尾："行了，不管白水潇背后是真神还是假佛，如今都到了悬胆峰林，一切很快就会水落石出了。那女人自从昨晚失了踪迹，到现在毫无动静，不太像她的风格，指不定在暗处谋算着什么。咱们在明，上、中、下三号营地，务必警戒。还有，把段太婆的日记拿给我，临睡前，我再翻翻。"

终于可以独处了。

孟千姿窝进凌乱的充气枕间，随手翻开了日记本，段文希的那张经典小照又掉了出来，孟千姿拈起来看了看，觉得那个坠机而死的英国佬真是好福气，又真是没福气。

他如果不死，段太婆应该也不至于孤独一生吧，那个年代的情感，总有些坚贞孤守到近乎梦幻，不像这个年代，喧嚣搅嚷，聚散随性，谁也不是谁的归宿，宿了也指不定何时就散——没有归宿，只有天涯，归宿缥缈，天涯永固。

她把照片重新塞回去，不住拨翻纸页，然后停在一张钢笔画的页幅上，又将日记本竖了过来。

这是段文希画的下崖示意图，单张的页幅太小，两页拼为一大张，得掉转方向看。

段文希的画工很好，黑色墨水因着年代久远，略略有些洇开，纸页也陈旧泛黄，却反而给这幅手绘画增添了些许旷远和迷蒙，透过这薄脆纸页，万仞崖山渐渐清晰可见。

……

段文希当年的下崖历来为山鬼称道。她几乎没动用湘西的山户人力，主要依靠三件宝：牛轭、一群猴、一袋铜钱。

【05】

牛轭是解放前通行于广西等地的一种攀爬升降器，木质，形状像耕地时套在牛颈上的曲木，人下崖时把牛轭套在腰上，绳索透过牛轭上端削凿的一个凹口进行缩放控制即可。

段文希就是借助牛轭，完成了第一阶段的百米下攀。

当然，为了防飞狐，她割破手指，沿途用血留下了三个避山兽的符——虽然动用不了金铃，但身为山髻，位次仅低于山鬼王座，以血书符，还是颇有威慑力的。

接下来的一段，就要用到猴了。

这群猴并非野生，而是经人驯化后的。大武陵一带多猴，有山户以驯猴为生，兴起时就带群猴去逛市集，表演算术、穿脱衣、骑羊骑狗，段文希下崖之前，和这群猴相处了多日，又兼有"伏山兽"之能，群猴供她驱使，不在话下。

所以她下至绳尽，一声嘬哨，三四十只大小猴远远绕开"避山兽"的那一路，由边侧气势汹汹奔窜而下，个个都不是空手，有头颈上挂一捆长绳的，有身上背绑柴枝火把的，吱吱叽叽，动木摇枝，场面蔚为壮观。

落脚处有横生的木树虬枝可供踏行自然最好，如果没有，群猴会在她的嘬哨指引下作结绳牵引，遇到实在凶险无法下脚之地，群猴还会攀抓住岩壁、身体蜷抱如攀岩岩点，或以猴身搭桥，供她踩攀。

也就是在这一段，段文希看到了黑蝙蝠群。

依照她的形容，成群的黑蝙蝠密密麻麻、层层叠叠，如同搭挂在岩壁上，其范围之宽之广，类似于今日的影院巨幕，挤挤簇簇，蠕蠕而动，偶有张开翅膀飞起来的，翼展足有一米之长。

段文希先还觉得奇怪，在她的印象里，蝙蝠应该都是生活在黑暗的洞穴里的，后来想明白了：这天坑如桶，其上又有个"盖"，阳光很难下达，岂不就跟个洞一样？

而且，到这个深度，可见度已经很低了，那一大片蝠群间偶有睁眼的，按说，蝙蝠的眼睛是不该发光的，但大概是反射了别处的微光，星星点点，散布崖面，忽明忽灭，明处又能隐约见到近乎狰狞的尖嘴鼠脸，让人不知是该惊叹这场景奇特，还是该毛骨悚然。

最后一段路，已接近全黑，群猴举持着火把窜跳至段文希跟前，由着她用火折子把火把点燃。

动物有畏火的本性，这也是为什么要带经驯化后的猴，它们跟人相处得久，又是被驯来耍戏法的，钻跳火圈等都是常事，对明火没那么畏惧，换了野猴就不行了，非吓得屁滚尿流不可。

即便如此，再行进了一段之后，群猴还是彻底不敢下了——你以为已近底部，下头该是死寂无声，近乎封闭之所，其实不然，下头照样有风声林涛以及叫人骨寒毛竖的尖噪厉吼。偶尔，半空中还会突然掠过怪异的禽影——群猴躁动不安，举着火把在岩壁上跳窜个不停，宁死也不肯再下了。

这个时候，就要用到那一袋子同治、光绪通宝了。

据古早的山鬼传说，最后的这一段崖壁，别说树了，寸草都不生，可能实在离光照太远了，又不像底下的林木，可以自地里汲取养分，但它有个好处，布满了细小的裂隙。

这裂隙极小，手指是万万伸不进的，想嵌个绿豆也难，但世上事，就是这么美妙和出乎意料：有一样人人都熟识且到处可见的东西，仿佛就是为这裂隙而生的。

铜钱。

薄薄的那种，最贱的铜钱。古早时候，是什么刀币、布币，后来是各种各样的皇帝制钱，略一敲凿，即可嵌入，一半在内，一半在外，恰可供一只大脚趾踩扒。

山鬼的赤足攀爬功夫，于此节最见功底，被戏称为山鬼的"一趾禅"。而这段要命的险路，却有个吉祥的名字叫"金钱路"。在这段路上"花"出去的钱，叫买路钱。

想想看吧，一面巨大的、零落嵌满了历代片状铜制钱的山壁，真不啻为这世上最庞大也最齐全的铜制钱展览墙，只不过能看到它的人，寥寥无几罢了。

火光只在头顶跃动，伴随着群猴越来越远的吱吱乱叫，及至实在看不见时，段文希再次喂出哨响，群猴如逢赦令，循着她的指引，每次只抛下一两个火把，橘红色的火光如飘灯陆续掠过，或落于树冠，或落于灌木草丛，总能燃烧一阵，支撑着为她提供最后的光亮——段文希就这么目测着到底的距离和心算着还可用的火把数量，适时喂响口哨，直至双脚踏上崖底松软黏厚的腐质层。

然而，这还不是终结。

那片被称作"美人头"的峰林错落矗立在崖底中央，高度从几十米到二三百米不等，黑暗中望去，如瘦削的擎天之树，又像高处浮动着的颗颗巨大人头。

如果把那片峰林归置于一个圆圈之中，悬有山胆的那一个石峰并不处于正中，而是大致位于某条直径的黄金分割点上，它的位置应该经过测算，能够接收到顶部绿盖"瞳仁"处透射下来的、无比珍贵的日光，峰头上密植的花卉，由此得以绽放，如同美人簪花，羞煞四周那一圈空具"美人头"之名、脑顶却一片光秃的石峰。

是为"美人头，百花羞"。

从落脚点到悬胆的石峰，还有很长一段路要走，也就是在这段路上，她撞见了惊慌窜逃的、足有二十来斤的白老鼠，还看到了悬挂在树上的完整蛇蜕，拿手臂比了一下，蛇身至少也得有水桶那么粗。

可以想见，如果她不是山鬐，动用不了"避山兽"的血符，这段路，很有可能就是她的不归路了。

事后，段文希在日记中写道——

"山胆悬置，如同归入一个无懈可击的保险箱，以地理位置之偏、藤盖之掩、悬崖之险、飞狐之毒、群兽之凶，命悬一线，步步惊心，若蹈虎尾，如涉春冰，非山鬼不可下、非山鬼不能下也。"

江炼早上起来，刚掀开门帘，就看到不远处走过的柳冠国。

这也算个熟脸了，他犹豫了一下，还是紧赶上去，朝柳冠国借用卫星电话。

柳冠国倒是挺好说话，很快就拿了给他，还很好心地指点他去低处的山坡上拨打，说是这儿近崖边，磁场扰动得厉害，电子设备都有点不服帖。

江炼谢过柳冠国，从绳梯处下至半坡，电话是拨给况同胜的。这个点，干爷必然还没有起床，不过无所谓，又不是要找他。

电话是护工接的，声音里透着没睡醒的迷蒙："炼小爷？"

江烁抬头瞥了眼太阳的高度，不过也知道护工并不是懒。这些年，他们看护况同胜久了，作息也有点趋同。

他问："这两天，美盈或者韦彪，有打电话来吗？"

护工乐了："打了，昨天打的，劈头就问你有没有打电话来，而且跟你一样，都不用自己的手机，拿陌生号码打的。今天你又问他们打没打，炼小爷，你们玩捉迷藏呢？"

这护工不错，舌头上没废话，三两句就把情况交代清楚了，江烁放下心来，也笑："美盈再打来的话，告诉她我已经把事情解决了，就是还有点杂事要处理，让他们去武陵山的云梦峰住下，我会在那儿跟他们碰头。"

结束通话，江烁原路返回，想把卫星电话还给柳冠国，又不知道他人在哪儿，于是一路打听，一路向着崖边过来。

路上有警戒线，但都已经放低落地，而且崖边三两成堆，目测有不少人——江烁也就当这警戒已收，直接跨了过去。

到了近前，他攥住卫星电话僵在当地，结结实实地震住了。

昨天，他上崖上得晚，再加上是山鬼营地，为了避嫌，没敢乱走，只当是普通的崖顶，现在看清全貌，身上的汗毛都立起来了。

天坑不算稀奇，这些年，他反复造访湘西，对当地的地形地貌多少了解些。湘西本就是个多天坑的地方，翻翻当地的社会新闻，山民外出砍柴误摔进天坑致死的事时有发生；若说存在这种尚未被发现的巨大天坑，也不是没可能——人类对自然界的认知，远未穷尽。

稀奇的是：这规模巨大的藤蔓叶枝绿盖是怎么回事？是大自然的神工鬼斧还是人力的群体造就？

叮叮当当的敲凿声把他重新拉回现实之中。

循向看去，有一处崖边，至少或蹲伏或站立着数十个山户，正忙着架设什么，身周堆放了好多装备，只粗略一扫，江烁就认出有单双滑轮、头盔、静力绳、GO锁、胸式上升器、下降器、脚踏圈、牛尾绳等，数量不少，几乎堆成了小山。

这是……SRT单绳技术？

正思忖着，身后有说话声传来，听起来像是柳冠国，江烁回过身，正想迎上去，又停住了。

柳冠国是陪着孟千姿和孟劲松过来的，一边走一边指向崖边正忙活着的那一处，向两人介绍提升和下降系统架设的进展，孟千姿眼睫低垂，仔细听着，只偶尔点一下头，无意间一抬眼，眸光过处，便扫见了江烁。

江炼也没想到就这么"见"上了，说来也怪，目光无形，空气无质，但她这一扫，却让他感到了些许压迫，似是承接了某种重量。

正犹豫着是该点头致意还是迎上去说话，她的上睑微一沉，目光瞬间遁收，仿佛寒凉过境，迫至眉睫又变了道，只留一线余凉缓缓化开，很快融于空气之中。

三人边走边聊，很快就过去了。

江炼这才长吁了一口气，还拿手拍了拍胸口给自己压惊，但这惊从何来，自己也说不清。

正思忖着是不是把卫星电话托人转交、自己溜走为上，肩侧突然一沉，有人一掌拍在他肩上，兴高采烈地叫他："小炼炼！"

小炼炼？

江炼转过身，迎上神棍笑逐颜开的眉眼。

他怀疑自己是不是听错了："你叫我什么？"

"小炼炼啊，"神棍一点都没觉得不合适，"难得我们昨晚聊得那么投缘，一见如故。"

投缘吗？

还有，"一见如故"这个词是这么用的吗？他跟神棍要是都能算一见如故，那孟千姿得是……挚爱亲朋了吧？

神棍凑上前来，压低声音："你知道吗，只有聊得来的朋友，我才会给起个又好听又好叫的小名，其他人，让我起我还不起呢。"

这话说的，就跟自己占了他多大便宜似的，好在有况同胜给他起的"炼子"这么难听的昵称做打底，"小炼炼"被衬托的，也不是那么刺耳。

嘴长在别人身上，只要不是太难听，爱怎么叫怎么叫吧，江炼也无所谓。

神棍显然也在这儿瞧了好一会儿了，兴奋得不行，指着正在架设中的下降系统给他看："小炼炼，他们好像要下崖啊，而且吧，我听说那个孟小姐来了，飞狐就完全不是问题了。"

"嗯。"

神棍对他这反应颇不满意："你怎么反应这么平淡？上千米深的天坑啊，下头还有峰林，你知道这是多么难得的奇观吗？还有啊，下头的物种都跟别处不一样，大老鼠，二十斤！"

怪了，他怎么知道下头有二十斤的大老鼠，江炼奇怪："你下去过？"

神棍一挥手，表示这个无关紧要："我决定借用他们一根绳，我也要下。"

这语气，跟他不是要下崖，而只是要上街买棵葱似的。江炼看看那头，又看向神棍："你玩过SRT？"

神棍茫然："什么艾斯……踢……"似乎听孟劲松也说起过。

江炼给他扫盲："SRT，Single Rope Technique，国内叫'单绳技术'，利用单根绳索自如升降。"

神棍说："是啊，有绳还不行吗？"

江炼气笑了："有绳就行，你是蜘蛛吗？还是臂力过人……"说到这儿，伸手出去，捏了捏神棍的肩膀，"肉有点松啊，不大锻炼吧。"

男人的自尊让神棍的老脸微微一红，他讪讪道："我说错了，不是单靠绳子，我看到他们有下降器。可神奇了，说是刺溜就滑下去了。"

跟门外汉聊天真是费劲，江炼说："这么跟你说吧。"

他俯身捡了块小石子，想再找根线给神棍做示范，可惜这是崖顶而非缝纫车间，石子是要多少有多少，线嘛，一根都没有。

江炼托着那颗石子给神棍看："假设有一根细长的线，一头拈在我手里，另一头系着这块石头，当我抬起手时……"他拇指和食指捏在一处，作势慢慢抬起，"你会看见什么？"

神棍回答："我看见一只手，还有一根线……吊着石头。"

江炼无语，不过这说法也没大毛病，他只好揭晓答案："线太长，而石头又没到达平衡点时，会以绳为轴，不断打转。"

神棍张大嘴巴，顿了顿，似是想起了什么，不断点头："是是，我见过这种，有印象，是会转的。"

"所以，没掌握技术的人，比如你，即便下去了，也没法保持平衡，停在半空时，你可能会仰翻，还会不断打转，直到自己把自己转晕在下头。或者，你会不断晃动，绳越长，你的晃动幅度就……你自己体会一下。"

神棍咽了口口水："那，我可以不在空中停留啊，我可以飞快地，一直下滑，一路滑到底。"

飞快地滑？

呵呵。

江炼问他："绳索是不是穿在下降器里的？"

"是啊。"

"你飞快下滑，下降器和绳索之间是不是会有摩擦？"

"是……啊。"

"摩擦生什么？"

神棍想了想："电啊。"

江炼一时语塞，神棍永远能给出对的，但不是他想要的回答，他只好再次主动亮答案："热，摩擦生热。"

"快速下滑，很有可能烧伤绳索。这种器械承重，极限速度三米每秒，你敢超过这个速度，最多一百米，你的绳子就会烧起来。"

神棍瞪大眼睛，一脸的"原来如此"，顿了好大一会儿，才说了句："小炼炼，你好有……文化啊。"

很好，既然夸他有文化了，他就再漏点文化给他看。

"还有，一直滑、一路滑到底也是不可能的。下崖用的静力绳，一般在两三百米的长度，超过一千米的不是没有，但是得特别定制。他们用的静力绳直径超过十毫米，就以十毫米直径来算吧，一百米就得八公斤左右，一千米就是八十公斤，我看了他们的装备，没有这种超级长绳。你是跟着他们一起爬上来的，当时有人背这么大的驮包吗？"

神棍的嘴巴张得更大了。没有，肯定没有，翻山那么辛苦，除了必备装备，都是尽量轻装，光一根绳子就要八十公斤，太吓人了。

江炼很平静地给他泼去最后一桶冷水："既然没长绳，就得两根拼接，拼接的地方叫'节'，不管打的是平结、渔人结还是八字结，总是个绳疙瘩，如何'过节'，是门专业技巧，得经过训练才能掌握。所以，你不可能一路滑到底，至少也得过三个节。"

这时，身侧传来孟千姿的声音："这是……很懂啊。"

江炼身子一僵。

自己讲得太专注了，都没太留意身旁，她是什么时候过来的？

不过还好，看神棍那一脸折服，刚刚的表现应该还过得去，非常朴实无华地展示了一下自己的才干，好叫她知道，他江炼，虽然略有点要面子，仍不失为一颗闪耀的星。

他转过身跟她打招呼："孟小姐。"又补了句，"……略懂吧。"

【06】

"炫"了一番才能之后，又谦虚似的来一句"略懂"，这谦虚必然就有些装的成分——这属于社交常见套路，接茬儿的若通晓此道，一般会激情反驳，力争此乃精通而绝非略懂，然后你来我往，你唱我搭，交情更深一层。

孟千姿哪会看不出这道道，不过她从小身份特殊，用不着给人面子，更何况江炼唱戏，她乐于拆台。

她回："哦。"

"哦"完转身就走：你略懂好了，你还可以不懂、大懂、特懂，你开成八瓣的花，都不关我的事。

这就掀过去了？人说见招拆招，你不能不发招啊，招都没有，让他怎么接？

江炼只得紧走几步撵上她："孟小姐。"

孟千姿停下脚步，吝啬似的只侧回小半张脸给他看："嗯？"

江炼迟疑了一下："我是想问，有什么我能帮忙的吗？"

白吃白喝却晾着手不做事，不是他的风格。

孟千姿惜字如金："没。"

她承认江炼刚才说得头头是道，手底下应该是有真章的，但那又怎么样呢？

孟劲松一直对江炼颇有微词，还曾提议把他送走，她反去用他，孟劲松脸上会不大好看。再说了，这崖上全是山鬼，绳降又是山鬼擅长的，人手管够，她还塞个外援进来，不是给山户心里找不痛快吗？

她向前走了两步，似是想起了什么，又退回来，乜斜了一眼他。

这个角度，眼睛看起来真像戏台上吊梢的凤眼，傲气里揣了几缕媚。

"听说，你碗洗得不错？"

山鬼的嘴也真快，这么点事，也犯得着传进她耳朵里。

江炼又不能不答，只得含糊以对："还……行吧。"

孟千姿又"哦"了一声："那这样，你也看到了，今天我们这头都在忙正事，人手有点紧张，你要是真想帮忙……"

江炼哪会听不懂这弦外之音："孟小姐，你不觉得，我去洗碗，是大材小用了吗？"

孟千姿轻描淡写："不觉得啊，这两天在灶房炒菜洗碗的人，也都是可下崖可攀山的行家。我认为，真正有才干的人，洗碗也能洗出格局和气象来。"

很好，这是故意要为难他。

江炼笑笑，末了点头："行，那就洗。"他伸手挽衣袖，"走了。"

孟千姿当然不是真要他去洗碗，没想到江炼居然这么爽快，先时还以为他只是做做样子，待见真甩开步子走了，不由得跟了几步，叫他："哎。"

江炼停下脚步，没急着回头。

孟千姿说："你要是不愿意，就说出来。人长了张嘴，就是用来说话的，用来提要求也用来拒绝。你不说,谁能知道你什么想法。"

江炼还是没回头,唇角却不觉扬起一抹很淡的笑。

过了会儿,他退步回来,也只侧了小半张脸给她看,语气和眼神都挺真挚:"孟小姐,你误会了,我是真的挺喜欢洗碗的。"

说完,嫌挽袖太麻烦,用力一撸过了肘,大步流星地去了。神棍原本是站在不远处观望的,忽见江炼走了,不明所以,也一溜小跑地撵了上去。

孟千姿心有不甘地又向前走了两步,这才恨恨停下,对着空气咬牙:"什么人哪。"

不远处的辛辞将这一幕尽收眼底。

上崖以来,他是唯一一个不敢靠近崖边五米以内的人,你若是硬拉他,他必煞白了脸,反复念叨什么"不行不行""万一崖边那一整块石头忽然塌下去了呢",总之是各种被害妄想,极其珍惜生命,防患于未然。

所以,他只会梭巡于这种距崖边较远的安全地带。

他走到孟千姿身边,又好奇地朝江炼离开的方向张望:"千姿,怎么了啊?"

孟千姿没好气:"那个人,想教他点人生智慧,可惜了,有些人的脑袋,就是不吃点拨。"

人生智慧?辛辞来了兴致。

孟千姿乜斜了他一眼:"也适用于你,会叫的孩子有糖吃,懂吗?凡事不吭声、不争不要、不懂反驳,活该受气,什么都得不到。"

辛辞悻悻,怎么就适用于他了?他可是个勇于表达的人,老孟每次让他不舒服,他都必找个机会挤对回去。

不过,他对这"人生智慧"并不完全认同:"我倒不觉得,这得看个人性格。像我,就不喜欢会叫会闹的,我去分糖的话,那些冲在最前头又挤又抓的,真是看了就烦。反而会特别留意被挤在后头、不争不抢、安静内向的那种,多招人疼啊,刹那间母爱泛滥,恨不得把一篮子糖都倒给他。千姿,人都是有母性的……"

孟千姿硬邦邦地打断他:"我没有。"

这语气不对,辛辞立马噤了声,过了会儿,他小声嘀咕了句:"我是说我,又没说你。"

半个小时后,几十个人的早餐才终告结束,托盘碗碟,少说也积了二三百。而且,为防不必要的损毁,材质多是不锈钢,洗起来难免磕碰,相当刺耳。

江炼还真就坐了个小马扎,在一个帆布防水可折叠大盆里清洗碗碟,不只他一个人洗,还有另外三四个人,原本都是各守一堆碗碟、各自为政的,他来了之后,提了小小建议，把工序流水线化了。

第一个人负责抹净。吃过的碗碟里，难免有残存的米粒油渣，真浸到水里，一盆水立马就浑了，漂起葱花菜叶，好不恶心，所以，抹净挺重要，洗起来方便，还省水。

第二个人负责分类。碗一堆碟一堆勺一堆筷一堆，这样，一段时间内，只洗某一类，动作熟练，省时间。

第三个人负责清洗。帆布盆里满是洗洁液的泡泡。

第四个就是江炼，他负责过水。山鬼有钱，洗洁液是高档货，没什么残留，过一遍水足矣。神棍蹲在边上给他打下手，负责抹干和叠放。

这样一来，还真是井然有序。每一道的人暂时做完自己的活，都可以去帮前后道，比起之前，是要方便很多，几个人起先对江炼跑来指点江山颇为反感，上手之后发现的确可行，也就不说什么了。

然而神棍的嘴可不闲着。

他愤愤："这个孟小姐，真是……你这么有能耐，让你来洗碗！"

神棍居然会主动跑来帮忙，挺让江炼意外的，而且千穿万穿，马屁不穿，此人一见面就称他"有生活档次"，继而夸他"有文化"，如今又赞他"有能耐"，江炼终于从这接踵而至的马屁中get（看）到了神棍的可爱，觉得这张总在他面前晃动的大脸，也没那么讨厌了。

他朝不远处那几个人瞥了一眼，确信他们不会听到："这么点碗，洗起来很快，山鬼架设升降系统，还得做测试，没那么快完工——不耽误我们过去看热闹。"

神棍经江炼一通扫盲，对自己下崖这事，已经不抱什么指望了，但是……

他嘟囔："我就算了，但是你，这么懂，应该去那儿……表现表现嘛。"

江炼笑笑，没吭声。

其实过来洗碗时，他就已经想明白了：亲疏有别，内外分明，他是不赖，可山鬼近山而居，又能差到哪儿去？下崖这种攸关性命的大事、山鬼的家务事，怎么会让他这个属性待定且有前科的人参与其中呢？

所以现在，洗碗吧，唯有洗碗，是他能出上力的事了：干一行爱一行，洗得溜滑锃亮，洗出格局，洗出气象。

日上三竿，十来个架设点都已测试完毕。

主架设点就是当初段文希下崖的位置，也被历代前辈认为是最合适的下崖点——往左偏，很可能就下到黑蝙蝠群里去了，即便"避山兽"好用，不至于遭受攻击，那感觉也是怪恶心的；往右偏，崖壁多苔藓，走势多凹凸，不方便借力，还极易磨损静力绳。

孟千姿站在崖边，由柳冠国帮着穿上半身安全带、背上装备袋，又戴好头盔：人在下头，高处哪怕掉落一颗小石子，都是要命的。

孟劲松跟她确认随行人数："至少得八个吧？不能再少了。"

其实，孟劲松是想让她休养两天再下的，毕竟她身上还有刀伤，虽说是自己割的、下手比较克制，但有伤就是有伤。可孟千姿的话也在理，都到这儿了，住在崖上休养吗？早点了结，大家都好安心。

按照计划，孟千姿先下去开道，伏兽金铃的势头很绵，不像人身血符那么刚猛，最初只能罩护她一个人，然后才如铃音般悠悠外荡、扩大范围，所以，确保这一程安全之后，山户才能跟着下。

然而带多少人是个问题。

孟千姿倾向于少：毕竟是下天坑，自顾不暇，拼人数没意义，反而可能增加伤亡率，不客气地说，她一个人下，怕是还更利索些。

但孟劲松不放心：万一崴了瘸了呢，身边有人，总归多个照应。

两人拉大锯般，从起先的二十个缩减到十五个，然后十个，孟劲松觉得，八个是他的底线了。

孟千姿不再坚持："行吧，挑那种脑子灵活、手脚利索的，还有……"她凑近孟劲松，压低声音，"这崖上，你给我看好了，我可不想上来之后，看到你们都被白水潇给放倒了。"

柳冠国是不错，但担不了大任，得留孟劲松在这儿压阵。

孟劲松失笑，也压低了声音回她："我都安排好了，只要她敢来，就走不脱。"

这就好，孟千姿笑了笑，拽紧牵绳，背对崖口，一脚蹬住崖边，准备下崖。

深嘘一口气时，目光掠过崖面，忽然又看到了江炼。

他大概是洗完碗了，所以有空来看热闹，不过没法靠近，被警戒线挡在了十多米开外，挤在一群山户之间。

他也看到孟千姿了，出乎意料，脸上没有现出那种招牌似的笑，反而略显凝重，嘴唇动了动，看那口型，应该是让她小心。

忽然这么正经，她反有点不习惯了。再说了，事关自己身家性命，她能不小心吗？

孟千姿垂下眼，只瞬间工夫，就没入了崖下。

崖上的山鬼瞬间躁动，发出了助阵助威似的"嗨哟"声。

江炼不知道山鬼有这习惯，被吓了一跳，只这须臾恍神，孟千姿已经不见了。

他心里叹了口气。

其实很想去崖边看看她的行进情况，但又没法过去：为了方便绳降，那一片清了场，无关人等被拦在了外围，只有孟劲松他们和几个随行的山户可以就近走动。

神棍发牢骚："看都不让看，真是的。"

江炼低声说了句："不是下去了就完了，上头应该盯住的，孟千姿只有一双眼，她头顶、脚下、左右侧，都该有人盯着，随时提醒她……"说到这儿，看到柳冠国递了个单筒望远镜给孟劲松。

他没再说下去：山鬼的安排还是靠谱的吧。

神棍听他这么一说，越发觉得他专业，再看那几个正穿戴装备的山鬼，怎么看怎么碍眼："你看看他们，笨手笨脚的，根本没你专业，也没你穿起来帅。"

江炼啼笑皆非。

神棍又拿肘捅他："小炼炼，跟老哥哥说实话，你的S技术，在这儿能排第几啊？"

他的英语向来不行，记不住那么复杂的SRT。

江炼回答："我不能臆测别人就不行，但我玩绳降，确实有点年头了，在这儿排前三应该还是可以的。"

神棍愈加愤愤了。

前三！

他向来不管什么地位高低、行事规矩，奉行"能者上"的原则：有个这么懂行的，干吗拦在外头呢？崖上那么大，又不挤，小炼炼凭什么不能过去看看，没准儿还能发现那个孟小姐动作不规范，纠正她一下呢。

他撺掇江炼："你去跟孟助理讲讲呗，就说你是专家。"

江炼朝孟劲松的方向看了看："算了，没可能的。这样的人，戒备心都重，没准儿怀疑我动机不纯、有什么居心呢。"

也是，孟助理那张脸，一看就是个心机深沉的，非他这样的老江湖不能搞定，神棍得意扬扬："小炼炼，你还是太年轻了，让老哥哥教教你，做事该怎么变通。"

江炼还没反应过来，神棍已经扬起胳膊，冲着孟劲松大幅挥舞："孟助理！孟助理！我啊。"

引起孟劲松的注意之后，他一矮身，乐颠颠地从警戒线下穿了过去，一溜小跑，到了孟劲松跟前。

前有七姑婆的面子，后又摸了底，孟劲松对他挺客气："沈先生，你这是……"

神棍单刀直入，抬手指向朝崖边架设的那一溜系统固定点："孟助理，我十分想学习……S技术。"

孟劲松没太听懂。

神棍侃侃而谈："我不会用这个东西，看着就高级，听说一套还挺贵的，我想学习一下。你也知道的，我的工作环境，没准儿什么时候就能用上了，技多不压身嘛。你们装备这么全，会使的人又多，过了这村就没这店了，机会难得啊。"

这话说得孟劲松心里怪舒服的。他也认为，对神棍来说，这种机会很难得：山鬼这种阵仗，十年也不会有一次。

他沉吟了一下："想学没问题，不过这头还在忙，要么，等事情结束了……"

神棍赶紧打断他："没事，你们忙你们的，我数了一下，你们架了这么多固定点，这头八个人全下都用不完，就匀一个给我学习呗。"

孟劲松一时语塞：他确实让人多准备了几个固定点，以备不时之需，让神棍这么一挑明，还真不好推辞了。

他看向警戒线外："也行，我找个人给你说道说道。"

神棍指江炼："不用不用，你们都忙，让小炼炼教我就行了，反正他也没事做，他也略懂这个，刚还指着教我认什么架设点啊、下降器啊。"

孟劲松一怔，循向看了江炼一眼。

江炼也不知道两人在说什么，看神棍手舞足蹈的，还以为正向孟劲松大肆吹嘘他是如何专业，有一种被王婆抱上瓜架的窘迫感，头皮一阵发麻。

孟劲松有点迟疑，孟千姿给江炼盖过章，说这人没问题。千姿的话，他是信的，但对江炼，始终不能完全放下戒备。

神棍见他没点头，继续喋喋不休："你要是怕我们说话吵，就给我们最边儿上的那两个，我们说话小点声，绝对吵不到你们，冼家妹子肯定想不到，我来湘西，还学了门技术！"

厉害，又把七姑婆冼琼花抬出来了。

孟劲松看向架设得最偏远的那两个固定点，终于点了头。

固定点架设需要隔开一段距离，那两个，离孟千姿这根有十多米远，确实妨碍不到，而且，再蠢的人，都不至于在悬崖边搞事。

他笑着看神棍："沈先生，悬崖不是平地，别一不留神栽下去。"

神棍给他吃定心丸："孟助理，你这话说的，我都一把年纪的人了，能那么不稳重吗？"

江炼没想到神棍真的有办法，虽然尚不清楚个中究竟，但对他确实有点刮目相看了。

不过，神棍说想学，倒并不完全是借口。

两套装备，适合一教一学：江炼先以自身作示范，教神棍一样样穿戴上身，扣紧锁扣，做好安全防范，才细细给他讲解每一件该如何使用。

讲解之余，他不时看向崖下。

这么久了，孟千姿才下了不到两百米，他不知道她得细细观察左近：段文希下了趟崖，给后人留了本线路日记；她这趟下来，也得有所产出才行。

……

一切平顺，外围也无异状，孟千姿的身形渐小，崖上的气氛开始松泛：有人走来走去做舒展、为待会儿下崖做准备；有人开了矿泉水，咕噜灌下一口润喉；神棍则"咔嗒"摆弄着下降器的制动手柄，复习着江炼刚刚讲的操作技法，脑子里渐成糨糊……

就在这个时候，下方深处，传来"轰"的一声。

这"轰"声很轻，绝对不是爆炸。爆炸声会比这个要响得多，还会带来山体震动，但崖身依然安稳，并没有觉出什么震感。

崖下泛起一片橘亮，江炼急低头去看。

触目所及，爆开一团滚滚的橘红色火云，把深处的黑暗都给照亮了，完全看不到孟千姿了，她被火云给吞没了。

孟劲松伏在崖边，彻底呆了。

就在这个时候，一条人影疾闪而过，是江炼箭步上前，一把抓过一个山户手里开了盖的矿泉水，手掌覆住瓶口，半分都没耽误，直跃下崖。

孟劲松这才反应过来："快！快！下崖，马上下崖！"

一群人如逢救令，几乎同时向着崖边奔来。

神棍先时站得远，听到动静，也奔过来看热闹，看到江炼夺了矿泉水下崖，脑子一抽，也忘了凶险，只是有点纳闷，心说这瓶水拿去灭火也不够啊。

待看到一群人纵跃过来，忽然发觉不妙，大叫："哎哎，看着点，别撞着我！"

好在那些人都避过了他，急跃下崖，神棍一口气还没舒完，忽觉脚踝一紧，身子瞬间被拖倒，且向着崖下疾驰。

电光石火间，他反应过来：这是刚跑过来时和人串了绳，人家下去了，这力道，势必会把他也给带下去。

他嘶声大叫："哎，抓住我……"

"哎"字尚飘在崖上，"抓住我"三个字，就这么跟着他，下饺子样，下去了。

252

【07】

变故发生的时候，孟千姿的绳降约在二百米，已经下到了黑蝙蝠群边上。

有密集恐惧症的人，大概是见不得这场景的：简直是铺天盖地，密密麻麻，乍一看，像山壁上挂了无数的大黑折叠伞，其间夹杂数不清的尖头鼠脸，偶有群体蠕动，像极了大风掠过水面，一阵皮毛翻浪。

而且，这玩意儿长期生活在阴暗潮湿的环境中，又常吃腐蚀肉质，身上散发着极其恶心的气味，这么大群聚在一起，味道的杀伤力可想而知，即便孟千姿提前戴好了过滤口罩，还是被熏得几欲呕吐。

她别过头去，省得眼睛受荼毒，同时伸手拨向下降器的制动手柄，想加快速度，尽早降离这片区域。

就在这个时候，她听到了"砰"的一声，下意识又把头转了回来。

这场景，真是一辈子都不会忘记。

她看到，在靠近自己的密集的黑蝙蝠群中，有一块几乎有半面墙大小的区域分外骚动。那感觉，颇似水面某处忽起漩涡，还没等她看清楚，一道火龙喷薄而出，仿佛是原本孕于崖山腹内深处、而今硬生生撞将出来。

那不是龙，是数以万计的、着了火的黑蝙蝠。

孟千姿脑子里像是有道极亮闪电划过：那是个洞！

居然从来没人发现过，段太婆当年也看走了眼。蝙蝠其实真的是生活在洞里的，但是数量太多，以至于洞外也吊得密密麻麻，连洞口都被堵得严严实实。

只瞬间工夫，如同置身于烈火炼狱，头顶罩满滚滚火云：想想看，数万只着了火的蝙蝠倾巢而出，痛极乱叫，四下横冲直撞，势若疯魔，该是怎样的场景？

这种时候，"避山兽"都不管用了，符咒是用来号令神志清明，或者说是正常的山兽的，这些蝙蝠身受火烧之苦，痛楚难当，哪还管什么要避开谁。

有不少蝙蝠，索性就一头撞死在崖壁上，然后带着簇簇火焰跌入深渊，更多的则在空中狂舞，不断撞到她身上、绳上，半空宛如落雨，大滴油火滴落不绝，空气中充满难闻的焦臭味以及皮肉被烧得嗞嗞的可怖声响。

孟千姿左闪右避，几乎控制不住绳子。饶是如此，衣服上已经多处燃起细小焰头，头发都燎烤得干燥了。她不断拍打，又抬头去看。

绳子上也已经有多个着火点了，不只她这根，近处的好几根都着了火，有两根火势还不小，已经一路蹿了上去，像半空垂下的纤细火线。

对比一般的绳索，静力绳更耐火烧，光拿打火机去点，是很难烧着的，但你如果浇油去烧，那么该烧断烧断、该烧毁烧毁，"耐火"一词也没个用。

绳上的火势如此之烈，只有一个解释。

有油！

黑蝙蝠也不可能自己燃烧成那样，它们是被人泼了油，痛极外窜，成了空中舞动着的、成千上万的带油燃烧弹，再兼身体被火一烧，又烧出油脂来，不断往下滴落油火，碰到什么就助燃什么，漫天遍地的，根本避不开。任你天大本事，你能在大雨中行走、没有任何雨具，而保证自己不湿一处吗？

这谁干的？

孟千姿心中隐约浮现出一个名字，她看向那个洞口。

里头的蝙蝠似是飞尽了，洞口只余一些侥幸未着火的，但显然也是被惊着了，在那一处上下翻飞，黑色的纷乱掠影间现出一个女人的脸。

白水潇。

白水潇距离她并不很远，以至于脸上的笑都清晰可见。这笑分外舒心，极其可憎。

孟千姿也顾不上漫天火雨了，她小腿外的绑带上插了把匕首，这个距离，完全可以投掷，管他是不是要背人命，废了这个女人再说……

正如此想时，近前的一根绳索如死蛇般瘫软掉落，这是已经从中烧断了。与此同时，她也感觉到自己的绳索微坠，心下登时一凉：行家都知道，这是绳子上方已经出现断口了。这根绳，别说撑不住她的速降，连她的重量都快撑不住了。

关键时刻，保命要紧，她也顾不上去拔匕首了，觑准最近处的一片凸出崖壁，一咬牙扑了过去。

崖上有苔藓，入手溜滑，脚下也没踩稳，有数块小石子因着这一踩簌簌坠脱，好在徒手攀壁是从小就打下的功底，身子晃了一晃，还是稳住了，但是如此一来，手臂和小腿要吃住整个身体的重量，行动困难，速度必然快不起来。她的下降深度已在两百多米，现在，不管是往上攀还是往下爬，都绝不是件容易的事。

更何况，火雨还在滴落，火蝙蝠还在没头没脑地往她身上冲撞，而白水潇势必不会善罢甘休——她的身影已经不见了，也不知是去拿什么。

不管怎么样，她最好离这女人远一点。

孟千姿咬着牙，预备向旁侧移身。才刚一挪脚，不远处忽然"腾"的一下，自高处的滚滚火云团团黑烟间，迅速坠下一个人来。

那是江炼。

江炼在看到崖下火光的那一刻，就迅速做了心算。

孟千姿已在两百米开外，下降器绳降，有个通行的最大速度是每秒两米，那下去的时间就要超过一分半，极限速度是每秒三米，差不多能控制在一分钟。这个速度，已经有烧绳的风险了。但正如某些食品的保质期是三年，其实能保质三年半一样，是为了确保安全而设置的，也就是说，还可以再快一点。

而突发事件，早到个二十秒、十秒，乃至五秒，结果都会天壤有别。

所以他抢了瓶矿泉水下绳，以超极限速度一路速进，不断用水给下降器做物理降温。

也是幸运，他和神棍被孟劲松撑在最偏远的两个固定点处，垂绳反而离火势最猛的中心点最远，绳子毁损率也就最低。而靠近中心的那几条，要么是烧断坠落，要么是火舌一路上行，上头的人迫不得已挥刀把绳子割断。

穿越那片火蝙蝠群时，他就闻到了火油味，大致猜到是有人作怪，及至最终穿过扰动的火云，只一眼，就把眼前形势看了个分明。

孟千姿距离他十来米远，身上的垂绳已经烧断了，衣服上有零星的油滴火焰，正手脚并用、死死扒在一块凸出的山壁上。她身后不远处，有个无数蝙蝠乱飞遮掩下的洞，洞口站着白水潇，正用力搬起一个背篓。看那情形，似乎是要泼向孟千姿，但孟千姿的注意力全被他这头给吸引了，还没有留意到身后的情形。

当地人编织背篓的技艺极高，可以做到密不渗水，所以背篓不只用来装东西，也可以装水，乃至装任何液体。

白水潇总不至于好心到帮她泼水灭火吧。

江炼大吼："孟千姿，快跳过来！"

两人隔了十多米，她是猴子也跳不过去啊，孟千姿也吼："我怎么跳！"

眼看白水潇抬手欲泼，江炼厉声说了句："你不跳，就活不成了！"

孟千姿看到他眼神和脸色都不对了，也隐约猜到背后不大对，手心都出了汗，心下一横，正准备跳，忽听到"啊啊啊啊啊"由远及近的惨烈长呼，紧接着，有个人乱蹬乱抓、转个不停，麻袋般砸穿火云，又砸将下去。

这是神棍。

说起来都是泪，他是在那八个山户之后下来的。一般人绳降，都得控制下降器：锁住时是止滑，略微松开些便可下滑并控制速度，倘若全敞，那就是飞流直下了。

神棍的下降器压根儿没锁。

是以后发先至，瞬间越过了那几个山户，那几人不明就里，看到这人势头如此凌厉，都不由得心中暗赞：好刚猛！

这一摔，把神棍刚学来的还不热乎的S技术操作摔去了天外，脑子里只盘桓着一件事：小炼炼说的，下滑的速度太快，超过每秒三米，会烧绳的。

再加上下头火影乱舞，浓烟障目，他还以为绳子已经呼啦啦地烧起来了，吓得魂飞天外，双手乱抓，抓到什么就摁什么，某一个瞬间，还真让他摁对了，身子顷刻间止滑停住。

感谢天地万物！

神棍筛糠样哆嗦，下意识地想抬手擦汗，这一下又完了，这不是开关，不是摁下就完了的，锁扣并没锁死，摁压的力道一松，又把他给释放下去了。

孟千姿和江炼看到的，就是神棍的第二落。

落就落吧，这种时候，自顾尚且不暇，也实在顾不上别人了，况且他落势如此之猛，想帮忙也有心无力。

不过他这第二落，倒不是没好处：白水潇也愣了一下，手上那一泼略停。

江炼看得清楚，知道时机稍纵即逝，大吼："就现在，跳！"

语音未落，他右脚在崖壁上用力一个斜蹬，身子带动长绳，向着孟千姿直荡过来。

生死由命了，孟千姿不再犹疑，觑准江炼的来势，同样用力一蹬，身子飞了出去。

同一时间，白水潇背篓里的火油，也蛟龙般探至。要知道，半空中全是火蝙蝠，而火油又遇火即爆，一道油浪横亘半空，瞬间就是条汹涌火桥，如同一张獠牙巨嘴，一口咬住了孟千姿几秒前还停留着的那一处，熊熊燃烧起来。

孟千姿感觉到了身后燎来的热浪，但管他呢，哪怕是烧着了也顾不上了，她紧盯住江炼过来的方位，行将擦近时，心头如泼冰水，瞬间下沉。

江炼的这一荡，是钟摆运动，也就是说，他荡过来的势头，是渐高的，但孟千姿这一蹬跃出，最终必是个下抛物线，一上一下，中间就会有差——孟千姿跃出时，已经考虑到这一点了，所以尽量上跃，但没想到，还是差了有一条小臂的距离。

江炼也看到了，好在这情况并非没法补救：他觑准方位，腰臀用力，身子猛然仰翻倒吊下去，双臂探长，一把就抓住了孟千姿的手腕。

从孟千姿自觉无望到手腕被牢牢握住，连半秒的时间都不到，她的情绪都还没调整过来，身子已经随着江炼一起，继续往这一侧急荡——反而更趋近白水潇了。

白水潇完全没有料到眼前还能上演出一幕空中接人，气得几乎咬碎银牙，忽见二人荡近，情急之下，伸手就来抓，离得最近时，孟千姿几乎能看清她脸上被兽爪

256

抓挠的、颊肉翻起的可怖伤口——然而依然也只差了一条小臂的距离，这一摆势头荡尽，又向着另一侧加速返去。

不过，事情还远没到可以乐观的地步，必须尽量远离白水潇，万一又荡了回去，又挨一次泼油，可就前功尽弃了。

江炼吩咐孟千姿："我得用手，你抱住我的脖子，赶紧。"

说着，先松了一只手。

孟千姿身体飞荡，耳边只余呼呼风声，还不断被蝙蝠撞到，尤其是伤口，一撞之下，疼得身体都在发颤，但也知道生死攸关，"嗯"了一声，抓住江炼的胳膊就往上爬，待到终于抱住他脖颈时，江炼手掌自她后背探下，紧搂住她的腰，一声闷哼，腰腿用力，带起她的身子，硬生生地又把倒翻的身体给拧正过来。

这时候，这一侧也差不多荡到头了。

江炼一只手搂住孟千姿，另一只手尽量探长，想去抓住崖壁，只恨胳膊不够长，总差了距离，及至终于挨到，这绳摆的荡势又太强了，江炼一咬牙，后背向着崖壁撞了过去，手上紧抓，背上急蹭，接连拖行了五六米，终于硬生生地靠着这血肉躯体的摩擦力，阻住了荡绳的势头，把两人给定住了。

这个位置，距离白水潇那头，足有三十来米，中间又时有凸起的崖石，暂时是不用怕她了。

由极动到静止，片刻之间，恍如隔世，方才的凶险万状，当时不觉得，现在只是回想，已然止不住后怕，两人都喘着厉害，一时间，耳中都听不到别的声音了，只余急促的喘气声和怦怦似欲胀破的心跳声。

江炼收回扒在崖壁上的手，这才发现掌皮差不多都已经磨没了，后背上火辣辣的一片，衣服肯定是磨烂了，就是不知道背上伤势如何，只希望千万别把骨头都给磨出来。

他低下头，想问问孟千姿怎么样，恰看到她紧抓在他一侧肩胛的手。

她抓得很用力，纤长手指几乎陷进他肩胛肉里，指节处微微泛白，手臂还有些微微颤抖，显是还没缓过来。

江炼先不去打扰她，抬头环视周遭。

火，又是火。

他抿了下嘴，眸色略显昏沉，有生以来，关于火的记忆，从来不叫他愉快。

【08】

值得庆幸的是,最旺的火势已经过去了,团团的火云已大多被浓烟围裹,带着残火的黑蝙蝠开始三三两两坠落,不细看的话,还颇像传说中后羿射日时,拖着黑烟坠地的三足乌。

江炼不得不承认,白水潇这把火放得真绝,山鬼送下来的那十来根垂绳,几乎无一幸免,只有他和神棍的这两根,因为离得远,没有立刻报废,但情形也不容乐观,两根绳的上方高处,都有几处燃烧点,只是火势不大,还能撑个一时半会儿。

神棍?

江炼这才想起他来,赶紧低头往下探看。

谢天谢地,神棍就吊在下头百十米处,像只悬在丝上的大蜘蛛,没再嘶声尖叫,大概是喊累了,但显然还没晕,即便在绳上不断打转,如同一只滴溜溜的大陀螺,那手脚,仍在拼命乱划乱动。

这人的运气,真是堪比锦鲤了:连基本操作都没学会,就下了这样的高难度崖;那么高速滑下来,绳子居然没烧;更重要的是,他及时止滑了——他那深度,至少三百米,而山鬼的静力绳,形制是三百二十米的,也就是说,再往下多滑那么一段,就会遭遇"节点",高速过节点,其凶险程度不言而喻,不死也得脱层皮。

江炼朝他喊话:"抓住绳子,把身子正起来!看看周围有什么可供落脚的地方,绳子快断了!"

神棍应该是听见了。绳身忽然抖动得厉害,足见"快断了"这三个字,给他带来了怎样的恐慌。

孟千姿循声看去:"他那个位置,附近应该有个山台,我段太婆在那儿歇过脚。"

江炼"嗯"了一声:"我们的绳子也够呛,又担着两个人的重量,上头有火损,往上太危险了,孟劲松这一时半会儿的,也不可能垂下新的绳子来……只能赶紧下了。"

孟千姿抬眼看他,像是忽然意识到什么,手上一松,掌心似要外推,又很快收住。

江炼察觉到了,不动声色地往后挪了挪身。

他当然知道这姿势暧昧,但当时情势危急,她的绳子断了,没处借力,他只能搂住她,现在也没法松,手一松,她就掉下去了。

他装作什么也没察觉,低头示意了一下她半身安全带和腰带上的各色挂件:"你可以用GO锁和快挂把自己跟绳子绑定,这样安全系数高些,我也能腾出手来。"

孟千姿也装作这姿势很正常，自己并没注意且浑不在意。她低下头，快速勾连挂件。

江炼看到，她耳根后到脖颈处，微微有些泛红。

要命了，气氛于无声无息处，突然尴尬。

江炼轻咳了一声："行了，不用装了，我知道你在想什么。"

孟千姿头皮微微一麻，手指蜷攥进快挂的锁隙间，抬头看他："哈？"

她想什么了？她没想什么啊，她脑子里是空的。

江炼说："你想谢谢我嘛，但这两天对我欺压惯了，一时间适应不了这转换，磨不开面子……没事，我心领了，不用谢。"

孟千姿"扑哧"笑了出来。

是该谢谢他，只是一时间还没找到合适的时机，现在人家把话挑明，自己才上赶着道谢，又显得不够诚意……

孟千姿抬头看了眼绳索上方，浓烟还未散，绳上三两着火点已不再蹿冒焰头。

她顾左右而言他："你下得还挺快的。"

江炼笑起来，说："不是跟你吹，要不是我刚才被紧急调走洗了几个碗，还能来得再快点。"说到这儿，他欠起身子，"走吧，得抓紧时间。"

一根绳，吊了两个人，绳上还有火损，禁不住大的扯动，也就是说，明明情况紧急，恨不得一滑而下，还得耐住性子慢慢下，速度上不去，就更加不能拖延了，迟一秒就多一秒的危险。

他这一欠身，便露出了背后的石壁。

孟千姿忽然看到，他刚刚倚靠过的地方，洇了丝丝道道的血，有一块尖凸的棱角上，还挂着血滴。

她心头一悸，下意识地去看江炼的后背，但他刚好侧了身，看不到，只能看到身后一两条垂下的磨拽成缕，还染了血的碎布片。

身子开始下滑，这是下降器起作用了。

江炼仰着头，神情专注，一只手拽挽索，另一只手慢慢控制着下降器的制动阀。那动作，看似只是轻微的松合，其实很考验人的手感和技巧，没有积累足够的经验，是很难驾驭得来的。

孟千姿的嘴唇嗫嚅了一下——他控制下降器的那只手，颜色有点怪异，细看才知道是掌皮磨没了，血慢慢渗出，有几道很细的血痕，还滑到了腕上。

想说点什么，又如鲠在喉，觉得言语多余，道谢也轻飘。

她仰起头，再一次看向刚刚那块洇血的崖壁。

远了，也淡了，像一抹暗色的朱砂印，揉进石色里。

正如江炼所预料的那样，神棍堪堪于第一个绳节前再次止滑。

一回生，二回熟，他终于想起了这个下降器该怎么用：止滑之后，还得自锁，人才能保持悬停。

悬停之后发生的事，再一次验证了江炼的话：他控制不住平衡，绳子开始自转，绳身顺时针绞尽，又反向回绞，神棍被转得头昏脑涨，眼镜也移了位——原本是横架在鼻梁上的，如今从脸上斜切而过，一条眼镜腿死钩住他的耳郭，另一条已经直蹿进了他的脖子。

这种情况下，神棍当然知道得保持镇静不挣不动，慢慢等待绳子静止下来，就如学游泳的人初下水，越瞎扑腾越沉得快，屏住呼吸四肢放松，反而能慢慢浮起来。

他之所以又蹬又抓，划水样耸动个不停，是有原因的。

阿惠的照片掉了。

阿惠，原名盛泽惠，隶属滇地黑苗。神棍之前向二沈炫耀自己的行走经历，提到的那只被他一屁股坐死的手臂粗的蛊虫，就和盛泽惠有关。

她当然不认识神棍，她于二十世纪四十年代死在河南的一个小山村里，据说死于一种极其诡异的怪病，后背被剥掉了一块皮。那疮疤的形状，颇像一只翩跹的血色蝴蝶。

严格说起来，她是"自杀"的：她以两筒银洋作为报酬，雇村民把自己的棺材抬入深山，吊入高崖的崖洞，然后安详地躺进棺材，要求村民把棺材钉死。

村民们垂涎银钱，明知此举有损阴德，还是一一照办。据说他们办完事离去时，盛泽惠在棺材中用指甲不断抓挠棺壁。那尖厉的声音，听得人毛骨悚然。

后来才知道，她是以身饲蛊，以命入血蛊，去报复那些害了她一生的人。

神棍于因缘际会间得了她的两张照片，惊为天人，后来又了解到她的身世，唏嘘不已，口口声声"我家阿惠"，朋友们便调侃这是他"女朋友"，他听了非但不生气，反而胸腔之内老鹿乱跳，止不住沾沾自喜。久而久之，似乎真是这么一回事了。

那两张照片，一张放在家里，另一张随身随行——因为他的"研究"，时不时要入荒僻之所，十天半月见不着人是常事，难免孤寂，正所谓"长夜漫漫，今夜谁与我共"，朋友们都有家小，诸事缠身，懒得听他唠叨，不了解他的人则当他疯言疯语，拿看异类的目光看他。如此筛下来，只有这张照片，可以听他絮絮叨叨、高谈阔论了。

他经常拈着这照片，把自己的推理与发现论述一番，然后问她："阿惠，你觉得呢？"

照片上,盛泽惠似嗔非嗔,柔柔浅笑,神棍从不奢求这世上真有个人能跟他志同道合,能有这么张照片,可以静静地听他说话,不打断、不讥嘲、不反感、不拂袖而去,就已经很满足了。

……

但是刚刚那一通猛坠急落,衣歪袋斜,也不知怎的,那张照片竟滑落出来,翻翻卷卷,向着崖底深处去了,神棍大惊之下,伸手捞取,但人在绳上,哪是借得着力的?越抓越乱,越忙越转,那照片真跟只飞去的白色蝴蝶似的,如旋如雾,翩跹婆娑,越远越淡,渐被更深处的漆黑给吞融进去了。

神棍沮丧至极,觉得这照片一飞,形同缘分消减。本来就没见过面,盛泽惠死时,大多数的物件都已付诸烈火,只余这火堆中抢出的两张照片,还烧残了角,现在好了,损失了一半!

他又是失落又是懊恼,本想任由身子随绳兜转,惩罚自我,好好追念一番,忽听到江炼的声音,才猛然警醒:绳子快断了?

仓央嘉措曾经说过,"世间事,除了生死,哪一件不是闲事",命都要没了,还谈什么学术研究?儿女情长什么的,还是先边儿去吧。

他依着江炼所说,赶紧伸手去捞绳子,又把下降器抓进了手里,四下一瞅,看到斜下方七八米处,有一块凸出的山台,那尺寸,堪比婚宴大圆桌,足可落脚。

神棍大喜,深吸了一口气,拿脚蹬住岩壁,一边放绳,一边向着那个方向挪过去,眼见还剩了两三米,上方的拽力突然消失。

傻子也知道是怎么回事了,说时迟,那时快,神棍大吼一声,用尽浑身的力气,向着石台跳了下去,落地时双脚一挫,痛得滚翻在地,但痛归痛,心中简直是要喜极而泣——很明显,他这是安全着陆了。

半空中,依然有火蝙蝠零星滑落;高处,孟千姿和江炼看到了神棍的静力绳断落,以防万一,已经攀住石壁,以手脚下攀为主而绳索吊攀为辅了,只是这一来,速度又慢了好几个度。

神棍揿亮头灯,想看看周围的情形,无意间一低头,忽然发现,屁股下头坐了字。

是有人用刀子在石面上刻画出的字,看得出用刀老到,或者说,用的必是好刀。那些字,真如铁画银钩,个个有姿有态,而且不止一列,他恰好坐在了中央而已。

神棍赶紧翻身跪起,且看且让,也不知道这些字刻了多少年了,其上多有湿泥败叶,他不断拿手抹擦,终于看了个清楚,不是诗不是词,像是酒到酣处,随手刻下的。

"我饮半壶,留君三口;

无缘会面,有缘对酒。"

末了,还有列稍小一点的字,应该是落款人名。

段文希。

段文希……

这个名字怪耳熟的,想起来了,孟劲松给他解说这个天坑时,曾经提起,有个段文希段太婆,八十多年前下过这崖。

神棍莫名兴奋:八十多年前哎!

看起来,好像还有酒,放哪儿了呢?

他下意识地四面张望,很快就发现,山台靠近崖壁的地方,恰好有个不太明显的凹槽,露了截很小的葫芦嘴在外头,他手脚并用地爬过去,把那东西抠扒出来。

居然是个很精致的酒葫芦,不算大,恰能托于掌上,葫芦腰处还系了条红巾绦,只是年代久远,底下又湿潮,这巾绦早朽烂了。

擎在手里晃晃,里头真还有酒水晃动的声音,只是量不大。

神棍大为惊讶。葫芦虽然可以作为盛酒器,但它属于天然草本植物,封闭性并不好,用来存酒的话,怕是没几年就挥发渗漏光了。八十多年,这酒是怎么保存到现在的呢?

他把头灯往下扯了扯,以便能更清楚地观察这个酒葫芦。

看明白了,这葫芦制作得很精巧,里头的胎体是烧陶的,只是外头胶贴了个葫芦壳而已,壶嘴是软木塞,虽然开封过,但段文希盖上时,重新滴封了蜡,这里的温度比外头湿凉得多,又少光照,即便是盛暑酷夏,蜡层也不至于受热融化,是以能保存至今。

神棍咽了口唾沫,一颗心"怦怦"跳了起来。

段文希请他喝酒哎!

他一定是八十多年来,自段文希之后,第二个登上这山台的人,段文希一定也猜不出,谁会来饮这剩下的半壶酒,所以她才会说"无缘会面,有缘对酒"。

真是一个非常风雅的人,跟他一样风雅!

神棍有点飘飘然,"留君三口",这个"君",此刻终于定音落锤,指的就是他——神棍君。

想不到八十多年前，就有三口美酒留置于这孤崖之下，静待他来啜饮，那时候，他还没出生呢。

缘分！这是何等的缘分！这还有什么好说的，喝！

神棍伸手去拔转木塞，拔着拔着，动作越来越慢，终于……僵住了。

他闻到了一股难以言喻的腥臭味，跟蝙蝠被烧时的焦臭味，完全不同。

他觉得有阴风掠过，头皮都为之绷紧——不是真的有风，是一种身周的微环境突变，让人不由得周身发冷的森寒。

他看到，地上横亘开一截粗长的影子，那是……

神棍的身体开始打战，牙齿咯咯乱响，也许是身体颤得太厉害了，他有一种骨节都要抖散的错觉。

他极慢地抬起头来。

那是一条蛇，巨蛇。

约莫二十米长，腰身有水桶那么粗，颜色近乎惨白，身上密密的鳞片泛着阴冷的光。它正盘在略高处的崖壁上。蛇头向着他慢慢垂下，偶尔会吐出蛇芯子，血红色，足有半米来长，每次吞吐，就会发出"咝咝"的声音，仿佛周遭的空气都被粗暴地撕裂开来。

神棍的脑袋一片空白，只愣愣地看着，头灯的光透过蛇身，在崖壁更高处打出缓慢移动的暗影，那影子比真身还要巨大许多，如黑气弥漫，要把天地都包噬进去。

这么大的蛇，都不知道蜕过几层皮了。按说，蛇是不应该生活在崖上的，也许是被刚才掉落的无数火蝙蝠给惊扰的？

神棍盯着巨蛇那拳头大小的圆眼，唾沫吞在喉口却忘了咽，脑子里忽然近乎荒诞地冒出一个滑稽的念头：难道这巨蛇是这酒葫芦的守护者，自己手贱动了葫芦，才招来这无妄之灾？

他居然真的哆哆嗦嗦举起酒葫芦，脸上挤出了比哭还难看的讪笑，喉口发出几个字来："要么……你拿去喝？"

那巨蛇挪动着身体，吐芯子的频率加快了，"咝咝"声渐密，身子渐渐拧成了S形。

完了，神棍的大脑"轰"的一声炸开了。

他曾经在西北荒漠，结识过一个懂蛇的行家。蛇在旧社会的某些行当里，被视为灵性物种，尊称为"柳七爷"。那人诨号就叫"柳七"，却是个捉蛇卖蛇的。那人曾跟他讲起过，蛇在行将发起攻击之前，特征之一是频繁吐芯，特征之二就是头身渐成S形，被形象地称为S形攻击。

这一切都是有征兆的，前有S技术让他摔落悬崖，后又有巨蛇S形攻击，S是他今生的终结，是他插翅也难逃的命数，难怪阿惠的照片会离他而去，难怪段文希给他留了三口断头酒，这一切，都是宿命的安排！

……

距离他头顶斜上方十来米处，江炼和孟千姿把一切尽收眼底。

他们也尽量屏息，希冀别引起巨蛇的注意。孟千姿动作极轻地——去解和静力绳相扣的环扣，低声问江炼："能把我推过去吗？"

江炼心算着距离和方位，轻声回了句："没问题。"

【09】

江炼一只手上滑，扣住下降器的制动阀，另一只手握在孟千姿右侧腰间，轻声报数："一、二、三……"

"三"字刚一出口，下降器全开，两人瞬间高速滑落，觑着距离差不多合适，江炼在崖上用力一蹬，两人直向着石台荡了过去。同一时间，他手上发力，将孟千姿猛地向外推出。

力道和方位都拿捏得刚好，绳子再禁不住这种晃动，猛然绷断，江炼一个扑纵滚上山台，旋即翻身抬头。

孟千姿已经先他一步落下，恰稳稳落在神棍和巨蛇之间，那巨蛇似有所感，蛇头微动，但依然保持着S形攻势。

神棍猝不及防，一时间，也辨不清这形势是将逆转呢还是只是多个人喂蛇，他张大嘴巴，不敢喘气，也不敢眨眼。

忽觉有人在他肩上拍了拍，茫然回头时，看到江炼。

江炼脸上带着鏖战过后的疲惫感，似乎连话都懒得说，只是朝他勾了勾手，那意思是让他退后、靠边、挪出空地。

神棍腿软，只能拿屁股往后蹭，听说蛇的视力其实很差，但天然具有红外感知能力，能"看到"发出热量的动物——他现在浑身燥热，生怕自己这团热乎乎的移动物体会把巨蛇的注意力给招引过来。

然而，巨蛇似乎只对孟千姿感兴趣。

现在，是两相对峙，孟千姿几乎没怎么动，只是右脚会偶尔迈出，原地画一道弧线，又很快收回，带出极轻的铃音。

铃音……

神棍打了个寒战，他对铃音有着极复杂的情感，说不清是嫌恶还是好奇。据说铃声是唯一能够穿透阴阳界的声音，是死人喉舌，能把阴间不甘的呓语传递给听得懂的人……

那巨蛇又在"咝咝"吐芯子了，一下急过一下，头身的S形拧得更加明显，突然之间掀开血口，蛇头疾探下来。

这嘴一张，上下颚分开足有一百八十度，整个头都看不见了，只剩下如一扇窗那么大的肉红口腔迎头盖下，内里雪白尖牙，根根如匕首倒竖，带出一片腥风扫面。

神棍嗓子里一点声音都出不来了，全身上下无一处肌肉不紧绷，一只手本能反应，死死攥住了江炼的脚踝。完了，孟千姿哪够它嚼的，她这身条，被生吞下去都不是问题……

谁知孟千姿非但不躲，反跨前一步，那气势，似是比巨蛇还凶，神棍看不到她的脸，但有种直觉：她浑身上下，哪怕是头发丝儿，都透着一种慑人的凶悍。

她仰着脸，直迎上那张巨口，喉间发出低沉但可怕的吼声。

这声音人耳听来，倒还了了，但那巨蛇的攻势瞬间止住，神棍也不知道自己是不是看错了，总觉得有那么一刹那，蛇身上的密鳞都有些微微掀翘。

蛇嘴重闭合，似乎刚刚只是打了一个无比酣畅的呵欠，孟千姿高抬起右手，五指撮合，形如蛇头，在半空中圈画作符。这符样似乎很复杂，神棍先还能试着想象她手势画出的纹路，到后来，脑子搅作了一团乱麻，完全厘不清了，那巨蛇摆锤样的脑袋起初还跟着她的手势略作晃摇，后来便如定住了般，一动不动。

末了，孟千姿的手也定住了。

定了几秒之后，口中嘬了记呼哨，拿手向旁侧一甩，说了声："去。"

那巨蛇身体迅速贴住上方崖壁，一路拖行而去。那声势极重，带下好多小石子，噼里啪啦，砸在靠近崖壁站着的江炼和神棍的头盔上。

江炼静候这阵石雨过去，才抬起手，把被砸歪的头盔扶正。

神棍却还没能自这惊悸中舒缓回来，口里喃喃个不停，也不知道是在问谁："走了？走了没？"

孟千姿没有答话，她半跪下身子，把一直背着的包取下，这是个轻便版的"山鬼箩筐"，从必备的工具到急救药品、充饥的能量棒，无所不包，甚至还有一小瓶水。

她拉开拉链口，把绷带、棉签、碘伏喷雾等一一摆出，喉咙里轻咳了两声，问："有人受伤吗？要不要包扎？"

神棍赶紧上下查看自己，终于在手肘处找到一块半个手掌大的擦伤，颠颠凑上来:"我,我。"

孟千姿瞥了那伤口一眼,敷衍似的抬起碘伏喷雾,给他喷了一下,喷的力道之小,不使劲嗅,都嗅不到碘伏味儿。

神棍奇道:"不清洗伤口吗?不包扎一下吗?"

孟千姿说:"这么点伤,你忍忍吧,药品珍贵,别瞎浪费。"

听着很有道理的样子,神棍默默退开。

江炼也过来蹲下——几个小时前才有人点拨他长了嘴就是要提要求的,他觉得应该受教——他扫了眼地上的什物,问她:"你看,我能不能也节省地……用点儿什么?"

孟千姿没看他,她低头撸袖子,说:"转过去。"

江炼老老实实地转过身,在山台沿上坐下,身后传来神棍倒吸凉气的声音。

江炼倒不觉得疼,又或许是后背已经有些麻木了。眼前是一片浓浓浅浅的黑,崖壁上有各色形状的树影,也许还有罕见的中药材。

崖顶多半已经沸反盈天了,但这儿太深,声音飘不下来。低头看,很远很远的地方,有微弱的亮,也许是哪只火蝙蝠掉落下去,在下头引燃了一棵树或者一丛草,但这里距离崖底也还是太远,所以那些熊熊燃烧着的火头,此处看去,只像无穷远处微晃着的几点纤细烛焰,在黑里来回摇撞,挣不脱,也走不掉。

孟劲松应该会赶紧张罗营救吧?但是所有固定点上的静力绳都毁弃了,再次调拨需要不少时间,而且飞狐会是个大问题,还有白水潇,那个女人怎么会出现在一个诡异的蝙蝠崖洞里呢?落洞落洞,难道那个洞,就是所谓洞神栖身的地方?她怎么落进去的?

身侧还潜伏着很多晦暗不明的危险,又有很多亟待解决的事,但这纷乱的思绪中,却仍有几个字很劲韧地穿插进来。

——她居然知道。

他没跟她提过伤处在哪儿,她也没有抬头看,只说"转过去"。

她居然知道,什么时候知道的?

江炼微垂下眼,这四面静谧,只余时急时缓的呼吸和刀剪轻响,清创已在进行,背上开始传来密线牵扯般的丝丝韧痛。江炼嘘着气,痛得龇牙咧嘴,但那痛变了形的眼梢眉角间,还是悄然爬上了些许没藏好的笑,叫这崖壁,叫这崖壁上横生了不知道多少年的孤寂草木,叫这木缝崖隙间栖息倏动着的细小草虫阜螽……给看去了。

孟千姿一直没吭声。

江炼后背上那层衣服，确实差不多磨得烂散了，然而也幸亏有这层布，不然这后背，还不知道会是个什么样子。大部分是擦伤，有很多小的出血点和组织液渗出，一定很疼，不过表皮细胞的再生力很强，只要不感染，愈合起来也很快。但是有几道斜过后背的、被尖石划破了的口子，很深，直接切入了肉，甚至能看到肉黄色的脂肪层，再加上流了不少血，那伤口，真是触目惊心。看得她心里难受，只能动作尽量轻点，再轻点。

江炼没喊过疼，但他的肌肉会止不住下意识地抽动，这比喊疼还让人揪心。

神棍在边上，一惊一乍地"嘶嘶"抽着气，跟配音似的。孟千姿便看他格外不顺眼：又没疼在你身上，你在这儿喘个什么劲儿。

清创已毕，她准备拿医用强力黏胶黏合伤口。神棍大概是缓过劲来了，忽地又想起那条巨蛇，问她："孟小姐，那个蛇，你是怎么弄的啊，它就这么走了？"

孟千姿硬邦邦地回了句："术业有专攻。"

这对答提醒了江炼，他问："刚刚就是'避山兽'吗？"

孟千姿起先不说话，是不想去打扰他，现在又改了主意，觉得引他不断说话也好，注意力一分散，疼痛也能消减些："不是，那是'伏山兽'。"

她细细解释这几类符纹的不同。

"'动山兽'是引山兽过道，汹汹出巢，横冲直撞。这种非重大紧要场合，我们是不用的，因为声势太大。"

神棍由二沈那儿，已经听说过孟千姿之前"动山兽"的壮举。他发表意见："这个比较适用于两军对阵冲杀。我听说当年黄帝和蚩尤大战，用过兽兵，各种熊罴貔虎上战场。啊，好一通冲杀，一下子就把敌兵给冲散了。"

没人接他的话。

孟千姿往下说："'避山兽'呢，就是让山兽回避，我想要多大的场子，你就得给我挪出多大的场子来，或者你可以待在附近，但见着我就绕道，保持距离，别来妨碍我——我刚刚下崖，就是在用'避山兽'，驱镇沿途的飞狐。那群黑蝙蝠，如果不是着了火失去常性，也会避开我的。不过可惜了，只避了那么一小段，就出事了。"

江炼沉吟："那'伏'呢，是驯服的那个意思吗？"

孟千姿点头："差不多，屈原的《山鬼》里，说山鬼'乘赤豹兮从文狸'，赤豹和毛色有纹的大狸，都是收伏驯服、长期跟在山鬼左右的，不过那都是古早时候了，还生活在山林，可以这么搞，现在嘛，都搬进城市了……"

做事自然就得低调了。

神棍奇道:"那你收服了它,它怎么走了?"

孟千姿斜了他一眼:"那不是走,是我差它办事去了,它会在这一带持续游走。如果出现什么不明来历的人,比如白水潇之流,就别怪蛇不认人了。"

神棍大为叹服。

所以,那条先前还意欲把他吞吃了的巨蛇,现在重新做蛇,居然成了他们的"保镖",一道最稳妥的屏障吗?有这么个大家伙在,那可确实是什么人都不用怕了。

孟千姿也有点唏嘘:普通人进山,最大的忌惮就是山狼凶兽,但这于山鬼来说,不算什么事;至于危崖峭壁、山高水险,也从来不是问题——在山林里,他们最大的敌手,反而是人。

她从来就不喜欢跟人打交道,谁能知道一个人的皮下头包着什么形的骨、揣着什么色的心呢?

就好像白水潇,她对你笑,你要防她有刀;她对你说东,你要往西南北观望。

江炼忽然想起了什么:"她突然在那洞中出现,会不会这崖壁里有什么密道,可以一路通下来啊?"

有没有可能,她又提前埋伏在了前路,专候着他们?

孟千姿沉吟了会儿,缓缓摇头。

这崖壁太高了,她不敢说当年那位祖宗奶奶把周围的山全给探过,但至少崖底往上三百米,绝对没有洞、没有密道,也没有大的可供人出入的缝隙——那处蝙蝠洞,很可能是距崖底太远了,祖宗奶奶觉得不甚重要,也可能是与她及段太婆一样,都受了视觉欺骗:当你一眼看到一整面山壁上都挂满了让人作呕的蝙蝠时,哪会想到其间还有个洞呢?再说了,蝙蝠这玩意儿又脏又臭的,还携带病毒,谁又会想去靠近它呢。

解释起来太过烦琐,她含糊以对:"不会的,下头的生态物种都跟外头不一样,刚那条巨蛇你也看到了,借她个胆子也不敢下来。崖上一直有我们的人,她也不可能是从崖上坠下,然后钻过蝙蝠群进入洞里的,我猜……那个洞,应该属于一截山肠吧。"

山肠?

神棍心头打了个突:山鬼真是好喜欢拿人的器官来起关于山的诨名啊,这肠子……跟山胆又有什么关系呢?

连江炼都忍不住回头:"山肠?"

横竖现在是安全的,又都在休整,无妨多说会儿话,江炼背上的黏胶,也好黏合得更牢些。

孟千姿拔出匕首，在台面上横削竖划，一时间石屑纷飞，神棍看得好生羡慕，山鬼的匕首可真好使啊，不敢说削铁如泥，但绝对秒杀一众名牌刀具了，难怪段文希的字刻得那么龙飞凤舞，原来跟良器也不无关系。

她刻了个直角梯形，拿匕首尖示意了一下那条竖着的直边："这个就是这面悬崖。"

又在直边距顶约五分之一处刻了个叉："这个就是崖里的那个蝙蝠洞。"

这示意图很简洁，江炼指顶边："这是崖顶，山鬼的营地就扎在这里。"

孟千姿点头，又指梯形的那道斜边："那这儿呢？"

神棍抢答："这就是山啊，我们的车子只能开到山脚，后来就这么一路攀爬上来的。"

孟千姿说："没错，我来之前，看过悬胆峰林一带的山谱，在这片山上，确切地说，在中上段，是有不少山洞。"

说到这儿，她运起匕首，在那条梯形斜边的中上部接连打了不少叉："但是山里有山洞，是一件非常普通的事，除非山洞特别大、深、曲折，不然你是不会注意的——而这些山洞，恰恰都很普通，属于你张望一眼就能看到底的。"

江炼猜到七八分了，他接过孟千姿手中的匕首，从那条斜边的某个叉号处，斜拖出一条歪歪扭扭的线，一直连通到那个代表蝙蝠洞的叉号："两头的高度相差不大，很有可能这些看似不起眼的山洞里其中的一个，像肠道一样，可以通往那个蝙蝠洞。"

孟千姿笑了笑："这就是山肠了，像肠子一样，横亘在山腹之中。"

她先还觉得奇怪：如果那个蝙蝠洞就是白水潇落的洞，她到底是怎么落进去的？毕竟想上那个崖顶已经千难万难，还要突破数以万计令人作呕的黑蝙蝠。

现在就讲得通了：她落的不是蝙蝠洞，而是另一侧的洞，而那个洞是在山间，即便荒僻，但总会有人行路经过。当地有落洞的传说，一般情况下，年轻女子都会尽量避免进洞，但世事无绝对，湘西林深多雨，万一当时正好下了大雨，需要迫不得已进洞躲避呢？

经孟千姿这么一解释，神棍登时就觉得，"山肠"这两个字真是绝了，表面上来看，山就是敦实厚重的一大块，大多数人会想当然地以为它就是实心的，但如果不是呢，如果它是空腹的呢？如果它腹内也有着九曲回肠呢？

孟千姿收回匕首，把前后面在裤腿上擦了擦，重新插回鞘里，又吩咐江炼："还有手，伸过来。"

【10】

手上这点伤，江炼觉得没太大必要，而且，待会儿不管是攀上还是爬下，总还是要用到手的，包成个熊掌似的，反而不方便。

他把手递了过去。

趁着孟千姿给江炼包扎，神棍赶紧把自己发现段文希的留言这一节给说了，末了把酒葫芦递给孟千姿。

孟千姿倒不稀罕那酒葫芦，她擎在手里晃了晃，又递还给他："既然是你发现的，那就是太婆请你喝的，你留着吧。"

不过，那几列字，她倒是远近左右地看了好久，她没见过这位段太婆，但从小听高荆鸿讲过许多关于段文希的事，对她的学识、为人、胆略还有洒脱的做派都很是心向往之。

江炼低声说了句："好潇洒的婆婆。"

这话虽是夸段文希的，但听在孟千姿耳中，比夸自己都还要中听，有种家里出了了不起的人物，一家人都跟着沾光的成就感。

她纠正江炼："我段太婆下这崖的时候，应该才只三十多岁，那时候还不是婆婆呢。"

一时没忍住，孟千姿把段文希的生平简略说了一遍，如何在一九二五年就留洋读书，如何因情感遭受重创心灰意冷，周游世界三年不归。

"我段太婆回国之后，依然辗转各地，可能是想借异地风物遣送心中郁结，加上她又对各种玄异怪事特别有兴趣，也就借机一一寻访……"

神棍脑子里嗡嗡的，激动得手都抖了："玄异怪事？"

孟千姿瞥了他一眼："是啊，而且段太婆是个学术派，从不人云亦云，坚持眼见为实。一般都是实地查访，亲自涉险，还总是尝试着用她学到的理论去解释那些匪夷所思的事儿。

"她有写日记的习惯，随身总带一台照相机，深入常人到不了的偏远秘境，拍过云南山地猎头族的人头桩，也拍过自称是后羿子孙、擅使红弓白箭的佯家人……都是很珍贵的资料。"

神棍嗫嚅着："我……我也是啊……"

他一直以为，自己的"征途"前无古人、独一无二，注定天涯孤旅。怎么八十多年前，就有人这么做了吗？还是个高知女性……

留洋？他想都不敢想，他连国都还没出过！

孟千姿说："我知道啊。你现在明白，为什么我七妈冼琼花听了你的经历，非但不为难你，还让我也尽量给你行方便了吧。"

无非是触景生情，把追思家族先人的那份心，分出了点来便利后来者而已。

神棍不住点头，他紧攥那个酒葫芦："那，那段小姐，也是一个人到处寻访吗？"

孟千姿回答："那怎么可能，那个年代，交通不便，我段太婆怎么说也是大户人家出来的小姐，那么多行李，让她一个人手提肩扛吗？"

段文希出行时，习惯雇个身强力壮的脚夫，找个通晓当地土语的向导，再带个助手。

那年头，山鬼还不流行像孟千姿这样身边配个长期专用助理，段文希一般会雇个识文断字、民俗考察方向的男学生，一来师出有名，以"民俗"为由头，方便雇人，行事也便利；二来她探访奇闻异见时，需要有人在边上做笔头记述，而且男性相对而言，更吃得起这种穿山翻岭之苦，需要做体力活儿时，又能充作劳力。

只是好的助手难找，很少有人能禁住她这样忽南忽北的大切换，所以没法固定，只能临时去聘，而且常会带来一些麻烦。段文希有时发牢骚，说是还不如自己一个人行事来得方便。

神棍奇道："怎么会给她招麻烦呢？"

孟千姿说："你想啊，一般接受这种聘用的男学生，年纪都不大，血气方刚的，为异族风情所吸引，很容易对当地姑娘动心，那些姑娘呢，又天生热情奔放……"

反正，男女情事，从来就是这么情不知所起，一眼万年，总不能阻止人家男欢女爱吧，但这种邂逅欢好，往往演变成始乱终弃。那个年代，符合她的要求，能读书识字，又去研究民俗这种冷门学科的男学生，家世往往都不错，哪会真的去娶一个一辈子都没出过深山、字都不认识的夷女呢？

他们认为是自由恋爱，来去都该不受束缚，人家姑娘可是奔着过日子去的，于是颇遭遇了一两次鸡飞狗跳，譬如族人追打到住处，又譬如出发时凿船砸车不让走。

最严重的那次，出了人命。

段文希是事后很久才听说的。

只记得那是个瘦瘦高高、斯文白净的男学生，跟她去的苗寨，拜访黑苗蛊王，段文希一再提醒他要和苗女保持距离，他羞赧地笑，不住点头。

段文希还以为他听进去了。离开苗寨时，一切都很顺利。她给他结清了工钱，在省城昆明分开。

谁知道，他还是招惹了黑苗女人，被落了蛊。苗女的蛊，很少会短时间内发作，一般都给情郎一个宽限的时间，比如一年内回来迎娶，自会帮你解蛊。

那男学生大概是负心背誓，没有回去践约，落了个肠穿肚烂的下场，死得极其痛苦。

事情传到段文希那儿，她长叹了一口气，没有说什么。只是那以后，再也没用过这种助手了。

神棍很想再听些关于段文希的事，多多益善，然而孟千姿可没空陪他忆旧，她很快就做出了继续往下的决定。

她本来就是下来办事的，虽然遭受了点挫折，但没大的损伤，自然要接着继续。至于这两人嘛……

她让他们自己选。

"你们可以待在这山台上，等着山鬼来救，劲松今天是很难安排人下崖了，谁的命都宝贵，他不能不考虑整体伤亡，没用'避山兽'的话，垂下绳子遭遇飞狐的风险太高——他会向外求助，我五妈仇碧影在湖北，七妈冼琼花在云南，这两个是可能最快赶过来的，但最快也得明天了。

"好处呢是安稳，不费事，静待救援就可以了；坏处呢，是万一出现什么凶禽猛兽，你们对付吧，还有那条巨蛇，它认得我，但能不能认得你们，就不好说了。"

她从背包里抓出四根能量棒："选择留在这山台上的，领粮吧。"

没人伸手去领，江炼苦笑："你这选项……有意义吗？你看我们的长相，像不怕蛇的吗？"

孟千姿说："有意义啊，别急着把这个选项给否了，听完再说。一切都摆上明面，公平。"

第二个选择就是跟着她继续往下了。

"我们的静力绳只是上半截烧断，下半截都还在，三根拼一拼，下崖不成问题，好处呢是安全，跟着我，不用担心任何动物，管他是二十斤的老鼠还是两吨重的蛇，坏处呢……"

她在这儿顿了一下，伸手指向目光穿透不了的黑暗："那个下面，有我们山鬼的秘密，按照规矩，外人是不可以知道的，也不可以带你们去，除非，你们入山鬼。"

入山鬼，这是……加入山鬼的意思吗？

神棍喜出望外，这还有不愿意的吗，怎么能说是坏处呢："我可以啊。"

江炼没吭声，顿了会儿才问："有什么条件？"

自老嘎口中，他知道他们非但不缺钱，还会给山户发薪，各分支遍布山地，能人辈出，守望相助——换句话说，像个顶级的会员俱乐部，一卡在手，享遍福利。

举个简单的例子，只是给杀人嫌犯做个模拟画像，都有专家级人物远程指导，调用专业的人像组合系统和仪器从旁佐助。

谁不想加入呢，又哪么容易加入呢。

他始终相信，这世上没有平白无故的好事，个中自有出价，更何况，孟千姿口中，是把它当"坏处"来说的。

孟千姿斟酌了一下："山鬼呢，很喜欢交朋友，尤其喜欢交身有所长的朋友。我们有个说法：如果这世上所有厉害的人物都是山鬼的朋友，那山鬼就不会有厉害的对手了。"

神棍猛点头，觉得自己和山鬼真是认知高度一致，这就如同唐太宗的名言"天下英雄，入吾彀中矣"，把有能耐的人都招揽在侧，足可高枕无忧。还像某些高精尖行业的大公司招聘，明明用不到这人，还愿意花大价钱养着，因为把这人放到对手那儿，反会对自己造成威胁。

"你们两个，都够得上我们去结交，但朋友只是朋友，可以请来吃饭、聊天，讲讲山肠、避山兽，可涉及重要的机密，就一句也不能再提了——比如我为什么要下这个崖，崖下有着怎样的秘密，白水潇又为什么起初不杀我、现在追着要杀我。"

江烁的喉结轻滚了一下，他确实对这些都很好奇。

"想从好朋友变成山鬼同僚，那就复杂了，涉及好多程序，而即便成了山鬼，也未必能听到机密——不过，我毕竟身份特殊，山鬼王座，手中可以有三个名额，又叫三重莲瓣。"

神棍约略明白：这大概就跟选秀似的，其他人要层层筛选、级级淘汰，但孟千姿手里有三张直通车晋级卡。

就是有点想不通……

他忍不住问了句："为什么叫三重莲瓣呢？"

孟千姿三言两语给他解了惑。

原来，山鬼的总舵山桂斋，历来位于黄山脚下，而黄山的最高峰是莲花峰，远远望去，群峰簇拥，如新莲绽放。也不知道是哪一任的当家人望峰而悟，觉得最高峰孤峰耸峙，难免寂寥，理当有莲瓣拱卫。

所以开了三重莲瓣之例，坐山鬼王座的人，可以自己选三个人作为心腹，这三个人，可以是山鬼，也可以不是，只要被挑中就可以。

孟千姿的三重莲瓣，有一重已经给出去了，那就是孟劲松，如今恰剩了两个。

江烁笑了笑："绕了这么久，你还是没说，有什么条件。"

孟千姿说:"条件嘛,其实也简单,跟古代的死士差不多,无条件听从号令,必要的时候为我去死。"

江炼长吁一口气。

怪不得她先前要强调"听完再说",她给的这两个选项,哪一个都不好选。

神棍也吓了一跳:"孟……孟小姐,大家都还认识不久,一下子让人家去死……"

孟千姿提醒他:"可以拒绝,看个人意愿。"

神棍不说话了,转念一想,又觉得并非不合理:又没拿刀架着你,两相情愿的事儿。再说了,只剩两个名额了,这么金贵的东西拿给你,不图你钱也不图你的才能,还能图什么,古人那观念,当然是得以命相报了。

无条件听她号令,还得为她去死,算了……古代才流行这种有主无我、尽忠献身,现代人都是追求自由的,看来他是跟山鬼无缘了。

江炼突然说了句:"其实还有一个选项,你急于下崖,所以没想到。"

孟千姿一怔。

"你给我们名额,其实不是你想给,你把它视作'坏处',说明你自己也不是很认同这种操作。再说了,即便把这名额看成奖赏,我刚刚救了你,得个名额还说得过去,但神棍呢,他几乎什么都没做,凭什么拿个名额呢?"

神棍张了张嘴,想说什么,又觉得江炼的话挺在理,无从反驳。

"之所以给,是情势所迫,要继续深入,又想确保我们安全——你只考虑到两种情况,带着我们下和不带我们下,但其实还有第三种。

"你可以选择和我们一起待在山台上等救援。好处是,你不用给出你的名额,我们也不会遭遇凶险;坏处是,你手头上的事要搁置,至少在这儿耗个一天一夜。"

孟千姿半天没吭声。

她确实忘记了还有第三个选项,因为在她心中,只想着早点剖山见胆、尽快搞清楚连日来的谜团,没想过要停、要等,而且是等一天一夜那么长。

就她这性子,明明能做却得生生叫停,不啻被人架在文火上烤。

要不要等呢?

她眼前蓦地掠过江炼被磨得鲜血淋漓的后背,还有那面远得看不见了的、揉掺了血色的崖壁。

"那就……等吧。"

干等这种事,本来就难熬,更何况是在这种漆黑荒僻不上不下的山台,分秒都被无限拉伸,你觉得已经挨到身心交瘁了,一看时间,一刻钟都还没到。

孟千姿本来就是个不擅长干等的人。在云梦峰时，只是等况美盈画个模拟画像，她就已经如坐针毡，更何况是现在？她已经把她背包里的物件来回翻腾了三次不止，又擦匕首又擦鞋，鞋带都拆过重系，实在找不到事做，把头发拈起，一根根去找是不是有干枯分叉的。

江炼坐在山台另一边，偶尔会回头看她，心里又好气又好笑，但一时又没好的办法。正因为他生来就不自由，所以很讨厌束缚，三重莲瓣，本质还不是抛却自我为他人而活吗？更何况，他还没法抛却。

神棍跪趴在台面上，研究段文希的留言，据说有一门学科叫"笔迹心理学"，从人的笔迹，可以推导出这人的性格、品质、能力、适合的职业，等等。

看得出是推导得实在无聊了，他叹了口气，过去挨着江炼坐下："小炼炼，我们这样千辛万苦地下来，就这么干坐二十四小时，明天再被绳子吊上去？"

白来一趟，实在心有不甘。

"要不然，就答应了吧，说句话的事儿。我看孟小姐不像动不动就叫人去死的人。至于为她去死嘛，她也不像那么倒霉的人，说不定这辈子都不会遭遇凶险，我们也没那个机会。"

江炼看他："这是说句话的事儿吗？这是一种承诺，做不到就别乱说。再说了，有些秘密，知道了不是什么好事。"

说到这儿，他转头看孟千姿，扬声道："孟小姐，我们可以一起下去、全程跟着你，你无非是觉得山鬼的机密不能外泄，到了下面，但凡涉及你们的机密，我不看不听可以吗？"

孟千姿摇摇头："下去了你就知道了，不可能的。"

神棍病急乱投医："那……反正天知地知三个人知，没人知道不就行了吗？"

孟千姿没听懂："怎么个没人知道？"

神棍示意了一下江炼，又指自己："孟小姐，我们都是好人，你知道的。你在下头遇到火的时候，小炼炼置生死于度外，拼命往下跳……"

江炼皱眉，觉得神棍太夸张了。他确实下得很快，但对危险及生死，还是做过衡量，自信自己能应付，才往下跳的。

"下得比谁都快，比那个孟助理也快，他有足够的资格做花瓣。"

江炼不得不纠正他："莲瓣。"

管他呢，莲也是花，莲瓣也是花瓣。

神棍继续慷慨陈词："我也是啊！我当时才开始学习Ｓ技术，还不熟练，但是看到你出事了，我一时关切往前冲，才失足掉下来的……"

说这话时，多少有点心虚，往前冲是真的，不然也不会被动失足，但究竟是出于"关切"还是"看热闹"，那就不好说了。

"所以孟小姐，你就不要拘泥于什么规矩了，反正也没人知道，我们跟着你下去，看到什么、听到什么，绝口不提，你也不对外说，不就行了吗？"

孟千姿没吭声。说实在的，命都是江炼救的，守着那些自己都不明白是怎么回事的秘密，在她看来，挺没必要的，但是，事涉山鬼，非她个人，规矩就是规矩。

江炼叹气："你就别为难孟小姐了，这是山鬼的规矩。现在又是在山地，是她历任前辈活动过的地方，你让她在这儿公然作假弄鬼吗？"

他自幼随况同胜长大，知道那些老派人物对规矩有多么看重，山鬼这种从没断过代的老式"大家族"，自然更会对传下来的规矩奉如圭臬。孟千姿是坐王座的，不以身作则也就算了，还带头违反，怎么说得过去呢？

神棍发牢骚："规矩规矩，很多老派的规矩真是叫人看不惯！什么传男不传女，传内不传外，多少精绝秘技就这样传没了。孟小姐是山鬼的头儿嘛，有些规矩不合理，她就应该勇敢站出来废除！"

江炼说："人家这规矩挺合理的。她又不是开展览馆，凭什么敞开家门，什么人都往里放啊……"

说到这儿，蓦地心中一动。

废除？

他站起身，走到孟千姿身边蹲下："孟小姐，有没有规矩说，三重莲瓣不可以废除呢？"

孟千姿仔细回想了一下："没有，但是从来没听说过……还有废除这种事。"

江炼笑："没有，说明是可以废除的。人心易变，也许当时他起了誓，是忠于你的，但过了几年，转而谋算你……"

孟千姿回了句："这种属于违约背誓，天打雷轰，要被清门户的。"

好吧，换个说法："或者……他行为不端，人品让人不齿，这样的人，虽然没有背誓，但留在身边，不是很不光彩吗？这种人，你都不废除？或者，你一时被蒙蔽，后来才发现自己当初看走了眼，这样的……也不废除？"

孟千姿的神思忽然恍惚了一下，声音也低下去："那是得……废除的。"

江炼说："这就好办了，我知道你急着下崖，想做重要的事，又坚持行事得合乎规矩。这名额，你可以给我们，一天一夜内有效，事情了结，再把我们废除。我们呢，在这一天一夜之内践诺，听你的吩咐，有了危险，也一定会奋不顾身保护你……"

这话，真像占了她的便宜。本来到了下头，为安全计，就得听她的吩咐，而

276

且，谁保护谁啊，是她保护他们吧。

"被你废除了之后呢，我们也谨守原则，对看到的和听到的，绝口不提，这样总该可以吧？"

他这话，本质只是把神棍的提议换了种表达而已，但条条合乎规矩，连孟千姿都觉得，这世上难免有看人不准、下错决定这种事，难道不准人弥补吗？再说了，反正她的眼光从来也不怎么好。

她想了想："那……哪怕只生效一天一夜，也得按规矩来啊。"

三重莲瓣的仪式原本繁复，但是这山台简陋，只能因陋就简，不过起誓还是要起的。

神棍和江炼在边上背誓词，其实不长，但文言夹白，难免拗口，神棍愁眉苦脸："他们山鬼怎么这么多讲究？"又撺掇江炼，"小炼炼，待会儿你先上，给我多留点时间。"

……

孟千姿从背包里翻出用来涂抹标记的笔，用较细的那一头，在左手掌心画了朵殷红色的莲花。

江炼先来。

据说解放前，还得行跪拜大礼，他跟孟千姿确认了不用跪，本以为能免除一大尴尬，现在才发现，就这么面对面站着，也挺尴尬。他还得起个誓。

孟千姿抬起手，手心朝上，掌内一朵红莲灼灼有光。

江炼先伸出右手，看到缠满绷带，又换了左手过去，和她掌心相覆，只觉得她掌心温热，掌缘处却又凉软，心头一动，忽然就把背下的词给忘了。

孟千姿提醒他："古语……"

江炼定了定神："古语有云：峰非水而开莲，峰峙云上，雾绕其间；王座立于寒处，三重拱卫；今血注莲瓣，命作前驱。即日起，不违不背，不离不弃。生随尔身，死伴尔侧。有违此誓，身为兽裂，骨为山碾。天、地、人、神、山鬼，共鉴。"

说到末了，手上微微用力，只觉入手滑腻，她的手似是不经握，白皙的指节顿时便有些泛红。

孟千姿却没发觉，抬头看着他笑，面上带了几分得色："虽然是假的，听着还是很受用的。"

江炼也笑。

谁说是假的，二十四小时之内，还是有效的。

【11】

　　神棍对自己的宣誓很不满意，因为背到"今血注莲瓣"那一句时，他直接接的"即日起"，漏了一句。

　　为表诚意，他问孟千姿能不能重来一遍，孟千姿回他："差不多得了，反正明天就作废了。"

　　这话说的，反正今天吃的饭，明天也抵不了饿，今天是不是就不用吃了？哪怕只做一天和尚，他也得好好撞钟啊。

　　神棍颇气了一会儿，不过他这性子，置不了多久气，很快就忘了，再加上一想到如今身份不同，贵为三重莲瓣，终于可以探知山胆的秘密了，离自己梦中的昆仑山之箱又近了一步，心里真是美滋滋的。

　　孟千姿和江炼把还能利用的静力绳拖上山台，忙着拼接打结时，他也在边上帮着打下手，忽然想起了什么，问她："你说冼家妹子，是你的七妈？"

　　孟千姿手上不停，只"嗯"了一声。

　　"是排行第七吗？那她前头，还有第三、四、五、六吗？"

　　孟千姿又"嗯"了一声。

　　神棍好奇："这是你们那儿的叫法吗？把姑婆、婶娘什么的，统一叫妈？"

　　孟千姿懒得解释，又存了三分作弄他的心思："不是啊，我就是有七个妈。"

　　江炼随口问了句："那你的亲妈呢，排行第几？"

　　本来还想调侃似的问她，一个亲妈，给女儿找了这么多干妈，会不会嫉妒女儿反跟别的妈亲之类的，哪知孟千姿沉默了一会儿，含糊答了句："没有。"

　　江炼于这些细节向来敏锐，见她忽然沉默，已察觉到有些异样，待听到这句"没有"，立刻知道个中有隐情，自己是问得造次了。

　　神棍却没这种悟性，反同病相怜般叹息："我也没有，说起来，我是被人遗弃在一个小村口的。那个年代，这种事儿太多了，想找都没法找呢。"

　　又问江炼："小炼炼，你呢？"

　　江炼没想到这问题最后会兜到自己身上，他笑了笑，很快回答："不记得了。"顿了顿，似是怕人不相信，又补了句，"被人收养的，以前的事儿，不记得了。"

　　绳子接了两根，一长一短，长的是主绳，短的做辅绳。山台上没有合适的固定点，江炼看中了山台下方十多米处的两棵树，爬过去试了一下，承重绝对够用，于是把主辅绳都牵引过来，先后在两棵树上各自打结以分散风险，然后才实施绳降。

两根绳，三个人，结伴而下，照旧是孟千姿在最前头开路。这种活儿，江炼就不跟她抢了，毕竟她"扫"过的路，才是最安全的；神棍的技术虽然最差，但有江炼在边上一直盯着纠正，心里就没那么慌了，心一定，操作也随之顺手，像模像样起来。

不知道是因为今儿天气不太好，还是上头那把火一烧、浓烟难散，没能看到那束照射于"美人头"上的珍贵日光——后半程，几乎完全在黑暗里行进，为了省电，三个人只开一盏头灯照明。

那场景，如果要找类比的话，神棍想了一下，觉得像巨大而空洞的带盖铁桶里，悬了两根细细的蛛丝，而蛛丝上，有只萤火虫在慢慢地爬。

之前那三分之一的路程，下得太过迅猛，这给了他错觉，以为剩下这七百来米，也能很快搞定，结果大跌眼镜。原来正常绳降时，速度是这么慢的；江炼身上的伤刚包扎好，用力过度会导致伤口再次崩裂，所以孟千姿很注意减速、控速；再加上过"节点"时，也耗费了不少时间……

三人甚至还挂在绳上吃了顿饭。

一人一根能量棒，吃得嘎吱嘎吱响。头灯的光里，神棍能看到食物的微小残屑慢慢飘飞下去，水也喝得很节省，孟千姿把水倒在瓶盖里，一人只分了一瓶盖。

吃完之后，她把背包的侧边袋打开，让他们把能量棒的包装纸塞进去，神棍积极塞了，江炼却没有。

神棍以为他扔了："小炼炼，你这就不对了，咱们山鬼得讲究环保，塑料皮就这么扔下去了，多影响环境啊。"

孟千姿听到他说"咱们山鬼"，差点儿笑出来。

江炼只好把装进兜里的那半截给他看："没吃完呢。"

神棍奇道："就这么一根，你都吃不完？"

这倒不是，江炼笑笑："省着点吃吧。"

孟千姿没说什么，只是忽然觉得，江炼真是个没什么安全感的人。

他一定是那种家里头有粮，还要囤多一个月；处境未明时，给他一角饼，他都不吃完，会留半角，怕下顿没的吃。

饿过的人，一般都这样。哪怕从此不再挨饿了，那些自己都察觉不到的小细节，还是会不经意地保留下来。

山鬼最喜欢以山喻人。小时候，高荆鸿给她讲人生道理，指着面前的峰头给她看："姿宝儿，你看，这峰呢，有上亿年了。"

她那时候只五六岁,对"上亿年"没概念,只知道是很老。

高荆鸿又说:"它起初呢,也不长这样,后来又是风吹又是水淋的,渐渐改变模样,就成这样了。"

大娘娘当时大概是想说"风蚀"和"水蚀",怕她听不懂,所以换了更浅显些的词。

她想向人展示自己的聪明和机灵:"不会啊,我也常被风吹,天天洗澡被水淋,也没变样啊。"

高荆鸿低下头笑:"会变样的,慢慢就变样了。姿宝儿,你长大了就明白了,你人生里发生的每件事儿,都是掠过你的风、淋过你的水,你会因为它们,一点点变样的。"

高荆鸿又喃喃自语:"就像我段娘娘,如果不是那个英国男人死了,她的人生绝不会是这样的。那是她命里的一阵狂风、一场洪水,把她本该有的人生,完全吹垮、冲塌,变了样子。"

当时的孟千姿还听不懂这话,慢慢地,就懂了。

那些掠过来的风、淋下来的水,会在你的生命里以合适的姿态永远停驻,完美融为一体,化成你多年后的一声叹息,你行事时决绝的姿态,你看人时永远的不自信,或者只是半根没吃完的、揣进兜里的能量棒。

……

人在持续的黑暗里,会失去时间概念,终于下到崖底时,神棍还以为崖上仍是白天,但孟千姿的运动腕表显示,已经是晚上八点了。

所以,已经连续高强度运动了这么久吗?

神棍本来没觉得太累的,一听都这个点了,顿觉双腿发软,两条手臂再抬不起来了。

但孟千姿的一句话又让他来了劲:"这里到悬胆的美人头,大概得走四个小时,中途有棵很大的老榕树。我段太婆当年就是在那棵树上休息的。我们也可以在那儿休整,小睡两个小时——养足了精神,才好办事。"

居然是段小姐歇过脚的地方,神棍觉得,无论如何都要去瞻仰一下。

崖下横七竖八,乱陈着从上头跌落下来的被烧断的绳子,有两根掉在高树上,在半空中斜拖着拉开直线。乍看上去,跟架歪了的电线似的。

江炼从地上捡了一根,别看是烧断的,一根的重量依然有好几十斤,他朝孟千姿借了匕首,截出几根百米长的,绕成了绳圈,和神棍两个分背了。问他时,只说没准儿用得到。

三人又开始了跋涉。

正如段文希日记里记述的那样，崖底掉落的那些树枝树叶，腐烂之后一层堆叠一层，长期积累，足有一人多厚，有些地方还能勉强踏足，有些简直就是烂沼泥坑，一脚下去直接没顶。

孟千姿在前头带路，她尽量往树枝树干上走，因为那些腐烂枝叶几乎堆积到矮树的树冠下，使得偌大树冠像是直接从地里开出来的，走起来反而方便。

实在无树可以借道，才捡根树棍，又戳又插地探路。

难怪得走四个小时，路况太差了。

神棍走得磕磕绊绊，又惦记着没准儿还能把盛泽惠的照片找回来，一路东张西望，难免落在了后头，江炼怕他一个人越落越远影响整体进度，于是适当放慢速度，尽量跟他同步，把他的速度给带起来，时不时地，还会拉他一把。

崖底真像另一个世界。

一般来说，植物有趋光性，所谓的"向阳而生"，但崖底没有阳光，所以枝茎也就肆无忌惮、随心所欲，向着各个方向生长，不知道是不是地底下的养分足够，居然还支撑着它们长到躯体庞大，就是大多没个树的正常样子。黑暗中，那些扭曲树影看上去格外恐怖，有像一张巨大的狞笑侧脸的，有像凶兽蹲伏在高处、正要往下扑杀的。

不过一路上，是没见到什么大的凶兽，大概是早远远避开了去，头灯的光过处，会扫到一些小的虫豸，比如长腿的幽灵蜘蛛，连蹦带窜的灶马蟋等，但它们对光都极敏感，刚一扫到，要么惊呆了不动，要么没命似的奔逃。

神棍先还一惊一乍，老往江炼身边挤，后来走着走着，也就习惯了，还跟江炼窃窃私语："你看，孟小姐真像一盏灯啊。"

江炼觉得，这话可真够矫情的：孟千姿这路带得固然靠谱，但你把她比作"指路明灯"，是不是太过了点？

不过，他很快知道是自己理解错了。

"你看啊，她的周围，仿佛有个结界，百兽不侵，像不像一盏灯的照亮范围？外头是凶险莫测，但是，只要我们待在这光里，就是安全的。"

江炼不好置评："那你跟紧点，千万别出界。"

神棍是不想出界，但人有三急，又走了一段之后，他憋不住了。

先小声询问江炼："你说……我能让孟小姐跟着……或者尽量站近一点吗？"

江炼反问："你觉得这样合适吗？"

是不太合适，神棍讷讷，又憋了会儿，实在挺不住了："那，你能跟我去吗？"

同性之间倒是好商量，江炼叫住孟千姿，请她原地等一下，这头要行个"方便"。

不过，他也不至于紧挨边上盯看，把神棍送到了地方、目测没状况之后，江炼走开了几步，背对着他站着。

神棍在手里攥了块石头以防不测，尽管孟千姿和江炼都在他视线范围之内，但形形色色的恐怖片早已教会了他绝不能盲目乐观，变故往往发生在交睫之间，别说同伴离得近了，就算紧挨着，也未必能防住他被什么东西瞬间拖走啊。

他决定速战速决，哆哆嗦嗦去解裤子拉链，裆门还没放到底，忽然发现，前方草丛里，有块白色的皮毛拱动了一下。

神棍的头发都竖起来了，尖叫："大老鼠啊！二十斤的大老鼠啊！"

边叫边把手里的石头砸了过去，然后也顾不得提裆了，转身撒腿就跑。

好家伙，要知道，他生平最怕的动物是狗，其次就是老鼠，一条大如狗的老鼠，简直是综二者之所长，还是白色的！

江炼听到动静，早迎上来。神棍一把攥住他的胳膊，上下牙关"咯咯"乱战。

孟千姿也几步赶过来，问他："哪儿有老鼠？"

神棍颤巍巍地抬手指向那一处，再一次头皮发麻：居然还在那儿！果然老鼠一大，胆就肥，见人都不跑了。

孟千姿皱眉："不可能吧。"

老鼠这玩意儿窜得可快了，"避山兽"一起，早躲得没影了，怎么可能还窝在那儿装死。

她走近去看，又蹲下了看，末了没好气地回头，朝江炼的方向勾了勾手。

江炼半拖半拽着惊魂未定的神棍过来。

不是老鼠，是只猴，白猴，体长连半米都不到，大概是只幼猴，在那儿胳膊抱头蜷成一团，正瑟瑟发抖，脑袋上还鼓了个包，应该是叫神棍给砸的，见神棍过来，抖得更厉害了，还不敢跑，大概四肢早吓得瘫软了。

这猴脸，本身就长得跟要哭似的，再加上现在真的快被吓哭了，那可怜劲儿，江炼看了都心下恻然。

孟千姿拿手招弄它："来来，过来。"

她之于山兽，大概真的是很特别的存在，再加上手势只那么简单一转，走的就是符纹。那小猴瑟缩了会儿，终于鼓起勇气朝着她去了，到脚边时，两只爪子扒住她的鞋，抱住了又继续抖。

孟千姿心疼："哎，看看，这可怜样儿，来来，别怕……"

她拿手搓弄那小猴，小猴渐渐不再怕她，两只小肉爪搭着她的手，乖巧得不行的样子，到后来，两条胳膊抱住她脚踝，拿脑袋蹭啊蹭的。

孟千姿咯咯地笑起来。

江炼先还在边上微笑着看，后来见孟千姿这么开心，不知怎的就有点悻悻。想想自己之前那么努力想荡起友谊的小船，几次三番，出生入死，才终于有了点突破；这猴呢，什么也没干，卖卖萌卖卖惨，就能讨孟千姿这么开心……

这世道，人不如猴啊。

于是再看这只猴子，就没那么可爱了。再说了，这才认识多久，就去抱人家脚踝，一点也不矜持，不是他欣赏的猴种。

神棍遭受到了良心的遣责，耷拉着脑袋，很无力地为自己辩解："这崖底下，老鼠都长得跟狗似的，怎么猴反长这么小，这谁能知道……"

孟千姿忽然想到了什么："下来这么久了，正好给劲松报个平安，省得他着急。"

她从包里翻出记号笔，在猴背上写了个"人"字，顿了顿，信手朝下崖的方向一指："去。"

那猴一个蹿纵，动作飞快，一溜烟儿地去了。

神棍奇道："你不应该多写几个字吗？只写个'人'字，孟助理能看懂？"

孟千姿说："能啊，聪明人就能看懂。"

后面的这段路，江炼一直在琢磨那个"人"字的意思。他之前曾砸在一句"狐媚子上腰了"上，事后想起来，虽然不知道具体所指，也猜到了必是唇典、暗语之类的，但只一个"人"字，是不是太简单了？

其实可以问问孟千姿的，只不过被"聪明人"三个字给框住了，一直到了那棵大榕树下，还没想出个端倪来。

这树确实奇大，张开的树冠怕是能覆盖一亩地那么多，岔开的树丫如同密集伞骨，多、长且坚实，孟千姿原本的想法是跟从前一样，倚上去打个盹就够了，没想到江炼带的绳圈在这儿发挥了效用——他选了四根间隔差不多的、往外延伸的树丫，在它们之间拉绳缀网。很快，三张挨在一起、只有树丫作隔的绳床就完工了。

他看孟千姿："你挑一张？"

神棍怕不是以为这话是对他说的，喜滋滋地应了一声，爬进最中间的那张躺倒，又是翻身又是坐起，确认扎实、安全之后，很热络地招呼孟千姿："来，来，孟小姐，是挺结实的，你随便选，爱睡哪边睡哪边。"

你都躺在中间了，还问人家睡哪边，当然不是你的左边就是你的右边，没区别。

孟千姿就近躺进一张。

江炼也躺下了，其实不想躺的，毕竟背上有伤，但这一路太累了，坐着休息不好，趴着又不舒服。

他闭上眼睛，预备小睡会儿。

但一时半会儿的都睡不着，毕竟是绳床，荡荡悠悠，想倒头就入梦没那么容易。过了会儿，神棍又在叫孟千姿了："孟小姐，待会儿要去办什么正事啊？你稍微说一下呗，我们也能有个数，必要的时候配合你，省得到时候什么都不懂，手忙脚乱地坏事。"

这话有理，江炼又睁开眼睛。

他听到孟千姿"嗯"了一声，似是沉吟了会儿，才开口："你们听说过……水鬼吗？"

神棍回答："听过啊，人掉进水里淹死了，就会变成水鬼。有些水鬼，还专门把人拉下水淹死，找替身呢。《聊斋》里写过的。"

江炼轻咳了一声："孟小姐问的什么？我听不大清楚。"

神棍如梦如醒，一骨碌爬起来，在他心里，听故事这事太重要了，听不清什么的，太影响聆听体验了："对，对，小炼炼离太远了，孟小姐我们换一换，你睡中间吧。"

【12】

孟千姿属于那种只要躺下，便懒得再挪窝的人。

神棍让她换到中间，她第一个反应就是想拒绝，还想训他两句：我是老大你是老大？听不清楚就凑上来听，凭什么让我挪来动去的啊。

但是一转念，自己都没抓住这念头是什么，就爬起来了，在颤巍巍的树丫上和神棍完成了互换。

再躺下去时，莫名地有点紧张。

怪了，刚边上是神棍，她没什么感觉，如同身侧躺了截老木头，该闭眼闭眼，该翻身翻身，现在换到中间，右边多了个江炼，她向右那半侧身子，忽然就不自在起来。

没法把江炼当木头。他是个人，生机勃发，还在往外散发热量。没错，人就是往外散发热量的，蛇的眼睛不是能"看"见吗？

他还在呼吸，一呼一吸，绵长而又有节律，微微带动绳床，这热量，这呼吸，都是扰动，让人精神难以集中。

她把身子慢慢蹭离他一点，咳嗽了两声，想继续话题以分散注意力，又忘记自己讲到哪儿了。

亏得神棍提醒了她："孟小姐，水鬼找替身，然后呢？"

江炼轻笑了一下，这笑声就响在她耳边，很近，因为很近，所以跟以往任何时候都不同，低沉中带着点捉摸不出的意味。她胳膊上的细小汗毛好像突然都站起来了，像许多小磁屑，因着某种张力的吸引，都颤悠悠地、踮着屑尖儿站起来。

她又往神棍这头凑了凑。

江炼说："孟小姐聊的水鬼，应该是跟山鬼对应的那种吧，也是某个家族，有很多人，也有很多规矩。"

孟千姿"嗯"了一声："水鬼呢，就是紧邻江流而居的一群人，据说他们的天赋是下水，位次最高的那几个，可以在水下自由呼吸，待上个一天半天都没问题，不需要借助任何装备，也不把水压当回事，仿佛天生就能在水里生活。"

神棍咽了口唾沫，双眼放光。他这种旱鸭子，最羡慕这种了。

"不管从哪个方面来说，山鬼和水鬼，似乎都应该是兄弟派系、世代交好的那种，但我也说不清为什么，两家好像素来没什么渊源，而且都奉行着一句话，叫'山水不相逢'，也就是说，大道朝天，各走一边，互不叨扰，也互不妨碍，久而久之，联系越来越少。到了我这代，连很多山鬼都以为，水鬼是根本不存在的。"

神棍插了句："水鬼应该是很隐秘的那种吧？我也算走南闯北有些年头了，山鬼的名号就听说过，水鬼……是真没有。"

"没错，他们严守着家族秘密，关起门来，只和自己玩。中国有三条起源于昆仑山下的著名江流，从北到南，依次是黄河、长江、澜沧江。水鬼以姓氏划分，各据一条，一一对应起来，是丁姓、姜姓、易姓。"

江炼有点奇怪："只有三个姓？"

"是，所以又有个诨号，叫'水鬼三姓'。"

三姓……

江炼眉头微微皱起：这样操作起来很不现实吧，比如难免和外姓嫁娶，难道这秘密对枕边人也不说吗？

不过也无暇仔细思量，孟千姿已经继续往下说了。

"他们长久从事一种很奇怪的行当，类似对外提供保险箱，帮人保管财物，赚取佣金。"

神棍奇道："这么辛苦啊，这才能赚几个钱？为什么不打鱼，或者去江里淘金呢？"

他想起超市的存包柜，存一次只用投一块钱。又想起大马路上看自行车的，一小时五毛钱起，水鬼真是……太不会利用自己的天赋了。

江炼说他："人家那是……类似瑞士银行的那种保险箱吧。"

山水山水，各擅胜场的感觉。山鬼架势都这么大了，水鬼应该也不遑多让。

瑞士银行啊，神棍恍然，那就太牛了。全世界的银行，都是你存钱，它给你利息，唯有瑞士银行，不给利息不说，还朝你收取不菲佣金，但那些大富豪交得心甘情愿，因为安全性好，私密性好，不用交代钱的来源，也不用担心政府机构动用强权把钱给收走。不管天灾、人祸，还是政权更迭，户头在，钱就在。

只是近百年来，中国频遭浩劫，雪域高原英国人都打进去了；莫高窟这么偏远的地儿，珍贵的文物都让人翻出来一车车地运走了。水鬼的保险箱，是修哪儿了，这么牢靠？

神棍心念微动："保险箱……不是修在水里吧？"

还真让他蒙对了，孟千姿说："就是在水里。"

据说，三姓各有祖师爷。这祖师爷，也就相当于山鬼的祖宗奶奶。这三位祖师爷，在古早时深入江流，发掘出不少适合水下藏物的隐秘所在。这样的所在，称为"金汤穴"，取其藏匿珍宝如盛金汤之意，也暗示着这样的所在，固若金汤。

三姓所有的金汤穴加起来，汇成了一本"金汤谱"。下水置放珍宝，就叫"锁金汤"。顾名思义，到期把财物取出交付给客户，就叫"开金汤"了。

神棍感慨："这就叫匹夫无罪，怀璧其罪了，应该有很多人不择手段，想得到这本金汤谱吧。"

江炼也是这想法。古代的时候，装备和技术都还跟不上，即便有人眼红觊觎，也有心无力。现在不一样了，什么潜水设备、氧气瓶，林林总总，把人的生命往宽险处无限延伸。

孟千姿轻轻哼了一声："这个你就想错了，得到金汤谱，知道某笔财富在什么位置，没什么用。打个简单的比方，你打听到一个人的住址是北京路10号，但按照这个门牌号找过去，一定能找到他吗？

"如果，他虽然每天都从10号门进出，但是根本不住这里呢——他的确要进这扇门，但进去了之后，还得走地道、翻墙、穿三道街、拐七条巷，才是真正的住处。"

江炼心中一动："也就是说，金汤谱标注出了水面上某个确切的下水点，但你从那个点下去，是根本找不到东西的，因为入水之后，还得在水下穿沟过壑，走一段复杂的线路？"

孟千姿点了点头，她还挺喜欢这种躺着说故事的感觉。说一段停一会儿，听他们发问，提出看法，有张有弛，还挺放松。

神棍悻悻："为了藏宝，也真是费尽心机，小心谨慎到了极点，连路线都不肯用书面形式记下来，只给个假门牌号——那这路线，是靠背的吗？"

就好像某些少数民族，没有文字，没有书籍，但有口口相传的歌谣。

江炼觉得也说不通："背下来也不保险啊，被人抓了去，严刑逼供，秘密照样守不住。"

孟千姿不紧不慢："这就是问题的所在了，没人知道水下的线路，即便是现在水鬼的当家人，也不知道——三位祖师爷留下了三块祖宗牌位，简称'祖牌'。水鬼下水开金汤的时候，要抱着牌位一起下。"

抱着牌位？江炼只觉匪夷所思。

神棍已经先他一步嚷嚷出来："这……不太尊敬先人吧？祖宗牌位，那都是烧香供着的，这抱来搬去的，不忌讳吗？"

孟千姿说："还没说完呢，耐心点，这个叫'请祖师爷上身'。

"他们入水之后，把祖牌贴上额头，据说能轻车熟路地找到金汤穴的位置，或开或取，完成所有的操作，最后出水。但是事后，水底下的这段记忆，于他们来说，是完全空白的，根本不记得。

"他们尝试过一些方法，比如派人跟踪啊、使用水下摄像机去拍摄啊，都没用：一般人没有水鬼的能耐，在水下待不了多久，你说你硬要较劲，带十个八个氧气瓶去跟，那这金汤，绝对开不成；至于那些电子设备，不管是手机、相机还是摄像机，防水措施做得再好，都会失灵。"

这话说完，有好一会儿，没人吭声，大概都在尝试着去消化理解。

顿了顿，江炼冒出一句："难道祖师爷的鬼魂，就在那祖牌里头吗？"

孟千姿笑，她第一次听到这讲述时，也是这反应，甚至比江炼说得更直白——

她直接就问孟劲松："他们那祖牌里，是有鬼吧？"

绳床一阵晃动，连带着树丫吱呀乱响，这是神棍亢奋地爬起来了。孟千姿和江炼都对神棍还不太了解，假以时日，他们就会知道，这是这位"专家"要发表高论的前奏。

神棍说："说到鬼，我必须向大家解释一下，到底鬼是什么。"

孟千姿没见过一开篇就跑题的："我们谈的不是鬼。"

"不不不，孟小姐，你耐心点听下去，就知道我没跑题。"

他清了清嗓子："关于鬼，我在很久之前，就形成了一套自己的理论。当然，不全是自己的，部分借鉴了牛顿的能量守恒定律。"

牛顿这来头是挺大的，关键是，怎么会跟"鬼"挂上了钩的，孟千姿觉得不妨听听看。

"鬼，在我看来，就是一种脑电波、一种能量。所谓的'附身'，只不过是这个人的脑电波，刚好跟被附身者的脑电波频率契合得上而已。中国古代有'阴阳双鱼太极图'，强调'万物负阴而抱阳，冲气以为和'，什么意思？就是说，万物要阴阳调和，达到一种正负平衡的状态。"

孟千姿听得半懂不懂，但神棍居然还转上了文，这让她略生出点敬畏来。

"我们再来说人，何以为人？物质和精神要并举，身体和灵魂要共存，身体为正，灵魂为负，缺一不可。只有身体而没有灵魂，那叫'行尸走肉'。只有灵魂而没有身体，那叫什么？总之都不能称之为真正的人。也就是说，一正一负，要么都存在，要么都不存在。如此，世间能量方能守恒，这就是牛顿的能量守恒定律之灵活化用。"

江烁想说什么，又忍住了。牛顿要是知道神棍这么化用他的能量守恒定律，不知道是会欣慰还是崩溃。

"下面我们说回正题。人死之后，是否灵魂马上消减归零了？我认为没有，因为人的身体并没有马上死透，还有残存的生物电。根据能量守恒定律，那灵魂也没有完全归于虚无，也还残存了那么一点点，因为要互相守恒。要知道，古代是不火葬的。人咽了气之后，尸体放在那儿，一点点让他死透，灵魂也就那么一点点消散。什么时候完全消散了呢？古代有一个专门的说法，头七。头七之后，才终于死心了，接受这人确实已经去了。"

江烁的皮肤上泛起些微的战栗。平心而论，他并不完全认同神棍的说法，但其中有那么一句两句，确实会让他忍不住去深思。

孟千姿也没有说话，她想起了刘盛。那割喉一刀，可能在另一个角度，真的只是"开始死亡"吧。

神棍继续："以上，是大致的规律。但这世界，总会产生一些意外。比如说，那些含冤莫白、惨遭凶死的，这样的人，死前的精神活动会分外剧烈，即便身体已经走了，灵魂还能多撑个三五年，导致暂时性的能量不守恒，只是暂时性的哈，不影响总体结果——最终，这种失去了载体的、残存的脑电波和能量，一定是在慢慢消减的，且越来越弱，直至消失。"

孟千姿不觉就"嗯"了一声。

讲了这么久，终于出现了正面的回应，神棍大受鼓舞："那么我们回到开始的话题。小炼炼说，祖师爷的鬼魂，在祖牌里……孟小姐，水鬼的祖师爷距今有多少年了？"

孟千姿也不太确定："应该跟山鬼差不多，总得……两千多年了吧。"

神棍一拍大腿："两千多年了，祖师爷的鬼魂，是怎么解决能量守恒这个问题的？除非……"

他抛出结论，掷地有声："他们的祖牌有问题！

"叫我说，那绝对不是个普通的祖宗牌位，极有可能是个载体，跟人的大脑一样复杂，可以盛放甚至长久保存人的意识。或者说，是个胎体。总之，是一种不可思议的神奇物质。"

孟千姿迟疑了一下："这个……我不太确定，不过听他们的说法，祖牌的材质的确很特殊，就现在所知的，火烧、刀砍、水浸等，都没法对它造成损伤。"

神棍更激动了：果然！自己的推理真是缜密细致，这是理论水平又精进了！

他想趁热打铁再发挥两句，又觉得要说的已经说完了，于是重新躺回绳床里："孟小姐，你继续吧。"

打断了她这么久，洋洋洒洒说了这么多，还让她继续，她哪记得讲到哪儿了。

江炼低声提醒她："说到水鬼要抱着祖牌下水，但对下水之后发生的事完全没有记忆。"

孟千姿接得上了，她组织了一下语言，继续往下说。

"虽说有些水鬼觉得古怪，但反正是老祖宗传下来的法子，又能挣到巨额的报酬，所以，他们也就这么一代传一代地操作下来了。

"然而，大概是从百十年前开始的吧，状况出现了，他们开不了金汤了。在他们的说法里，这叫'翻锅'。翻锅可不是好玩的事。他们帮人保管财物，收取巨额报酬，一旦交不出财物来，这赔偿也是天价。

"好在祖师爷留下了话，似乎早已预见到这种事情会发生。说是可以去昆仑山下，三江源头，找一个深藏于地下、经常会变换位置的地洞，又叫'漂移地窟'。只要找到了地窟，一切问题都可以迎刃而解。

"二十世纪九十年代中期，水鬼集结了三姓人手，兵分几路，一探漂移地窟。他们在三江源一带做地毯式搜寻，其中的一路，可能得有上百号人吧，真的找到了那个地窟。"

虽说她陈述得平静，但江炼还是自她的语气中嗅出了些许不祥意味："出事了？"

孟千姿叹气："是啊，那一路人，几乎全军覆没，当场死了一多半，据说都是皮焦肉烂、肢体扭曲，甚至有骨头疯狂生长、戳破了皮肉的。救回来的那一小半，在接下来的十多年里，也都陆陆续续死了，可以说是……无一善终吧。"

神棍听得心头发瘆："这是……遭受辐射了？还是中了什么厉害的毒啊？"

孟千姿也答不出。

"自那次之后，水鬼伤了元气，安静了不少年，但你们也知道，这种事儿，不弄明白究竟，是掀不过去的。一年前，他们又大举前往三江源，二探漂移地窟。这一次，同样是伤亡惨重，还失去了当家人丁盘岭。不过，总算是有些进展，他们在地窟里，发现了很奇怪的东西，说是跟祖牌的材质是一样的。

"水鬼接二连三遭遇灭顶式的打击，不敢再轻举妄动。只是派出人手，一直追踪那个漂移地窟的下落。对外，一直宣称是做地质考察的。几个月前，也就是二探漂移地窟一年之后，他们派驻三江源的一个小分队，再次无一生还。"

神棍差点儿跳起来了，他是真替水鬼这帮人着急："这怎么回事啊，怎么又死了啊？"

孟千姿答非所问："但是，那个营地，多出一个人来。"

神棍和江炼几乎是同时追问："谁？"

"失踪了一年之久、水鬼的前任当家人，丁盘岭。"

神棍浑身的鸡皮疙瘩都起来了："他又回来了？他这一年，都去哪儿了？就活在那个……漂移地窟里吗？"

孟千姿还是答非所问："发现丁盘岭的，是一个当地人。他跟那个营地的人是好朋友，当天，是给他们送羊肉去的。据他说，当时，原本热闹的营地空无一人，却多出了这个丁盘岭。

"丁盘岭告诉他，营地的人都临时外出考察去了。自己是新来的，在这儿留守。那个人也就相信了，放下羊肉之后就开着摩托车走了。

"开出了一段，想起有件事忘了问，又折了回去。这一次，营地里，没有一个人了。"

神棍打了个哆嗦："那，丁盘岭呢？跑了？"

"死了。"

据水鬼后来说，现场有很激烈的打斗痕迹，但丁盘岭是自杀，所有的脚印、抓痕、血迹，都来自他自己。看起来，他拼命地想杀死自己，同时，又拼命地反抗。

最终，还是死了，一柄尖刀插喉而过，一大摊鲜血旁，有他手指蘸着血书写的三个半字。

那三个字是：找山鬼。

那半个字是：邦。

邦，是"帮"字的上半部分，所以，有很大的可能，那是一个没写完的"帮"字，帮忙的帮。

【13】

如果不是有丁盘岭这三个半字，以水鬼之封闭，大概永不会踏入山鬼的门。

来的是一老一少，老的是个年近八旬的老太婆，叫"姜太月"，带了个二十来岁的年轻男人，样貌是秀气漂亮的那种，发型还挺潮，鬓角剃得只剩一圈泛青发楂儿，脑后扎了个小鬏鬏，上插一朵穿花蝴蝶，名字也跟蝴蝶相关，叫"丁玉蝶"。

据说，丁玉蝶是继任掌事者，丁盘岭的接班人。

那次见面的场景，现在想起来，还觉得诡异。

孟千姿说："当时，是劲松陪我进的会客间，考虑到毕竟是双方重要人物会面，就让其他人回避了。"

一进去，那个姜太月和丁玉蝶就都站了起来，只生硬地寒暄了两句，很快双双低下头去，忙着拆桌上的礼盒："孟小姐，我们初次上门，带了礼物来，你看喜不喜欢。"

礼盒拆开，一样样往外摆，只不过是些鱼干特产，孟千姿便有些不自在。她倒不在意礼物是什么，但是初次见面，送她这些不值钱的玩意儿，是看不起她呢还是真不懂人情世故？

姜太月一样样给她点说特产："这个呢是小银鱼，炒蛋最合适；这是金钩海米，一等一的，比市面上那些强多了；还有这个，江瑶柱，口感很特别……"

她说起来没完没了，孟千姿正不耐烦，孟劲松忽然轻轻扯了她一下，示意她看那个丁玉蝶。

循向看去，那个帮姜太月拆理包装的丁玉蝶，已经分了只手出来，正拿笔在白纸上写字。

他写的时候，眼睛并不看纸，仍盯着礼盒。

写好之后，纸张掉转，朝向她这头。

那行字是：不得已，有人监视／听。

懂了，有人在监视、监听，所以他们要顾左右而言他，纸上落下的，才是正题，但既在"监视"，他们搞这种小动作，还不是会尽被看了去吗？

孟千姿和孟劲松对视了一眼，都有些不以为然。不管水鬼遇到了什么麻烦，又正被怎样的棘手人物跟踪监视着，这儿可是山桂斋，任他通天本领，也没法在这儿做手脚。

还没来得及开口，丁玉蝶的第二行字已经写好了，同样推转过来。

——对方不是人，在我们身体里。

……

神棍连咽了两口唾沫，胳膊上鸡皮疙瘩又起来了，经由孟千姿之前那一连串的铺垫，他对水鬼的遭遇，止不住同情，也就止不住关切："在他们身体里，所以是用他们的'眼睛'在监视吗？难怪他们总不看你，说话也尽拣无关紧要的说。他们身体里，是……寄生了什么东西吗？"

孟千姿沉吟了会儿："他们好像是认为，漂移地窟里的那个怪东西，可以透过他们的眼睛和耳朵，看见和听见一切。"

所以不得已，做出这些怪异的举动来掩饰。

丁玉蝶最后写下的，是一个地址，外加两个字。

秘密。

地址并不在本市，不过没关系，反正山户遍布各地，孟劲松派了一个山户过去，那是一间老楼的办公室，但一切都收拾得规规整整，书桌有好几个抽屉，只有一个上了锁，那山户撬开了锁，在里头找到一个U盘，上头贴了胶纸，备注"秘密"。

U盘很快就递送到了孟千姿手上，接入电脑之后，显示里头有个视频。

视频的内容，就是几个主要参与人员，分别讲述二十多年来，水鬼两探漂移地窟之行的遭遇和挫败，孟千姿方才所讲的大部分内容，就是来自这个视频。

末了，是姜太月做总结陈词。

她看向镜头，说得很平静："我们把这些事，以这样的方式记录下来，做个资料留存，希望将来，能有机会解密吧。"

孟千姿能从那看似平静的目光中，看出水鬼的求告。

……

江炼低声说了句："那个视频，其实是拍给山鬼看的吧，他们故意说是'资料留存'，找了个地方锁住，故意不派人看管，故意只锁一个抽屉，费那么多周折，只是为了指引你们找到。"

孟千姿点头。

说实在的，她还挺同情他们的遭遇，虽说大家没交情，但帮点忙，她还是愿意的，毕竟山鬼喜欢交朋友，也常给朋友帮忙。

但问题在于，她并不知道怎么去帮，更加不明白，丁盘岭为什么要水鬼来找他们。

她去问了高荆鸿，大娘娘也不明所以，不过给她支了个招："姿宝儿，你要知道，但凡有'山水不相逢'这句话，那恰恰说明，在很久之前，山水是相逢过的，可能彼此间发生过什么不愉快，这才越走越远。要么，你查查家谱、山谱、《山鬼志》什么的。"

没错，水鬼在那个视频里提过，他们最初想查找祖牌的秘密时，第一步也是去翻检家族谱志，希冀着从先人的一笔半笔、字里行间，找出什么端倪来。

这一查，就查了足有两个月：山鬼跟水鬼不同，他们广交朋友，又常吸纳新人，这些谱志的体量相当惊人，想在浩繁卷帙间择取到"水鬼"二字，谈何容易。

孟劲松主持了这场大范围的查找，采用的是倒叙，先从民国时查起，接着是清、明、元、宋，孟千姿记得，唐朝的部分翻完时，孟劲松曾泄气似的喟叹了句："估计是没指望了。"

孟千姿也是这想法，不过，她惯会偷换概念："继续翻吧，这样，年终总结的时候，还可以说，我组织大家进行了一次对山鬼前代历史的彻底回顾。"

也多亏了这坚持，终于在《山鬼志》这条线上，有了突破。

《山鬼志》是山鬼用以记载历代杰出人物的谱志。南北朝时的一本，记载过这么一件事。

事情很小，巴掌大的章节，当时的文言修辞，务求精简，所以相当拗口。

大意是当时坐王座的班素婵，在洞庭湖一带游历，信步走进一家酒楼吃饭时，隔壁桌的一群人正高谈阔论，班素婵听了会儿之后，断定这群人是水鬼，于是亮明身份，很大方地上前打招呼。

哪知那群人顿时变了脸色，你看我，我看你，留了几枚大币在桌上，竟一声不吭地走了。

这属于相当没礼貌了，班素婵倒也不介意，一笑置之。

当晚回到客栈，一进屋，就发现桌上多了份大礼，边上还有一张留条，上书：我执水精，君持山胆。山胆制水精，山水不相逢。

由这口吻，班素婵恍悟对方应该是水鬼的掌事者，因着"山水不相逢"，双方素无来往，大佬会面，更是绝无仅有，所以这事虽小，也得以在《山鬼志》上留了一笔。

……

神棍若有所思："所以，水鬼的祖牌，就是……水精？'山水不相逢'的源头，并不是你们两家有什么过节，而是因为'山胆制水精'。你们的东西，可以克制他们的？"

孟千姿也是这想法："我问过水鬼那头，他们并不知道'水精'是什么东西，家族中也没有什么特别的物件和收藏。那这水精，很有可能指的就是祖牌。其实，仔细想想，水鬼家这百十年来出的事，桩桩件件，都跟祖牌有关。"

神棍恍然大悟："所以你来湘西，下这片悬胆峰林，剖山取胆，究其源头，是为了水鬼？"

脑袋在绳子上垫久了，难免有点不舒服，孟千姿欠起身子，抓过背包塞在头下："也不算'取胆'，我上头七位姑婆对这事始终犹豫不决，一来没人知道山胆到底是什么，二来山胆悬置已经几千年了，姑婆们不想也不敢去贸然动它，总觉得动之不祥。

"我段太婆倒是来过，但她当时的记载，对沿路的艰险记述得很详尽，关于山胆，反而着笔不多，只说'一块蠢石，不过尔尔'。我段太婆这人，凡事随心。喜欢的话，芝麻绿豆大的事也不吝啬笔墨。不喜欢的话，再重要也一笔带过。"

神棍不由得咧嘴傻笑，觉得段文希此举真是深得他心。人生嘛，就该尽量铺排在让自己喜欢的事情上，比如辗转万里的"科学研究"，比如一时兴起的隔空对酒。

专为探山胆而来，却八个字以蔽之，真有个性。

但这个性，让孟千姿不得不劳动这一趟了。

"所以最终商量的结果，是让我先过来看个究竟。看看，总没关系的。"

说到这儿，她自嘲似的笑："只是没想到，我刚到湘西就出师不利，杀出个莫名其妙的白水潇。最初，我还搞不清楚她想干什么，但越到后来，我就越笃定事情跟山胆有关。"

她转头看江炼："我想，从山鬼大发请帖开始，她应该就已经窥伺在侧了。那一晚我去钓蜃珠，她没准儿也偷偷跟着。"

江炼心中一动："她看到了我们起冲突？"

孟千姿点头："第二天宴席，她也在。老嘎在宴席上打听图样，被我们叫走询问，然后我们又跟着老嘎出发，应该也落在了她眼里。

"她一路跟着，先一步进了老嘎家，杀刘盛，又拿走金铃，应该是想制造混乱、拖延时间，让我们把重心转移到凶案和对你的怀疑上，暂时搁置山胆这件事。也就是说，她从一开始，就在百般阻止我和山胆的接触。

"后来阴错阳差，她被你救了，还被送去了云梦峰，她就将计就计，想搞出更大的事来。那天晚上，她直奔三楼，估计不是想杀我，就是想绑我。"

江炼接过她的话头："其实真让她到了三楼，杀你绑你都很难，毕竟她的高香对你起不了什么作用，但因为有了美盈那一出，加上我适当……表现了一下，你被绑走了。"

还敢提这事，孟千姿"哼"了一声，好在他后来将功补过，她也就不斤斤计较了。

"成功绑走我，让她喜出望外，开始考虑得更周全。要知道，山鬼中不止我一个人可以取山胆，杀了我，还会有第二、第三个后来者，她会穷于应付，所以她先给我放蛊虫，又给我烧高香，试图控制我，让我听话。"

江炼插了句："我又表现了一下。"

孟千姿又好气又好笑："是。她没想到，我居然逃出去了，而且那声势，一路直取悬胆峰林。她这下慌了，也顾不上什么从长计议了，只想先把眼前的祸患了结。"

所以才有了那一晚破人岭的倾巢而出以及片刻之前的，数万只黑蝙蝠横遭火焚。

神棍忽然想起了什么："不对啊，山胆制水精，山胆又不制她，她这上赶着忙什么劲儿……"说到末了，喃喃自语，"她背后是洞神，难道洞神也怕山胆？但那个洞，又刚好在悬胆峰林的上头，这位置，真是，跟看守监视似的……"

随便吧，这些都留待后议，孟千姿暂时，也无暇顾及那么多了，反正，白水潇是下不来的，而越近山胆，他们就越安全。

江炼看向前路，远处，隐约可见峰林的耸峙巨影。

他低声说了句："悬胆峰林，难道是悬在山上的？"

料他也猜不着，孟千姿偏不说："快睡吧，我得养足精神。待会儿见胆，可得费大力气。到时候，你们就见识到我的本事了。"

江炼顿了一两秒才开口："待会儿才算见识到你的本事，怎么我们先前见到的都不够格算是本事吗？"

他侧头看孟千姿。

为了驱赶虫螽，头灯的光没有全关，只是调至最暗，在这微弱的光里，江炼看到，她已经闭上了眼睛，长长的微翘睫毛，像是刚自光里生出，睫尖还黏带了点光流，唇角微微挑起，弯出一个很美的弧度，回答："是啊。"

还"是啊"，真是一点都不矜持。那骄傲劲儿，再不掖住，就得溢出来了。

江炼也闭上眼睛，还想着她刚刚那个笑，自己都没发觉，那笑，也去到了他自己的脸上。

大概是这一日经历的还有听到的，都太杂了，江炼入睡后不久，就开始做梦。

一个梦接着一个梦。

先是梦见地底深处，不断搅动和行进着的巨大地窟，又梦见悄寂无人的营地里，有具尸体尖刀插喉，血顺着刀身，不断往下滑落……

还梦见大火，无数火蝙蝠簇拥来，化作漫天火云。

但突然之间，这一切都不见了。

只剩下浓得化不开的夜。山里，蜿蜒得看不到头的山路，还有啪嗒啪嗒，鞋底拍打山道的声音；呼哧呼哧，跑得几乎喘不上气来的声音。

渐渐地，他看清楚，那是他在跑。

他很小，比被况同胜捡到时要小多了，只五六岁的样子，穿着破棉袄、老棉鞋。右边鞋子布纳的鞋底已经脱落了一半，脚步起落，那鞋底也跟着起落，像脚下执拗地粘了半条舌头，怀里紧紧抱着个不大的但是满满的布口袋。

拐过一条急弯时，脚下一绊，一下子摔了，那个布口袋跌落开，里头的东西撒了大半，有圆圆的大白馒头，还有五颜六色、包着塑料糖纸的水果糖。

他赶紧爬起来，也不顾磕了一身泥，撅着屁股，手忙脚乱地把东西捡起来，重新塞进布口袋里，抱起来继续跑。

风声呼呼，树影摇动，云团聚合，虫音细碎，所有这一切，渐渐融作一个女人的声音。

这声音铺天盖地，嘈嘈切切，无孔不入，钻进他的耳道，震磨着他的脑袋。

——阿崽，快跑！

——记住，你叫江炼！

——一直跑，别回头，这辈子都别再回头。

又过一个急弯时，也不知道是为什么，他的步子迟疑了一下，停住了。

再然后，他回过头看了一眼。

视线的尽头，山坳深处，有一团跃动着的熊熊火光，风把火焰扯成长条，撒向各个方向，特别漂亮。

他看了会儿，一回身，抱紧那个布口袋，又疯跑起来。

……

"江炼？"

江炼睁开眼睛。

周围很静，神棍还在睡，能听到他略显粗重的呼吸声。

孟千姿半伏在他绳床边，正低头看他："你做噩梦了？"

嗯，是。江炼疲惫地坐起来，一只手撑住树丫，另一只手下意识地扶住额头，拇指掌根忽然探到眼角的水湿。

他笑了笑："是，做了噩梦，都是白水潇放的那把火闹的，梦里都在被大火撑着烧，那烟熏得我……眼泪都下来了。"

说着，若无其事地拿手抹过眼角。

孟千姿也笑，没有再追问。

刚刚，江炼魇在梦里还没有醒时，她依稀听到他低低的呓语。

好像是在叫……

妈妈。

【14】

入夜时分，崖顶一片雪亮，几乎一半的帐篷和营地灯都移了过来。

孟劲松坐在帆布椅上，手里紧握着卫星电话，他盯住崖边，不安地舔一下嘴唇，再舔一下，回思着事发后自己的一系列安排是否妥当。

……

当时，崖下那把火烧得太猛，八个随行的山户下绳没多久，就都狼狈不堪地上来了，他稳住心神，马上让人重点蹲伏还没断的那三根：上手掂，是有重量的，说明人还坠在绳上，不过不敢往上猛拉，怕断绳。

孟千姿的那根最先没了重量，但几乎是同一时间，江炼的那根增了重，孟劲松推测，是孟千姿转移到江炼那根绳上了。

又过了一会儿，另两根绳也都断了，往好处想，只要不是火起即丧命，孟千姿多了这一两分钟制动时间，也许可以转危为安；往坏处想，下头既设了伏，焉知没有后招？也许都已经……

情况不明，再想多也是无益，孟劲松心一横，先把这念头撇开，把那八个人叫过来一一询问。

综八人所见，再经与柳冠国等讨论，他怀疑，起火的那个高度，可能有山肠，于是在确保崖上人手的同时，吩咐柳冠国带了约莫二十个人下去，一个山洞一个山洞地查找，到底是哪个洞通肠。

接着，正如孟千姿预料的那样，孟劲松犹豫再三，联系了外援：冼琼花应该还在深山，信号不通，仇碧影倒是很快接听了。

由于不确定孟千姿是否能自行脱险，稳妥起见，孟劲松先把这头的情况说了一下，让仇碧影心里有个底，做好可能要过来的准备，但不用立刻就出发——万一一时三刻之后，孟千姿又上来了，五姑婆岂不是白跑一趟？

但这位五姑婆常住有"火炉"之称的武汉，性子也是烈火般躁烈，事情还没听全就大吼："敢放火烧我们小千儿，看我不拧了她的头！"

孟劲松有种错觉：挂机的时候，听筒里已经传来了仇碧影那辆大马力摩托机车的引擎轰鸣声。

……

崖边一直没有动静，崖下的搜索也还没什么突破，孟劲松吃不下饭，连水都咽不下一口，只觉得嗓子紧得厉害，出气困难，唯一能做的就是时不时去查看卫星电话屏幕，以防仇碧影找他——明知道这个位置，接或打都困难。

身后传来嘎巴嘎巴嚼饼干的声音，不用回头也知道是辛辞，其他山户在他面前不会这么没规矩。

孟劲松头也没回："你倒是吃得下。"

辛辞在孟劲松后两米来远的地方站定，这已经是他敢靠近的极限了："茶饭不思解决不了任何问题。老孟，吃饱了才能干活儿。"

孟劲松冷笑了一声，这话是有道理，但既是辛辞说的，他懒得回应。

辛辞无所谓，继续咔嚓嚼他的饼干，孟劲松嫌这声音聒噪，忍了又忍，正要赶他滚远点去吃，这声音却突然停了。

孟劲松觉得奇怪，回头看了他一眼。

就见辛辞半张着嘴，目光直直地盯住崖边，喉结滚了几下，才哆哆嗦嗦地叫他："老……老孟，是不是我看错了？刚好像有个……头，探……探了一下……"

真的？

孟劲松心中一凛，他相信辛辞没这闲情跟他开玩笑，但若是孟千姿上来，断不会这么诡异地只是"探了一下"，他紧了紧腰上的防护扣绳，抓起身边的甩棍，向着辛辞所指的方向走过去。

辛辞自己不敢近崖，看到别人靠近也同样毛骨悚然，一个劲说孟劲松："老孟你太靠前了，往后点，后点……"

正心惊肉跳，忽见孟劲松身侧两三米远的地方，有一团黑影突然蹿出，身量只豺狗大小，动作异常迅捷。

辛辞尖叫一声，也来不及看清是什么，撒腿就跑，心说死道友不死贫道，管你是什么东西，找老孟去吧。

哪知那玩意儿动作飞快，偏直取他而来，两秒不到，已经攀上了他的背。

辛辞只觉得有肉乎乎的温热的趾爪摁在自己的肩背上，又有毛茸茸物什擦着他的脖颈，以为是异形，刹那间就暴走了，又蹦又跳，不住嘶声怪叫。

这头，孟劲松已然看得清楚，又好气又好笑，觉得让辛辞出糗是件怡情怡性的事儿，于是抱着看热闹的心态，只作壁上观。

好在陆续有山户听到动静过来，不少人没憋住笑，也有人大声嚷嚷："辛……化妆师，没事儿，就是只猴。"

猴？猴子就不可怕吗？更何况这猴还在他身上爬来窜去，要是一爪子探进他的眼珠子，他能不瞎？

辛辞简直抓狂了，想伸手把猴给抓扔出去，刚碰到温乎乎的皮毛，浑身止不住汗毛倒竖，又是一声怪叫。

终于有人说了句能听的话："这猴是想吃饼干吧？你把饼干给扔了，别死攥着啦！"

饼干！

辛辞急抬手，把半筒饼干远远扔了出去。这招果然奏效，饼干脱手的同时，肩颈也是一轻：那猴已经猱身蹿追出去了。

围观的诸人一阵哄笑，就跟看了场多找乐的戏似的，辛辞恼羞成怒，又不敢撵过去，只得怒气冲冲瞪视着那猴。

居然是只小猴，小白猴，说它豺狗大小都是抬举它了。这身量，连半米都还没到，一根小细尾巴在身后翘起，转啊转的。

这猴先前被饼干的香味吸引，一时间忘了别的，只顾着上来抓抢，而今如愿以偿，刚揪起那半筒饼干，忽见这么多人围上来，似是大梦初醒，浑身一个激灵，吓住了。

过了会儿，它抱住饼干，转过身去，一边瑟瑟发抖，一边努力拱起身子，把后背展示给大家。

有个山户眼尖："字！字！它背上有个'人'字！"

这可稀罕了，有七八个人立刻凑了上去，围着那猴左看右看，一会儿拿手电筒细照，一会儿又用手搓捻猴毛，查看这字是新写的还是陈年色迹。

那猴抖得更厉害了，几乎缩成一团，但仍坚持着不走不躲，只是用力把后背外拱，再外拱。

过了会儿，人群自发让出一条道来，供孟劲松来看。

孟劲松远远瞧见那字，脸上已有了笑意，又蹲下来细看了会儿，这才说了句："孟小姐到下头了，一切平安，另外两个人也在，跟她一道儿，这趟截止到目前没伤亡，是祖宗奶奶佑护了。大家打起精神来，应付眼前的事。"

人群静了有一两秒，然后爆出一阵欢呼。四下散去时，个个喜气洋洋、红光满面。

其实他们也不知道这个"人"字是什么意思，不过孟劲松既这么说，那是绝没错的了。

人是散了，那猴却还立着不动，过了会儿，似是觉得人声远了，怯生生地探头出来看——说来也怪，有人时它慌，没人时，居然也着急——瞥到辛辞还瘫坐在一边，忙连蹿带跳地过来，背对着他而蹲，后背一拱，给他看上头的字。

辛辞没好气："给我看干什么？我又看不懂。"

末了，还是孟劲松过来，他在猴子身前蹲下，抬手拈起它一只前爪，跟握手似的，连晃了三下，又回头吩咐不远处的一个山户："给它拿点坚果、面包什么的。"

那猴经他这一握手，登时如释重负，也不拱背展示了，喜滋滋地去对付那半筒饼干，抓了一片在嘴里嚼——先时抢得倒是带劲，现在大概是觉得不过尔尔，又很快兴味索然扔到了一边，过了会儿，向着那个拿了吃食出来招引它的山户一路过去，后背上的那个"人"字随着它的跃动窜走，一会儿横长，一会儿竖扁。

辛辞这才回过味来，好奇地问孟劲松："老孟，怎么就一个'人'字，你看出这么多信息来？"

孟劲松不想多说："这是我和千姿之间的暗语，说了你也不懂。"

哼！

辛辞悻悻，又想起自己刚刚那么狼狈，孟劲松只在边上冷眼瞧着，没见关心过一声，心头顿起反感。

他冷冷说了句："你和千姿还暗语？保持距离啊老孟。"

孟劲松的脸色陡然沉了下来："什么意思？我对千姿还能有什么想法？说这种瓜田李下的话，是想给谁添堵呢？"

辛辞话一出口，就知道说得不妥了，又见孟劲松拉下了脸，赶紧嘻嘻笑着去搭他的肩膀以作补救："我这也是关心你啊老孟。你都二婚了，绝大部分时间都待在千姿身边，嫂子难免有想法，到时候跟你离了，你想再三婚，就困难了……"

这都什么乱七八糟的，孟劲松哭笑不得，肩膀一沉，甩脱辛辞的手，正想说什么，不远处忽然一阵叫嚷。

抬头看时，是邱栋气喘吁吁地过来，说话都有点气不顺："孟助理，山肠，下头发现了……是有山肠。"

孟劲松心头一凛，抢上两步："白水潇呢，是不是跑了？"

邱栋面色有异："不是，她……她还在里头，柳哥都不知道该怎么办了……孟助理，你自己去看吧。"

休整之后，又补充了些水粮，孟千姿一行重新上路，三人各怀心事，反冷了场。

江炼是因为那个梦，总觉得精神疲惫，仿佛刚刚不是在做梦，是真的筋疲力尽奔跑过，那种满心惶恐又满怀伤感的感觉，自梦里延伸至现实，披覆全身，一时惛了心念，也哑了喉舌。

孟千姿是因为听到了江炼的梦话，觉得也许是自己"五妈七妈"引发的一连串说辞勾起了他某些不太好的回忆，但这种事属于个人隐私，不好问也不能问。

三人之中，以神棍的心事最为单纯：他很担心那只猴，生怕大水冲了龙王庙，那猴还没到崖上，就让那条巨蛇给吞了。

所以他最先打破沉默，把自己的担忧跟孟千姿讲了，孟千姿说他："一蛇一猴，身上都带了我的符印，你说会不会自家人打自家人？问这种问题……"

这口气，嫌弃满满。

神棍一阵惭愧，默默落到了后面。这么简单的道理，自己都没想到，身为三重莲瓣，实在不应该。

不过这一问一答，倒是提醒了江炼。他紧走两步赶上孟千姿："孟小姐，你写的那个'人'字，到底是什么意思？"

孟千姿回了句："不能说。"

江炼"嗯"了一声，不问了。

然而孟千姿是想说的，习惯性卖关子而已，仿佛东西轻易就被拿走，会显得不那么金贵，非一番磨缠，方显身价——见他说不问就不问了，又憋得难受，实在忍不住了，只好找话问他："你是怎么想的？"

江炼说："我想的是，你们是不是有本暗语字典，一个字就能代表很复杂的意思……又觉得，这样太笨了些，记忆量也太大……"

孟千姿说："当然不是，其实吧，这个就跟魔术一样，说穿了一点都不稀奇……"

江炼提醒她："不是不能说吗？"

孟千姿硬生生地把话头给刹住了，半天才回了句："那你憋着吧。"

她没好气，大踏步往前走。哪知身后脚步声紧，江炼又跟了上来："我想了一下，大概还是可以说的，只不过是问第一遍时不说——长了嘴就是要提要求的，这我记住了。现在看来，提一遍还不行。"

孟千姿差点儿被他气笑了，不过还是阴沉了一张脸："很多事，本来就得多尝试几次。"

江炼"嗯"了一声："我懂，你这跟'好女怕缠郎'一个意思。凡事多缠问几次，总能有收获。但我觉得，好男不缠女，人要知情识趣。人家不愿意，那就算了——所以孟小姐，你写的那个'人'字，到底是什么意思？"

孟千姿又好气又好笑，不过既然听者受教，也没必要再卖关子。

她回头瞥了眼神棍，压低声音："那个字，是给劲松看的。山鬼的规矩，不养闲人，人人都得入个行——劲松祖上是入估衣行的，就是回收二手衣服、大户人家的旧衣服，拆洗缝补了，再支个摊子挂出来叫卖。"

这个倒是新鲜，江炼静静听着。

"一般卖这种旧衣服，是可以砍价的，有个叫价，有个底价，叫价大多是底价的两倍再加个整十，比如叫价七十，底价三十，你还价五十——他一翻底价，知道还有的赚，假装抱怨几句亏了本，就卖给你了。"

江炼想笑，现在做买卖，不还是这理吗，永不过时。

"但衣服太多，没人能记得每一件的底价，都记在本子上，翻查起来又麻烦，他们就会用暗码儿，把底价写在底襟上，记不住的时候，会翻出来看看。"

江炼心中一动："'人'字，是个代表数字的暗码儿？"

孟千姿点头："定暗码儿，各家有各家的规则，劲松祖上，是以'出头'定数，比如'田'字不出头，代表零；'申'字上下出头，代表二；'王'字出六头，代表六……"

江炼一下子反应过来："'人'字出……三头，代表三？"

孟千姿"嗯"了一声："劲松从小熟悉这个，当数字来玩，也教了我。

"现在上下失联，你在猴身上写一句'我们都平安'上去，他也不能肯定真的是你写的还是别人写了冒充以混淆视线的——写个'人'字，他就知道写字的一定是我了，这个字又代表三，我们这头下来了三个人，所以他一看就明白了。"

确实跟魔术似的，没揭秘时想破了脑袋都想不通，揭秘了也不过尔尔，江炼想了想，觉得真是一行有一行的学问："字出几个头就代表是几，也是挺会想的……"

孟千姿还没反应过来，神棍已经急吼吼地凑上来："什么头？什么几个头？哇……真是，好多头啊……"

江炼一愣，循向看去。

原来不知不觉，已经进了峰林。

近处看，那些峰头的轮廓更像人头了——一个个都像斜接颈上、低了下颌，用看不见的巨眼，盯着三个蝼蚁般渺小的闯入者。

又走了一会儿，孟千姿小跑着冲向右前方的一座石峰。

这石峰目测得有两百多米高，峰头上因为长了不少树木，郁郁葱葱，密簇成影，乍看上去，像女子顶着浓密发髻，确实比其他光秃秃的峰头更像美人头。

孟千姿在石峰前数米处停住，调整头灯的方向，照向石壁上的一处，指给两人看："那儿，有字。"

江烁抬头看去，只能辨出是两个字，但是字形复杂，压根儿认不出是什么字。

孟千姿说："山胆就悬在这个石峰里。据说这是'胆气'两个字，有说是仓颉造的字，有说是甲骨文。"

神棍插了句："应该是仓颉造字。我以前研究过一段时间的甲骨文。甲骨文的'气'字，跟'三'形似，像一阵刮过的风，不是这么写的。"

这人还研究过甲骨文，孟千姿看了神棍一眼，脑子里忽然冒出个念头：神棍做她的三重莲瓣，倒也并不是那么名不副实——几百年来，三重莲瓣都是主"武"的，来个"文"的，其实也不错。

江烁仰头看石峰："悬在里头……高处是有洞口，通向某个隐秘的洞穴里吗？"

孟千姿摇头："没有，没洞。"

江烁没听明白。

孟千姿解释："这就是一块巨石，没有什么山洞，也没有山肠通进去。"

江烁觉得她说话自相矛盾："你刚刚还说，山胆就是悬在这个石峰里。"

孟千姿答非所问："你有没有听过，在汉朝的时候，发生过这么一件诡异的事儿？"

她自顾自地说下去："有一群劳工凿山采石，山石被一块一块慢慢凿走，忽然之间，一锤砸下去，破出一个洞来。

"洞里有个人，已经死了，只剩尸骨，脚踝上还缠着焊死在山石上的铁链。"

江烁问她："是有人被锁禁在了山洞中，洞口又拿石头封死了？"

孟千姿摇头："不是，就是一整块石头，石头不是实心的，里头有个洞——类似于制造玻璃时，工艺不精准，玻璃里出现了一个气泡。"

江烁失笑："山石在形成时，腹内天然就有一块是空心的，这有可能。但你说里头还锁着个人，这就太离谱了：一整块石头，没有缝隙，也没有山肠，人是怎么进去的呢？"

孟千姿的回答让他遍体生凉："是我们关进去的。"

【15】

神棍清了清嗓子，很是郑重其事地咳嗽了两声。

成功地将两人的注意力吸引过来之后，他慢条斯理地开口："这件事吧，孟小姐说得不详细，欲知具体情形，还得问我。"

孟千姿有点意外："这你都知道？"

神棍很是傲然地挺了挺胸膛。不管是谁，也不管对方对他的第一印象如何，只要和他相处了一段时间，势必会被他的才学折服——这种情形发生过太多次了，以至于他都有点见怪不怪、接近疲劳了。

他说："这个事儿吧，有人把它称为'山海经石室杀人事件'。流传下来有很多版本，有说是地陷露出一个洞穴的，有说是开山采石的，下面，我就讲一讲最接近孟小姐说的这个版本。"

说到这儿，略作停顿。

这是他的讲述习惯，总喜欢在关键处停一下，收获点急切的催促、专注的表情，或是钦羡的目光什么的，很有成就感。

然而孟千姿是个急性子："那你讲啊，你在这儿喘什么气？"

神棍悻悻。

不过他如今身为三重莲瓣，不便顶撞孟千姿，于是继续。

"具体是在汉宣帝的时候，派人在上郡'发盘石'。发就是采掘，'盘石'通'磐石'，翻译成白话，就是在那儿开采大石块。采着采着，突然之间，出现了一个石室。

"请注意，这里是石室，而不是洞穴，但确实是全封闭的。也就是说，山腹中本来有这么一处类似于气泡的空心所在，有人在里头凿凿敲敲，大致修成了个石室的样子——这是疑点一，人是怎么穿过山壁进入山体，把里头的天然空洞凿成石室的。

"这个疑点，我们先摆在一边，继续听故事。

"有胆子大的人进去一看，这个石室还不是空的，里头有个人，死人，死了也不知道多少年了，差不多石化了。更诡异的是，这人右脚上戴着镣铐，头发很长，双手是被头发反绑在身后的——这是疑点二，关在这种封闭的石室里，根本就是逃不出去的，你还把人脚戴镣、手反绑，这不是多此一举吗？

"发生了这么怪异的事，大家当然都很害怕。事情也很快传到了汉宣帝耳朵里。汉宣帝也很奇怪，就召集大臣，问谁知道那个石室里的死人是什么来历。大臣嘛，那都是很有学问的。其中有个大学者，叫刘向的，给出了答案。"

江烁喃喃了句："刘向，这人挺有名啊，好像是个……文学家？"

神棍很赞许地看他："小烁烁，我的朋友中，就数你有文化！我的那些朋友，不是我说他们，人是很好，就是不爱读书，跟他们，真是没法互动！刘向，是很有名的，他撰有《列女传》，编有《战国策》《楚辞》等。"

江烁汗颜，觉得自己这"有文化"实在虚得很，他只是耳熟刘向这名字而已，至于具体有什么作品，还真说不上来。

孟千姿追问："那刘向给出了什么答案？"

"刘向说，石室里的那个人是上古时代的人，名叫'贰负'，是个杀人犯。总之就是，贰负谋杀了人，黄帝很生气，就命人把他囚禁在疏属山中，右脚上了刑具，头发反绑双手——整件事在《山海经》中有记录。

"汉宣帝听了还不信，让人把《山海经》找来看，果然翻到了这条记录，大为叹服。从那之后，《山海经》在汉代的地位就很高。东汉的时候，治水专家王景被派去治理黄河，汉明帝还专门赐了他一本《山海经》做地理参考呢。

"本着科学研究的精神，我也去翻了《山海经》。其实书里是这么说的，'帝乃梏之疏属之山，桎其右足，反缚两手与发，系之山上木'，所以有人理解为，贰负被锁在疏属山上，系在一棵大树上——这就不合理了，你关一个杀人犯，怎么会把人露天拴在树上呢？而且汉宣帝时的发现也证实了，人是被关在石室里的。"

神棍做总结："这就更加坚定了我的一个看法：《山海经》这本书，是曾被人打乱结构、半真掺假以混淆视听的，目的在于掩饰什么秘密。当然，这秘密是什么，我目前还不知道。"

说到这儿，他看向孟千姿："但是孟小姐，如果人是你们关进去的，那山鬼家的历史可就长了，可以追溯到黄帝时代了。你记不记得你之前提到过'动山兽'，当时我说黄帝战蚩尤的时候，用过兽兵，各种熊罴貐虎上战场，阵势很大，一下子就把敌军冲散了，跟你们的动山兽很像。山鬼祖上说不定真是效忠于黄帝的。"

是吗？

孟千姿蹙眉。山鬼的家谱和各种谱志确实可以往上追溯很久，但她印象中，从来没提过什么黄帝。

江炼笑了笑："山鬼没有断过代。如果历史上真有黄帝其人，那山鬼的祖宗辈人物跟他有交集也不稀奇。那年头，当然不是在帮黄帝打仗，就是在和黄帝打仗了。"

他把话题拉回来："那你们当初，是怎么把人关进去的？"

孟千姿撸起衣袖，抬脚踩住一块山石凸起，用力一蹬，上了一个身位："待会儿，我把你们也给关进去——到时候，你就知道，那个什么二货，是怎么被关进去的了。"

神棍心里一突，吓得连退两步："啊？"心悸之余，还不忘纠正她，"人家叫贰负。"

孟千姿可不管那人到底叫二什么，她身手极利落，噌噌几下，又上了几个身位。

神棍还愣在当地，江炼上前两步，仰头看了看孟千姿的背影，又拍了拍神棍的肩膀："走啊，你不是说孟小姐是盏灯吗？咱们得时刻跟紧，待在光照范围内。不然，待会儿什么豺狼虎豹、飞禽都冲着我们来了。"

也对，神棍回头看了看身后的黑暗，不觉咽了口唾沫，但还是挪不开腿，他攥紧江炼的袖子："但是……你不怕吗？"

是有点心头发毛，人被困在山腹中，有幽闭恐惧症的人大概能发疯……

江炼说："有点，但是你不觉得很刺激吗？"他喃喃道，"人这么大，怎么穿过山壁呢？难道是把你分解成什么亿万分子、原子，从石头的分子缝隙里穿过去，进了洞再重新组装吗？"

这小炼炼，果然还是太嫩、太年轻，没他老成。这当口了，还有兴致在这儿展开科学畅想，神棍急得跺脚，声音又低了几度："不是，这儿有山鬼的大秘密，孟小姐会不会为了保住秘密，到时候，把我们像贰负那样，关在山腹里，自己走了啊？"

说到这儿，他近乎恐怖地看向石峰高处："这真进了里头，喊破了喉咙也听不见啊！人家坐牢，还能挖地道。有挖山的吗？就算搞湘西大开发，也不至于到这儿来采石头啊，那我……我到几时才能被后人发现啊？"

江炼一愣，他还真没想过这个。

他迟疑了一下："孟小姐……应该不会这么做的。"

神棍说："是吗，你很了解她吗？她请客吃饭那天我才第一次见的她，你认识她很久吗？"

江炼一时语塞，满打满算，他跟孟千姿认识……有七天了。这算久呢，还是不久呢？

他又抬头看孟千姿，她已经在十余米高处了，再一低头，看到手上缠裹得严实的绷带，心好像也一下子被缠裹得踏实了："孟小姐为人是过得去的，她很少跟人玩心机。你别自己吓自己。再说了，我们是三重莲瓣。"

不提莲瓣还好，一提这茬儿，神棍更激动了："马上就作废的莲瓣，作废了，正好关起来。"又碎碎念，"孟小姐是女人，女人心海底针，你哪能知道她在想什么，就像我们阿惠，我反正是做不出把自己活活钉死在棺材里这种事的，想都没想过……"

江炼哭笑不得，顿了顿，给他出主意："你要真怕呢，咱们就这样。待会儿，紧跟着孟小姐，只要她有甩下我们自己逃走的迹象，咱们该抱胳膊抱胳膊，该抱腿抱腿，跟她锁死就对了。总之，要走一起走，要关一起关，咱们是莲瓣，死也要长在花身上。"

这主意不错，神棍眼睛一亮。

没错，他是莲瓣，跟孟千姿锁死就对了，死也要长在花身上。

石峰不是山，虽说其上也能长出点花花草草，但一个锥状耸峙的石条儿，爬起来难度可想而知。孟千姿和江炼倒还勉强能对付，神棍那是苦不堪言。这时候，江炼带的绳索就又派上用场了，牵拉引拽，实在不行就硬吊，这才确保了神棍也能跟上进度。

投桃报李，神棍的"小炼炼"也就叫得越发亲热，还给他讲起这石峰的偈子，解释什么叫"美人头""瞳滴油"。江炼听得很仔细，时不时眉头皱起，似是思量着什么。

差不多用了近一个小时，才到达"脖颈"处。孟千姿一直开路，也就爬得快些，此时正坐在一块斜出的石上，拿手扇凉，见江炼拖着神棍上来，她示意了一下高处："大家商量商量，这一段该怎么爬。"

江炼还没来得及抬头，神棍已经倒吸一口凉气："这可怎么爬啊。"

循向看去，江炼也是头皮发麻。

众所周知，石峰再陡峭，哪怕是九十度角拔地而起，也可以被经过特殊训练的、有功底的人攀爬，因为它凹凸不平，有踩点有攀点。但"脖颈"这一段，显然是被修凿过，不但细了一圈，更加衬托出上面的"头"，而且几乎是个四面柱体，也就是说，壁面是竖直平滑的。

这可怎么爬？猴都上不去吧，古人会用那种有密密麻麻小细铁钩的手攀，但即便是手攀，在这种纯竖向的平面上也钩不住，大概唯有壁虎才驾驭得了。

孟千姿站起身，很麻利地先将头发绑了个马尾，继而绕成发髻："让让，都让让，让我游个墙。"

其实根本没人挡在她的道上，她非造得声势满满。江炼说她："你还缺个锣。"

孟千姿还没来得及回答，神棍已经失声大叫："游墙，壁虎游墙，我怎么早没想到呢！"

壁虎游墙！

江炼也想起来了，是他学功夫时，教练闲聊时说起来的，据说这功夫又叫"仙人挂画"，是少林一派的传统轻功，极其难练，百人之中难有一二，非浸润二十年以上才能有小成。练成之后，如同壁虎爬墙，可以上下随意。

孟千姿乜斜了一眼神棍："你居然还知道壁虎游墙。"

神棍激动得喉头发干："我当然知道，我有个朋友，她就会啊。"

孟千姿脱口回了句："那不可能，除非梅花九娘传了后人。"

神棍兴奋得头脸发热，说话都颤了："没错啊，她就是梅花九娘的弟子。我住的那个宅子，在云南有雾镇的，前主人就是梅花九娘。"

孟千姿几乎忘了自己还在绑发髻，两手攥着头发搁于颈后："梅花九娘……没被打死？"

神棍几乎要跳起来了："你是不是说她抢军饷那次？没有没有，只断了腿！人没死！"

江炼一会儿看这个，一会儿看那个，听得如坠雾里，终于忍不住插了话："两位不忙认亲，能不能稍微帮我捋一下？"

孟千姿"噗"地笑了出来，顿了顿才说："这事其实跟我没关系，还是跟段太婆有关，我也是听我大娘娘讲的。"

梅花九娘是解放前京冀鲁一带有名的侠盗，轻功绝佳，借了燕子李三的名头，自称是燕子门下，经常劫大户。

玩的花样也新，不破门不硬抢，只盘着腿端端正正坐到人家房顶上，跟主人说，随便派人上来打，能让她挪窝儿，一分钱不收，但若是奈何不了她，就得乖乖送上一千个银洋。

多少家丁、护院架梯子上去打她，都叫她踢了下来，主人家只能认栽，苦着脸把银洋奉上。她取了钱，会留一块瓦，瓦上雕的是只燕子立于梅花梢头——主人家把瓦立在屋檐上，就表示这家已经被梅花九娘"关照"过了，同道要给面子，别再来薅二回。

那一次，也是凑巧，她"关照"到了山鬼在太行山一带的归山筑。不过这也不稀奇：山鬼在哪儿都是大户，毕竟从根儿上就富得流油了。

只凭当地的山户，怕是制不住梅花九娘，但幸运的是，归国游历的段文希，那一阵子也住在太行山的归山筑。

身为山髻，怎么可能坐视别人欺上头来？段文希旁观了会儿之后，飞身掠了上去，十招之内，叫梅花九娘挪了窝，二十招之后，把她踢下了房。

那时候的梅花九娘还是个刚出道的小姑娘，气得眼泪都快出来了，但还晓得说话算话，朝段文希拱了拱手认栽，掉头就走。段文希却爱才，把她喊住，留她用了饭，还让人封了一千个大洋送她。

……

孟千姿说："梅花九娘不愿白收我段太婆的银钱，加上又聊得投机，就把练习'壁虎游墙'的一些法门，择紧要的几个教了我段太婆。江湖规矩，属于切磋，不能多教，所以我段太婆再怎么研习，也至多只能游走个十来米，但这十来米，可帮了她的大忙了。"

说到这儿，她指向那段"脖颈"："这一段，大概有八米，段太婆当年探山胆，如果不是学过壁虎游墙,到这儿,就得铩羽而归了。"

原来个中还有这层渊源,神棍听得怔住。

江炼问了句:"那后来抢军饷断了腿,又是怎么回事?"

孟千姿叹了口气:"我段太婆挺赏识她,分别的时候,曾劝过梅花九娘,说劫钱以济世,好比以雪填井,不是良策,而且不管动机是什么,劫抢终非正道,势必出事,她一身本事,完全可以有更大作为,但是梅花九娘年纪还小,心高气傲,听不进去,摆摆手就走了。

"我段太婆倒还一直关注她的消息。几年之后,听说她功夫越来越好,胆子也越来越大,居然单枪匹马去劫一个军阀的军饷,结果被乱枪打死了,我段太婆还惋惜了好一阵子呢。"

神棍接过话头:"都以为是被乱枪打死了,其实没死,逃出来了,就是两条腿都废了。她自那之后就隐姓埋名,一个人在有雾镇的大宅里过着很平静的日子,也收过一两个徒弟,直到几年前才过世。"

江炼没吭声,寥寥数语道尽百年一生这种事,向来都让人感慨。

孟千姿也有点唏嘘:"原来后头还有这一节,回去了讲给我大娘娘听,老人家年纪大了,喜欢听这种旧事。"说着甩了甩手,拎了圈捆绳挎在肩颈上,"行了,我上了,你们都站开点,别碍事。"

江炼正想站开,忽然想起了什么,问她:"段太婆的纪录是十来米,你呢?"

孟千姿的纪录就比较飘忽了,九米、十米都有过,不走心时,也有只上到七八米的——山桂斋那头的训练场里,有个根据段文希的描述、全比例仿真的"脖颈"供她练手,总体来说问题不大。

她轻描淡写:"八米多吧。"

八米多,这是要吓死谁啊,这一段"脖颈"已经有八米了,到尽头处,还得往上纵翻,这么高的地方,万一手一松、脚一滑……

江炼看着她扒住石壁,脑子里灵光一闪,脱口说了句:"等会儿。"

他快步过去:"像之前爬树那样,你踩住我的肩,我送你上一个身位,这样,你可以少爬一个人的高度,保险点。"

这倒是,之前居然没想到。段太婆是一个人探山胆,不得不爬全这八米,但她现在有人从旁帮忙啊。

孟千姿退开一步,看着江炼蹲下身子,说了句:"待会儿给你看看我的本事。"

江炼抬头看她:"我胆子小,这么惊险的场面,不敢看,待会儿我全程闭眼,你就是把壁虎爬成蝴蝶那么轻盈,我也看不见——我承认你有本事,拜托你老老实

309

实爬吧。"

多少人就是为了强行秀什么漂亮身法，才会导致失手，孟千姿似乎有这想法，还是先扼杀的好。

孟千姿嘟囔了句："你不看，是你的损失。"

江炼心说：你掉下来，才是我的损失吧。

不过没力气回她，只是伸手拍了拍自己的肩膀，示意她上。

孟千姿扶住山壁踩上去，神棍也颠颠跑过来，殷勤搀扶。他刚跟孟千姿攀上梅花九娘这层关系，心里踏实不少，觉得既是又沾带了点故旧，孟千姿大概也不会那么狠心把他关留在山腹里。

江炼两手握住她的脚踝，慢慢站起身子，只觉得肩上沉沉的，她的脚踝好细，踝上的脉搏在他掌心柔柔跳动，而拂在手背的金铃铃片，很凉。

孟千姿上山壁了。

江炼退开一步，再一步，仰头看着她爬。

孟千姿之前说得轻松，真上来了，还是半分都不敢懈怠。训练场里的那段"脖颈"是搁在地上的，这可是实打实的高处，失手只有零和一的区别，而只要有一次，也就永无补救的机会了。

神棍也仰头看着她爬。他是个外行，反看不出每一个细小的动作有多惊险，看了会儿，嫌脖子酸，低头来揉，忽然注意到，江炼的手不是垂在身侧的。

他两只手臂都不自觉地微微往上托兜，身子蓄着势，像是要随时接住什么。

神棍凑上来，好心提醒他："小炼炼，你这样是不科学的，一般高处坠物，双手托举，手臂会断的……"

江炼喉结滚了滚，没工夫看他，只说了句："你闭嘴。"

……

终于目送着孟千姿的身形翻上崖口，上头又哆哆嗦嗦垂下绳子来，江炼这才长吁一口气，就势坐倒在地上。觉得自己大腿两侧的筋都在跳个不停，后背上出了一层冷汗，湿痒得难受，想拽起领口晾晾气，才想起后半幅衣服早磨没了，现在是缠了绷带。

孟千姿从崖上探出头来，自觉是露了一手，很是志满意得，再加上刚刚出过力气，一张脸分外生动明艳。

神棍赶紧冲着她挥手。

孟千姿的目光落在一旁垂头坐着的江炼身上，问了句："江炼怎么啦？"

神棍仰着脑袋回她："胆子太小啦，看点惊险的场景就稳不住了。小炼炼不行啊，还需要历练。"

　　孟千姿笑，笑着笑着，忽然想起，江炼扶住她脚踝时，掌心湿热，有那么一瞬间，还微微打了颤。

　　江炼恰于此时抬头看她。

　　孟千姿回了神，冲他一仰下颌，睥睨着看他，说了句："你不行啊。"

　　江炼笑，又点了点头，然后极轻地说了句话，只给自己听。

　　"是，是不行。"

【16】

　　孟千姿既上去了，有垂绳，又有上升器，这最后一段，也就不那么艰难了。

　　三人终于站到了"美人头"边。

　　远观如头，近看就什么都不像了，只是块巨大顽石，最高处倒是长了不少花木，隔得远，也看不太清。

　　虽然还是在天坑之下，但站在这个位置，足可"一览众山小"，风声飕飕，胸臆都为之一舒，远处的空中掠动着怪异的禽影，翅膀迅速划破空气，发出尖锐的破音。

　　亏得有孟千姿在身边，这些飞禽不敢靠近，否则飞掠过来，禽爪只那么一揪一带、翅膀只那么一扑一扫，百十斤的大活人，绝对站不住，不是上了天，就是栽下地。

　　孟千姿指高处一道曲曲折折的下行凹槽给他们看："这个叫'舌乱走'，下雨天的时候，水落到这美人头上，就会顺着这凹槽弯弯绕绕下来，远看像一条扭动的大白舌头，我们山胆的偈子，'美人头，百花羞，瞳滴油，舌乱走'，就是这么个意思了，我段太婆觉得，前两句还好，后头都属于穿凿附会，是凑字数硬拗的。"

　　江炼仰头去看崖顶的绿盖，已经是半夜了，什么都看不见，不过他确实有一种古怪的感觉，觉得这偈子有什么问题，就是一时间还说不清。

　　"后两句是'无肝无肠空悬胆，有死有生一世心'，肠嘛就是山肠，其实我们没有'山肝'的说法，之所以说'无肝无肠'，只不过是为了强调这石峰里只有山胆。至于最后一句，我也不是很明白，我二妈唐玉茹理解为，动山胆不祥，必得死上一两个，所以，她是最反对动山胆的那个。"

　　好了，该知道的都知道了，看来是到"动山胆"的时候了，神棍没来由地紧张起来，一颗心"怦怦"乱跳："那，你怎么进去啊？"

　　孟千姿笑了笑，把身子旁挪了一些，露出身后的石壁。

　　江炼这才看到，那块石壁和别处不同，隐约有个微凹的人形。看姿势，像是两手张举、身体趴伏在石壁上，手掌下摁的地方还有掌印。

边上有凿出的三个字——

剖胆处。

这三个字是繁体，跟下头的"胆气"两个字走笔完全不同，多半是后世才刻上去的，没准儿又是段文希的手笔。

神棍恍然："人形机关！原来你们有机关。"

孟千姿没好气："对，有机关，你趴上去试试。"

一听这语气就知道不是，但神棍还是兴致勃勃过去，依照那人形趴伏了一把。

江烁看他那姿势，颇像一只蹩脚大蟹，不觉笑出来，说："一把钥匙开一把锁，这要是个锁孔，也不是你能开的。"

孟千姿心跳得有点厉害，其实这一路种种，于她来说，也大多是头一遭，只不过身为山鬼王座，又带了两个生手，下意识地总要表现得举重若轻而已。

她嗫嚅了一下："你们听说过'维度'的说法吗？"

维度？

神棍奇怪："你是说'空间维度'的那个维度？"

孟千姿"嗯"了一声："也是我段太婆的观点，我不是很明白，我从小到大，学习……都不太行，不喜欢这种绕脑子的事。"

江烁想笑，原来她还会说自己"不行"。

她斟酌着字眼："段太婆认为，我们和山，其实不是生活在一个维度里，山的寿命，动辄上亿年，但人呢，上百年了不起了。不只是山，我们和其他很多东西，都不是生活在一个维度里的，比如蝉，只能活两三个月，还有人说它是七日命；又如蜉蝣，经常活不过一天，所以叫'朝生暮死'；再如昙花，昙花一现，几个小时——所以只能见其表象。"

江烁沉吟："见其表象的意思是……"

"就是见山就是山，是块蠢笨的巨大石头，见花就是花开花落，见蜉蝣就是朝生夕死，你没法像了解自己的生命和思想一样去了解它们，但其实它们都有。"

说动植物有生命和思想倒还好理解，但山……

江烁失笑："山也有？"

孟千姿反问他："你怎么知道没有呢？大武陵源的山体据说有三亿年的历史了，你换位思考一下，你的一生被拉长到三亿年，而山的一生被压缩到一百年，那在山的眼里，你是什么呢？在你的眼里，山又是怎样的呢？"

江烁被问住了。

三亿年，太漫长了，一生被拉长到三亿年，也许皱个眉头，都要几十年吧——在山的眼里，他就是一抹永恒不变的背景，年年岁岁，岁岁年年。

　　反之，山会像个暴烈小王子吧，从拔地而起到剥蚀到迸裂到坍塌，每一秒都在剧烈活动着，没人会指着山去发誓了，什么山无陵，誓还没发完，山就没了陵了。

　　神棍在边上发怔，一般遇到这种话题，他是最滔滔不绝的那个，但现在，不知道是这设想太震撼还是思绪由此延伸下去太远，居然半张着嘴，胸口剧烈起伏着，一个字也说不出来了。

　　孟千姿继续往下说："古人说，万物有灵，那山自然也该是有生命的，不能因为你和它不在一个维度，不理解或者看不见，就妄下结论说它只是顽石、死物，人最容易犯的毛病之一，就是拿自己有限的认知去描画和定性这个无限的世界——人体内会长出肿瘤、骨刺等异物；翡翠镯子戴久了，浓的那一团会往外晕开、色泽更均匀；山这么大，当然也会呼吸、会抽展身躯筋骨，会变动的。"

　　神棍喉咙里终于喃喃发了声："是，段小姐说得对，也许就是这么个维度。老一辈常说，雷雨交加，是蛇在度劫化龙。但如果真化了龙，化到哪儿去了呢？有一种说法，就是突破了这一维的空间，去了另外的空间了。不同的维度空间之间，是有壁的。有时候我在想，山都能活这么久，人身为万物之灵，怎么反只几十年寿命呢？

　　"也许就是个维度问题。人生是一程一程的。这一程在这儿，是俗骨肉胎，下一程也许就进入另一个阶段了。比如鬼，鬼其实是又一重维度空间，所以人见不到鬼，但如果不同维度之间存在着通道呢？或者某些特殊的工具、符咒，如同钥匙，可以打开这壁呢？"

　　他絮絮叨叨，脑子里乱作一团，说到末了，自己都不知道自己想表达什么。

　　孟千姿没太留意他的话，只是盯住山壁上那个人形出神："咱们山鬼，是可以和山同脉同息的。很多人以为，这只是种修辞、比拟，其实是真的、真正的……同脉同息。"

　　她走到那面山壁前，深吸一口气，依着那个人形，慢慢趴伏了上去，神情虔诚，目光平静，眼睛里无天无地、无我无他，便只有山了。

　　大娘娘高荆鸿教她剖山时曾说过，这山自有力量，就如同大地深处自然孕积着勃发之气，使得万木葳蕤、群芳吐蕊，种子会鼓胀着钻透泥土，果实会微颤着最终趋于成熟——只不过，你要学会去抓取和引导这种力量。

　　江炼不觉就退开了两步，还把神棍也一并拽开，似乎离得太近，呼吸偶一急重，都能惊扰到她。神棍也知道到了最关键的时候了，几乎是屏住呼吸，眼睛都不眨一下，只不时伸出舌头，舔一下发干的嘴唇。

也不知道过了多久，自山腹深处，传来"咔嗒"的轻声，有点像久坐不动、颈椎不好的人，偶一运动，骨节间就"咔嗒"有声。

这声音一路向外蔓延，渐渐趋近山壁表面，神棍舔嘴唇的频次越发快了，脑子里有个声音在说："不可能吧，这不可能吧？"

像是专为打他的脸，"刺啦"一声轻响，山壁上竖向迸出一道裂缝来。

神棍双腿一软，差点儿原地站着打了个趔趄，脑子里瞬间一片空白，眼睁睁地看着那道裂缝扩大，再扩大。说来也怪，这处在裂隙，山体却没大的震动，连小石子儿都没滚落几个。

那裂隙只开到能容人侧身进出大小就停了。站开点看，颇像石壁上绽开了一张嘴，又像一刀剖下去，破出一道口子来。"剖山"这两个字，用得还真是贴切。

神棍的呼吸蓦地急促起来：这就是通向山胆的入口了？也间接通往他梦里那口让他百思不得其解的箱子？

孟千姿直起身子，说了句："跟我走，不要落下，赶快。"

说完，她当先一步，已钻进了那条裂隙，江炼紧随其后。一回头，看到神棍还愣在当地，催了他一句："走啊。"

神棍如梦方醒，"哦"了一声，跌跌撞撞地跟上。

这裂隙很窄，比某些景区拿来当噱头的"一线天"可货真价实多了。石壁阴凉，里头又漆黑，惶急间，谁也没顾得上开头灯，都摸索着往里走，走了没两步，神棍又听到那让人毛骨悚然的"咔嗒"声，回头一看，满头卷发差点儿竖向朝天：怪不得让他"赶快"，她一走远，这山隙居然又慢慢合上了。

江炼紧跟着孟千姿，虽然眼睛看不到，但凭感觉，能察觉出是在一路往下走，走出十来步之后，身周突然一宽，旋即又撞上了孟千姿。他忙收住步子，顺势挺直腰背，把跟跄过来的神棍给挡住。

孟千姿说了句："先休息会儿。"

江炼听她喘得厉害，低声问了句："很累啊？"

孟千姿"嗯"了一声："这种……剖山，特别累。"她一边说着，一边"咔嗒"一声，撅亮了头灯。

灯不亮还好，这一亮，江炼登时就觉得，胸口被压迫得难受，连气都喘不顺畅了。

这哪是宽敞了啊，没错，比起那道裂隙，是宽了点，但整体如同一个二分之一大小的电梯厢，还是上窄下窄的橄榄核形，别说坐了，三人就这么对面站着都嫌挤。而且，裂隙口已经合上了，也就是说，三人被关在了山腹深处的一个小"气泡"里。

神棍最先绷不住，紧闭了眼还不够，又拿手盖住。这种情形，看不到的话心里还舒坦点。当年的贰负，关在这么个上天入地都无门的地方，得多绝望啊，估计进来没多久就疯了吧。

江炼估计也想到这节了："你们这关人的法子，也太狠……绝了点。"

孟千姿说："古早时候用得多。现在，我们自己也觉得太过，没再用过了——也是时代发展了吧。以前有人祭、陪葬，刑罚有剥皮、梳洗、浴桶，后来都一一取缔了，现在抓了嫌疑犯，要尊重人权，还不让打呢。"

江炼听她还是有点喘，说了句："你倚着靠一会儿吧。"

孟千姿摇头，想说硌得慌，江炼已经在她肩上扶推了一下。她下意识地后倚，后背忽然碰到江炼的手臂，这才发觉，他已经将手臂横伸了过来，恰好垫在她背后。

这样，她倚的就不是凹凸不平的山石，而是他的手臂了。

孟千姿不吭声了，气渐渐平下来，心跳却又往高了走。

男人总归是肉厚，江炼又是练家子，胳膊结实有力，真是一条胳膊把她整个人的重量都兜住了，反衬得她单薄。她目光偷偷溜下来，看向江炼用力扒住山石、青筋都略暴起的手，脑子里突然冒出个念头：这手如果不是扒住那山石，而是稍稍折往内的话，简直是在搂着她的腰了。

这念头一起，颊上顿时烫热，连带着后背上隔着衣服枕住江炼手臂的那一块，都有点不受控地发颤。她一旦不自在，就要找各种话说，现在也一样："这个就是剖山了，山肩以上位次的山鬼死后，都是这样'葬'进山里的，我三岁抓山周，抓到的是小蒙山，将来我死了，就会收骨小蒙山。"

神棍依然闭着眼睛，拿手遮挡得死死："蒙山……是山东的那个蒙山吗？"

孟千姿斜了他一眼："当然不是。'小蒙山'是个代称，具体是哪座，不会说给别人知道。"

江炼忽然想起了什么："这就剖了山了？山胆呢？"

这一下提醒了神棍，他指缝漏开一道缝，眼睛眨巴着从缝隙里看孟千姿。

孟千姿说："还有一会儿呢。"

她拔出匕首，在山石上咔咔画出几道相连的折线："这才刚下了第一重，一、三、五、七、九，我们山鬼，依照位次的不同，能下的重数不一样，山肩只能下一重山，我段太婆是山髻，可以下七重，山胆嘛，悬在第三重。"又指折线相交的地方，"这是节点，就是我们现在所处的地方，到第三处节点，就是山胆所在了。"

神棍环视周遭，其实眼睛都没必要"环"，左右略转就能看全："这也太……小

315

了，这空气，一会儿就耗尽了。"说到这儿，猛然反应过来，"那么我们在这儿，能呼吸吗？"

孟千姿回了句："我早就告诉过你，山是会呼吸的。"

……

和之前一样，第二重和第三重山，都下得很顺，尤其是第三重，大概是因为悬挂山胆，空间修凿成一个石室，大概有一间屋子那么大。进去时，甚至有下行的粗糙石阶。

石室里别无他物，只屋顶中央悬垂下一根铁链，或者是青铜的，因着山腹内极干燥，并没有起什么氧化反应，锃亮如新。

链子尽头，绑缚着一块拳头大小的石头，一如随处可见的山石。

这就是山胆？

江炼有点明白段文希为什么会留下"一块蠢石，不过尔尔"这种话了，换了任何一个人，费了那样的千辛万苦下来，哪怕是看到一块等体积的钻石都会大失所望，更别提这样一块不起眼的石头了。

他很快提醒自己，不要以貌取石，毕竟"山胆制水精"，看上去不起眼，说不定有大效用呢。

他上前去看，不过谨守本分，站得比孟千姿远些。

孟千姿就要随意多了。再说了，此行本来就是为了细细观察山胆的，所以不但凑得极近，还上手掂了掂重、摸了两下，无意间一瞥，忽然看到神棍。

怪了，他还站在石阶上，并没有下来，像被施了定身法，两眼死死盯住山胆，垂在身侧的手不受控地微微痉挛着。

孟千姿觉得好笑："你不是一直想看山胆吗？来啊，我准你看，想摸也行。"

神棍喉结滚了两下，低声呢喃了句："这不是山胆。"

孟千姿没听明白："哈？"

神棍站着不动，又把那句话重复了一遍。

"这不是山胆，这一块……是假的。"

孟劲松匆匆下了崖。

他想不明白，柳冠国怎么说也是有岁数有资历的老字辈了，到底是什么样的场景，能让"柳哥都不知道该怎么办了"。

山洞口已经围了好多人。这是个浅洞，普普通通，路人在外瞥一眼，什么都看尽了，如果不是为避雨，还真不可能往里跑。

孟劲松一眼就看到，洞中已经架好了拼接钢梯，而钢梯边上，落了一堆凿下来的大小碎石。

懂了，这山洞是通了肠，但不是直接通的，接口在高处，而且有石块塞堵作伪装——如果不是出动山户彻底搜找，根本不会发觉有这种玄机。

有两个山户过去扶住钢梯，孟劲松一节节蹬上去，才刚蹬了几步，就闻到刺鼻的焦臭味，爬至顶上，他半弯着腰钻进一截逼仄的甬道，走了一段之后，眼前豁然开朗起来，是个不小的山洞，焦臭味里混了腥臭，越发刺鼻。

面前也有一堆人站着，见孟劲松过来，纷纷让道。

孟劲松看见了白水潇。

她好整以暇地在一块石头上坐着，神情悠闲，意态妖娆，但她脸上有被兽爪用力抓挠过的肉红破口。这妖娆，分外诡异。

更可怕的是，她周身散落了一地的蝙蝠，大多是烧死的，但靠近身周的那一圈，明显是被刀子砍落的，鲜血条条道道，流了一地。有十来只，还在垂死挣扎着扑腾翼翅。

白水潇的手中还攥了一只，似乎是被割了喉，她攥着那血红的喉口往自己嘴唇上涂，像在吸血，又像在上妆，鲜血模糊了她的唇形，还有几道往下滑落，滑成细细的血线，滑过她细细的脖颈，又滑入领口。

见孟劲松过来，她咯咯一笑，把手里的死蝙蝠一扔，双手做交缚状，冲着孟劲松抬起，说："绑我啊，赶紧的，还抓不抓了？我都等得不耐烦了。"

孟劲松阴沉着脸，先去看柳冠国："这你就没辙了？"

柳冠国窘得很："孟助理，这女人有诈，一直待在这儿，不躲也不跑，见面就咯咯笑，让我们把她绑了，这……绑回去，还不知生出什么事来。"

孟劲松冷笑："所以，就不绑，放了吗？还是一直在这儿守着，看她表演？一个杀人犯，在这儿故弄玄虚，也能把你给唬住？"

说到这儿，重新看向白水潇，齿缝里蹦出一个字来："绑！"

应喝声起，有几个山户过去，不由分说，拧胳膊反手，就把白水潇给绑上了，白水潇也不挣扎，只是盯着孟劲松笑，被人推搡着走过他身边时，忽然狠狠说了句："我会杀了你，你们都得死。"

孟劲松笑了笑，淡淡回了句："人谁不死啊。"

图书在版编目（CIP）数据

龙骨焚箱：全三册 / 尾鱼著 . -- 成都：四川文艺出版社，2023.6
ISBN 978-7-5411-6609-9

Ⅰ . ①龙… Ⅱ . ①尾… Ⅲ . ①长篇小说—中国—当代 Ⅳ . ① I247.5

中国国家版本馆 CIP 数据核字 (2023) 第 043780 号

LONG GU FEN XIANG (QUAN SAN CE)

龙骨焚箱（全三册）

尾鱼 著

出 品 人	谭清洁
特约监制	王传先
责任编辑	陈雪媛
责任校对	段　敏

出版发行	四川文艺出版社（成都市锦江区三色路 238 号）
网　　址	www.scwys.com
电　　话	028-86361781（编辑部）

印　　刷	嘉业印刷（天津）有限公司		
成品尺寸	166mm×235mm	开　本	16 开
印　　张	64.5	字　数	1200 千
版　　次	2023 年 6 月第一版	印　次	2023 年 6 月第一次印刷
书　　号	ISBN 978-7-5411-6609-9		
定　　价	135.00 元（全三册）		

版权所有·侵权必究。如有质量问题，请与本公司图书销售中心联系调换。电话：010-82069336